한국 현대소설의 분석적 이해

한국 현대소설의 분석적 이해

김 미 영

깊은샘

책을 내며

　인문학은 내가 대학을 다닌 이후 항상 '수세'에 몰려 있는 영역이다. 그 중에서 국문학은 더 말할 나위가 없다. 그래도 문학은 나를 가장 행복하게 했으며, 그만큼 불행을 안겨 주기도 했지만 나에게는 늘 '홈그라운드'였다. 가끔씩 스포츠 경기를 보면 홈그라운드에서 오히려 더 맥을 못 쓰는 선수를 볼 때가 있다. 바로 나의 모습이다. 홈그라운드는 편하고 넉넉한 만큼 부담감을 주고 있다.

　홈그라운드에서 부진한 선수처럼 이 책은 안타까운 스코어를 남긴 나의 연구 흔적들이다. 여기저기에 흩어져 있던 글들을 이렇게 책으로 묶어놓고 보니 쑥스럽고 부끄러운 마음이 더욱 커진다. 한편으로는 좌표 역할을 하고 있다. 그 동안 나의 관심 분야가 어디에 있었는지 정확히 일러주는 것이다. 유독 한 작가에게만 쏠은 편애의 모습도 보이고, 한 가지 테마에만 집착했던 흔적도 보인다. 이는 좀더 다양한 작가와 폭넓은 테마로 나아가야 할 앞으로의 연구방향을 제시하는 것이리라.

　이 책은 3부로 구성하였다. 제1부는 현대소설에 나타난 '환상성'에 대한 연구이다. 장용학과 최인훈의 작품에서 문학적 상상력으로 작용하는 '환상성'의 의미를 서사구조, 신화, 정신분석을 통해 살펴보았다. 난해하다고 정평이 난 작품들의 의미를 천착하는 데 환상성은 하나의 방향이 되었다. 환상성은 나의 문학연구에서 오랫 동안 편애를 받은 테마임에도 아직도 못다 한 숙제 때문에 불편한 마음을 남기고 있다.

제2부는 생태학적 인식과 '몸'에 대한 새로운 인식을 보여주는 작품들을 대상으로 하였다. 1930년 후반기 이효석과 정비석의 소설에서 생태학적 상상력의 선구적 모습을 살펴보았다. 윤정모의 작품에서는 문명세계에서 불모화된 여성의 몸이 치유되는 과정을, 김영하의 작품은 초기 단편들을 중심으로 하여 문명 속에서 기표처럼 인식되는 몸의 모습을 고찰하였다.

제3부는 탈식민주의에 대한 인식을 집약시킨 작품을 대상으로 하였다. 이 분야에서는 최인훈과 황석영을 다루었다. 최인훈의 패러디적 글쓰기가 함유하고 있는 탈식민주의적 태도와 탈식민주의는 문학과 사회와의 관계를 조명하고 있다. 특히 이 시대의 '이야기꾼'이라고 감히 수식어를 붙이고 싶은 황석영의 문학세계는 나에게 새로운 열정을 안겨준다.

이 책이 출간되기까지 많은 분들의 가르침과 도움이 있었다. 늘 변함없는 관심을 쏟아주시는 김시태 선생님과 장경희 선생님께 이 자리를 빌어 머리숙여 감사 드린다. 오늘 낮에도 정다운 친구 소희에게 전화가 있었다. 항상 나의 안부를 묻고 격려해주는 친구와 가족들은 나의 힘이다. 끝으로 좋은 책을 만들어 주시는 깊은샘 박현숙 사장님께도 감사의 말씀을 드리고 싶다.

2005년 2월

김 미 영

차 례

제2부　생태학적 상상력과 현대소설 • 119

제1부

환상적 상상력과 현대소설

「비인탄생」, 「역성서설」에 대한 고찰

1. 머리말

이 글의 목적은 장용학의 작품인 「비인탄생」, 「역성서설」에서 작중인물의 자아분열 양상과 현실인식의 추구과정을 분석하여 장용학의 문학세계를 천착하는 데에 있다. 1950년대의 역사적 상황은 전쟁, 분단, 정치적 혼란 등으로 그 진폭도 크고, 그 파장 또한 긴 시기였다. 이러한 일련의 상황들이 문학적 상상력의 원천으로 작용하여 전후문학이라는 새로운 영역을 만들었다.

장용학은 전후문학에서 독자적인 위치를 차지하고 있는 신세대작가이다. 전기철은 신세대작가의 등장을 필연적인 것으로 보고 있다. 1950년대는 기존 작가의 문학관으로는 미증유의 역사적 상황을 수용할 수 없는 시기이다. 이때 전후시대를 수용할 수 있는 새로운 사상과 기법을 갖춘 작가들이 등장하였는데 이들을 기존의 작가와 구분하여 신세대작가[1]라고 한다. 그 대표자 중의 한 명이 바로 장용학이다. 그에 대한 기

---

1) 전기철, 『한국 전후 문예비평 연구』, 1994, 82-92쪽.

존의 평가에 의하면, 관념적인 어휘와 시적인 문장을 구사하기 때문에 작품의 내용이 난해하여 독자들이 쉽게 접근하기 어려운 작가라는 게 일반적이다. 그리고 연구 경향은 대표작 몇 편에만 관심이 집중되어 있으며 주제와 기법면에서 분석한 것이 주를 이룬다.[2] 그 결과 장용학은 실존주의 작가, 관념주의 작가라는 범주 안에 고정되어 있다. 필자도 이러한 기존의 연구 결과에 동조하는 입장이지만 장용학이 현실과는 유리된 채 관념세계 안에서만 작품을 형성하였다고 미리 틀지우는 것은 위험한 태도라고 본다. 장용학의 관념성 짙은 문학도 결국은 그가 현실을 바라보는 하나의 통로인 것이다.

본고는 이와 같은 취지에서 「비인탄생」과 「역성서설」을 난해하게 하는 문학적 기법은 어떤 것인지 정신분석을 이용하여 확인하고자 한다. 전쟁이후 그 후유증과 재건을 위해 한국 사회는 복잡한 사회구조를 지녔고 이에 따라 인간의 내면세계도 복잡해졌으며 이를 반영한 문학 작품 역시 인물의 심리를 복잡하게 다루었다. 이와 같은 경우 인물의 다양한 심리변화를 해명할 수 있는 방법 중의 하나는 정신분석비평을 이용하는 것이다. 특히 이 작품에 등장하는 주인공의 내면심리를 분석하는 데에 아니마와 그림자를 적용하는 것은 주효하다고 본다. 주인공이

---

2) 김완신, 「1950年代 韓國小說 研究—손창섭, 장용학을 중심으로」, 연세대 석사학위논문, 1985.

문승준, 「장용학 소설 연구—신화적 구조와 원형상징을 중심으로」, 성균관대 교육대학원 석사학위논문, 1987.

김정주, 「장용학의 문체연구」, 이화여대 대학원 석사학위논문, 1988.

변화영, 「장용학 소설 연구」, 전북대 대학원 석사학위논문, 1991.

임신영, 「1950년대 신세대 작가의 소설 연구—내면화 경향을 중심으로」, 연세대 대학원 석사학위논문, 1992.

방민호, 「전후소설에 나타난 알레고리 연구—장용학·김성한 소설을 중심으로」, 서울대 대학원 석사학위논문, 1993.

현실에서 소외되는 과정, 그리고 다시 현실로 복귀하는 과정은 단순히
사건전개의 인과관계에서 비롯된 것이 아니라 자아의 분열과 분열된
자아의 통합을 축으로 해서 부각되기 때문이다. 아울러 이러한 아니마
와 그림자를 통한 자아인식과 현실인식이 작가의 당대에 대한 전망과
어떤 상호관계를 지니고 있는가에 대한 고찰도 필요하다.

2. 우화 수법의 효과

　　1956년 사상계에 발표한 「비인탄생」과 1958년에 발표한 「역성서설」
은 연작이다.[3] 「역성서설」의 부제가 '비인탄생 2부'라는 것에서 작가는
연작임을 공식화하고 있는데 두 작품의 근간이 되는 내용을 도표로 하
면 다음과 같다.

---

3) 「비인탄생」은 『사상계』 1956년 10월~1957년 1월, 「역성서설」은 『사상계』 1958년
3월~6월에 연재하였다. 내용상의 차이가 없으므로, 본고의 텍스트는 『동서 한국문학
전집 17』(동서문화사, 1987) 로 하였다. 연재 당시와 차이가 나는 것은 작중인물 유희
의 이름이 연희에서 유희로 개명된 것 뿐이다. 이후의 인용문은 쪽수만 게재한다.

	비인탄생	역성서설
우 화	아홉시병	없음
등 장 인 물	지호(해직교사, 화가) 종희(미인) 녹두노인(부호)	삼수(지호의 아명) 유희(종희와 쌍둥이) 녹두대사(로보트)
공 간	도시 속의 동굴	삼림 속의 사찰
상징적 요소	폭포(마녀 탄생을 그린 공간) 불(어머니의 화형식)	폭포(유희의 존재를 반 영하는 공간) 불(사찰의 대화재)
세 계	지동의 세계 (문명 세계)	천동의 세계 (원시 세계)

이 작품의 구성은 「요한시집」과 일치한다. 「요한시집」은 서두에 토끼우화가 있고 그 뒤에 본이야기가 전개되는데 이 작품에서도 이와 같은 구성 방식을 취하고 있다. 우화는 도덕적 명제 또는 인간 행위의 원천을 예시한 짧은 이야기다.[4] 그러나 두 작품의 효과는 각기 다르다. 「요한시집」에서의 토끼우화는 본이야기를 상징하는 역할을 하고 있다. 즉 토끼가 굴 속에서 바깥세계로 탈출하고자 하는 자유에 대한 염원은 본이야기의 누혜와 동호가 자유를 갈망하는 의지를 상징적으로 드러낸 것이다.[5] 「비인탄생」에 제시된 '아홉시 병' 우화가 주는 효과는 본이야기를 상징적으로 드러내기보다는 독자의 의식을 환기하여 작품세계로 동참시키는 데에 있다.

---

4) 이명섭 편, 『세계문학비평용어사전』, 을유문화사, 1991, 328쪽.
5) 엄해영, 『한국전후세대소설연구』, 국학자료원, 1994, 68-73쪽.

아홉시 병(九時病) -

아홉시가 가까이 오면 배탈이 나는 아이가 있다. 아홉시는 아동들이 학교에 가는 시간이다. 학교에 가기 싫어서 배가 아프다고 했더니, 엄마는 책가방을 저리로 밀어 버리면서, 배를 만져본다 이마를 짚어 본다 어쩔 줄 몰라 했다. (중략)

재미가 붙은 그 아이는 학교에 가기 싫기만 하면 배가 아프다고 했다. 언짢은 일이 있거나 욕심나는 일이 있으면 [배가 아파]했다. (중략)

나중에는 시간도 가리지 않는다. 불편한 일이 생기면 아무때고 배탈이 났다. 주인이야 어찌 생각하든 자기만 불편하면 열한시구 세시구 상관하지 않았다. 비비 꼬여드는 것이다.

전쟁이 일어나서 일선으로 나갔다. 작전 명령만 내리면 배탈이 났다. (중략) 홀로 벙커에 남은 그의 눈에서는 두 줄기 눈물이 흘러내렸다. (중략)

그러는 사이에 그는 배탈의 아픔을 느끼지 않게 되었다. 그의 생리는 배탈에 아주 물들어 버린 것이다. 건강체가 된 것이다. 모든 사람은 말하자면 그런 건강인인지도 모른다. 그렇다면 그들은 지금 무슨 아홉시 병에 걸려 있는 것인가?……(316-317쪽)

아홉시병은 절대적인 한계상황을 극복하지 못하는 우화의 인물이 일시적으로 위기를 모면하는 대안책이다. 우화속의 인물은 성장하면서 계속 달라지는 한계상황에 적절히 대응하지 못하고 있다. 그에게 주어진 상황은 전쟁터, 은행, 선생으로서의 학교 등인데 이렇게 공간 변하는 것은 우화의 인물이 어려움에 부딪칠 때마다 이를 해결하지 못하고 다른 곳으로 회피하는 모습을 보여주기 위함이다. 한계상황을 회피할 때마다 아홉시 병이 발병하여 그를 곤경에서 구해 주었지만 그것은 사태를 진정으로 극복한 것이 아니었다. 인물은 어린 시절에는 아홉시병이 어떤 의미를 지니고 있는지 파악해볼 이성적 판단력이 없었지만 성장하면서 그 아홉시병이 얼마나 비겁하고 치졸한 것인지 의식한다. 그러면서 지병처럼 그 병을 안고 살며 아홉시병이 그를 포로로 만든다. 그러므로 그가 건강체가 되었다는 것은 외면적인 모습일 뿐이다.

'그런 건강인'이란 구절은 함축적인 의미를 가지고 있다. 일반적으로 건강인이라면 몸에 아무 탈이 없어 사회 생활을 하는데 지장이 없는 상태를 일컫는다. 그런데 우화의 인물은 일상 생활 속에서 하기 싫은 일과 부딪힐 때마다 꾀병을 앓고, 그 꾀병이 만성이 되어 아예 그의 지병으로 자리를 잡은 경우이다. 그래서 보통사람처럼 일상적인 업무를 처리하기 어렵고, 그 지병이 잠복하고 있어 겉으로는 건강인처럼 보이지만 정신적인 면으로는 진정한 건강인이라고 하기 어렵다. 이와 마찬가지로 현대인들도 각자의 몸 속에 남이 알지 못하는 지병 하나씩을 숨기고 모든 압박감을 견디며 살고 있는지 모른다. 즉 현대인들도 우화 속의 인물처럼 혼자만의 '아홉시 병'에 시달릴 수 있는 것이다. 현대인들의 아홉시 병은 그들이 소속해 있는 사회의 당위성 강한 의무 앞에서 심한 압박감을 받을 때 발생한다. 현대인들은 그러한 상황을 그저 안일하게 생각한다든가 외면하고 있을 것이다. 그렇다면 아홉시 병으로 순간순간을 모면하는 현대인들도 진정한 건강인이라고 하기는 어렵다. 장용학은 이 작품을 읽는 독자들에게 이와 같은 차원에서 질문을 던지고 있다. 즉 독자들도 아홉시 병을 남몰래 간직하고 있는 것은 아닌가 하고 묻는 것이다.

「비인탄생」의 우화 수법은 독자의 나른한 사고에 환기 작용을 하여 작가와 독자, 작중 인물과 독자의 세계가 분리되었다는 의식을 깨고 있다. 이러한 효과는 독자의 독서 태도를 수동적인 것에서 능동적인 것으로 변화시킨다. 독자에게 자신과 작중 인물을 동일시하도록 하여 문학 작품 속으로 몰입하게 하는 것이다.

「비인탄생」의 지호는 아홉시병에 걸리지 않으려고 자의식을 강화하는 인물이다. 그러나 지호는 아홉시 병에 걸리지 않은 건강인이기에 오히려 소외당하고 있다. 육체적으로만 완전한 인간들이 정신적인 질병을 모두 하나씩 간직하고 있으면서 정신적으로 건강한 인물을 소외시킨 것이다.

3. 현실 비판과 아니마의 양상

「비인탄생」과 「역성서설」의 주인공 지호에게는 아버지가 부재 중이다. 이와 같은 아버지의 부재는 1950년대의 상황에서 아버지의 역할이 무력한 상태임을 보여주는 것이다. 그래서 그에게 유력한 영향을 미치는 인물은 여성일 가능성이 높다. 이는 지호의 아니마가 된다. 남성의 인물 속에 숨어 있는 여성적인 모습을 아니마라고 하는데 이것은 남성의 무의식을 표출하는 하나의 모습이다.[6] 아니마가 긍정적일 때에는 남성에게 이상적인 배우자를 선택하게 하거나 행복, 가치있는 일 등을 하게 하지만 부정적일 때에는 그의 인생을 파멸로 이끈다. 지호가 현실 세계를 비판하고, 현실 세계에서 소외당하며 결국 그곳을 벗어나는 과정은 그의 아니마상에 의해 살펴볼 수 있다.

이 작품에서 지호의 아니마는 두 가지로 나타난다. 애인을 통해서는

---

6) 칼 구스타브 융 編, 『人間과 無意識의 象徵』, 집문당, 1993, 182쪽.

부정적인 아니마상을 노출하고, 어머니를 통해서는 긍정적인 아니마상을 상실하는 모습을 지닌다. 이처럼 부정적인 것은 노출하고, 그동안 그의 삶을 유지시켰던 긍정적인 아니마상은 상실함으로써 그의 정상적인 생활은 서서히 파괴된다. 긍정적이든 부정적이든 아니마상이 드러났다는 것은 무의식이 의식으로 전면화한 것을 뜻한다. 지호의 내면에 조용히 잠재해 있던 무의식은 현실세계에 대한 비판의 자세였는데 그가 여러 가지 사회의 부조리를 접하면서 그 무의식이 의식화된 것이다. 그러나 지호가 현실에 대한 비판의 자세를 강하게 나타낼수록 그는 현실에서 소외되고 파편적인 삶을 살아가야 한다. 이것은 작중인물이 비판의식은 강하지만 그 비판의 대상이나 원인을 해결할 실천의지나 극복의지가 약한 것이 하나의 원인이 된다. 그리고 대부분의 다른 인간들이 정신세계의 파괴를 외면한 것도 원인이 된다.

장용학은 1950년대의 상황이 맑은 정신으로는 받아들일 수 없을 정도로 인간의 숭고한 면들이 파괴되었기 때문에 작중인물을 육체적 불구자로 하든가 아니면 이 작품에서처럼 의식과 무의식의 경계에서 정신적인 혼란을 겪는 인물로 설정하고 있다.

장용학은 이 작품에서 그의 특성인 관념세계의 표현을 변함없이 유지하고 있지만 그렇다고 현실세계와 유리된 것은 아니다. 그는 현실세계를 절제해서 드러낸다. 그가 꿈꾸는 유토피아를 충실하게 보여주면 되겠기에 현실세계는 필요한 부분만, 가장 적절한 부분만 추출해서 보여주고 있다.

지호는 사회의 부조리한 면과 개인의 좌절감이 복합되어 무의식의 의식화를 겪는다. 작가는 사실적인 것들은 되도록이면 간단하게 드러내고 있다. 대표적인 사회의 부조리는 전쟁을 치른 직후 사회에 팽배해 있는 생명경시 풍조이다. 지호는 담배 2갑으로 병영의 의무를 피하는 젊은이와 순사의 만남을 우연히 목격한다. 이 세상에서 가장 존엄한 생명이 겨우 담배 2갑으로 거래되는 뒷골목의 모습은 전쟁 직후 사회의 생명을 경시하는 세태를 단적으로 표현한 것이다. 그리고 학교에서 해고를 당하게 되는 경위도 사회의 부패상을 드러내는 예가 된다. 두 사건을 통해 전쟁 이후 물신숭배나 권리에 야합하는 사회풍조가 얼마나 만연되어 있는지를 짐작할 수 있다. 사회는 인간답게 살아가는 소중한 가치를 상실했으며, 그것을 지키고자 애쓰는 약자의 노력은 단지 헛된 몸짓과 빈 구호로 그친다는 것을 보여준다.

1) 부정적 아니마像의 표출-마녀 탄생

지호는 국전에 출품하기 위하여 작품을 구상한다. 폭포수가 떨어지는 물 속 바위 위에 종희를 나체로 세워 두고 작품에 몰두한다. 그림은 백살이나 먹은 토인 노파의 얼굴로서 그녀의 배는 '비틀었다가 도로 펴놓은 것처럼 쭈글쭈글'하다. 자신을 모델로 한 그림이기에 기대를 했던 종희는 그림의 제명이 '마녀의 탄생'이라고 하자 지호에게 격분한다. 그녀는 끝내 지호의 그림세계를 이해하지 못하며 이해하려고 노력조차 하지 않는다.

이 작품 전체의 구성 중 이 그림은 두 가지 면에서 필연성을 갖는다. 하나는 애인을 보고 '마녀'라는 연상을 한 점이고, 다른 하나는 이 그림을 녹두노인이 소장하는 데에 있다.

> 세계사가 된 것이지 세계사를 그린 것은 아니오. 그러니 이것은 그림자에 지나지 않아. 이 그림자에 맞는 것이라면 그 실물이 뭐가 되더라도 다 좋아.(「비인탄생」, 328쪽)

그에게 이 그림은 세계사가 될 수도 있고, 비너스가 될 수도 있으며 시각을 달리 하는 대로 그 대상은 무한정 변할 수 있다. 그러나 가장 중요한 것은 지호가 종희의 얼굴에서 최초로 연상한 것이 마녀라는 사실이다. 이처럼 애인의 얼굴에서 마녀를 연상하였다는 것은 그의 내면세계를 지배하는 아니마의 像 중에서 부정적인 것이 우세하여 그를 지배하는 증거가 된다. 그 '魔'는 그의 가슴에 지워버릴 수 없는 노스탤지어를 심어 놓았다. 그에게 있어서 노스탤지어란 원시세계에 대한 그리움이다. 문명세계에 살고 있으면서 원시세계를 그리워하는 것은 이룰 수 없는 것에 대한 염원이다. 이와 같은 동경에 의해 일상생활을 영위할 수 없을 때 일탈 행위를 취할 수도 있음을 내포하고 있다. 그러므로 온몸에 전율을 느끼게 하는 '魔'가 되는 것이다.

일반적으로 마녀라고 하면 부정적인 대상이다. 동화에 자주 등장하는 마녀는 남의 행복을 시기하고 파괴하는 인물로 그려져 있다. 여기서 간과할 수 없는 것이 마녀의 화형식이다. 기독교의 세계관이 투철했던 중세시대는 기독교에 위배하는 종교인들은 이단자로 몰아 처형하였다. 특히, 여성일 경우는 마녀로 몰아 화형에 처했다. 이것은 기존의 세계를 유지하기 위한 희생양이 필요했기에 만들어진 폐단인 것이다. 그런데 이 작품에서는 '마녀'와 '화형식'이 분리되어 등장한다. 화형을 당해야 하는 자는 마녀임에 불구하고 이 작품에서는 어머니가 화형을 당한다. 작가는 그 관계를 고의로 비틀어 놓고 있는 것이다. 사라져야 할 마녀는 등장하고, 존재해야 할 어머니는 화장을 당하는 것은 그 연결관계를 의도적으로 조정하여 새로운 의미를 생성하기 위해서이다. 마녀가 등장해야 하는 필연성은 기존의 체계에 위협을 가할 존재의 필요성 때문이다. 지호가 애인의 얼굴에서 마녀를 연상한 것은 그것이 바로 지호의 무의식 속에 있는 기존의 체계를 거부하는 의식이 여성의 모습으로 드러난 것이다.[7] 그러한 '마'의 요소를 다른 사람이 아닌 바로 사랑하는 애인에게서 얻었다는 것은 바로 아니마의 부정적 像이 노출되었음을 의미한다.

여기에서 마녀가 탄생하는 공간은 폭포이다. 이곳은 바슐라르가 본 물의 이미지 중 '깊은 물, 잠자는 물, 죽은 물'이 된다.[8] 종희가 서 있는 공간은 폭포 속에 솟아나 있는 바위이다. 이 곳은 제2부인 「역성서설」에서도 중심무대가 되는 곳이다.

종희가 나체로 바위 위에 서 있는 동안 그 모습을 그리고 있는 지호와 종희는 물에 의해서 거리감을 갖는다. 종희를 둘러싸고 있는 물은 마녀를 탄생시키기 위한, 마녀를 잉태하는 양수의 역할을 하고 있다. 또 다른 해석은 종희를 앗아가는 죽음의 물이 된다. 결국 「비인탄생」에 등장하는 폭포의 이미지는 지호에게 이 세상의 원리를 벗어나게 하여 '마녀'를 잉태하게 하는 죽음의 물, 깊은 물로 새겨진다. 종희는 자신의 나체를 보면서도 아무런 욕망을 느끼지 않는 지호를 보고 절망하고, 지호는 종희를 마녀로 연상하였기에 당연히 그녀를 범할 수 없다. 두 사람의 애인 관계는 이 사건을 계기로 해서 종식된다.

종희가 물 속이 아니라 바위 위에 있는 것은 물에 자신의 모습을 비쳐볼 수 있는 조건을 만든다. 이는 현실세계에서 아름다움의 상징인 종희에게 나르시시즘에 빠질 수 있는 객관적인 조건을 조성해 주는 것이다. 이 작품에서 종희는 미인으로 설정되어 있기는 하지만 진정한 미의 상징은 아니다. 물 속에 비친 자신의 아름다움에 반해 물 속으로 뛰어드는 나르시스처럼 종희도 자신의 아름다움을 물질과 교환하기 때문이다. 자신의 아름다움에 취해 물 속으로 뛰어든 나르시스나 자신의 아름

---

7) 칼 구스타브 융 編, 『人間과 無意識의 象徵』, 집문당, 1993, 184쪽.
8) 가스통 바슐라르, 『물과 꿈』, 문예출판사, 1993, 70-102쪽.

다움을 물질과 교환한 종희는 진정한 미의 소유자가 아니며 오히려 그 미로 인해 자신을 파멸로 이끈 인물들이다. 그러므로 종희는 예술가인 지호를 구원해 줄 여인상은 아니다.

지호가 어머니의 간곡한 청에 의해 '마녀의 탄생'을 소각하려는 순간 녹두노인이 나타나 이 그림을 가져간다. 녹두노인이 이 그림을 소장하는 의미는 4장에서 밝히겠다.

2) 긍정적 아니마像의 상실-어머니의 화형식

모성애가 강한 어머니는 항상 위대하다. 그래서 강한 모성애를 지닌 어머니는 때로는 비윤리적인 행위나 불법적인 행위도 마다하지 않는다. 주인공 지호의 어머니도 모성애를 발휘하는 여성이기에 강한 생활력을 보여주는 동시에 불법적인 행위도 보인다. 젊은 시절의 어머니는 겨우살이 준비를 위한 무거운 나뭇단을 혼자서 쌓아올릴 정도로 건강한 여성이었고, 사변 때에는 아들의 징집을 막기 위해 혼자서 나무 장사를 하였다. 그리고 지호가 학교에서 해고 당한 이후는 노쇠한 몸을 이끌고 채석장에서 일하였다. 이런 어머니도 지호가 도둑 누명을 쓰고 체포당할 당시에는 경관들에게 무조건 빌라고 아들에게 당부한다.

> 「애 삼수야, 빈다. 빌어! 이럴 적에 그저 비는 거다. 참는 거다
> ……」「참을 것 없다! 대들어 봐!」「나아리, 나아리님. 그저 용서
> 해 주십쇼. 죽어가는 이 에미를 보구 한번만 용서해주십시오!」
> (「비인탄생」, 339쪽)

죄가 없는데도 무조건 빌라고 하는 어머니의 모습은 지호의 인생을

지탱시켜주던 긍정적인 아니마상의 붕괴를 초래한다. 어머니마저도 생명을 보호하기 위해서는 강자에게 대항해서는 안 된다는 생활 원리를 보여주므로 지호의 긍정적 아니마상은 더이상 존재할 수가 없는 것이다. 물론 어머니의 행위는 지호를 살리기 위한 최선의 방편, 순수한 모성애의 발로를 보여준 것이지만 어떤 상황에서도 변함없이 지키고 있어야 하는 최고의 가치가 상실되었음은 절대적 존재자인 어머니의 붕괴에서 명징하게 나타난다.

「요한시집」에서 누혜의 어머니는 기아상태에서 고양이가 잡아다 주는 쥐를 먹으며 연명하였다. 아사 직전의 이와 같은 모습은 생명을 유지하고자 하는 인간의 본능을 보여주는 처절한 모습이다. 이런 어머니의 참담한 죽음 과정이 「비인탄생」에서도 재현된다. 이것은 인간의 죽음의 엄숙함을 상실하는 과정이다.

와병 중인 지호의 어머니는 지호가 도둑 누명을 쓰고 감옥에서 지내는 동안 동굴 속에서 죽음을 맞는다. 지호는 도둑 누명을 벗자 어머니의 안존 때문에 거의 실성하다시피 해서 돌아오지만 그의 앞에 놓인 어머니의 시신은 까마귀들에 의해 처참히 해부되어 있다. 인간이 비인이 될 수밖에 없는 상황이 철저히 외부의 힘에 의해 좌우되고 있음을 보여준다. 쥐를 먹으면서까지 연명해야 하는 누혜의 어머니나 아들의 손에 의해 화장을 당해야 하는 지호의 어머니 등, 일련의 어머니의 죽음은 인간에 의해 인간이 모독을 당하는 모습이다.

> 미적인 생명력을 예술이라고 하면, 불은 사람의 손에서 생겨지는 최고의 예술품이었다. 그것은 소멸의 창조요, 용솟음쳐 오르는 생명의 아우성이었다.(「비인탄생」, 343쪽)
> 그 하늘을 향하여 획! 획! 몸부림치면서 치받쳐 오르는 시뻘건

> 울분. 그것은 지(地)의 항거, 밟히고 찢기고 눌렸던 지령(地靈)이
> 땅껍질을 뚫고 이제 터져나오는 화풀이였다.(「비인탄생」, 344쪽)

지호가 요한 계시록에서나 볼 수 있는 세계 종말을 상징하는 불길을 어머니의 시신 위에 지피는 것은 문명세계에 대해 종언을 고하는 의식이다. 어머니는 두 가지의 의미를 지닌다. 하나는 인간이 지켜야 하는 최고의 가치를 끝까지 실천하는 절대자의 의미이고 다른 하나는 인간세계의 모든 체계와 윤리를 대표하는 대유적 존재의 의미이다. 지호는 그러한 존재인 어머니를 화형함으로써 철저히 비인이 된다. 어머니의 육신을 불태우는 화염은 기존의 모든 가치와 체제, 도덕, 법률 등을 거부하는 저항의 행위이며 지동세계가 천동세계로 전환하는 촉매 역할을 하고 있다. 불이란 무엇인가 질책받아야 할 대상, 타도해야 할 상황에 직면했으나 그 대상이나 상황을 자신의 능력으로는 변화시킬 능력이 없음을 알 때 취할 수 있는 충격적인 방법이다. 그러므로 지호가 어머니를 화장하는 것은 사회제도에 대한 반항이며 자신에 대한 자학의 모습이라 할 수 있다.

이러한 불의 이미지는 바슐라르의 프로메테우스 콤플렉스로 설명할 수 있다.[9] 프로메테우스 콤플렉스는 지식에 대한 강한 욕구 때문에 아버지 세대가 이루어 놓은 체계들이 그가 갈망하는 지식에 위배될 때는 그것을 부정하고 그것을 극복하려 하는 콤플렉스이다. 그러므로 지호 어머니의 죽음 또한 이 세계, 아버지 세대가 만들어 놓은 가치제도와 권위에 의해 자행된 것이므로 지호는 어머니의 시신을 화장함으로써 그것들과 대결하는 것이다. 결국 불은 세계를 변화시키고자 하는 욕망

---

9) 바슐라르, 『불의 정신분석/초의 불꽃 외』, 삼성출판사, 1993, 46쪽.

의 암시인 것이다.

어머니의 육체는 재가 됨으로써 파멸을 겪는 것이 아니라 아들에 의해 새롭게 환생한다.[10] 어머니는 죽음으로써 피안의 세계로 이행한 것이라 할 수 있다. 이러한 의미를 지니는 것은 불의 이미지 중 엠페도클레스 콤플렉스에 해당한다고 할 수 있다. 물론 어머니의 의지가 아니라 지호의 의지에 의해서 이룩되는 것이다.

지호가 거행하는 어머니의 화형식은 신화의 과정이다. 녹두대사는 지호에게 '신화는 옛날의 과학이구 과학은 오늘의 신화'라는 말을 하였다. 지호가 원하는 세상은 과학문명 이전의 원시세계이다. 아직 부계의 질서가 성립되지 않아 가장 인간다운 모습으로 살아 갈 수 있는 곳이다. 그곳에서는 신화가 오늘날의 과학처럼 권위를 누릴 것이다. 그러나 그것은 인간에게 피해를 주지는 않는다. 이러한 세계로의 회귀를 어머니의 화형식을 거행함으로써 얻고자 하는 것이다.

4. 자아분열과 통합의 시도: 세계인식의 추구

「비인탄생」, 「역성서설」 두 작품은 철저하게 이분법적인 구성을 이루고 있다. 의식(대상)과 무의식(그림자), 인간과 비인, 지동세계와 천동세계, 도시와 삼림, 일회적 미와 절대적 미, 물과 불 등의 관계를 보면 이분법적인 대립이 선명하다. 특히 인물의 무의식을 지배하는 그림자의 표현을 통해 작가는 그의 관념세계 안에서 현실인식을 추구하기 위해 다양한 시도를 하고 있음을 알 수 있다. 아니마를 통해 현실 비판

---

10) 바슐라르, 앞의 책, 46쪽.

을 구체적으로 형상화하였다면 이 장에서는 그림자를 통해 분열된 자아가 서로 갈등을 일으키는 과정을 보여주고 있다. 즉 대상과 그 대상의 그림자가 끊임없이 투쟁하며 이러한 투쟁은 분열된 자아가 다시 통합하기 위한 시련의 과정인 것이다.

칼 융에 의하면 심리학적인 의미에서의 그림자란 바로 '나(자아)'의 어두운 면, 즉 무의식적인 측면에 있는 나의 분신이다. 그러므로 자아의식이 강하면 강할수록 그림자의 어둠 또한 짙어져서 자아의식에 반항하는 또 하나의 자아를 만나게 된다. 그림자는 의식의 바로 뒷면에 있는 여러 가지 심리적 내용이기에 선, 정의, 초인적인 존재를 지닌 인간이더라도 그의 무의식에는 악, 추, 비천함을 지닐 수 있다. 그러나 그림자라고 해서 모두 악하고 부정적이고 열등한 것은 아니다. 단지 무의식 속에 잠재하고 있어 분화될 기회를 잃었을 뿐이며 그것이 의식화되었을 경우 그 내용들은 창조적이며 긍정적인 역할을 할 수도 있다.[11]

이 작품은 대상과 그림자의 관계가 세 가지로 나타나고 있다. 「비인탄생」에서의 지호와 삼수, 「역성서설」에서의 거인과 괴물, 두 작품 전반에 걸쳐 나타나는 종희와 유희의 관계가 그것이다. 이와 같은 대상과 그림자의 투쟁을 통해 작중인물이 추구하는 세계, 나아가 작가가 추구하는 세계를 유추할 수 있다. 그것은 현대의 합리적 사고, 매카니즘화된 세계를 지양하고 순수한 인간세계를 지향하는 것이다.

첫 번째 나타나는 대상과 그림자의 관계는 지호와 삼수를 통해서이다. 지호는 「역성서설」에서 삼수라는 이름으로 불리는데 이 두 인물은 동일인으로서 자아와 그림자의 관계이다. 地瑚는 '대지의 산호'라는 뜻으로 지동시대에 속한 인물이고, 森守는 지호의 아명으로서 '산림을

---

11) 욜란디 야코비, 『칼 융의 心理學』, 성문각, 1978, 175-183쪽.

지킨다'는 뜻으로 천동시대를 대표하는 인물이다. 지호는 정의, 인간 존중, 도덕성을 유지하면서 살고자 하나 인간세상은 그러한 것들을 무시하였기에 그는 그곳을 '거대한 공동묘지'로 연상하거나 '지상에서 제일 지저분한 악덕의 분지'로 생각한다. 인간답게 살고자 노력한 지호는 결국 이 집단에서 내몰리어 산비탈에서 혈거생활을 한다. 도시와 산의 중간지점에서 동굴생활을 하는 것은 문명세계와 원시세계가 아직 분리되지 않고 서로 연결되어 있는 것을 의미한다. 지호는 현실의 부정적인 측면을 비판하고 그곳에서 벗어나고자 하는 의지를 강하게 지니고 있지만 어쨌든 그의 몸은 아직 현실세계 속에 포함된 상태이다.

　대상으로서의 지호는 현실세계에 소속한 상태이다. 그러나 현실의 추악한 모습을 비판하고 점점 현실세계를 떠나고 싶어 하는 마음은 대상의 그림자인 무의식이다. 그러므로 이것이 의식화되는 것은 그림자로 잠재해 있던 삼수의 의식이 부상하는 것이다. 지호의 몸 속에 있는 또 하나의 지호, 즉 참된 인간생활을 하지 못할 바엔 차라리 원시시대처럼 네 발로 기어다니는 인간으로 되돌아가기를 바라는 그림자의 의식은 삼수의 것으로서 「비인탄생」 결말로 갈수록 점차 우세해진다.

　　한 사내가 산을 들어가고 있었다. 그를 지호라고 부를 수는 없었다. 〈지호〉라고 불러서 그가 돌아본다 해도, 그것은 소리가 나서 그러는 것이지 이름으로서가 아닐 것이다. 그는 〈이름〉을 상실한 것이다. 거기를 걸어가고 있는 것은 그림자였다.(「비인탄생」, 348쪽)

　　두리번두리번 까마귀의 행방을 알지 못해하는 아쉬움, 그것은 어느 비오는 날 밤 충천하는 화염 속에 어머니와 함께 세계의 시

간을 화장했던 지호 아닌 삼수 오늘의 한 습성이었다. 까마귀만
보면 쫓았다.(「역성서설」, 350쪽)

인용한 예문은 지호가 어머니의 화형식을 끝낸 이후로서 이때부터
문명세계의 지호는 그의 그림자인 삼수로 전환한다. 이상에서 보았을
때 지호와 삼수는 자아와 그림자의 관계이다. 그림자는 무의식 속에 잠
재해 있던 삼수가 표면으로 드러난 것으로서 외부의 영향에 의한 것임
을 알 수 있다. 여기서는 대상과 그림자의 투쟁은 나타나지 않는다. 단
지 일차의 자아분열을 겪었을 뿐이다.

두 번째로 나타나는 그림자는 거인과 괴물을 통해서이다. 「역성서설」
에서는 '그림자'라는 단어 자체가 작품 전면에 자주 등장하여 대상과
그림자의 관계를 뚜렷하게 부각시킨다.

① 그는 가끔 발에 묻혀 있는 **그림자**를 떼어 버리지 못해서 차
고 부비고 뛰고 어쩔 바를 모를 때가 있는 것이다.(「역성서설」,
350쪽)

② 멍하니 자기 **그림자**를 내려다보는 그의 핼쑥한 얼굴, 쓸쓸
하다. 내가 없어져야 그림자도 없어진다. 그런 순서였다.(「역성서
설」, 350쪽)

③ 족제비 같은 동물체가 툭 튀어들어오고, 내 **그림자**가 뛰어
나왔다. 새벽에 첩의 집에서 몰래 나오는 것처럼 주위를 한번 둘
러보고 내 옆에 와서 슬그머니 드러눕는 것이다. 나는 마치 그의
본처 같다.(「역성서설」, 352쪽)

④ 무엇이 어디에서 비어나가는 감촉. 내가 나를 탈구(脫臼)한 것이다! 자유…… 내가 푹 꺼진 자리에서 무엇이 일어서는 것을 느낀다. 그것은 나의 **그림자**를 이별한 나였다! 가슴을 쭉 펴고 심호흡을 한다. 거인이다. (중략) 폭포가의 그 화강의 거상(巨像)이었다.(「역성서설」, 378쪽)

⑤ 돌층대 위에 두 팔을 펴들고 선 것은, 동물성은 동물성이지만 동물이라기보다 유동체였다. 삼사 개월쯤 된 무슨 짐승의 태아가 그 모양대로 햇빛을 받고 굳어진 것 같은 괴물. 크기는 거인의 두 배 세 배로도 보이고, 더 작게도 보이는 흐들흐들한 그 괴물은, 저 기계의 낫가리를 지키고 있었던 불가사리. 그것은 내 **그림자**였다!(「역성서설」, 378쪽)

일차 자아분열은 이름이 존재하는 세계였기 때문에 지호, 삼수라는 이름을 지니고 있으나 두 번째 겪는 자아분열은 이름의 존재가 의미를 지니지 못하는 세계이기에 거인과 괴물이라는 명칭으로 쓰인다. 이처럼 특수한 이름이 명명된 것이 아니라 개체의 특성을 그대로 부르는 것은 이름의 원리가 지배하는 세계가 아님을 보여주는 것이다.

지호가 그림자에게 파괴당하여 삼수로 변화하는 첫 번째 자아분열의 과정은 외부의 영향으로 이루어진 것이며 자아 속에 숨어있는 그림자는 대상을 파괴하였기에 부정적인 기능을 한 것이다. 그러나 두 번째 그림자는 긍정적인 기능을 하여 생산적인 면을 보인다. 삼수는 물질과 과학문명의 세계를 벗어난 깊은 산 속에서 지고지순의 미를 상징하는 유희를 만나려고 노력한다. 그는 유희가 자주 출현하는 폭포가를 매일 배회하며 근처의 화강 기암에다 거인을 새긴다. 화강암에 새긴 이 거인상이 바로 삼수임을 입증하는 사건이 벌어진다. 그는 불길에 싸인 유희에게 가기 위해서 자신의 육신을 파기해야 함을 깨닫고 자아 속의 그림자를 없애기 위해 애쓴다.(예문 ④) 자신의 몸 속에서 그림자가 나가자 자신이 거인임을 인식하게 된다. 이 거인은 그림자인 괴물과 결투하여 승리를 거두는데 괴물은 로보트 제작 공장을 지키는 불가사리였다.(예문 ⑤)

이처럼 거인은 외부의 영향에 의해 자아분열을 겪는 것이 아니라 스스로의 의지를 가지고 탈구하는 것이다. 그리고 거인은 스스로의 힘으로 그림자를 파괴하려고 고군분투한 결과 승리를 얻는다. 괴물과의 결투를 겪고 나서야 비로소 온전한 자아가 되어 다시 지호로 변신하게 된다.

거인의 승리를 보며 흥분에 못이겨 쓰러졌던 삼수가 다시 의식을 되찾았을 때 그가 지금까지 생활했던 산 속의 공간은 지호가 종희를 모델로 하여 '마녀 탄생'을 그렸던 그 장소로 변하고 삼수는 다시 지호로 변하여 세계의 그늘을 벗어난다. 이렇게 해서 지호는 자아분열을 두 번이나 거치고 통합에 성공한 후에야 비로소 온전한 한 인간이 된다. 이상의 내용을 간단히 도표로 정리해 보면 다음과 같다.

① 「비인탄생」

대상 : 지호(지동세계의 인물) ←——→ 그림자 : 삼수(천동세계의 인물)

그림자에게 파괴당함 　　　　　투쟁은 없음 / 외부세계의 압력으로 자아분열

② 「역성서설」

대상: 삼수=거인(이상세계 지향) ←——→ 그림자 : 괴물(문명세계 지향)

- 투쟁이 나타남
- 대상(거인)의 승리
- 분열된 자아의 통합
- 지호는 인간세계로 복귀

지호, 삼수, 거인의 그림자를 통해 장용학이 추구하는 세계를 유추할 수 있다. 장용학은 기계문명이 지배하는 세상이 아니라 인간다운 모습을 지니며 사는 곳을 원한다. 그러기에 그는 그것이 원시세계가 되어도 주저하지 않고 취해야 한다고 생각하는 것이다. 장용학의 문학적 상상력은 이 작품에서 완결되지 않았다. 다시 인간세계로 복귀하는 지호는 미래에 대한 전망을 안고 있는 것이다. 지호가 인간세계로 복귀했을 경우 그의 삶이 미지수이므로 미래에 대해 열린 구조라고 할 수 있다.

세 번째의 대상과 그림자의 관계는 종희와 유희의 관계에서 나타난다. 종희와 유희는 쌍둥이로서 빼어난 미모를 지닌 자매인데 이 쌍둥이의 설정이 그림자를 의미하는 것이다. 지동시대에서 지호의 애인인 종희는 자신의 미를 부와 교환하는 물질숭배의 모습을 보여준다. 종희의 미는 앞서 3장에서 밝혔듯이 절대미를 상징하는 것이 아니다. 이런 종희와 다른 모습은 바로 동생인 유희의 모습에서 나타난다. 소경으로 태어난 유희는 소경이라는 불구 때문에 이 악덕의 분지에서 일어나고 있는 부패상을 한 번도 겪어보지 않고 또한 그것에 오염되지 않은 지고지순의 미로 존재할 수 있었다. 그래서 천동시대를 꿈꾸는 삼수가 헌신적으로 찾아 헤매는 구원의 대상이 된다. 즉 삼수에게 긍정적인 아니마상

인 것이다. 유희가 긍정적인 아니마상임은 녹두대사가 그녀를 관음보
살이라고 지칭하는 것에서도 알 수 있다. 서양에서는 긍정적 아니마상
을 聖처녀로 받아들이고 동양에서는 관음보살로 받아들인다.[12]

「역성서설」에서 유희의 존재가 나타나는 곳은 바로 폭포가이다. 삼
수는 계류에 실린 노래의 근원지를 찾다가 절경 속의 폭포를 발견한다.
그때 삼수는 카오스가 사라지는 것 같은 감동을 받음과 동시에 폭포 소
리에서 물아일여를 느낀다. 그러한 폭포에 유희의 그림자가 비치며 그
녀의 그림자가 나타날 때마다 폭포 주변에는 오색찬란한 무지개가 뜬
다. 이와 같은 무지개의 출현은 신화에서 영웅이 탄생하는 것과 마찬가
지로 신비로움을 야기시킨다.

> 하늘의 무관심을 끌어당기어 만유인력의 가마솥에 원한을 태
> 우는 수연(水煙), 때마침 기울어져가는 햇살이 비껴들어 빚어낸
> 무지개의 오색이 아롱한 다리 그늘, 물속 바위에 앉아 물과 놀고
> 있는 한 여인!(「역성서설」, 353쪽)

여기에서 물의 의미는 순수의 물, 모성의 물이 된다. 유희가 존재하
고 있는 깨끗한 장소로서 순수의 물이 되고, 유희의 존재는 구원의 여
성, 대지와 같은 존재이므로 그녀가 있는 공간인 물은 모성의 물이 되
는 것이다. 지호와 연결되는 물, 삼수와 연결되는 물은 모두 여성이 있
는 공간이면서 자아분열을 겪는 작중인물들에게 복선 구실을 하는 공
간이다. 종희와 연결될 때는 지호의 파멸을, 유희와 연결될 때는 새로
운 창조를 의미한다.

---

12) 칼 구스타브 융 編, 『人間과 無意識의 象徵』, 집문당, 1993, 194쪽.

이 작품에서 대상과 그림자의 관계가 아니면서도 비중을 차지하고 있는 인물은 녹두노인이다. 「비인탄생」에서는 녹두노인, 「역성서설」에서는 녹두대사로 등장하는데 이렇게 인물명이 바뀌지 않음은 이 인물이 대상과 그림자의 관계가 아닌 동일인이기 때문이다.

녹두노인은 지호와 삼수에게 끊임없이 정신적 혼란을 불러일으킨다. 작중인물의 명명에 각별히 신경을 쓰고 있는 장용학이 동학혁명의 선봉장인 전봉준의 호를 차용한 것은 우연의 일치라고 할 수 없다. 녹두노인, 녹두대사가 나타날 때는 '새야 새야 파랑새야'라는 민요를 부른다. 이들 작품 전편을 좌우하는 상징적인 수법들을 고려할 때 '녹두'라는 이름과 민요를 부르고 다니는 행위는 깊은 의미를 내포하고 있다. 그 의미를 녹두노인(녹두대사)의 행위(지호와 삼수에게 갈등부여)와 종말(인조인간의 죽음)을 통해 역으로 거슬러 올라가 유추해 보면 장용학은 이 인물에게 반기를 들고 있음을 알 수 있다. 그럼에도 불구하고 장용학이 동학혁명의 선봉장인 녹두장군의 이름을 차용하고 있는 것은 반어적 아이러니를 이용하는 것이다. 녹두노인의 이름에서 예상할 수 있는 행동을 그는 반대로 보여주고 있다. 전봉준은 동학혁명의 추진 인물로서 당대의 지배 이데올로기에 저항한 인물이다. 이러한 인물을 존경하는 민중들의 모습은 '새야 새야 파랑새야'라는 민요를 부른 데에서 나타난다. 그런데 이러한 이름과 민요를 부르는 녹두노인(녹두대사)은 인조인간으로서 인간다운 세계에 암적인 존재이다. 장용학은 인물의 이름과 그의 행동, 종말을 위배되게 설정하여 독자들에게 반감을 지니는 인물이 되도록 그리고 있다.

「비인탄생」의 녹두노인은 지호의 애인인 종희를 빼앗은 부호이다. 그는 지호가 태우려고 한 '마녀 탄생'을 들고 가버리는데 이렇게 '마녀 탄생'을 태우지 못한 것, 그리고 그것을 녹두대사가 소유하는 것은 지호의 무의식에 있는 '마'의 요소가 사라지지 않은 것을 의미한다. 녹두 노인이 '마녀의 탄생'을 소장하고 있다는 것은 이제 모든 '마'의 요소 가 녹두대사에게서 비롯될 것이라는 뜻이므로 지호와 녹두노인의 관계 는 갈등 관계임을 드러낸다.

「역성서설」의 녹두대사는 삼수를 여러 가지 요설로 정신적 혼란을 겪게 하며 삼수가 유희를 찾는 것을 방해한다. 더구나 그는 유희를 관 음보살이라고 하며 삼수와 경쟁하듯 열심히 찾아다닌다. 특히 녹두대 사는 요설 중에 자신은 용궁의 용왕이고 삼수는 태자라는 관계를 들려 주며 자신을 죽여야 삼수가 용왕에 즉위할 수 있음을 강조한다. 이렇게 삼수와 녹두대사는 운명적으로 적대관계이다. 녹두대사의 정체가 로보 트로 드러나는 것, 그리고 로보트가 삼수에 의해 해체되는 것은 이 작 품에서 장용학의 문학관을 드러내는 부분이다.

> 가슴 복판이 뚜껑이 잘 덮이지 않은 것처럼 네모로 드러났고,
> 그 속에는 시계의 내부처럼 자지레한 기계가 꽉 차 있는 것이었
> 다. 로보트였다! 대사는 로보트였다! 「아― 인조인간!! 세계는 벌
> 써 여기까지 왔단 말인가!!」(「역성서설」, 377쪽)

장용학은 녹두대사가 이처럼 인조인간이었다는 사실을 제기함으로 써 기계문명의 남용이 현재 어느 수준에까지 와 있으며 그러한 결과가 어떠할지를 상징적으로 보여준다.

> 불은 순식간에 벽으로 해서 천장에 매달렸다. 「앗핫핫핫……」
> 한정없이 높아지던 웃음소리는 바람을 불러일으켰다. 휙! 휙! 우
> 리에 갇힌 맹수처럼 몸부림치는 화염! 방안은 불길과 연기와 바

람으로 꽉 찼다. 탕탕, 문짝이 벽에 부딪치는 소리. 밖으로 뛰어
나간 삼수의 몸은 짚단처럼 내동댕이쳐졌다. 몽둥이 같은 바람이
요, 귀화(鬼火)처럼 하늘을 날으는 불꽃!(「역성서설」, 377쪽)

불은 이 작품에서 혁명을 추진하는 원동력이다. 문명세계에서 원시
세계로 전환하는 데 불의 심판이 있었듯, 완전한 인간세계를 구축하는
데에 장애 요소가 되는 기계문명을 제거하기 위해서도 불의 힘이 있어
야 함을 보여준다.

5. 맺음말

장용학의 「비인탄생」과 「역성서설」은 전후세대의 의식을 담고 있는
관념성 짙은 작품이다. 이와 같은 관념적인 성격은 장용학의 한계로 지
적되어 그의 작품을 왜곡하는 요소가 되기도 한다. 그러나 본고는 이를
지양하고, 작중 인물의 아니마와 섀도우를 통해 관념세계와 현실세계
의 상관성을 밝혀 그의 문학세계를 考究하는 데 주력하였다.

주인공 지호의 아니마상은 현실세계와 밀착되어 있다. 그의 무의식
에 내재하고 있는 부정적 아니마상은 애인 종희를 통해 노출되고, 긍정
적인 아니마상의 상실은 어머니의 죽음에서 드러난다. 이처럼 지호의
아니마상이 의식화하는 것은 잠재된 무의식이 더이상 무의식으로 존재
할 수 없는 극한적 상황에 직면했기 때문이다. 아니마상의 표출은 지호
의 현실비판 의식과 비례한다. 즉 전쟁직후 사회에 팽배해 있는 생명경
시, 부조리, 부패상이 작중인물의 비판의식을 강화하고 이것이 무의식
을 의식화하게 하는 원인이 된다. 그래서 지호의 무의식 속에 있던 이

상향, 원시세계에 대한 동경이 의식세계를 지배하고 이를 실천하도록 한다.

이 작품에서 그림자에 의한 자아분열의 모습은 세 가지로 나타난다. 문명세계에서의 지호와 삼수, 원시세계에서의 거인(=삼수)과 괴물, 작품 전편에 걸친 유희와 종희의 관계가 그것이다. 새도우에 의한 다양한 인물의 자아분열상과 분열된 자아가 다시 통합을 이루는 과정을 통해 작가의 세계관이 드러난다. 장용학은 과학문명의 남용과 오용이 초래하는 결과를 인식하고 이 작품에서 과학문명을 정면으로 부정하고 있다. 이러한 염원은 인조인간인 녹두대사, 로보트 제작 공장을 감시하던 괴물 등 과학문명을 상징하는 인물들을 패배자로 설정함으로써 문명세계를 거부하고 있다. 그러므로 이 작품에서 장용학은 상실한 인간성을 회복하는 데에 관심을 두고 있는 것이다.

이 작품의 관념적인 성격은 현실세계와 유리된 채 형성된 것이 아니라 현실에 대한 인식을 바탕으로 한 것이다. 현실의 반영으로 인해 작중인물의 무의식이 전면화되거나 자아분열을 겪는 모습에서 이를 알 수 있다. 그리고 작중인물 지호가 다시 인간세계로 복귀하는 결말은 비록 그의 삶이 미지수이긴 하지만 인간세계를 회피하지 않고 삶의 기회를 다시 제공받고 있다는 점에서 작가가 당대에 대한 전망을 보이는 것이라 할 수 있다.

「가면고」의 서사구조 연구

1. 머리말

최인훈의 「가면고」(1960년 7월)와 「광장」(1960년 11월)은 4·19의 자유로운 분위기 속에서 발표된 작품이다. 그러나 「광장」에 대한 지배적 관심과 「가면고」 자체의 복잡한 서사구조 때문에 그 동안 이 작품은 평가에서 상대적으로 외면받은 경향이 있다. 여기에다 작가가 자신의 대표작[1]에서 「가면고」를 제외시킨 것도 주목받지 못한 이유가 될 것이다. '빛나는 4월'의 영향이 「광장」을 수식한다면 이것은 「가면고」에도 해당될 수 있다고 본다. 이 작품은 「광장」과 '이란성 쌍생아'의 관계에 있는 작품으로서 두 작품은 모두 4·19가 가져온 역사적 지평의 개방 및 사회심리학적 조건과 무관할 수 없기 때문이다.[2]

---

1) 최인훈은 그의 작품을 「광장」→「회색인」→「서유기」→「소설가 구보씨의 일일」→「태풍」의 순서로 읽혀지길 바란다고 밝혔다. 작가 자신이 대표작을 선정할 때 독자에게 영향을 미칠 수 있다.(최인훈, 『꿈의 거울』, 우신사, 1990, 247쪽) 그리고 작가가 주목하지 않은 작품 중에서 오히려 그의 문학성을 확인할 수 있는 사례를 발견할 수 있는 법이며 바로 이 작품이 그러하다고 본다.

2) 김정관, 『존재의식과 위기의 문학』, 푸른사상, 2002, 364쪽.

「가면고」를 중시해야 하는 데에는 세 가지 이유가 있다. 첫째는, 최인훈 소설에서 지속적인 관심사항으로 대두된 '자아찾기'의 원형을 이 작품에서 발견할 수 있으며 또한 그것을 '사랑'으로 구현한 보기 드문 결말을 지니고 있는 점, 둘째로는 사실주의와 반사실주의의 성격을 동시에 지니고 있기에 최인훈 소설의 '환상'의 의미를 규명할 수 있다는 점, 셋째로는 4·19 혁명을 갓 지난 자유로운 분위기가 서사구조에 영향을 끼치고 있다는 점에서 이 작품에 대한 서사구조의 면밀한 고찰은 의미를 지닌다고 본다.

이 글은 「가면고」의 서사구조가 그의 소설세계에서 어떤 위치를 차지하고 있는지에 초점을 둘 것이다. 이 작품에 나타난 서사구조와 주체의 태도는 이 작품에만 한정된 서사미학이 아니라 최인훈 소설에서 상호텍스트성을 보여주는 예가 되기 때문이다. 이 연구는 「가면고」가 그의 환상적 서사의 원형이 된다는 추론에서 시작하고 있다. 연구방법은 정신분석 담론을 중심으로 접근하고자 한다. 프로이트와 라캉의 이론을 기본 토대로 하여 분석할 경우, 구조의 난해함을 해결할 수 있을 것으로 기대한다. 2장에서 반복적인 서사구조와 반복 모티프의 양상을 확인하고 그와 같은 구조를 추동시키는 무의식적 욕망을 살펴보겠다. 이어서 현실과 환상의 이원적 구조를 분석함으로써 최인훈 소설의 환상성은 어떤 의미를 지니고 있는지 규명하고자 한다. 이와 같은 구조에서 작중인물이 추구하는 '순수얼굴'과 '순수사랑'은 최인훈 소설의 상징어인 '밀실'과 '광장'의 변형임을 알 수 있다. 이러한 고찰은 「가면고」의 서사구조가 1960년대의 시대상황과 불가분의 관계에 있음을 보여줄 것이다. 작가의 가치체계는 소설에서 허구적 텍스트의 형식을 빌어 서술되기[3] 때문이다. 따라서 이 작품이 지니고 있는 구조의 복잡함과 해피엔드의 결말은 1960년대의 절망과 희망이 교차하는 시대상황의 굴절이라고 하겠다.

2. 반복적 서사구조의 양상과 의미

1) 반복구조와 반복 모티프

「가면고」는 세 개의 서사가 중층적으로 반복되어 나타나는 작품이다. 세 개의 서사를 간략하게 살펴보면 다음과 같다. 기본 텍스트는 무용이론가 민이 예술가 애인(화가인 미라와 발레리나인 정임) 사이에서 방황을 하며 자아완성을 추구하는 서사이다. 주인공 독고민의 욕망은 위선이 제거된 '순수얼굴'을 소유하는 것이다. 이때 발레리나 정임의 등장은 그의 인식에 변화를 준다. 여성 주체를 인정하지 않던, 그래서 여성 인물을 철저히 타자화시켰던 그의 태도에 변화가 오는 것이다. 또한 그녀의 등장은 민의 욕망이 실현될 수 있는 가능성을 암시하기도 한다. 이와 같은 기본 텍스트에 두 개의 텍스트가 병행하고 있다. 하나는 민의 전생담인 '다문고 왕자'의 자아구원 과정을 보여준 서사이고, 다른 하나는 민의 무용극본인 '신데렐라 공주'의 서사이다.

민의 전생인 다문고 왕자도 순수얼굴을 소유하고자 하는 욕망을 지니고 있다. 왕자라는 신분에 최고의 학문적 소양을 겸비하였으면서도 이에 만족하지 않고 순수얼굴을 지향한다. 그는 순수얼굴을 갖기 위해서 살인이라는 '업'까지 쌓게 된다.[4] 그러나 왕자는 자신의 행위를 반

---

3) 페터 V. 지마, 서영상 · 김창주 옮김, 『소설과 이데올로기』, 문예출판사, 1996, 49쪽.
4) 부다가가 다문고 왕자에게 알려준 구도의 방법은 순수함을 지닌 타인의 얼굴을 왕자의 얼굴에 덧씌우는 방법이었다. 그러나 이 실험이 계속 실패함으로써 부다가 집에

성하였고 또한 마가녀 공주의 진정한 사랑을 얻었기 때문에 구원에 이른다. 세번째 독고민의 무용극본 '신데렐라 공주'의 서사에서 주인공 왕자는 마법에 걸려 있다. 마녀는 자신의 딸과 왕자를 결혼시키기 위해 왕자의 얼굴에 탈을 씌운 후 '순수사랑'만이 이 주술을 풀 수 있도록 하였다. 무용극에서도 왕자는 신데렐라의 순수한 사랑으로 구원을 얻는다.

4장으로 구분된 이 작품은 각 장마다 현실과 전생, 현실과 창작이 쌍을 이루고 있다. 1, 2, 4장은 현실과 전생으로, 3장은 현실과 창작품으로 짝을 이루는 것이다. 무용극에 등장하는 왕자의 욕망[5]까지 병치되면 「가면고」에 나타나는 세 개의 서사는 모두 '자아구원의 욕망'으로 압축된다. 이와 같은 스토리에서 독립적인 서사성을 지녔으되 주제면에서는 동일한 3개의 이야기가 반복되고 있음을 발견할 수 있다. 그리고 '순수얼굴'을 지향하는 반복적 플롯 속에 '거울보기'와 '인형수집'이라는 주인공의 행위가 반복 모티프로 삽입되어 있다.

구조의 반복을 추진하고 있는 것은 바로 주체의 욕망이다. 독고민의 무의식적 욕망이 전생담의 다문고 왕자, 무용극본의 탈을 쓴 왕자에게로 전이되면서도 동일하게 나타나기 때문이다. 이들은 라캉이 말한 '결여된' 주체들로서 결여의 대상을 찾기 위해 노력하고 있다. 그러한 과정이 강박적인 반복구조를 발생시키고 있는 것이다.

반복충동은 상상계와 상징계가 변증법적으로 연결된 탈중심적 구조에서 일어난다.[6] 독고민은 상상계와 상징계의 경계선에서 두 모습을

는 '얼굴의 방'이 마련된다. 이곳에는 그동안 다문고 왕자의 욕망실현에 사용된(죽인 사람) 얼굴들이 보관되어 있다.

5) 왕자의 욕망은 마녀의 마법으로 얼굴에 씌워진 탈을 벗는 일이다. 탈은 순수한 사랑의 대상을 만날 때 벗겨진다.

6) 권택영 엮음, 『욕망이론』, 문예출판사, 1994, 26쪽.

보여주는 유동적인 인물이다. 독고민과 다문고 왕자가 일시적이나마 상상계적 인물로 보이는 때는 '거울보기'와 '인형수집'의 행위에 몰두할 때이다. 겉으로 보기에 멀쩡한 독고민과 전생의 다문고 왕자는 '결여된 주체'들이다. 그렇기 때문에 성인 남성으로서는 남 앞에서 당당히 하기 어려운 '거울보기'와 '인형수집' 행위에 몰두하고 있다. 이들이 '결여된 주체'인 것은 그들의 자의식적 태도에서 비롯되었다.

「광장」의 이명준은 6·25전쟁 직전과 전쟁 중에 허위의 이데올로기를 인식하지만 이로 인해 희생된 비판적 지식인이다. 이에 비해 「가면고」의 독고민은 전쟁을 '몸'으로 치르었고 그것을 '이 사회에 살 수 있는 세금을 치른 것'으로 합리화한 지식인이었다. 그러나 그런 몸값이 사실은 얄팍한 '풍선의 밀도'처럼 약한 자극에도 터져버릴 수 있는 허위라는 사실을 깨달은 후, 자신의 존재감을 인정할 수 없게 되었다. 더구나 자신의 참모습과 타인의 시선에 의한 자신의 모습에서 심한 괴리를 발견하였을 때 자괴감에 빠진다. 이러한 상태에서 벗어날 수 있는 길은 그들에게 결여된 '순수얼굴'을 소유하는 것이지만 현실적으로 실현하기에는 불가능하다.

상상계와 상징계는 그 영역이 독립적으로 구분되어 있기보다는 상호 간섭하고 있다. 즉 "상호 연결되며 상호 의존적인 관계에 있는 것이다."[7] 독고민과 다문고 왕자가 무의식적 욕망으로 내적 갈등을 일으키고 있는 것은 결국, 상상계와 상징계의 경계선이 유동적이기 때문이다. 독고민과 다문고 왕자가 상상계적 인물의 모습을 지니는 것은 내적 갈

---

7) 1970년대에 라캉은 이 세 질서의 관계를 이른바 보르메오 매듭 Borromean knot 으로 설명한다.('세미나', 20) 이 매듭은 상호 연결되는 세 요소로 구성되며, 한 요소가 제거되면 다른 두 요소는 자유로운 상태가 된다. 이승훈, 『과정으로서의 나』, 푸른사상, 2003, 84쪽.

등을 퇴행적인 방법으로 해결하는 데서 나타난다.

> ① 거울 속에는 쫓기는 사람의 초조함을 숨기느라고 짐짓 평정을 꾸민 가짜 성자의 탈이 있었다. (중략) 저 탈을 피가 흐르도록 잡아 벗겼으면. 그 뒤에는 깨끗하고 탄력 있는 살갗으로 싸인 얼굴이 분명 감춰진 것을 알고 있다.[8]

> ② 다른 사람들은 민에게서 젊은 나이에 된 사람이라는 인상을 받는 것이었다. 그런 치명적인 오해는, 그럴수록 민의 행동에 올가미를 씌웠고, 자아 기만과 그에 대한 반발이라는 바싹 마음을 썩이는 악순환을 가져왔다.(199쪽)

> ③ 내가 그 거울을 들여다볼 때마다, 거기에는, 무엇인가에 쫓기는 자의 초조와 짐짓 평정을 꾸며 보는 가짜 성자의 둔감이 하나로 엉겨붙은 탈이 비친다. 자신을 가장한 눈의 표정. 저 탈을 피가 흐르도록 벗겨냈으면. 그 뒤에 분명 숨겨진 깨끗하고 탄력 있는 살갗의 얼굴을 가리고 있는 이 탈을 벗겨 낼 수만 있다면. (중략) 깊은 학문을 하면 할수록, 내 표정은 점점 맑아가고 수정처럼 영롱해야가야 할 터인데, 그 반대로 되어가는 까닭은 무엇일까?(225쪽)

①과 ②는 독고민의 '거울보기' 행위이며 ③은 다문고 왕자의 '거울보기'이다. 두 사람 모두 타인의 눈에 띄지 않도록 은밀히 거울을 본다.

---

8) 인용문은 1993년 문학과지성사에서 발간한 『크리스마스캐럴/가면고』, 205쪽이다. 이하 인용문은 쪽수만 표시한다.

현실과 전생의 세계에서 반복 모티프로 나타나는 '거울보기'의 행위는 자아성찰의 계기가 된다. 거울 속에 비치는 자신의 영상이 순수함으로부터 거리가 먼 이중성의 모습을 띠고 있다는 것을 스스로 확인하며 절망하는 대목이다. 그러나 여기에서 자포자기하지 않고 반성적인 태도를 갖는 것이 더 부각되어 있다.

성인 남성으로서 거울을 보는 행위는 이중적인 성격을 지닌다. 그것은 긍정적이면서 동시에 부정적인 양가성을 의미하는 것이다. '거울보기'의 행위가 자신의 내면을 바라보는 성찰의 자세란 점에서는 긍정적이지만 거울단계의 유아처럼 퇴행의 행동으로 비춰질 수 있으므로 부정적이다. 라캉의 경우 주체는 거울 이미지를 띠고 있다. 주체가 존재하는 게 아니라 거울 이미지가 존재하고, 이 이미지가 자아이다. 그런 점에서 자아는 진정한 자아가 아니고, 오인된 자아이고, 따라서 자아는 주체로부터 소외된다. 요컨대 라캉의 자아는 매혹과 소외의 개념을 동반한다.[9] 이 작품에서 독고민과 다문고 왕자는 오인된 자아에서는 벗어나 있지만 그들 스스로가 다른 사람들과 심리적으로 화합하지 못하는 지금의 생활을 계속 유지할 경우는 소외를 자초하는 인물이 될 수도 있다.

'거울보기'의 행위에서 나타나는 괴리감을 독고민은 '인형수집'으로, 다문고 왕자는 '가면쓰기'로 보상하려 한다.

> 인형의 표정과 어린애들, 또는 짐승의 그것 사이에는 닮은 데가 있다. 얼굴이 하나밖에 없다. 그런 표정은 민처럼 두 개 세 개의 얼굴의 스페어를 가진 사람에게 무어랄까, 빌붙어 볼 수 없는 쌀

---

9) 이승훈, 앞의 책, 60쪽.

쌀한 슬픔과, 닮고 싶은 사랑을 함께 불러 일으켰다.(235-236쪽)

독고민이 인형을 수집하는 행위는 자신이 갖지 못한 '순수함'을 다른 대상에서 찾고자 하는 보상심리이다. 그러나 성인 남성이 인형을 수집하는 행위는 어린아이들의 '놀이'와 유사한 점이 있으며, 이것은 상상계의 인물로 보이게 한다. 민에게 있어서 자아의 완성은 "몸과 마음이 다같이 살 수 있는 단 하나의 구원"이었기에 그가 끊임없이 추구하는 '순수 얼굴'에 대한 지향은 이처럼 퇴행의 모습마저 갖게 되었다.

어린아이와 동물의 얼굴에 나타나는 공통점은 위선이 없다는 점이다. 독고민은 허위, 가식, 위선이 들어가지 않은 얼굴을 보기 위해서 '인형'을 수집하고 있다. 어린아이들은 '놀이'를 즐기고, 성인들은 몽상을 즐기면서 자신들의 욕망을 은밀히, 또는 적극적으로 표출한다. 독고민의 '인형수집'도 그러한 성격이 강하다. 그래서 성인들의 몽상이 승화된 양식으로서 예술 장르로 발전하듯 민의 인형수집의 '놀이'도 예술의 단계로 발전함을 보여주고 있다. 4장에서 나타나는 「신데렐라 공주」의 극본은 주인공 민의 욕망을 예술적으로 승화시킨 것이다. 그의 무용극이 성공리에 끝난 것은 "예술은 환상과 마찬가지로 그 옛날 어린 시절의 놀이의 연장이면서 대체물이다."라고 한 프로이트의 이론을 상기시키는 대목이다.

민의 인형수집은 다문고 왕자의 서사로 오면 더 적극적이고 탐욕적인 행위로 변주되어 반복된다. 다문고 왕자는 자신의 욕망을 실현하기 위해 부다가와 공모하여 '얼굴의 방'이라는 수집공간을 가질 만큼 순수한 타인의 얼굴을 취한다. 즉 살생을 행하는 것이다. 이것은 다문고 왕자에게는 절대절명의 선택이기 때문에 '놀이'와 같은 유희의 시간은 아니다. 그러나 전통적으로 '가면'을 이용한 문화가 서구에서는 '가면 무

도회'로, 우리 나라에서는 탈춤으로 욕망을 표출하는 장르란 점을 고려
한다면 놀이의 성격이 전혀 없는 것은 아니라고 할 수 있다. 그러나 다
문고 왕자에게 '가면쓰기'는 결코 유쾌한 놀이는 아니다. 그것은 고통
을 수반하면서도 희열의 순간을 기다리는 죠이상스의 의미를 띠는 놀
이가 된다.

주인공의 욕망에서 추동되는 반복구조는 주인공의 편집증적 상태에
서 더욱 강조, 강화되면서 서사의 완결성을 보여주고 있다. 이와 같은
구조는 글쓰기에 대한 자의식의 표현이면서 동시에 작가 자신의 현실
적 정체성의 위기와 자기구원의 문제를 여러 각도에서 점검하는 형식
적 장치[10]가 되고 있음을 확인하게 한다.

「가면고」의 반복구조는 동시에 거울 텍스트의 성격도 지니고 있어서
작품의 이해를 위해 거울 텍스트의 자기반영성을 고려해야 한다. 거울
텍스트는 기본 텍스트인 독고민의 서사에 삽입되어 있는 다문고 왕자
와 신데렐라 공주의 서사이다. 거울 텍스트가 정교한 파불라로 완결된
스토리를 제시할 때 독자는 기본 서사의 파불라를 잊게 마련이다.[11] 그
러나 「가면고」는 오히려 기본 텍스트와 거울 텍스트의 경계가 분명하
기 때문에 기본 서사를 잊기가 어렵다. 이 작품에서 거울 텍스트는 강
박적일 정도로 주제를 드러내고 있다. 그러면서 그의 속성인 자기반영
성이 작용한다. 즉 이중적 의미를 진지하게 해석하는 태도로 독자는 삽
입 텍스트를 앞으로 일어날 거울로 해석하는 것이다.[12] 따라서 거울 텍
스트가 중층으로 결합되어 있을 경우, 독자의 능동적 독서 태도는 거울

---

10) 김영찬, 「1960년대 한국 모더니즘 소설 연구」, 성균관대학교 박사학위 논문, 2001,
　　138쪽.
11) 미케 발, 한용환·강덕화 옮김, 『서사란 무엇인가』, 문예출판사, 1999, 258쪽.
12) 미케 발, 성충훈·송병선 옮김, 『소설이란 무엇인가-소설 서사학』, 울산대학교출판
　　부, 1997, 248쪽.

텍스트인 다문고 왕자의 결말을 통해 기본 텍스트 민의 서사가 어떤 결말일지 유추할 수 있게 된다.

지금까지 「가면고」의 표층 서사구조인 반복적 구조를 살펴 보았다. 반복적 구조는 거울 텍스트의 성격을 지니면서 그 안에 '거울보기'와 '인형수집'이 반복 모티프로 작용하고 있음을 확인하였다. 이와 같은 구조의 반복성은 주인공의 무의식적 욕망을 강화시키기 위해서 작동하고 있는 것이다. 이러한 서사구조는 환상적 서사의 특성이 강한 「구운몽」, 『서유기』에서 심화되어 나타난다. 이것은 이원적 구조에서 다시 논의하겠다.

2) '순수얼굴'의 의미

이 장에서는 주인공이 그토록 동경하는 '순수얼굴'은 어떤 의미를 지니고 있는지 살펴볼 차례이다. 얼굴에 남다른 관심을 지녀서 인형수집의 취미까지 있는 독고민에게 '순수얼굴'을 소유하고자 하는 욕망은 자기 동일화 문제와 관계있다. 동일화는 정신분석 이론에서 결정적인 역할을 담당하는 개념이다. "주체는 동일화를 수단으로 하여, 즉 자신을 상징적 그물망 속에서 자신의 장소를 보장해주는 어떤 지배기표와 동일화함으로써 그 구조적 결핍을 채워넣으려 하기 때문이다."[13]

주인공 독고민은 결핍된 주체로서 자기 동일화를 모색하는 인물이다. 그는 전쟁체험, 애인과의 불화, 예술창작의 부진 등 그 어느 분야에서도 만족을 느끼지 못하는 상태에 있다. 독고민의 이런 생활은 그의 개인적인 문제일 뿐 아니라 당대인에게도 해당하는 문제다. 4·19라는

---

13) 슬라보예 지젝, 김소연·유재희 옮김, 『삐딱하게 보기』, 시각과 언어, 1995, 322쪽.

현실과 인간 사이에는 6·25를 겪어온 이 세대의 상처받은 역사적 삶, 그 경험에서 오는 일정한 시야의 한계, 육체를 지닌 인간의 일상적 삶, 정신의 표현을 가능케하는 언어, 언어의 속성에서 오는 현실 파악의 장벽 등 무수히 많은 매개가 존재하며 그 매개를 통해 다시 그것을 극복해야 하는 과제가 놓여 있는 것이기[14] 때문이다.

독고민이나 다문고 왕자는 '이상적 자아'와 '자아의 이상' 사이의 괴리감 때문에 괴로워한다. 주인공들이 '보여지는 나'일 때에는 성스러움, 숭고함, 인격의 완성 등 '된사람'으로 평가받지만 '보는 나'일 때는 타인의 평가가 진실이 아니라는 사실을 알기 때문에 회의적인 주체가 된다. 「광장」에서 '현실에 존재하는 허위적 정신들이 바로 이명준의 비판대상'[15]이라면, 「가면고」는 독고민을 통해서 개인의 허위적 태도를 비판대상으로 삼고 있다. 그가 원하는 '순수얼굴'은 이중적이고, 위선적인 '가면'이 덧씌워진 생활에서 벗어나는 것으로서, 통합된 인격체를 의미한다. 이것은 자아의 정체성과 사회의 정체성이 일치되는 모습이다.

'순수얼굴'을 소유하고자 하는 욕망은 주체에 따라 의미를 달리한다. 민에게는 善, 다문고 왕자에게는 眞, 마법의 왕자에게는 美로 읽힌다. 기본 서사의 주인공인 민을 중심으로 보았을 때 사회라는 관계에서는 바람직한 시민상, 애인 미라와는 에로스의 대상, 예술과의 관계에서는 명작의 창작을 의미한다. 바로 최선의 상황인 '善'을 추구하는 것이다. 이것은 완벽한 '자아찾기'로서 1960년대 소설의 특징이라 할 수 있는 '자아성찰의 서사'를 보여주는 대표적인 케이스가 될 것이다. 다문고 왕자는 종교적 구도에 이르는 것이기에 '진리'의 세계를 추구하며, 마

---

14) 서경석, 문학사와 비평연구회 편, 「60년대 소설 개관」, 『1960년대 문학연구』, 예하, 1993, 31쪽.
15) 서경석, 앞의 책, 33쪽.

법에 걸린 왕자는 추함의 상태에서 벗어나는 것이기에 '美'로 읽힐 수 있다고 본다. 주체에 따라 순수얼굴은 진·선·미로 그 표현이 달라지지만 그 공통점으로 '절대성'을 들 수 있겠다.

「광장」의 1961년판 서문에는 최인훈이 사용한 '밀실'과 '광장'이 그의 소설을 이해할 수 있는 상징어임을 드러낸다.

> 어떤 경로로 광장에 이르렀건 그 경로는 문제될 것이 없다. 다만 그 길을 얼마나 열심히 보고 얼마나 열심히 사랑했느냐에 있다. 광장은 대중의 밀실이며 밀실은 개인의 광장이다.
> 인간을 이 두 가지 공간의 어느 한쪽에 가두어버릴 때, 그는 살 수 없다. 그럴 때 광장에 폭동의 피가 흐르고 밀실에서 광란의 부르짖음이 새어나온다.[16]

이와 같은 인용문은 '밀실'과 '광장'이 다양한 차원으로 해석할 수 있는 근거가 된다. 최인훈의 작품세계를 구성하는 양극은 '광장'과 '밀실'로 상징화된다. 그런데 포괄적으로 따져보면 이것은 '이상'과 '현실' 내지 '자아'와 '세계', 또는 '존재'와 '본질' 등의 사이에 존재하는 공간 개념을 미분화한 것임이 드러난다.[17] 이 작품에서 '순수얼굴'은 부정부패가 사라진 바람직한 '밀실'의 모습이라 할 수 있다. 이러한 밀실은 개인과 사회에 모두 적용될 수 있는 것으로서 특히 이 작품에서는 독고민과 다문고 왕자가 추구하는 개인의 바람직한 밀실이라 하겠다. 따라서 이러한 영역에 도달하기 위한 과정으로 나타나는 '거울보기'와 '인형수집'은 상상계의 모습을 지니면서 그것을 극복하고자 하는 노력

---

16) 최인훈, 『광장/구운몽』 최인훈전집 1, 문학과지성사, 1992, 15쪽.
17) 김정관, 앞의 책, 369쪽.

의 과정이 '순수사랑'으로 이어지고 있다.

필자는 이 작품에서 작중인물의 무의식뿐 아니라 작가의 무의식과 문화적 배경도 중시하고자 한다. 먼저 시대상황이 작가에게 끼친 영향은 4·19에서 찾을 수 있을 것이다. 4·19가 발발한 지 3개월이 안된 시점에서 발표된 이 작품은 현대소설에서 보기드문 해피엔딩이다. 이것은 이 작품을 창작할 당시의 최인훈에게 있었던 혁명에 대한 기대와 희망이 아직 제거되지 않은 상태라는 것을 보여주는 것이다. 11월에 발표된 「광장」의 이명준의 비극적 행로와 비교한다면 분명히 차이가 난다. 혁명의 주체들이 정부를 구성하지 못하고 민선정부가 탄생한 것은 혁명을 정치적인 변혁으로까지는 이끌지 못한 것이 된다.[18] 이명준의 비극적 행로에는 작가가 파악한 혁명의 의의가 작용하고 있었을 것이다.

김현은 4·19가 가져온 문학적 성취에 대한 평가를 4·19 자체가 갖는 '환희와 절망'의 두 얼굴에서 찾고 있다.

> 사일구는 문화사적으로 두 모습을 갖고 있었다. 하나는 사일구의 성공적 측면에서 연유하는, 가능성의 세계와 현실의 세계는 하나일 수 있다는 긍정적인 얼굴이었고, 또 하나는 사일구의 부정적 측면에서 연유하는, 이상은 반드시 현실의 보복을 받는다는 부정적인 얼굴이었다. 사일구의 그 두 얼굴은 동시에 바라본 사

---

18) "세계사에서의 모든 경험이 그러하듯이, 투쟁에서는 제1선을 담당하고 또 주된 동력이 되어 투쟁하였음에도 불구하고 조직적 대오를 갖추지 못하고 있던 민중은 투쟁의 성과를 지주 계급을 기반으로 했던 한민당의 후신, 민주당에게 고스란히 넘겨 주었던 것이다. 4월 혁명으로 새 헌법이 만들어졌고, 이 헌법에 따른 1960년 7월 29일의 총선거에서 윤보선을 대통령으로 하고 장면을 내각 수반으로 하는 민선 정부가 탄생했다. 이 민선 정부는 결코 혁명 정부가 아니었고, 4월 혁명에서 분출한 민중의 여망이 실현될 전망은 매우 불투명했다." 윤대원, 『한국현대사』, 거름, 1990, 109쪽.

람에게는 괴물처럼 보였지만, 그것의 어느 한 면만을 바라다본 사람들에게 사일구는 각각 환희와 절망을 뜻하는 것이었다.[19]

「가면고」에는 식민지와 6·25전쟁으로 얼룩진 현대사를 재건할 수 있는 '새로운 인물'을 창조하고자 하는 작가의 무의식적 욕망이 잠재되었다고 볼 수 있다. 이것은 혼돈과 무질서를 체계화, 질서화하고 싶은 욕망이다. 루카치가 총체성이 파괴된 시대에 '문제적 인물'을 그려냈듯이 최인훈은 한국의 현대사를 재정립할 수 있는 절호의 기회에 새로운 인물이 필요했던 것이다. '순수' 인물을 갈망한 것은 당대의 지배적 분위기인 '허위와 협잡'을 쇄신할 수 있는 캐릭터로 보았기 때문이다. 따라서 이 작품은 정치적인 면에서는 결국 실패한 혁명이지만 문화적인 면에서는 커다란 전환점을 마련한 혁명의 분위기가 생성요인으로 작용하고 있다.

3. 이원적 서사구조의 양상과 의미

1) 현실과 환상의 교차

「가면고」의 서사는 작중인물의 무의식적 욕망이 반복구조를 이루고 있음을 앞에서 확인하였다. 그러나 주체의 욕망은 충족되지 않는다. 항상 지연되고 미끄러지면서 작중인물을 고통스럽게 한다. 이때 환상이 발생하면서 욕망의 문제를 진행시킨다. 독고민(다문고 왕자)에게 '순

---

19) 김현, 「60년대 문학의 배경과 성과」, 『분석과 해석/보이는 심연과 안 보이는 역사 전망』 김현문학전집 7, 문학과지성사, 1993. 23쪽.

수얼굴'의 욕망은 현실적으로 '실현불가능'하다는 점에서 주체에게 강박관념과 초조함을 안겨 주고 있다. 따라서 이 작품의 구조가 현실-환상의 이원적 구조를 띠게 되는 것은 욕망을 해결하기 위해 필연적인 장치가 된다.

이 작품이 난해하다는 평가를 받고 있는 것도 여러 개의 서사로 구성되었을 뿐만 아니라 그 서사들이 재현적 글쓰기의 범주를 일탈하면서 전개되고 있기 때문이다. 최인훈의 작품이 '광장-밀실'이라는 의미론적 대립항에서 이분법적 구도를 유지하고 있다면, 이것이 구조로 이동되었을 때는 '현실-환상'의 이원적 구조로 변형되었다고 볼 수 있다.

「가면고」의 주인공 민과 다문고 왕자는 현실생활이 만족스럽지 않다. 민은 전쟁의 상처와 사랑의 좌절, 예술적 성취의 불안감 등을 겪고 있는 젊은이로서 가장 불안한 시간을 보내고 있는 인물이다. 다문고 왕자 또한 괴롭기는 마찬가지다. '왕자'라는 고귀한 신분에다 명예와 학문적 소양을 동시에 지니고 있으면서도 늘 공허함에 시달린다. 그를 공허하게 만드는 것은 종교적 구도에 이르지 못한 좌절에서 오는 것이다. 현실적으로 만족한 삶을 누리는 사람은 환상을 필요로 하지 않는다. 현실에서 좌절한 사람, 결여된 주체가 환상을 좇는다. 좌절된 소망충동은 환상을 만드는 동인이고, 환상은 좌절된 소망충동의 성취과정이며 만족스럽지 못한 현실에 대한 보상이다. 환상은 인간이 신경증에 걸리지 않고 억압된 본능충동을 해소하는 또 다른 심리적 현실 대응 방식인 것이다.[20]

「가면고」에서 나타나는 환상의 양상은 기시감, 전생담을 통한 시공간의 인과율을 위반하는 것, 최면요법에 의한 자동기술법 등이다. 이

---

20) 프로이트, 정장진 옮김, 『창조적 작가와 몽상』, 열린책들, 1996, 81-90쪽 참조.

중에서 가장 중심되는 환상의 양상은 인과율이 위반된 시공간의 구현으로 서사가 전개될 때이다. 이와 같은 낯선 시간의 등장은 이미 이 작품 서두에서 기시감을 통해 그 징후를 보여주고 있다.

> ① 분명히 처음 보는데 언젠가 한번 본 것만 같은 그런 얼굴이었다. 삶의 언저리에서 가끔 일어나 짜증이 나게 마음을 헝클어 놓기 일쑤인 기억의 환각…… 민은 그녀가 두어 정거장 앞에서 오른 때부터, 그런 생각에 사로잡혀 있었다.(161쪽)

> ② 여기가 어딘가? 방향을 모르겠다. 사방을 휘둘러보았다. 눈익은 집이 하나도 없다. 무심히 내렸지만 그가 내려야 할 곳을 지나쳐온 것이 분명했다. 그리고 보면 아까 버스를 기다리다 전차를 잡아 탈 때 그는 방향만 보고 올랐을 뿐이었다. 말할 수 없는 공포가 그를 사로잡았다. 어떡하나…… 어떡헌담…… 그는 태연하게 걸음을 옮기기 시작했다. 지금 걸어가고 있는 쪽이 북인지 남인지도 모르겠다. 거리를 지나는 사람들이 자기를 유심히 쳐다보는 듯싶어 얼굴이 화끈거린다. 불이 환히 켜지고 문이 열린 점포들의 깊숙한 속이, 껄껄 웃어대는 어느 커다란 목구멍 같다. 길이며 사람들이며 늘어선 건물들이 금세 자기를 손가락질하며 왈칵 웃음을 터뜨릴 것 같은 무서운 부끄럼이 덮친다.(216쪽)

인용문 ①과 ②는 기시감의 예를 보여주는 것이다. 기시감은 언젠가 한번 겪었음직한 일을 당면했을 때 나타나는 현상이다. 독고민은 전차 안에서 본 낯익은 여자의 얼굴을 보았을 때, 그리고 전차에서 잘못내려 낯선 장소에 도착했을 때 심한 공포와 불안을 느낀다. 이것은 현실과

전생담의 경계에서 느낄 수 있는 공포, 두려움을 상징적으로 미리 보여
준 것이라고 할 수 있다.

기시감은 과거 기억의 '불확정성'에서 오는 불안이다. 기억의 교란이
기시감에 의해 발생하고 있는 것이다. 최인훈 소설에서 환상은 이와 같
은 기시감과 시공간의 인과율이 파괴하는 것으로 대부분 나타난다.
「광장」에서 이명준은 봄날 들판에 나갔을 때 기시감을 느끼며, 「구운
몽」의 독고민도 기시감과 함께 '황금시대'의 애인 '숙'을 만나기 위해
환상여행을 한다. 『서유기』의 독고준도 인과율이 파괴된 시공간에서
환상여행을 한다. 현실이 고통스러운 시간일수록 인과율의 위반으로
창조되는 시공간은 피안의 성격을 가지게 되면서 작중인물은 그곳을
갈망하게 된다.

현실세계에서 환상으로의 진입은 항상성 속에 존재하는 이질성으로
나타나는 경우가 많다.[21] 즉 규칙적인 시간의 질서와 안정된 공간의 배
열 속에 '신비함'이 침입할 때 지금까지 누려왔던 이성적 체계는 교란
되는 것이다. 독고민에게 그러한 경험은 무용수들과 술을 마시러 가는
길에 '심령학회'를 우연히 발견하여 방문했을 때이다. 정형화되고 안정
된 도심 속에서 예상하지 못한 '심령학회' 연구소는 독고민의 정신을
교란시킨 '신비의 체험'이 되었다.

현실세계의 민과 환상세계의 다문고 왕자가 접속되는 통로는 '오솔
길'에 비유되어 있다. 심령학회의 최면술사는 독고민이 환상세계로 진
입하도록 도와주는 인물이다. 그는 "자 우리는 저 오솔길을 압니다. 일
상성의 틀을 살며시 밀어내면, 그 뒤에 숨겨진 영원에로의 입구를 압니
다. 우리의 잃어버린 옛날로 길을 떠납시다."(221쪽)란 말로 독고민에

---

21) 토도로프, 이기우 역, 『환상문학 서설』, 한국문화사, 1996, 176쪽.

게 최면요법을 시작한다. '잃어버린 옛날', 즉 무의식의 시간으로 진입하는 것은 길 잃은 숲 속에서 '오솔길'을 발견하는 것과 같은 행위이다. 그리고 이 '오솔길'은 독고민과 다문과 왕자를 이어주는 '탯줄'과 같은 것이다. 전생이 모체로서의 역할을 한다는 전제에서 그러하다.

현실세계에서 3천 년 전의 전생담을 설정한 이유는 무엇일까? 전생담의 배경을 불교국으로 설정한 것, 왕자 그것도 너무 많이 들어서(많은 지식/ 多聞) 괴로워하는 다문고 왕자로 설정한 것 등에서 여러 의미를 지닌다.

3천 년 전이라는 과거의 시간은 작가의 존재론적 고민을 부각시키는 시간이다. 최인훈은 식민지와 전쟁, 혁명이라는 미증유의 근현대사를 경험한 작가이다. 그러므로 자연스럽게 인간존재, 실존의 문제가 궁극의 과제로 남을 수 있다. 그러한 점을 염두에 둘 때, 삼천년이라는 과거의 시간성은 그 시원적 성격에서 의미를 찾아야 할 것이다.

원시와 문명으로 갈라서기 시작하는 그 시기에도 인간 존재의 근원적 고민은 뿌리깊은 것임을 보인다. 하이데거는 인간존재의 본질을 시간성(temporality)에 두고 있다. 마단 사럽은 그 이유를 "우리는 우리들 실존의 지평을 참조함으로써, 즉 우리의 과거를 재수집하고, 우리의 미래를 투사함으로써, 현재 속에서 우리 스스로를 이해할 수 있을 뿐이기 때문"[22]으로 보았다.

'불교'는 최인훈이 인간 존재의 본질을 탐구하기 위해 문화적 결정체로 내세운 해결방안이라 할 수 있다. 이것은 최인훈에게 커다란 과제로 남아 있는 서양 문화를 극복하고자 하는 욕망의 결과이다. 서양문화의 거대한 잠식을 극복하기 위한 동양문화, 동양의 사유체계를 찾아나선

----

22) 마단 사럽, 김해수 옮김, 『알기 쉬운 자끄 라깡』, 백의신서, 1996, 68쪽.

결과 만날 수 있는 정점은 '불교'로 나타난다. 작가의 이런 태도는 「구운몽」, 『서유기』, 「크리스마스 캐럴 5」에서도 쉽게 발견할 수 있다.

　전생담의 의미는 인간의 존재론적 양상을 드러내는 것이다. 3천 년 전이라는 시간은 '과거'의 시간으로서 인간의 본질적인 면을 탐구하게 한다. 또한 인간의 욕망은 시공을 초월하여 동일하다는 것도 보여준다. 민과 다문고 왕자는 이상적 자아와 자아의 이상 사이에서 동일한 고민을 가지고 있는 인물이다. 그들의 고민은 타자들이 부여한 정체성(가면: persona)과 자신이 판단하는 자아와 일치하지 않는다는 점이다. 즉 '자아 기만'으로 괴로워하며 그들은 순수한 자아상을 얻고자 하는 욕망을 증폭시킨다. 이러한 욕망은 독고민 서사의 현실세계에서는 구현되기 어려운 일이다. 현대는 총체성이 파괴된 시대, 욕망이 끊임없이 미끄러지기만 하는 지연의 시대, 회귀해야 할 대상을 필요로 하는 시대의 서사이기 때문이다.

　반면, 다문고 왕자의 서사는 독고민과 같은 정체성의 동요를 일으키고 있는 인물들이 지향하는 아르카디아의 근원지이다. 총체성이 존재하는 시대이며, 전사(前史)시대, 욕망이 구현되는 시대라 할 수 있다. 다문고 왕자의 서사는 선험적 자아가 존재하는 시대로서 영웅적 인물이 등장하고 그 결과 행복한 결말을 가지는 로망스 구조의 전형이다. 여기에서는 인간 실존의 모순구조가 발생하여도 영웅적 인물이 이것을 회복할 수 있는 능력을 갖추고 있다. 다문고 왕자의 능력은 여기에 부합된다. 그러나 독고민의 서사는 파편화된 세계, 불확실성이 지배하는 총체성 상실의 공간에서 행해지고 있다. 따라서 자아구원은 미지수가 된다. 그래서 신데렐라공주의 극본은 서사전개에서 필연적이다. 창조적 작가의 몽상을 통한 예술적 승화의 길만이 자아구원을 가능하도록 하기 때문이다.

「가면고」에는 '전생'이라는 초자연적인 사건이 발생하지만 현실과 전생의 경계선이 뚜렷하고, 최면술사와 알약의 등장 때문에 토도로프가 제시한 '주저함이나 망설임'[23]의 정서를 환기시키기는 어렵다. 따라서 전생은 내적 리얼리티를 확보하는 만큼 상대적으로 환상적 신비감을 유발시키기에는 약하다. 환상문학으로서 세련된 장치가 되지 못하는 이유는 민과 전생담의 관계가 분리되어 두 인물의 상호영향관계가 나타나지 않기 때문이다.

이 작품에서 환상성은 자동기술법에 의해서도 나타난다. 자동적인 글쓰기는 글쓰는 사람이 외부세계로부터 스스로를 충분히 격리시킬 수 있을 때 마음속에 스치고 지나가는 모든 것을 의식에 의한 재고나 통제를 받지 않고 가급적이면 재빨리 써내려가는 작업으로 이루어진다. 초현실주의자들은 최면술과 심령술을 연구하여 신들린 사람들의 말을 옮겨 두었다. 이런 종류의 실험은 일종의 중독된 황홀감을 만들어 내었다.[24]

독고민이 최면요법에 의해 그의 전생담을 고백할 때 심령학회에서는 이것을 녹음해두었다. 녹취된 전생담은 독고민에게 큰 영향을 끼치지는 못하고 있다. 기껏해야 배설감, 카타르시스만을 느끼는 것으로 드러난다. 그러나 전생담의 녹취는 그의 욕망실현에 중요한 열쇠가 된다. 이것을 모두 들은 정임이가 그에게 큰 영향을 끼치기 때문이다. "그가 시술받고 독백하는 동안에, 옆방에서는 오늘 이야기와 함께 먼저 녹음한 것까지도 정임이가 모조리 들은 일을 그는 알지 못하였다. 본인도 모르는 '더 깊은 그' 자신의 소리를, 그의 여인이 다소곳이 빼지 않고 들었다"는 것은 독고민의 자아 완성의 가능성을 암시하는 것이다.

---

23) 토도로프, 앞의 책, 132쪽.
24) 마단 사럽, 앞의 책, 42쪽 참조.

　현대 환상물은 폭력적인 위반의 기능을 가지고 있다.[25] 모순 속에서 축조되는 환상문학의 서사구조는 현실과 환상의 이율배반을 강화한다. 그러나 「가면고」의 환상성은 사회 체제상의 전복보다는 오히려 체제를 더 견고하게 하며, 옹호하는 기능을 지니고 있다. 환상성이 필요한 이유가 독고민의 욕망실현을 드러내기 위한 것이라는 점에서, 그 욕망실현은 상징계의 진입이라는 점에서 그러하다.

　독고민과 다문고 왕자가 자아구원을 얻는 시기는 상징계의 성격을 드러내는 부분이다. 이와 같이 보는 근거는 독고민의 자아구원을 유도해주는 '코밑수염'의 최면술사와 다문고 왕자의 구도 과정 일체를 이끄는 부다가의 역할이 '아버지의 이름' 또는 '아버지의 법'을 수행하는 역할로 볼 수 있기 때문이다. 물론, 아버지의 법과 영역으로 진입하는 결정적 역할은 여성인물들의 '순수 사랑'이 맡고 있지만 그 모든 과정을 관장하는 것은 역시 코밑수염과 부다가이다. 주인공이 이들의 영역에서 벗어나 자신만의 고뇌 속에 있을 때 그들은 신경증, 편집증적 퇴행의 모습을 보이는 상상계적 인물의 모습을 띠고 있었다.

　이 작품이 발표된 시기에 '아버지의 존재'가 소설에서 중요한 역할을 하고 있다는 것은 하나의 변화라고 할 수 있다. 식민지와 6·25를 역사적 배경으로 하는 소설에서 아버지의 부재는 일반적인 현상이었다. 「가면고」에서처럼 육친의 아버지는 아니더라도 상징적인 '아버지'의 역할을 긍정적으로 수행하고 있는 존재가 등장하고 있다는 것은 역시 4·19의 영향이라고 할 수 있겠다. 1960년대 사회의 혼란상을 보여주면서 그것을 질서화하고자 하는 작가의 욕망이 긍정적인 아버지像을 부각시킨 것이다.

─────────────────

25) 로즈메리 잭슨, 서강여성문학회 편, 『환상성-전복의 문학』, 문학동네, 2002, 26쪽.

한편, 이 작품은 이후 최인훈의 환상적 서사에서 보게 될 서사구조의 해체가 본격적으로 이루어질 단초를 제시하고 있다. 그의 환상성은 이 작품 이후 「구운몽」, 『서유기』, 「크리스마스 캐럴 5」, 「열하일기」를 비롯한 다수의 단편에서 부조리한 상황을 폭로하고, 비판하는 기능을 핵심적으로 보여주고 있다. 그렇기 때문에 최인훈의 환상은 체제순응적이라 할 수 있다. 사회의 혼돈, 모순 속에 숨어 있는 것들을 보여주기 위해 환상성은 작동된다.

환상은 꿈과 더불어 인간이 신경증에 걸리지 않고 정상적으로 살 수 있는 가능성을 제공하는 심리적 장치가 되기도 하고, 현실원칙을 위반함으로써 이에 도전하고 상상력의 토대가 됨으로써 예술에 자양분을 제공하기도 한다.[26] 이 점이 최인훈의 환상을 서구의 환상과 궁극적으로 차이나게 하는 부분이다. 그것은 바로 '억압된 것의 회귀'를 위한 환상이 아니라 중심, 구심적 역할을 했어야 하는 것들이 그 소임을 다하지 못하고 있는 사회의 혼란, 모순된 상황을 환상에 의해 복원하고자 하는 것으로 그리고 있기 때문이다. 로즈메리 잭슨이 환상의 성격을 제도와 체계를 비틀고, 전복시키고자 하는 것에 둘 때, 최인훈은 오히려 제도와 체계가 아직 제자리를 찾지 못하고 있는 당대 사회의 혼란된 모습을 제시하고, 그것을 바로 잡기 위한 제도 정립을 위해 환상성을 생성시키고 있는 것이다.

「가면고」는 현실과 환상 사이의 이원적 대립을 유지하는 서사구조를 보여주다가 종국에는 현실로 환원하고 있다. 게다가 순환구조로 포장되어 있다. 즉 현실계-환상계의 주요서사를 외부에서 반복적인 모티프로 에워싼 다음, 계절의 순환성을 주요서사의 흐름과 일치시키고 있는

---

26) 프로이트, 김석희 옮김, 『문명속의 불만』, 열린책들, 1997, 207쪽.

것이다. 여기서 반복적인 모티프는 '춤'이 된다. 발단부분에서 시작되는 과거 회상은 '설아'와 함께 추는 왈츠 댄스파티이고, 결말에서는 국립발레단의 무용 '신데렐라 공주'와 옥상에서 벌이는 정임의 발레이다. 따라서 '춤'이라는 모티프가 반복적으로 제시되고 있다. 이처럼 춤에 의한 갈등의 시작과 해소는 카니발의 한 양상으로 읽히게 한다. 왈츠댄스 파티에서 설아와 헤어진 1장의 이야기는 3, 4장에서는 신데렐라의 춤잔치와 정임의 춤으로 이어지고 있으며 이는 축제로서 갈등을 해소하는 상황을 만들기 때문이다. 이 작품의 해피엔딩은 카니발의 성격을 지니고 있는 춤에 의해 어느 정도 영향을 받고 있다.

이 작품의 이원적인 구조는 글쓰기에 대한 자의식의 표현이면서 동시에 작가 자신의 현실적 정체성의 위기와 자기구원의 문제를 여러 각도에서 점검하는 형식적 장치가 된다. 그의 소설에 나타나는 자기반영의 형식은 '소설이라는 것' 자체에 대한 자의식과 연관된 것이지만, 그것은 동시에 1960년대 한국의 근대를 어찌 됐든 작가로서 살아갈 수밖에 없는 지식인-작가로서의 자기정체성에 대한 자의식에서 비롯되는 것이다.[27]

「가면고」에서 시도한 서사구조의 복합성, 즉 반복적 구조와 이원적 구조는 「구운몽」과 『서유기』에 오면 더욱 확장된 모습으로 나타난다. 이 작품은 환상과 현실의 경계가 분명하게 드러남으로써 사실주의의 글쓰기가 중심이었다. 그러나 「구운몽」과 『서유기』는 환상과 현실의 경계가 모호해지고, 반복적 구조는 작중인물이 환상세계에서 여행을 진행시키는 구조로 작동하되 여행이 원점으로 회귀하는 반복적 구조로 변형되면서 환상적 서사의 미로형 구조를 생성하는 데 중요하게 기여

---

27) 김영찬, 「1960년대 한국 모더니즘 소설연구-최인훈과 이청준을 중심으로」, 성균관대학교 박사학위논문, 2002, 139쪽.

하고 있다. 이러한 여행의 반복적인 구조는 『소설가 구보씨의 일일』, 『크리스마스 캐럴』 연작에서도 서사전개의 중심 플롯이 되고 있어 최인훈 서사에서 간과할 수 없는 구조임을 알 수 있다.

2) '순수사랑'의 의미

2장에서 살펴본 '순수얼굴'은 작중인물의 무의식적 욕망이 자신에게만 제한되는 상상계적인 것이었다. 거울을 보는 행위, 인형을 수집하는 행위는 자아가 '밀실'에 갇혀 있는 모습으로서 타자와의 관계는 철저히 단절되어 있는 모습인 것이다. 그러나 작중인물의 관심이 순수얼굴에서 '사랑'으로 바뀌는 것은 에고이즘에 빠져 있는 주체가 타자를 인식하고, 타자를 인정하는 대사회적인 모습으로 변화하는 의미를 지니게 된다. 사랑은 주체 혼자서는 이룰 수 없는 영역이기 때문이다.

'순수사랑'은 이 작품뿐만 아니라 최인훈 문학에서 일관되게 나타나는 주요 테마이다. 전생담에서 결국 중요한 것은 '순수사랑'에 의한 독고민과 다문고 왕자의 구원이었다. 이 작품에 나타나는 사랑의 관계는 독고민-미라, 독고민-정임, 다문고 왕자-마가녀 사이에 보인다. 세 유형의 사랑을 놓고 보면, 독고민-정임의 관계는 전생담에서의 다문고 왕자-마가녀와 동일선상에 놓이는 사랑이고, 또한 이 작품에서 중점적으로 내세우는 사랑의 유형이 된다.

우선 독고민과 미라, 두 사람의 관계는 '자웅동체 hermaphroditism적 인물'로서 앞에서 말한 자기반영성을 보여주는 관계이다. 즉 예술가 민의 모습이 자아분열을 일으키는 것이라 할 수 있다. 화가인 미라는 민의 애인으로 설정되어 있지만 그녀의 예술가적 정체성은 민과 동일시되고 있다. 따라서 민이 자아구원의 욕망을 성취하기 위해서는 미라가 프랑스로 유학을 떠나는 것이 바람직하다. 이것은 독고민의 예술에 대한 욕망이 전이된 것이다. 두 사람의 사랑은 미라의 입장에서 볼 때 이미 식어버린 상태이고, 두 사람의 사랑을 설명하기에는 작품 속의 내용과 묘사로는 부족하다. 독고민의 미라에 대한 태도는 사랑보다는 오히려 집착이나 그녀의 냉담한 반응에 대한 열등적 행위로 보는 게 타당하다. 그러므로 '사랑'이라 하기 어렵지만 굳이 명명한다면 '나르시시즘적 사랑'으로 볼 수 있을 것이다. 두 사람 모두 자기애가 너무 강하여 타인을 배려하지 않고 있다.

최인훈의 남다른 면모는 '몸'에 대한 인식의 변화에서 살펴볼 수 있다. '얼굴'에 대한 관심은 '몸'에 대한 관심으로 확대되고 있다. 이 부분은 최인훈의 열린 사고를 만날 수 있는 지점이며 그의 '사랑관'을 파악할 수 있는 대목이다. 독고민이 보여주는 여성 인물들의 '몸'에 대한 인식은 정신-육체의 이분법적인 경직된 사고의 틀에서 벗어나고 있다.

독고민은 서사가 진행될수록 무용가 정임에게 끌린다. '몸'으로 표현하는 '무용'은 이원적 사고체계에서 육체에 대한 관심이 고조되었음을 보여주는 것이다. 1960년대의 지배적 담론과 문화적 이데올로기에 위반되는 소재 중의 하나는 '몸'이라고 할 수 있다. 정신과 이원적 관계에 있는 '몸'은 늘 하위에 존재하는 무관심의 대상이고, 정신에 비해 열등한 지위였던 것이다. 그러나 「가면고」에 오면 이러한 이원성이 흔들리고, 파괴되고 있음을 알 수 있다. 민이 화가인 미라보다 무용수인 정임에게 끌리는 것은 두 여성이 사랑하는 남성을 대하는 태도가 상반되는 것에도 그 원인이 있지만 무엇보다 '몸'에 대한 작가의 새로운 인식이 있기 때문이다. 미라가 민의 '맨발'을 그렸을 때 민은 그것을 찢어버리는 분노의 태도를 보인다. 이러한 태도는 자신의 내면세계를 발견당한 수치심 때문이며, 그 내면세계를 가장 진솔하고 거짓없이 드러낸 것이 '몸'이라는 것을 의미한다.

이 작품에서 '사랑'은 자아구원의 방법으로 구체화된다. 독고민-정임(다문고-마가녀)의 사랑은 기든스의 유형으로 볼 때 '낭만적 사랑'의 범주에 들 수 있다.[28] 또한 정임의 태도는 모성애적이며 이타적인 사랑이라고도 할 수 있다.[29] 기든스가 말하는 낭만적 사랑은 찰나적 매혹을 함축한다. 이것은 '첫눈에 반한 사랑'으로서 '첫눈'은 의사소통적 몸짓이며 타자의 특성에 대한 직관적 포착이다. 그것은 어떤 이의 삶을 '완성'해줄 수 있을 그 어떤 다른 이에 대한 매혹의 과정인 것이다.[30]

발레리나 정임은 헌신적 사랑의 표본으로서 미라의 이기심이나 설아의 허위와는 대조가 되는 인물이다. 독고민이 일본에서 귀국한 정임을 본 첫 느낌은 순수함 그 자체였다. 무심한 상태에서 그녀가 보여준 발레 동작의 '몸'은 신선한 충격이었다. 이러한 인상은 정임과 함께 경마장으로 데이트를 갔던 때에도 나타난다. 정임은 자신의 경주마가 우승을 할 것이라는 장담을 하면서 건강한 모습을 보인다. 이런 그녀를 독고민은 '싱싱한 사슴'이란 묘사로 비유하면서 미라에게는 평소 느끼지 못했던 건강함, 순수함을 발견한다. 독고민의 '몸'에 대한 인식 변화를 가장 잘 보여주는 것은 정임의 발레를 보는 때이다.

> 곁에 섰던 정임이 푸르르 달려가는 기척에, 민은 퍼뜩 머리를
> 들었다가, 얼어붙은 듯 숨을 죽였다. 달무리진 하늘을 뒤로 옥상

---

28) 앤소니 기든스, 배은경·황정미 옮김, 『현대사회의 성·사랑·에로티시즘』, 새물결, 1996, 82-119쪽 참조.

29) 기든스가 제시한 사랑의 유형은 ① 열정적 사랑passionate love ② 낭만적 사랑 romantic love ③ 숭고한 사랑sublime iove ④ 동반자적 사랑companionate love ⑤ 합류적 사랑confluent love이 있다.

30) 앤소니 기든스, 앞의 책, 85쪽.

의 훤칠한 난간 위에 발끝으로 선 정임의 둥실한 포우즈를 거기
본 것이다. (중략) 만일 자기가 조금이라도 움직이면 그녀의 균형
이 무너질 것 같았다. 자꾸 머리가 어지러워온다. 자기만 〈사람〉
이고 다른 사람은 인형으로 알고 살아오던 사람이, 처음으로 또
다른 자기 밖의 〈사람〉을 발견한 현장에서 느끼는 멀미였다.(290
-291쪽)

정임은 미라가 떠나버린 충격에서 헤어나지 못하는 민에게 몸으로써
그녀의 사랑을 표현한다. 자기애의 사랑만을 해오던 민은 정임의 태도
에서 타자의 존재를 인정하게 된다. 타자와 상호의존적 관계를 맺는 것
은 상징계의 모습이다. 한편, 전생담에서 마가녀 공주는 코끼리 조련사
로 나온다. 이것은 생명을 다루는 여신의 이미지를 지니고 있음으로써
그녀가 왕자를 사랑하는 것은 모성애적인 것임을 드러내고 있다.

　　몸은 세계에의-존재의 수레다. 생물체에 있어서 몸을 갖는다
는 것은 규정된 환경과 결합한다는 것이고, 어떤 기획[투사]들과
혼용되는 것이고, 그 기획들에 계속해서 참여하는 것이다.[31]

성은 아주 특수하게 몸의 영역에 거주하면서 그 영역에서부터
마치 향기 내지는 소리처럼 발산된다. (중략) 성은 애매한 분위기
로서 삶과 공존한다. (중략) 성과 실존 사이에는 상호 삼투가 있
다. 즉 실존은 성 속으로 확산되고, 성은 실존 속으로 확산된다.
그래서 주어진 결정이나 행동에 대해 성적인 동기부여의 부분과

---

31) 조광제, 『몸의 세계, 세계의 몸』, 이학사, 2004, 97쪽에서 재인용.

다른 동기부여의 부분을 구분한다거나 어떤 결정이나 행동을 "성
적"이라거나 혹은 "비성적"이라고 특징짓는 것은 불가능하다.[32]

　메를로-퐁티의 이 글은 몸짓과 몸짓으로 서로의 의도를 알아채는 관
계가 지각에서 이루어진다는 것인데, 이는 원초적인 의사소통이라 하
였다. '나'는 타인의 몸짓에서 그의 의도를 알아차리면서 그의 주체성
을 아울러 파악한다는 것이다. 조광제는 "나의 의식과 내가 살고 있는
그대로의 나의 몸 사이에, 그리고 이 현상적인 몸과 내가 바깥에서 보
고 있는 타인의 현상적인 몸 사이에 타인의 체계를 완성시키는 요인으
로 나타나도록 하는 내적인 관계가 존재한다"[33]고 해설하였다. 독고민
이 그토록 미라에게 원했던 성이 바로 이런 것이었는데 두 사람 사이에
는 이루어지지 않았다. 대신, 정임과의 관계에서 성적인 관계는 나타나
지 않지만 그녀가 가장 위험한 장소인 옥상의 난간에서 자신의 '몸'을
던져 보여주는 사랑에 의해 독고민은 타자에 대한 인식을 새로이 하게
된다.

　이와 같은 '순수사랑'을 확대하면 최인훈 소설의 상징어라 할 수 있
는 바람직한 '광장'의 모습이 될 것이다. 자아와 타자가 소통하는 관계
는 가장 작은 단위일 때 두 사람 사이의 사랑으로 나타나게 마련이다.
독고민이 추구하는 '순수얼굴'과 '순수사랑'은 개인의 밀실과 광장이
소통하는 이상적인 영역을 상징하는 것으로 볼 수 있다.

---

32) 조광제, 앞의 책, 221쪽에서 재인용.
33) 조광제, 앞의 책, 382쪽.

4. 맺음말

　지금까지 서사구조의 난해함과 「광장」의 영향 때문에 평가에서 상대적으로 외면받았던 최인훈의 「가면고」를 살펴보았다. 이 작품의 서사구조는 전쟁을 체험한 지식인의 자아분열을 '사랑'으로 성취하는 자아성찰의 형식을 지니고 있다.

　이 작품은 세 개의 서사가 중첩된 복잡한 구조이다. 기본 텍스트는 독고민 서사이며 독고민의 전생인 다문고 왕자와 독고민의 무용극본인 '신데렐라 공주'가 거울 텍스트로 구성되어 있다. 주인공 독고민의 무의식적 욕망이 반복구조를 생성하는 추동력이다. 반복구조 속에는 '거울보기'와 '인형수집'이라는 반복 모티프가 나타난다. 독고민과 다문고 왕자는 이상적 자아와 자아의 이상 사이에 나타나는 괴리감 때문에 '순수얼굴'을 소유하고자 한다. 그러나 현실적으로 욕망의 실현은 '불가능'하기 때문에 욕망의 실체는 오히려 주인공에게 강박관념과 초조함을 안겨 주었다. 그리고 이것을 극복하기 위해 환상과 현실의 이원적 구조를 취하고 있다.

　최인훈에게 나타난 환상은 서구문학의 환상과는 차이가 있다. 욕망의 실현 과정에서 환상성이 발생하는 점은 동일하다. 그러나 서구의 환상이 일반적으로 전복성을 지닌다면 최인훈의 환상은 전복보다는 체제 순응의 성격을 띠고 있다. 자아구원은 작중인물이 상상계에서 상징계로 진입할 때 이루어지는 것으로서 기존 질서에 대한 전복으로 보기에는 어려운 점이 있다. 그러나 구조의 이원성, 즉 현실과 환상의 이중적 구조는 리얼리즘적 글쓰기 규범에 대한 도전이 될 여지는 있다고 하겠다.

　이 작품에서 작중인물이 추구하는 '순수얼굴'과 '순수사랑'은 최인훈 소설에서 상징적 역할을 하고 있는 '밀실'과 '광장'의 변형으로 볼 수 있다. 순수얼굴은 1960년대 부조리한 상황을 바람직한 상태의 밀실로 설정한 것이며, 순수사랑은 바람직한 광장의 모습으로 설정한 것이다. 따라서 주인공의 자아구원은 '순수얼굴'의 추구가 '순수사랑'으로 이어졌을 때 구현되고 있다.

정임과 마가녀 공주가 보여주는 모성적, 낭만적 사랑은 독고민에게 타자의 정체성을 인식하게 함으로써 타자와 상호의존적 관계를 맺는 상징계의 인물로 성숙시켜 주었다. 이것은 '밀실'과 '광장'이 공존하는 공간으로서 1960년대 최인훈이 갈망하는 이상적 공간인 것이다.

「가면고」에서 나타나는 반복적 구조와 이원적 구조의 결합은 이후 그의 환상적 서사에서 중심을 이루는 구조가 된다. 「구운몽」, 『서유기』에 나타나는 나선형의 여로구조와 미로체험의 원형을 이 작품에서 발견할 수 있다. '순수사랑'에 대한 관심 또한 최인훈이 지속적으로 보여주는 중심 테마가 된다. '순수사랑'은 광장의 상징인 것이다. 더구나 현대소설에서는 드물게 희망적 결말을 보여주는 작품이다. 이것은 4·19 혁명의 영향이 긍정적으로 미치고 있을 때에 창작된 것이라서 비극을 배제하고 갈등을 해피엔딩으로 처리하였다고 볼 수도 있다.

미궁 텍스트에서 길 찾기

1. 머리말

최인훈의 「구운몽」은 「가면고」에서부터 표면화된 환상성이 본격적으로 드러난 작품이다. 환상성은 서사 구조를 복잡하게 하지만, 서사 내용은 풍부하게 한다. 그러한 점에서 「구운몽」은 정점에 있는 작품이라 할 수 있다. 이 작품의 환상성이 서사 구조를 난해하게 하는 데 일조를 하며, 리얼리즘적 글쓰기로는 재현하기 어려운 현실의 부조리를 다양하게 보여주기 때문이다.

「구운몽」은 '미궁 텍스트'의 면모를 지니고 있다. 「구운몽」을 '미궁 텍스트'라 부를 수 있는 근거는 환상성에 의한 서사의 난해함이다. 기존의 연구에서 이 작품을 미궁 이미지로 다룬 것은 이인숙[1]의 논문이 있으며 그밖의 연구에서는 부분적으로만 다루고 있다. 기존의 연구 성

---

1) 이인숙, 「소설 속에 나타난 迷宮 이미지 연구」, 『국제어문』 제18집, 1997. 7. 이 논문은 최인훈의 「구운몽」을 전적으로 다루고 있기보다는 미셸 뷔또르의 『시간의 사용』과 비교하는 성격이 강하다. 따라서 미궁 이미지의 양상과 그 의미가 미흡하게 드러나는 아쉬움이 있다.

과와 한계를 바탕으로 해서 본고는 미궁 텍스트의 양상과 작중 인물의 의미를 밝히는 데에 목적을 둔다. 이러한 고찰은 이 작품의 난해한 서사 구조를 일정 부분은 해소하리라 기대한다. 또한 6·25와 4·19 이후의 역사적 상황이 부조리한 현실로 이어지며 인물들의 정체성을 어떻게 훼절시키고 있는지도 보여주게 될 것이다.

서사 구조에서 관심을 가져야 할 것은 크게 두 가지 정도로 압축할 수 있다. 첫째는 반복에 의한 플롯이 이 작품을 미궁 텍스트로 만듦과 동시에 폭로의 효과를 지닌다는 점, 둘째는, 몽타주 기법이 공간을 미로로 변형시키고, 마뜨료쉬카적 공간이 폐쇄성을 야기시킨다는 점 등이다. 미궁에 갇힌 인물에게 광인, 파르마코스적 이미지를 부여한 것은 미궁 탈출의 실패를 암시하는 것이라 하겠다.

2. 미궁 텍스트로서의 서사 구조

1) 반복 플롯

「구운몽」은 중편 소설의 분량으로서는 상당히 복잡한 서사 구조를 지니고 있다.[2] 크게 3겹의 서사가 중첩된 거울 텍스트이다. 가장 안쪽에 있는 삽입 텍스트는 독고민과 김용길 박사의 서사이고, 그 바깥은

---

2) 김정관은 이 작품의 복잡한 서사구조를 꿈과 현실 또는 허구와 사실의 상호 침투 현상, 이와 더불어 시간구조에 있어서의 심리적 조작, 꿈속의 꿈의 구조, 상징과 암시성이 강한 삽화의 삽입, 작품의 알레고리적 의미구조를 비유적으로 설명하는 해설자의 등장, 낭만적 아이러니 기법을 통한 소격효과의 사용 등 각각의 형식장치는 서로 떨어져 있는 듯 하면서도 상호간에 유기적인 연관성으로 반응하고 있는 치밀한 구조라고 정리하였다. 김정관, 『존재의식과 위기의 문학』, 푸른사상, 2002, 411쪽.

이 두 개의 서사가 한편의 영화라는 것을 알리는 고고학자의 서사, 그리고 가장 바깥은 그 영화를 보고 나오는 사랑하는 연인의 이야기이다. 이 중에서 독고민과 김용길 박사의 서사가 핵심이 된다. 이 작품을 읽는 독자는 독서가 진행될수록 가장 안쪽에 있는 독고민 서사를 어떻게 해석해야 할지 불편한 마음이 들 것이다. 그럴 수밖에 없는 것이 삽입 텍스트가 증가할 때마다 지금까지 읽었던 서사와는 다른 성격의 서사가 이어지며, 종국에는 모든 서사가 영화(허구)라는 사실이 드러나기 때문이다.

환상 세계에서 최인훈 소설의 작중 인물은 훼손된 주체를 회복하기 위해 그 방법을 모색한다.[3] 그 방법은 대체로 자아 성찰을 목표로 하는 '길찾기'를 시도하는 것이다.[4] 「구운몽」의 주인공 독고민 또한 여기에 포함되는 중요 인물이다. 최인훈 소설의 작중 인물들이 직면하고 있는 현실은 이데올로기가 빚어 놓은 부조리함으로 가득 찬 공간이다. 인물들은 그러한 현실을 극복하기 위해 '길찾기'의 여행 과정에 오른다. 그러나 자아 성찰의 모험에 오른 인물들에게 그 길은 결코 평탄하지 않다. 그의 '길찾기'는 미궁, 미로에서 헤매게 되는 고단한 여정이다.

작가는 자신의 텍스트를 '미궁'으로 재현하게 된 이유를 다음과 같이 표현하고 있다.

> 고대의 영웅들은 '길떠나기'로부터 그의 경력을 시작한다. 이상한 어떤 장소, 거기 사는 괴물, 거기 있는 보물, 이런 대상을 찾

---

3) 환상성이 강하게 나타나면서 작중인물의 자아성찰 과정을 보여주는 대표작은 『서유기』이며, 그 외에 『크리스마스 캐럴』 연작, 「가면고」, 「열하일기」 등을 들 수 있다.
4) 「가면고」, 「광장」, 『회색인』, 『서유기』, 『태풍』은 정도의 차이는 있으나 공통적으로 작중 인물이 자아성찰을 위해 '길떠나기'를 보여주는 대표작이라 할 수 있다.

아 그는 길을 떠난다. 그의 앞에 있는 사물로서의 '길'도 확실치 않고, 그 길은 찾아가는 '길(방법)'을 미리 아는 것도 아니다. 그런데도 그런 '길을 떠나'는 것은 가장 가치있는 일이다. 그런 '길을 마치'고 돌아오면 그에게는 행복과 지위가 주어진다. 이런 종류의 '길'의 가치를 집약한 것이 미궁 전설이다. 여기서는 '길을 잃지 않고' 살아 나온다는 자체에 의미가 주어져 있다. 인류 생활의 어떤 시기에 집단과 집단 사이의 통상적인 관계를 수립하기 위한 경험에 수반한 위험과 지혜를 상징적으로 반영한 표현이 미로, 미궁 전설이다.[5]

신화는 생명력 넘치는 잠재태로서 다양한 해석의 가능성을 갖는다.[6] 미궁 신화 또한 작가의 독창적인 개성을 만날 때마다 새로워지는 신화소이다. 최인훈의 「구운몽」도 그의 독창성, 우리 사회의 특수성, 신화 주제의 보편성이 어우러져 새롭게 나타난 '미궁'이다. 이 작품에서 '길 떠나기'를 시도하는 인물은 '고대의 영웅'에서 평범한 소시민의 모습으로 변형되었다. 그들은 '자아찾기'를 감행하는 인물들이다. 그들에게

---

5) 최인훈, 「길에 관한 명상」, 『길에 관한 명상』, 청하, 1989, 230쪽. 이 인용문은 1988년 「한진그룹」 사보에 발표된 산문이다. 1962년 작인 「구운몽」과는 16년의 시차가 있다. 이렇게 많은 시간이 경과한 산문을 가지고 작품 해석에 인용한 이유는 최인훈의 문학세계에서 변함없이 추구하고 있는 동일한 주제 선상에 있기 때문이다. 그것은 부조리한 현실을 제시하고, 이런 세계에서 주인공의 정체성 회복을 다룬 점이다. 최인훈은 1959년 등단 이후부터 10여년 동안 소설세계를 구축하면서 동시에 문학이론도 체계화하였다. 그의 소설 창작이 중단된 상태에서 나온 이 글은 지금까지 그의 소설에 대한 총결산, 총평의 의미를 지닌다고 볼 수 있다. 따라서 이 점을 고려한다면 이후에 나온 작가의 산문으로도 그의 작품을 해석할 수 있는 근거를 찾을 수 있다고 본다.
6) 안진태, 『신화학 강의』, 열린책들, 2001, 60쪽.

‘길’은 쉽게 찾아지지 않는다. 최인훈이 재현한 ‘언어의 미궁’은 현대의 부조리한 상황을 토대로 구축되었기 때문이다.

미궁 텍스트로서의 「구운몽」은 반복 플롯이 압도적이다. 서사가 진행될수록 더욱 복잡해지는 이 작품은 인물의 인적 사항, 외양 묘사, 행동 등을 반복적으로 서술하고 있다.

> 독고 민은 황해도 태생으로 전쟁통에 내려왔다. 자신은 반드시 그렇게 해야겠다는 생각은 아니었고 도리어 부모 곁에 머무르고 싶었으나 부친의 뜻은 그렇지 않았다. (중략) 삼대는 아니었으나 외아들이었다. 부친은 그 귀한 아들이 공산군에 잡혀가는 것을 참을 수 없었던 것이다. 그는 부친의 뜻을 따르는 수밖에 없었다. 그 고을에서는 밥숟가락이나 먹는다는 포목전을 내고 있던 부친의 덕으로 이렇다 고생도 해본 일 없이 그 나이까지 살았다. (중략) 민은 다른 학과는 모조리 젬병이었으나 그림만은 빼어났었다. 그림 시간이면 민은 즐거웠다.(175-177쪽)[7]

예문에서 나타난 독고민의 인적 사항은 김용길 박사와 동일하다. 두 사람 모두 황해도 태생의 유복한 포목집 외아들로서 미술에 소질이 있는 월남민이다. 이것은 두 사람을 한 명의 분열된 인물로 오인하는 원인이 되기도 한다. 박정수는 이러한 논의에 반박하고 있다. 그는 독고민과 김용길 박사의 인적 사항이 동일하긴 하지만 이를 자아 분열이 아닌 두 인물로 보고 있다.[8] 이와 같은 근거로 독고민의 동사체가 김용길

---

7) 본고의 텍스트는 문학과지성사에서 1992년에 발간한 『광장/구운몽』으로 한다. 이후의 인용은 쪽수만 밝힌다.

8) 박정수, 「현대 소설의 환상적 상상력 연구」, 서강대 박사논문, 2001, 121쪽.

박사의 병원에서 발견되는 사실을 제시한다. 필자도 이에 동의하는 바이다. 이 부분은 독고민 서사에서 김용길 박사의 서사로 전환되는 지점이다. 경계선의 이 지점은 시공간상의 인과율이 지속되면서 독고민의 죽음이 몽유병자의 행위로 인한 동사란 점을 합리적으로 연결시키고 있다. 따라서 독고민과 김용길 박사의 관계를 자아 분열로 보는 것은 무리가 있다고 본다. 오히려 여기에서 관심을 가져야 할 것은 이러한 인적 사항의 반복이 의미하는 것은 무엇인지 파악하는 일이다.

다른 인물의 반복은 독고민이 애타게 찾는 옛 애인 '숙'에게서도 나타난다. 숙은 '왼쪽 뺨에 까만 점'을 가지고 있는 여성이다. 이와 같은 외양의 특이한 기표가 8명의 여성을 통해 반복되고 있다.[9] 그리고 독고민이 환상 체험에서 만나는 '해전'이라는 시를 낭독하는 젊은이와 김용길 박사의 조수, 가장 바깥 서사에서 영화를 보고 나오는 젊은이도 세 개의 서사에서 반복되는 인물이다. 이러한 인물의 인적 사항이나 외양 묘사에 의한 반복적 플롯은 인물의 행위로까지 반경이 확대된다.

반복적으로 제시되는 인물의 행위는 독고민이 자신의 아파트에 귀가하여 성냥을 찾는 행동과, 낯선 집단들에게 추격당하는 공간에서 찻집을 발견했을 때이다.

> 그는 뒷손으로 문을 닫으면서 나머지 손으로 문 옆 선반을 손
> 어림하여 성냥을 찾았다. 넓지도 않은 선반에 얹혔을 성냥갑은
> 얼른 찾아지지 않았다. 그는 다른 손을 마저 선반에 올려 손바닥

---

9) ① 독고민이 은행원들에게 '사장'으로 호명될 때 차를 가졌왔던 여인, ② 무용수 미라, ③ 늙은 댄서가 변신한 젊은 여인, ④ '잊어버리지 않는 죄인'의 애인, ⑤ 여급 에레나, ⑥ 김용길 박사가 읽은 법화에서의 관세음보살, ⑦ 김용길 박사 병원의 간호원, ⑧ 영화를 보고 나온 젊은 여인은 모두 왼쪽뺨에 까만점이 있다.

으로 그 위를 쓸었다. 왼손이 성냥에 부딪히면서 그것을 마룻바
닥에 떨어뜨렸다. 아차. 이번에는 구부리고 앉아 어둠 속에서 마
루를 더듬는다. 간신히 성냥이 잡혔다. 그때 그는 쭈뼛해졌다. 요
먼저 그 편지가 와있던 날 지금과 꼭 같은 실수를 한 것을 퍼뜩
생각해낸 것이다.(192–193쪽)

독고민이 '숙'의 편지를 받던 날 그는 성냥을 찾다가 떨어뜨렸다. 그
런데 숙을 만나지 못하고 돌아온 날에도 이와 동일한 상황이 벌어지고,
성냥을 줍는 그의 행동도 똑같이 전개된다. 그는 두 번째 행동 뒤에 심
한 두려움을 느낀다. "그때 그는 쭈뼛해졌다. 요 먼저 그 편지가 와 있
던 날 지금과 꼭 같은 실수를 한 것을 퍼뜩 생각해낸 것이다. 악 소리를
지르면서 그는 어둠 속에서 얼굴을 감쌌다."(193쪽)라는 내용에서 그
의 두려움을 알 수 있다. 행위의 반복이 주체자에게 공포감을 불러일으
킬 만큼 현실 세계는 자연적 질서를 벗어나 있기 때문이다.

독고민의 공포감은 환상 세계에서 패턴으로 나타난다. 그가 낯선 시
인 집단, 은행원들, 무용수들, 여급 등을 만나고, 그들로부터 도망치는
과정이 반복적으로 제시되는 양상은 하나의 패턴이 된다. 독고민은 그
들 집단을 전혀 모르는데 그들은 독고민에게 자신들 집단의 책임자가
되어달라는 요구를 똑같이 한다. 이를 수락할 수 없는 독고민의 유일한
행동은 그들을 피해서 달아나는 것밖에 없다. 독고민이 낯선 집단들에
게 추격을 받는 장면은 추격하는 대상 집단만 달라질 뿐 동일한 패턴을
유지한다. 그리고 패턴의 키모멘트는 낯선 집단들이 지켜보는 광장에
서 독고민이 총살당하는 장면이다.

반복 플롯은 서사 구성의 차원에서 집요하다고 여겨질 정도로 나타
나고 있다. 이러한 반복 플롯은 무엇을 의미하는가. 수차례 나타나는

반복 플롯은 단순한 우연이라 하기에는 분량이 너무 많다. 그리고 소설 형식의 실험을 추구하는 최인훈의 이력으로 보아도 우연으로 넘길 수 없다. 이것을 해석할 수 있는 단서를 김용길 박사의 연구 과제에서 발견할 수 있다.

> 개인의 유일성과 동일성이 뿌리에서 다시 살펴져야 한다. A는 A이면서 A가 아니다? 그것은 인간을 '현재'와 '여기'라는 시간과 공간의 두 축(軸)으로 완고하게 자리주어진 좌표로부터, 허(虛)의 진공 속으로 내놓음을 말한다. 그리고 개인은 시공에 매임 없이, 인류가 겪은 얼마인지도 모를 기억의 두께 속에 가라앉아, 급기야 그 개인성을 잃고 만다. 바다에 떨어진 한 방울의 물처럼, 그것은 미궁(迷宮) 속에 빠진 몽유병자와 같은 상태일 거다. 그 속에서 끝까지 개체의 통일성을 지킬 수 있는 힘은 무엇일까.(265쪽)

김용길 박사는 아버지의 뜻을 따르느라 그가 원하는 미술을 포기하고 의사가 된 인물이다. 그는 미술을 못할 바에는 대신 인간의 신비를 연구하겠다는 목적으로 신경과를 택하였다. 최근 그의 연구 화두는 '개체의 통일성'을 지킬 수 있는 힘이 무엇인지 밝히는 것이다. 이와 같은 연구에 관심을 가지게 된 동기는 심령학회의 보고서 때문이다. 학회 보고서는 '외국에 전혀 가본 적이 없는 被術者가 외국의 그 어떤 도시에 대하여 정확하고 자세하게 진술하였으며, 그 피술자가 삼백 년 전의 일을 진술한 史實이 고문서의 발견으로 확인되었을 때'의 내용이다. 이 보고서를 본 후, 김용길 박사는 화자의 진술은 누가 말한 것인지 고민한다.

인용문에 있는 A는 시원의 세계와 연결된 화자의 총칭이라 할 수 있다. A라는 개체는 집단 무의식의 향유자로서, 과학으로는 해명할 수 없는 시원의 세계와 소통할 수 있는 가능성을 가지고 있는 인물이다. 최인훈의 작품에서는 시간의 영원성, 시원의 세계에 대한 언급이 자주 나온다.[10] 시원의 세계를 미미하나마 의식하는 것은 작중 인물의 기시감이다. 작중 인물의 기시감은 과거의 시간이 지금 현재의 인물에게 유형, 무형으로 영향을 끼치고 있다는 점에서 중요하다. 인물들은 과거에 서로 영향을 끼쳤던 관계이지만 현실에서 단지 기억을 하지 못할 뿐이다. 독고민이 8명의 왼쪽 뺨에 점이 있는 여자를 볼 때 '어디선가 본 듯한 얼굴'이라는 느낌을 갖는 것도 인물과 인물 사이의 인연이 작동되고 있음을 보여주는 예가 된다. 이런 사례는 독고민이 영화관에서 만난 옆자리의 낯선 여성을 볼 때도 해당된다. 그는 옆자리의 여성에게 "어디선가 본 듯한 얼굴"이란 느낌을 갖고, 그녀를 뒤쫓다가 결국 환상 세계의 미로 여행을 하게 되었다.

이 작품에서 인물들의 인적 사항, 행위의 반복을 과학적, 논리적으로 규명하는 것 자체가 공소한 일이 될 수도 있다. 모호한 상태 그대로 두는 것이 의미상 자연스러울 것 같다. 이와 같은 반복 플롯은 인류 역사의 반복이 변형된 것이라 볼 수 있다. 김용길 박사의 "개인의 유일성과 동일성이 뿌리에서 다시 살펴져야 한다"는 인식은 프로이트 이론의 연장선에 있다. 즉 개체발생의 반복은 계통발생의 토대가 된다는 맥락과 통하는 것이다. 긴 세월 동안 지속된 인류의 반복은 하나의 질서를 형성하여 문명으로 나타났다. 개인의 유일성은 문명 속에서 용해되어 사라지는 운명을 띠고 있다. 살아있는 몸 안에서 무명의 세포가 사라지듯

---

10) 「가면고」의 주인공 독고준은 기시감과 함께 3천년 전의 전생을 무의식 상태에서 진술하고 「광장」의 이명준은 어느날 들판에 나갔을 때 기시감을 겪는다. 이 기시감은 자살하기 직전에 다시 반복되면서 그때의 기분이 환희와 같은 것임을 밝힌다.

이, 개인이 속한 세대는 사라지고 시간을 초월한 형상만 남는다.[11] 지층 속에 있는 토양의 한 알갱이처럼 있으면서도 없다고 할 수 있는 그런 위치로 바뀌는 것이다.

반복 플롯은 그 의미를 다르게 살펴볼 여지도 지닌다. 여기에서도 프로이트의 이론을 필요로 한다. 프로이트는 반복 강박을 야기하는 정신적 외상의 속성에 대해 분석함으로써 반복 행위가 행해지는 이유를 규명하였다. 의식은 감각 기관을 통해 포착되는 외부의 자극에 대한 지각과 그것에 대한 반응으로 야기되는 내부의 흥분으로 구성된다. 문제는 의식이 감당하기 어려울 정도로 강렬한 흥분이 야기되었을 때이다.[12] 프로이트는 그 중 '전쟁 신경증'은 자아 내면의 갈등에 의해서 촉진된 외상성 신경증일 수 있다는 사실을 주장하였다.

이런 논의를 토대로 작가 최인훈과 그의 작중 인물의 전쟁 신경증을 살펴보면 해석은 새로워진다. 최인훈은 월남 당시의 LST 체험을 '어질머리'로 비유하였다. 전쟁의 공포, 낯선 땅에 대한 불안감이 육체적으로는 배멀미로 나타나고, 정신적으로는 어질머리로 남아 있는 것이다. 최인훈에게 심한 배멀미와 정상인의 삶이라고 할 수 없는 아수라장의 LST 체험은 '광인'의 시간이었다. 오랜 동안 정착 생활을 했던 사람들에게 흔들리는 배안에서 한 마을을 무질서하게 실어놓은 듯한

---

11) 조셉 켐벨, 이윤기 옮김, 『세계의 영웅신화』, 대원사, 1991, 372쪽.

12) 외상성 신경증 환자의 꿈은 주체를 그 경악의 현장으로 데리고 감으로써 다시 그 경험을 반복하게 하며, 그러한 반복은 의식에 불안(anxiety)을 야기시킨다. 불안은 경험을 예기하고 있는 의식의 준비 상태이다. 요컨대 외상성 신경증 환자의 꿈에서 반복강박은, 충격적인 경험으로 인해 야기된 내부의 강렬한 흥분을 길들이고 완화시킴으로써 의식에 의해 수용 가능한 것으로 만들어주는 무의식의 기제인 것이다. 프로이트, 박찬부 옮김, 『쾌락원칙을 넘어서—프로이트 전집 11』, 열린책들, 1998, 9-47쪽 참조.

LST 체험은 바로 '광인'의 체험이다.[13] 그러므로 최인훈에게 전쟁 신경증은 트라우마로 남게 된다. 잠복된 전쟁 신경증이 무의식적으로 창작 세계에 영향을 끼치고 있는 것이다. 그가 겪은 시대의 의미를 규명하고자 하는 반복 강박이 플롯상으로 반복 구조를 수반한 것으로 볼 수 있다.

반복 강박이 작중 인물에게 투사되면 '피난민 의식'으로 표출된다. 독고민은 월남인으로서, 고생을 '할 만큼' 한 가난한 간판사이다. 그에게 전쟁이 남긴 공간은 파괴적 삶의 흔적 뿐이다. '숙'으로 표상되는 그의 '황금 시대'가 상실된 것은 파괴적 공간의 가장 아픈 예가 될 것이다. 예기치 못한 충격과 불행을 겪은 사람들에게 자신의 '황금 시대'로 회귀하고 싶은 무의식적 욕망은 '이룰 수 없을지도 모를' 불안 심리를 야기할 수 있다. 그런 심리는 공포스러운 공간에서 생성된다. 따라서 독고민이 20여일 동안 체험한 환상 세계는 반복 플롯에 의해 독고민의 공포감을 증폭시키며, 한편으로는 당대의 부조리함을 폭로, 비판하는데 충분하다.

반복 구조에서 얻을 수 있는 효과는 당대의 부조리를 폭로하는 점이다. 독고민이 시인, 경제인, 무용가, 술집 여인들에게 불리어지는 '선생님', '사장님' 등의 호명은 일반인들이 사회 속에서 받아들여야 하는 호명이다. 이것은 자신의 정체성을 사회로부터 부여받는 의미를 지닌다. 그러나 독고민은 자신의 무의식적 욕망을 지키기 위해 이를 거부한다. 독고민의 무의식적 욕망은 잃어버린 과거의 '황금 시대'를 되찾는 일이기 때문에 사회적 호명을 받아들이는 일과 상치되고 있다. 사회적 호명을 받아들인다면 자신의 '황금 시대'를 포기해야 하므로 그는 개인

---

13) 최인훈의 LST 체험이 그의 문학에 끼친 영향은 졸고, 「최인훈 소설의 환상성 연구」, 한양대 박사학위논문, 2003, 79-82쪽 참조.

의 욕망을 끝까지 고수하였다. 이 때문에 사회에 받아들여질 수 없는 위험한 인물이 된다. 그가 집단의 호명을 거부함으로써 총살을 당하는 운명은 사회와 개인의 욕망이 대립될 때 나타나는 결과이다. 따라서 독고민의 미로 체험은 개인적 자아가 추구하는 내밀한 삶의 목적과 사회적 상징 질서에 의해 요청된 합목적성간의 분열과 상호 적대성을 함축하고 있는 것이다.[14]

여기서 중요한 것은 사회적 호명을 하는 집단들이 비판의 대상이란 점이다. 독고준이 환상 세계에서 만난 낯선 집단들은 그에게 그 어떤 결정권을 요구하는 집단들로서 1960년대에 비판의 대상이 되는 대표적 인물들이다. 경제인들의 무능력, 시인들을 통해 보여주는 문단의 권력화, 무용수들의 순수성을 이용하는 예술 기획인들의 상업성, 룸살롱의 퇴폐적 모습 등은 1960년대 한국 사회에 만연되어 있는 사회, 경제, 문화 구조의 총체적 부조리를 대변하는 모습들이라 할 수 있다. 이런 호명에 안주한다면 독고민 또한 부정과 부패 속에 합류하는 주체가 되어 버리는 것이다. 그러므로 이들의 요구에 불응하고 그들로부터 도망을 치는 독고민은 저항의 주체가 될 수도 있다.

「구운몽」의 환상성은 카오스 상태와 마찬가지인 한국의 1960년대 상황이 생성하고 있다. 굳이 현실과 꿈의 모호한 경계를 설정하지 않아도, 당대 현실의 혼돈 상태 그 자체만으로 충분히 환상의 효과를 얻고 있다. 그러므로 이 작품에서 나타나는 무수한 반복은 특정 시기의 공간에서 벌어지고 있는 공포스러운 삶의 모습, 그곳에서 상처받은 인간상을 드러내기 위한 것이다. 이런 점에서 이 작품은 사건의 논리적 전개보다는 인물의 상황을 부각시키는 폭로의 성격을 강하게 드러내고 있

---

14) 박정수, 「현대소설의 환상적 상상력 연구」, 서강대 박사학위논문, 2002, 100쪽.

다. 폭로의 플롯은 존재하는 것들의 무한한 세부에 관심을 기울이면서 강력하게 인물–지향적이려는 경향이 있다. 그리고 그에 따라 사건들은 최소화되어 예증적인 역할로 감소되어 간다.[15]

여기에 '미궁'이라는 장소가 아예 등장하고 있어 작가의 의도를 미리 엿볼 수도 있다. '미궁'은 다방이름으로 나온다. 바로 주인공 독고민이 옛 애인 '숙'을 만나러 가는 장소이다. 만남의 장소라는 다방의 공간적 특성상 상호명을 '미궁'으로 하는 상업주는 드물 것이다. 상호명이 주술처럼 작용한듯, 약속 장소에 찾아간 독고민은 2 번씩이나 숙을 만나지 못하고 돌아온다. 따라서 '미궁'이란 다방 이름은 앞으로 전개될 서사 공간이 '미궁'이 될 것임을 은유적으로 표현하였다고 보아도 무리가 없을 것이다. 게다가 독고민이 바람맞고 돌아오는 날은 익숙했던 길과 도시가 정체모를 집단들의 추격에 의해 '미로'로 변한다.

이상에서 살펴본 바와 같이 반복 플롯은 서사 전개를 난해하게 한다. 무한히 확장되는 미로의 거리, 서사층마다 동일하게 나타나는 작중 인물들의 반복과 그들의 반복된 행위는 「구운몽」을 미궁 텍스트로 만드는 주요 요인임을 알 수 있다.

2) 몽타주 기법

몽타주 기법에 의한 도시의 미로화는 「구운몽」을 '미궁 텍스트'로 만드는 두 번째 근거가 된다. 몽타주 기법은 단어나 문장의 단편들을 하나의 작품으로 조립·구성하기도 하고, 이질적인 장면들을 병치하기도 하는 형식으로서 이것은 파편화되고 분열된 현실을 표현하는 것이다.

---

15) 시모어 채트먼, 김경수 옮김, 『영화와 소설의 서사구조』, 민음사, 1992, 55쪽.

서로 상이하거나 이질적인 요소를 나란히 병치시켜, 시공간적으로 떨어져 있는 두 이질적인 요소를 동시에 결합시키는 동시성의 기법인 셈이다.[16] 특히, 단편적인 순간들의 접합이나 현재와 과거의 다른 시차를 병치와 동시성으로 나란히 배열하고 있다. 뿐만 아니라 이 기법은 단편들을 조립하여 종합적인 이미지나 제3의 이미지를 만들어내기 때문에[17] 환상 문학에서 흔히 나타나는 인과율을 벗어난 비논리적 전개에 필요하다. 환상성을 전경화하고 있는 「구운몽」은 공간 몽타주를 통해서는 미로의 체험을, 시간 몽타주에 의해서는 시간의 파행성을 돋보이게 한다. 이와 같은 몽타주는 작품의 프롤로그에서 자세히 제시되었다.

프롤로그는 이 작품이 영화라는 점, 영화기법이 사용되고 있는 점을 구체적으로 밝히고 있다.

> 이 영화는 피사체 자신의 성질 탓에, 그리고 말씀드린 만들게 된 뜻에 따라, **비교적 느린 걸음을** 썼으며, 클로즈업을 쉴새없이 끼어넣었고, **같은 장면의 되풀이** 및, 심지어는 **영사기의 돌림을 멈추고**, 중요한 화면을 정물 사진으로 볼 수 있게 다루었습니다.
> (276-277쪽)

'느린 걸음'은 서사 전개의 속도가 느리다는 것을 말한다. 작중 인물의 내면 세계를 탐구하는 현대 소설에서는 인물의 행동은 약화되고, 사유의 폭은 확장되기 때문에 서사 진행이 느릴 수밖에 없다. '클로즈업'과 '같은 장면의 되풀이', '영사기의 돌림을 멈추'는 것들을 종합하면

---

16) 정끝별, 『패러디 시학』, 문학세계사, 1997, 51쪽.
17) 이승훈, 『포스트모더니즘 시론』, 세계사, 1991, 120-129 쪽 참조.
　　나병철, 『한국문학의 근대성과 탈근대성』, 문예출판사, 1996, 196-229쪽 참조.

「구운몽」은 몽타주 기법이 활용되고 있는 작품임을 드러낸다.

이러한 몽타주는 독고민이 거리에서 낯선 집단의 추격을 피해 도주할 때 집약적으로 나타난다. 먼저, 공간의 파편화된 모습과 미로는 공간 몽타주에 의해서 나타난다. 「구운몽」에서 독고민이 거리를 질주할 때 이를 발견할 수 있다. 독고민은 광장까지 그를 추격하는 시인들, 노은행원들, 무용수들을 교묘히 따돌리면서 도망친다. 그들을 피할 수 있었던 것은 거리를 질주하는 동안 그가 몸을 숨길 공간이 편집한 필름처럼 이어졌기 때문이다.

독고민은 이 간수가 일본 사람이구나 했다. 일본 사람이 아직도 우리나라에서 간수 노릇을 하다니. 벌써 십오년 전에 없어졌을 왜놈들이. 어떤 문 앞에서 간수는 멎었다.

"정말 전 아무 죄없습니다."

"바까야로. 센징와 숑아 나이!"

간수는 눈에서 불똥이 튀게 민의 뺨을 후려갈기고는, 방문을 획 열고 독고민을 쳐넣었다.

자욱한 담배 연기. 분홍 불빛 속에서 담배 연기도 분홍빛이다. 유행가 소리. 막판이 돼가는 바는 취한 사람들의 혀 꼬부라진 소리와, 여급들의 풀어진 웃음 소리로 흐드러졌다.(238쪽) (강조-인용자)

감방 구역에서 독고민을 각하로 오인한 간수는 그에게 감방 죄수들을 만나게 하였다. 그러나 그가 기다리던 인물이 아니라는 사실을 보고받은 후 예문처럼 함부로 대한다. 독고민이 현재 있는 감방과 다음에 찾아갈 장소인 바의 공간이 '방문'으로 연결되어 있다. 감방에서 '방문'을 열면 그 다음 공간인 술집이 등장한다. 영화에서 시공간이 다른 필름과 필름을 연결하여 스토리를 진행시킨 기법을 이렇게 소설에서 사용한 것이다.

지금까지는 공간 몽타주를 살펴보았는데 시간 몽타주도 주의해야 한다.

> 먼발치서 보는 터라 단정할 수는 없으나 사팔뜨기인 듯싶었다. 그녀는 한 팔을 올려 머리핀을 뽑아 그것으로 머리를 긁는다. 민은 세 번째 똑똑 두드렸다. 여자는 머리핀을 꽂고 도로 턱을 괸다.(183쪽)

독고민이 '숙'을 만나기 위해 '미궁' 다방으로 찾아간 것은 두 번이다. 두 번 모두 그녀를 만나지 못하고 집으로 돌아오는 거리에서 그는 환상적 체험을 한다. 추운 겨울, 찻집에 들어가기 위해 독고민이 문을 밀었을 때 분명히 안에는 인용문의 젊은 여자가 카운터에 앉아 있다. 그러나 그녀는 독고민을 보지 못하고 문을 열어주지 않는다. 첫 번째 약속과 두 번째 약속이 20여일의 시차가 있기 때문에 두 약속날이 연속적으로 이어지는 것은 불가능한 일이다. 그런데 찻집의 여성은 똑같은 행동을 20일 후에도 하고 있는 것이다. 독고민은 이 사실 앞에서 '머리카락이 곤두서듯 오싹해짐'을 느낀다. 이처럼 시간 몽타주는 시간의 파행성으로 드러나 이 소설에서 환상 세계를 지속하는 하나의 방법이 된다.

이렇게 시간을 조각들로 편집한 것은 총체성이 사라진 현실의 부조리함, 현실의 파편적인 삶의 모습을 재현한 것으로 볼 수도 있다. 선적 발전 지향의 시간이 현대 소설에서는 어렵다. 연속된 시간의 흐름이 단절되어 서로 다른 시차가 봉합된 것은 총체성, 완결성의 훼손을 상징하기 위해서이다. 시간의 병치는 이 작품에서 지속적으로 나타난다. 낯선 집단들에게 추격을 받는 독고민이 도망치는 과정은 인과율의 시간 법칙을 벗어나 있다. 이것은 필름 편집으로 완성한 영화를 보는 착각을 들게 한다.

지금까지 살펴본 바와 같이 최인훈은 몽타주 기법을 사용함으로써 현실의 통일성 해체를 예술 작품의 통일성 파괴로 표현하고 있다. 몽타주는 시공간의 자연적 질서를 벗어나 있다. 이로 인해 주인공 독고민은 확대되는 미로의 거리를 체험하게 된다. 이 기법은 '미궁' 텍스트의 한 요소로서 파편화된 현실, 부조리한 현실의 장면을 인상적으로 드러내는 데 기여하고 있음을 알 수 있다.

3) 폐쇄적 공간

이 작품을 '미궁 텍스트'로 볼 수 있는 것은 공간의 폐쇄성이다. 폐쇄적 공간은 러시아 민속 인형인 '마뜨료쉬카'[18]처럼 겹겹으로 구성되어 있다. 가난한 간판사지만 그래도 특별한 근심없이 살고 있는 독고민은 여러 겹의 공간에 포위된다. 그를 이러한 미궁에 갇히게 한 것은 '여성'이다. 그를 미로의 공간으로 유도한 것이 여인의 목소리와 숙의 편지이기 때문이다.

관(棺) 속에 누워 있다. 미이라. 관 속은 태(胎)집보다 어둡다. 그리고 춥다. 그는 하릴없이 뻔히 눈을 뜨고 누군가를 기다리고

---

18) 러시아 민속인형 마뜨료쉬카는 큰 인형 속에 작은 인형들이 들어 있다. 많게는 30여 개가 들어 있기도 하다.

있다. 몸을 비틀어 돌아 눕는다. 벌써 얼마를 소리 없이 기다려도 아무도 찾아오지 않는다. 몇 해가 되는지 혹은 몇 시간인지 벌써 가리지 못한다. 혹은 몇 분밖에 안 된 것인지도 모른다. 똑 똑. 누군가 관 뚜껑을 두드리고 있다. 누구요? 저예요. 누구? 제 목소리를 잊으셨나요. 부드럽고 따뜻한 목소리. 귀에 익은 목소리. 빨리 나오세요. 따뜻한 데루 가요. 저하구 같이. 그는 두 손바닥으로 관 뚜껑을 밀어올리고 몸을 일으켰다. 어둡다. 아무것도 보이지 않는다.(173쪽)

인용문은 독고민의 꿈이다. 꿈은 무의식을 의식으로 부상시키는 효과적인 방법으로서 독고민의 무의식을 보여주기에 적절하다. 관 속에 누워 있던 독고민은 바깥에서 불러내는 여자의 목소리를 들은 후 좁고 추운 관에서 나가려 한다. '태집'은 자궁이므로 가장 편안한 상태여야 한다. 그런데 태집과 같은 관이 그에게는 편하지가 않다. 춥고 어두우며, 살아있는 자신이 '미이라'처럼 여겨지는 살기는 살았으되 온전히 살았다고 할 수도 없는 그런 상태이다. 이런 장소에 누워 있는 독고민을 불러내는 것은 여성의 목소리이다. 자궁에서 벗어나도록 유혹하는 여성의 목소리라면 그의 아니마에 해당하는 인물일 것이다. 그러나 그를 불러냈던 여자는 보이지 않는다.

이 꿈은 앞으로 일어날 독고민의 전체 행위를 암시하고 있다. 차가운 관은 그의 낡고 초라한 아파트의 환유이며 그를 관 속에서 불러낸 여성은 숙의 환유이다. 그리고 그녀의 목소리만 들리고 모습은 보이지 않는다는 것은 독고민의 아니마인 '숙'은 추억 속의 여성으로서 실제로는 만나기가 불가능한 인물임을 암시하는 것이다.

「구운몽」은 꿈과 현실의 경계가 모호한 작품이다. 그래서 직사각형의 관에서 나온 독고민이 자신의 낡은 아파트로 걸어올라가는, 꿈과 현실이 모호하게 이어진다. 이제 낡은 아파트, 좀더 넓은 사각형에 그는 도착하였다. 그곳에서 그를 다시 거리로 불러내는 것은 발신인이 적혀 있지 않은 편지이다. 이때 여성의 목소리와 여성이 보낸 편지는 테세우스에게 준 '아리아드네의 실'이라고 볼 수 있다. 테세우스는 그 실타래를 가지고 미궁에서 나올 수 있었다. 그러나 독고민의 실타래는 미궁 속으로 유인하는 실타래이다.

독고민은 '미궁' 다방에서 숙을 만나지 못한 날 영화관에 간다. 숙을 만나지 못한 참담한 상황에서 영화관에 간 행위는 독특하다. "사람들은 대개 쌍이었다. 줄을 같이 서서 앞뒤로 즐거운 듯 말을 주고 받는 사람…… 그의 가슴은 무거웠다."(181쪽)에서 보듯 영화관이 취미 생활을 위한 자유로운 공간이긴 하지만 1960년대에 혼자서 출입하기에는 어색하고 낯선 장소이다. 이런 장소에 독고민은 '숙'과 만나기로 한 날 바람을 맞고 혼자 찾아간다. 이승훈은 극장이 주는 쾌락을 프로이트가 말한 죽음 충동, 타나토스의 기쁨으로 보고 있다.

> 그러나 극장은 다르다. 극장은 물론 밤에도 문을 열지만 한낮의 극장, 오후의 극장이 더욱 극장답다. 밖에는 눈부신 햇살이 떨어지고, 그렇기 때문에 극장 안은 더욱 어두운 느낌이 든다. 극장에는 타인들뿐이지만 어둠 속에서 타인들은 나를 응시하지 않는다. 그들도 나와 함께 어머니의 자궁 속에 빠지고 어두운 모태로 돌아가고 죽음을 체험한다. 프로이트가 말하는 죽음 충동, 타나토스의 기쁨이다.[19]

---

19) 이승훈, 『한국현대시의 이해』, 집문당, 1999, 163쪽.

독고민이 영화관을 찾은 것은 '숙'을 만나지 못한 보상 심리로 볼 수 있다. '숙'은 독고민에게 상상계의 행복감과 충일감을 주는 존재이다. 그런 인물을 만나지 못함으로써 독고민의 상상계 지향의 욕망은 좌절감을 겪게 된다. 이런 경우 현대 도시인에게 손쉽게 그 역할을 보상해 줄 수 있는 장소는 바로 '영화관'이다. '관'처럼 어두컴컴한 영화관은 독고민을 익명성 속에서 편안하게 함으로써 자궁의 역할을 하는 장소가 된다. 그러나 궁극적으로 보면 이것은 영원한 편안함이 아니라 일시적인 것이었다. 독고민이 환상 여행을 하게 된 계기가 낯선 '편지'였다면, 환상 여행의 미로 체험은 영화관에서 시작되기 때문이다.

독고민은 영화관의 옆자리에 앉은 "어디선가 많이 본 여자"(181쪽)를 뒤쫓다가 낯선 추격자들을 만나게 된다. 그녀를 뒤쫓다가 독고민은 더 확대된 거리에서 미로의 체험을 겪고, 결국은 네모난 벤치에서 동사체로 발견하게 된다. 그리고 종국에는 시체 냉동실에 보관되는 것이다. 이렇게 되면 독고민이 나왔던 맨 처음의 관으로 다시 입관하는 셈이다.

어두운 관→낡은 아파트→미로의 거리→영화관→미로의 거리→벤치→시체 냉동실. 이와 같은 사각형의 공간은 러시아 민속 인형처럼 몇 겹의 공간으로 독고민을 에워싸고 있다. 작중 인물을 밀폐된 공간에 가두어 두는 형상을 지니는 것이다. 독고민이 '숙'을 만나기 위해 '미로'의 거리를 방황할 때 거대 도시는 새로운 봉쇄 공간으로서 현대적 환상의 중심이 된다. 이곳은 최대한의 변형이 일어나는 공포의 공간으로, 고딕적·봉쇄 공간을 바탕으로 만들어진[20] 것이다.

---

20) 로즈메리 잭슨, 서강여성문학연구회 옮김, 『환상성-전복의 문학』, 문학동네, 2001, 67쪽.

3. 광인과 파르마코스의 이미지

지금까지 「구운몽」의 복잡한 서사 구조가 '미궁' 텍스트의 요소로 작용하고 있음을 살펴보았다. 이 장에서는 이와 같은 미궁, 미로 속에서 길찾기를 시도하는 인물 독고민은 과연 그곳에서 제대로 탈출할 수 있는지 살펴볼 차례이다.

영웅 테세우스가 무사히 미궁에서 탈출할 수 있었던 것은 공주 아리아드네가 준 '실타래'와 칼 덕분이었다. 그렇다면 독고민은 어떠한가. 결론부터 미리 말하면 독고민은 미궁 탈출에 실패한다. 그에게도 '아리아드네의 실타래'는 있었다. 관 속에 누워 있는 그를 바깥 세상으로 불러내는 여성의 '목소리'와 그를 미로에서 헤매게 하는 숙의 '편지'가 이에 해당한다. 이 작품은 미궁 전설의 원형이 변형되어 나타나고 있기에 '아리아드네의 실타래' 역할이 변형되어 있다. 즉 테세우스가 가진 아리아드네의 실타래가 그를 미궁에서 탈출시키는 끈이었다면, 독고민에게 실타래는 그를 미궁으로 유인하는 끈이었다. 영웅 테세우스마저도 미궁에 들어갈 때는 아리아드네의 실과 칼이 있었기 때문에 그곳에서 살아 나올 수 있었다. 그러므로 평범한 소시민 독고민에게 미궁의 출구가 보이지 않는 것은 당연한 일이다. 또한 그의 '아리아드네의 실'은 숙이 그를 모른다고 하는 순간 끊어져 버린다. 그러므로 아리아드네의 실이 없는 독고민에게 미궁의 출구를 찾는 일은 기대하기 어렵다.

다음으로 살펴 볼 독고민의 이미지도 미궁에서의 탈출이 너무나 요원한 일임을 보여준다. 이 작품의 가장 내부 액자가 되는 독고민 서사는 결말에 이르면 독고민의 몽유담으로 밝혀진다.

"그런데 어떻게 돼서 여기까지 왔을까? 환자도 아니라면……."

　　"혹시 몽유병잔지 압니까?"

　　박사는 제자의 재치있는 농담에 껄껄 웃었다.

　　"직업이라…… 무직…… 가족이 없고…… 본적이 황해도……

　　독신……. 자네 뭐라고 했지, 몽유병자라구?"

　　그 순간 원장과 충실한 조수는 꼭같이 어떤 생각을 했다. 바꾼

　　눈짓은 그 생각이 같은 내용이었다는 것을 말해주었다.(271쪽)

　　(강조-인용자)

　　독고민의 시체가 병원에서 발견되었을 때 의사인 김용길 박사와 조수의 잠정적 진단으로 독고민은 몽유병자가 된다. 또한 그의 시신은 연고자가 없다는 이유로 조수가 쓰고 있는 논문의 해부용 시신이 될 것이라는 암시를 보여준다. 진한 글씨는 이와 같은 결정을 눈빛으로 서로 전달하는 것이다. 그러므로 독고민이 체험한 환상 세계는 몽유병자인 독고민이 밤마다 행한 무의식적인 몽유 행위로 결론 내려지는 것이다. 몽유병은 넓은 의미에서 광기의 한 유형으로 볼 수 있기에 독고민은 '광인'의 이미지를 지니게 된다.[21] 문학에서 광인의 등장은 다양하게 해석되고 있다. 문학 또는 예술을 통해 인간의 삶을 정화하고 비판적 시각을 재정립할 수 있는 것은 그것이 견지하고 있는 일탈적 시각 때문

---

21) 최인훈 소설에서 '광인'의 이미지는 주목할 필요가 있다. 작중인물은 광인으로 진단을 받거나(「구운몽」), 광인이라는 증거로 재판에서 무죄판결(『서유기』)을 받기도 한다. 단편 「수」와 「우상의 집」은 광인을 정신병원에 감금한 내용이다. 환각적인 상태의 환상적 분위기에 직면할 때 광인의 모습을 띤다. 단지, 그 시간이 찰라적이냐 지속적이냐에 따라 달라질 뿐이다. 「만가」의 여주인공이 호수 속으로 걸어들어가는 장면은 그녀의 이성이 사라진, 광기의 상태라 할 수 있다. 또한 「광장」의 이명준이 마스트에 있는 갈매기를 보면서 갖는 환시에서도 자신을 '신들림'의 상태로 여기는데 이러한 인물들은 넓은 의미에서 광인의 모습을 띤다고 할 수 있다. 문학에서 광인은 환상성과 밀접한 관계를 보인다.

이다. 소설에 나타난 광기 또한 이러한 탈주의 시각을 부단히 상기시킴으로써 우리에게 인식의 부단한 갱신을 요구한다.[22]

이렇게 독고민을 광인의 이미지로 형상화할 경우, 얻을 수 있는 소설 미학적 효과는 무엇인가. 일단, 미궁 텍스트의 구조와 교묘하게 부합된다. 미궁 텍스트의 공간은 정상적인 인물도 충분히 정신적 질환을 앓을 수 있는 곳이다.

독고민이 죽은 장소가 병원이라는 점을 먼저 살펴보자. 이는 중세 유럽의 광인들이 정신 병원에 감금당한 것을 현대적으로 변용한 것이라 할 수 있다. 광인들을 치유하기 위해 침수(immersion)[23]를 활용한 점을 상기하면 독고민의 죽음의 위치도 간과할 수 없다. 환상 세계에서 총살당한 위치는 분수대였으며, 현실에서 동사한 위치도 분수대 근처의 벤치로 설정되어 있다. 분수대라면 물이 있는 곳으로서 광인을 치유할 수 있는 장소가 된다. 그러나 독고민이 죽은 계절은 한겨울이고, 이미 물은 제거되어 있는 상태라서 그의 광기를 치유할 수 있는 기회는 상실되었다. 이것은 독고민을 사회에서 격리, 소외시킨 모습이다. 환상 세계에서 방탄복을 벗고 되살아난 독고민이 해외로 망명한다는 것 자체도 결국은 고국에서의 소외를 보여주는 것이다. 광인으로 판정받을 경우 격리, 감금시키는 사회적 제재가 현대의 독고민에게 고스란히 나타나고 있음을 발견할 수 있다.

광인의 이미지에 부가하여 독고민은 '파르마코스'[24]의 이미지도 지니고 있다. 파르마코스는 실력이 모자라는 재능 때문에 부르조아 사회에서 버림받은 예술가를 다룬 이야기에 전형적으로 등장하는 산제물이

---

22) 우미영, 「한국 근대 소설에 나타난 광기 연구」, 한양대 박사학위논문, 2002, 141쪽.
23) 미셸 푸코, 김부용 옮김, 『광기의 역사』, 인간사랑, 1993, 22-25쪽.
24) 노드롭 프라이, 임철규 역, 『비평의 해부』, 한길사, 1994, 62쪽.

다. 독고민은 학창 시절 미술에 재능을 보였다. 비록 낙선을 하기는 하지만, 애인 숙의 격려를 받고 국전에 응모도 해 보았다. 결국 그는 3류 화가도 못되는 극장 간판사로 전전하는 파르마코스의 이미지를 지닌다. 파르마코스적 이미지는 그의 시신이 실험용 해부로 쓰여질 것이라는 암시에서 극대화된다. 동일한 인적 사항을 지닌 재능있는 김용길 박사와 비교할 때 독고민은 무능한 소시민으로서 역사적 상황의 제물이 되는 것이다.

독고민의 이미지는 광인과 파르마코스로 형상화되고 있어 테세우스의 영웅적 면모와는 거리가 멀다. '아리아드네의 실타래'도 없는 독고민에게 이러한 이미지를 부여한 것은 그를 무력한 소시민으로 묘사하기에 충분하다. 부조리한 현실, 미궁 속에서 영웅이 아닌 몽유병자 독고민은 출구를 찾을 수 없다.

4. 맺음말

이 글은 최인훈의 「구운몽」을 '미궁 텍스트'의 측면에서 고찰하였다. 이 작품은 그의 환상적 서사 중에서 정점에 위치한다. 그만큼 서사 구조가 난해하다는 의미가 된다. 실제로 이 작품의 복잡한 서사 구조는 '미궁 텍스트'의 충분한 요건이 되고 있다. 본고에서는 미궁 텍스트의 요건을 반복되는 플롯과 몽타주 기법으로 확대되는 미로의 공간, 마뜨료쉬카의 이미지를 지닌 폐쇄된 공간과 인물에게 부여된 광인, 파르마코스적 이미지에서 찾아 보았다.

반복 플롯은 인물에서 압도적으로 나타나고 있다. 작중인물의 인적 사항이 동일한 점, 서사층위가 달라지는 삽입텍스트에서 동일하게 등장하는 인물들, 인과율을 위반하면서 반복되는 행위 등은 인물을 중심으로 전개되고 있다. 이러한 반복 플롯은 환상성과 결합하여 리얼리즘의 기법으로는 재현하기 어려운 현실의 부조리함을 다각적으로 폭로하고 있다. 몽타주를 이용한 영화 기법을 소설에 적용함으로써 부조리한 현실의 폭로를 반복적으로, 확대하여 보여주는 효과를 얻고 있으며, 겹겹이 쌓여 있는 사각형의 공간은 러시아 인형 마뜨료쉬카처럼 조합되어 인물을 폐쇄된 공간에 가두어 두고 있다.

인물에게 부여된 이미지도 당대의 모순적 현실을 드러내는 것으로서 간과할 수 없다. 독고민의 동사체를 '몽유병자'로 진단하고, 이를 해부용으로 처리하는 내용에서 '광인'과 파르마코스적 이미지를 엿볼 수 있었다. 영웅도 아닌 평범한 시민 독고민에게 부여된 이러한 이미지는 미궁에서 탈출하는 일이 불가능함을 암시하는 것이다. 그에게는 미궁 탈출에 결정적인 역할을 하고 있는 '아리아드네의 실타래'가 오히려 미궁 속으로 유인하는 역할을 하고 있다.

「구운몽」의 난해한 서사 구조는 이 작품을 미궁으로 형상화하여 전후의 한국 사회가 혼란과 부패로 가득차 있음을, 그리고 그러한 공간에서 무력한 소시민은 소외되고 있음을 보여주는 것이다.

문화적 층위로 본 환상성의 세 양상

1. 환상과 문학, 환상과 문화

문학은 문화의 꽃이다. 그런데 우리는 위기를, 나아가 문화의 죽음을 거론하기도 한다. 화무십일홍(花無十日紅)인가. 아니다. 꽃은 피고 지고 하면서, 우리 곁에 더 반가운 모습으로 다가온다. 문학도 지금 피고 지는 행위 속에서 자신의 모습을 가다듬고 있는 것이다. 문학은 조화(造花)처럼 영원한 불변성을 지닌 것이 아니라 특정한 사회적 맥락속에서 날마다 새로 핀다. 그러므로 문학의 본질은 가변성을 띤다. 최근, 문학 속에 환상성이 지배적인 것은 새로 핀 꽃의 모습이다. 과거에도 환상성은 문학 속에 존재하고 있었으나 그때와 오늘의 환상성은 그 성질이 달라졌다. 왜 그런가? 토양이 다른 곳에서 자라났기 때문이다.

창조적인 자아 성찰의 문학을 염두에 두는 작가라면 늘 부지런해야 한다. 그의 예민한 촉각은 컨텍스트를 향해야 하고, 그것을 받아들이는 데에도 개방적인 촉수를 지니고 있어야 하기 때문이다. 이렇게 배양된 텍스트는 거대한 컨텍스트의 구조를 흡수한 미시적 생체로서 '문화'의 DNA 역할을 해내고 있다. 그러므로 1990년대 중반, 홍역처럼 번졌던 환상성에 대한 지대한 관심은 작가의 컨텍스트에 대한 민감한 반응의 결과 중 하나이며 따라서 '문화증후군'의 성격을 띠는 것으로 볼 수 있다.

각 문학지마다 환상성은 특집으로 다루어질 만큼 귀족적 대우를 받았다. 이제 그 거품을 거두어 내고 '환상성'에 대한 정의와 그 미학적 의미에 대해 재고할 때가 된 것 같다. 그동안 문학 잡지의 저널적인 글 속에서 환상성의 정의를 명확히 하기 어려웠는데 때마침 『환상과 미메시스』이라는 체계적이고 본격적인 이론서의 번역을 만난 것도 반가운 일이다.

그러나 아직도 환상성에 대한 열기는 가라앉을 기미가 보이지 않고 있다. 사이버 공간의 확보로 '환타지 소설'이라는 새로운 장르를 또 하나 추가하고 있는 실정이다. 우리가 문학을 논할 때 바람직하지 않은 태도 중 하나는 본격 소설과 대중 소설이라는 이분법적인 편견을 갖는 일이다. 이제 '환상'에 대해서 다룰 때 통신 소설의 환타지까지 아울러야 하니 삼파전의 힘든 전쟁을 치루는 기분이 든다. 한마디로 더 힘들어진 상황이다. 그러나 이 글에서는 통신 소설의 '환타지'는 제외하고자 한다. 이는 환타지 소설을 폄하하는 의미가 아니라 환타지 소설을 성급하게 판단하기보다는 좀더 숙고한 후에 판단을 내려야 옳을 것 같기 때문이다. 사실 이영도의 『드래곤 라자』나 김예리의 『용의 신전』 같은 작품은 분량에서도 압권이고, 그 상상력에서도 압권이기 때문에 그 작품 하나에만 품을 파는 것도 만만치 않은 일이다.

환상성 이론의 선구자인 토도로프는 장르론을 구축하면서 환상성을 전개하였다. 그러나 역설적이게도 환상성은 장르론의 규범을 강화하면서 문학의 본질임을 은연중 노출하였다. 이 부분을 간과하지 않은 캐스린 흄은 환상을 미메시스와 함께 문학의 본질로 규정하고 있다. 그리고 또 한명의 이론가인 로즈마리 잭슨은 전복의 욕망이 환상성을 추진하는 힘이라고 보았다. 이론이라는 것은 홀로 완벽하기보다 서로 보충적인 면을 지니고 있는 법이다.

여기에서 중요한 것은 우리가 환상성을 언급할 때, 리얼리즘에 대척적인 것이 아니면 배척된 위치에 그것을 둔다는 점이다. 우리는 이런 편견에서 벗어나는 것이 급선무이다. 문학은, 특히 소설은 재현의 욕망이 강한 장르이다. 그리고 그것이 매력이다. 그러나 재현 속에서 이미 작가의 선택권이 주어져 있기 때문에 완벽한 재현은 불가능한 것이며, 가능하더라도 얼마나 그것이 가치 있는지 의구심을 준다. 그러므로 환상성을 리얼리즘과 대립되는 개념으로 고집한다면 문학을 즐길 수 있는 폭은 그만큼 좁아지게 된다. 우리가 소설의 특성으로 허구성을 수용하는 사실 속에는 환상성의 한 자리도 들어가 있는 것이다. 이제 환상성은 리얼리즘과 상호 보완하면서 소설 미학의 양날개 역할을 하고 있다. 중요한 것은 환상성을 지닌 작품은 미학성을 어떻게 거두는지, 그리고 우리의 삶에 어떤 의미를 주는지 살펴보는 일이다. 이점을 간과하면 환상은 가벼운 유희의 도구로밖에 남지 않을 것이다.

현대에 문화를 논하는 것은 늪 속으로 빠져드는 기분을 들게 한다. '문화'라는 개념어가 지닌 무한한 함축성이 그 어떤 정의도 받아들이기를 거부하는 폭군처럼 보이기 때문이다. 우리가 서 있는 위치에서 돌아보아 문화 아닌 것이 무엇인가. 그렇기 때문에 문학을 연구하는 자들은 컨텍스트에 대한 민감한 반응을 감지할 수 있는 고성능의 촉각을 지녀야 한다. 따라서 문학적 층위의 의미를 살펴보는 것은 시대상황이라는 의미를 전제로 두는 것이다. 동일한 환상 기법이더라도 작가가 어떤 시대 상황에서 그것을 받아들였느냐에 따라 상당히 달라지기 때문에 드러난 환상성의 양상을 가지고 역으로 그 시대의 분위기를 짐작할 수도 있다.

중국, 중남미, 『반지 전쟁』과 『해리포터』 시리즈를 출간한 영국에서 나타난 환상성을 보면 그 나라의 문화적 층위를 얼마간 짐작할 수 있다. 중국 환상성의 연원은 『장자』와 『초사』에서 엿볼 수 있다. 초나라의 지리적 배경인 남방지역의 기후와 풍토가 풍부한 상상력을 배태시켰고 이런 상상력이 환상성을 양성한 것이다. 그리고 중남미의 환상성은 중남미 대륙에 독특하게 존재하고 있는 복합문화, 즉 식민지 통치국과 원주민, 혼혈인들이 만들어낸 그들의 복합적인 현실 때문이다. 마찬가지로 최근 환상성의 영향력을 과시하고 있는 톨킨의 『반지 전쟁』과 조앤 K. 롤링의 『해리포터』 시리즈도 그렇다. 두 작품은 환상의 극치를 보여주는 작품들로서 켈트 신화를 배경으로 하였다. 여기에는 유럽에 전해져 내려오는 신화와 전설이 서사의 중심축을 이루고, 연금술과 기사제도, 마법의 세계가 많은 영향을 끼쳐 중국이나 중남미와 다른 유럽적 환상성을 보여주고 있다. 이처럼 문화적 층위가 다르기 때문에 환상의 양상이 다르고, 그 의미하는 바가 다를 수 밖에 없다.

그렇다면 우리나라의 문화적 층위 속에서는 환상성의 모양이 어떻게 나타나는지 궁금하지 않을 수 없다. 중남미와 마찬가지로 근대 소설이 형성되고 그 틀이 잡혀진 20세기의 우리나라는 정치적·역사적 영향력을 당연히 크게 받아들여서 '환상성'을 담보로 하는 문학들이 대거 속출하고 있다. 1990년대 중반에 환상 소설이 도드라져 보이지만 지금까지 환상성은 다양한 시대에 다양한 양식으로 편재되어 있었다. 다만 우리가 그것을 간과하고 있었을 뿐이다. 컨텍스트와 텍스트와의 운명적 결합이 환상성의 모습을 다르게 하였다. 따지고 보면 이 말은 어디에나 적용할 수 있는 이현령비현령의 무성의한 말일 수도 있다. 동일한 시대를 체험했어도 그것을 받아들이는 작가의 태도에 따라 환상은 고

정불변의 모습으로 있을 수는 없을 것이다. 그럼에도 불구하고 '환상성'에 대한 문학적 층위에 따른 변모 양상을 살펴보고자 하는 것은 문학이라는 거대한 숲 속을 산책하는 하나의 오솔길을 만들고자 하기 때문이다.

이 글은 '문화적'이라는 거대한 권력이 문학에 미치는 영향을 살펴보는 것이 되기도 한다. 문화적 층위의 변별성은 결국 컨텍스트의 차별성을 의미한다. 현대문학에서 독특한 지층을 형성한 문화적 층위를 나눈다면 그 기준을 무엇으로 하느냐에 따라 무수히 갈라질 것이다. 필자는 우선 일반적인 방법을 따라 정치적 · 경제적 상황을 준거로 하였다. 공교롭게도 우리나라에서는 정치, 경제, 사회적인 면에서 커다란 획을 긋는 기간이 연대기적인 순서를 지니고 있다. 그래서 1960년대, 1970년대, 1990년대를 살펴보게 되었으며 1980년대는 과도한 리얼리즘의 투사로 환상성이 비교적 약한 시기여서 제외하였다.

2. 경직된 이데올로기의 환상성: 1960년대

1960년대 현대문학에서 환상성을 논의할 때 1순위에 거론되는 작가는 단연 최인훈이다. 그의 문학 인생을 열람할 수 있는 전집 속에는 환상성을 다루고 있는 작품이 적지 않다. 「구운몽」, 『서유기』 외에도 「가면고」, 「하늘의 다리」, 「웃음소리」, 「금오신화」 등의 작품은 환상소설의 한 영역을 일궈낸다. 이 중에서 「구운몽」과 『서유기』의 환상은 거대담론이 지배하는 무거운 시대의 증후군을 보여주는 대표적인 작품이다.

두 작품의 발표시대인 1960년대는 한마디로 과도기적 시대였다. 전쟁의 상처를 치유해야 되고, 자유당 독재의 부패를 청산해야 하고, 빈

곤으로부터 탈출해야 하는 등 그 구호만으로도 가슴이 답답해지는 무거운 이념의 시대였다. 그래서 1960년대는 혁명과 쿠데타가 교차하고, 지식인의 허무주의가 팽배하고, 반공 이데올로기가 강화되는 낯선 시대가 된 것이다. 게다가 전쟁의 상흔을 가장 통절히 겪고 있는 이산가족과 월남가족들의 부초 같은 인생도 담아내야 하는 시대였다. 자연히 문학은 리얼리즘으로 경도되었다. 소설의 기능은 이런 현실을 재현하는데 기수역할을 했기 때문에 이 틈에서 환상성을 추구하는 문학행위는 용기가 필요한 태도였다.

최인훈은 리얼리즘의 잣대로 본다면 단연코 이단자가 될만한 작가이다. 리얼리즘에 경도된 1960년대의 문단 풍토에서 환상성을 고집한 것은 남다른 매력을 발견했기 때문일 것이다. 이것을 밝히는 것이 환상성의 미학적 기능을 천착하는 것이리라. 이는 또한 1960년대 환상문학의 특성을 밝히는 것이 된다.

최인훈은 현실세계와 환상세계를 병치적으로 구성하면서 현실에 대한 비판력을 도모하고 있다. 무거운 이데올로기가 짓누르는 현실은 마치 켜켜이 쌓인 벽돌을 가슴 위에 올려 놓은 형국일 것이다. 언론의 자유가 있다고 한들 그것은 허울뿐인 것으로 1960년대의 부조리와 모순된 상황을 비판하기에는 역부족이다. 너무 짓눌리면 옆으로 삐져 나오듯 최인훈은 그 옆으로 빠져 나온 돌기를 '환상성'으로 선택하였다. 또한 그의 문학적 열망이 그 밑바닥에 깔려 있다. 그는 새로운 형식을 추구하는 작가로서 리얼리즘과 모더니즘의 경계에서 자신의 자리를 찾으려 했던 것인데 1960년대라는 과도기적 상황과 경계선에 위치한 자신의 이미지가 교묘하게 들어맞는 것이다. 리얼리즘에서의 새로움은 환상성이었다. 그것은 리얼리즘을 거부하는 것이 아니라 이미 수용하고 있는 리얼리즘의 새로운 변신이요, 상호 보완적인 형태인 것이다. 그는 환상성을 통해 1960년대의 왜곡된 상을 재현하고, 비판하고 싶었던 것이다.

그는 주로 고전 작품을 패러디하면서 환상성을 확대시키고 있다. 특히 김만중의 「구운몽」을 패러디한 것과 중국 고전 『서유기』를 패러디한 것은 작가의 문학관을 농밀하게 드러낸 작품으로 주목받아야 할 텍스트임에도 불구하고 내용의 난해성과 구조의 복잡함 때문에 그 동안 외면을 받았던 작품이다.

「구운몽」의 독고민이나 『서유기』의 독고준은 6·25와 4·19를 체험한 인물들이다. 이들이 고단한 현실을 견디어 내는 것은 '미궁의 거리'를 통과하여 목적지에 도착하는 것처럼, 너른 '강물을 뗏목도 없이' 헤엄쳐야 하는 것처럼 어려운 일이었다. 고소설의 성진이나 손오공 등의 원텍스트에 등장하는 영웅적인 인물이 현대에는 등장할 수 없음을 보여준다. 별을 보고 그 별을 좇아 갈 수 있었던 시대는 행복한 시대로서, 영웅이 모험을 하고, 여행을 할 수 있는 시대였다. 그러나 1960년대의 한국에 영웅이 등장한다면 그는 소영웅주의에 물든 이중적 인물밖에는 될 수 없을 것이다. 그래서 최인훈의 작중 인물들은 독자보다 더욱 열등한 이중적인 인물일 수밖에 없다. 모순된 현실에 의해 자아가 산산히 해체당하고 분열당하는 고통을 묵묵히 감수해야 하는 인물이다.

그래서 최인훈이 그려 놓은 인물은 사회 조직에 감시당하고 끝내는 부르조아 사회의 산 제물인 파르마코스의 이미지를 띠고 있는 인물, 자아 분열에 시달리고 있는 인물, 원형적 고향을 찾기 위해 뫼비우스적 공간을 헛되이 맴도는 인물들이다. 이때 환상성은 중요하게 작용한다. 환상계와 현실계를 이중적으로 병치시키되, 그 경계선을 분명히 하고 있다. 작중인물은 환상계에 진입할 때 심한 두려움, 망설임을 갖게 된다. 이는 토도로프가 언급한 환상 문학의 특징이다.

그는 그만두고 돌아서다가, 머리카락이 곤두서듯 오싹했다. 요 먼저, 숙을 만나러 나왔다가 허탕을 치고 거리를 헤매던 날도 꼭 이랬던 것이다. 그는 사방을 둘러보았다. 낯익은 거리였다. 그날 밤 그 언저리임이 분명했다. (중략) 그날 밤과 모든 게 꼭 같다. 민은 숨이 가빠온다. 그는 사방을 살핀다. 그 거리다. 핀으로 머리를 긁던 여자. 꼭 같다. 그는 튕기듯 뛰기 시작한다. (중략) 마치 궤도에 올라앉은 기관차처럼, 벗어나서 달리려고 기를 쓰면 쓸수록, 민은 점점 낯익은 길로 자꾸 빠져든다.(「구운몽」, 199쪽)

독고민은 현실계와 환상계의 양자 세계를 오가는 동안 기시감 때문에 두려움을 갖는다. 그 두려움은 자신이 고작 극장 간판사라는 실체를 모르는 시인과 회사 경영자들이 자신을 선생님, 사장님으로 대우하고 추격하기 때문이다. 독고민은 비판적 안목을 지닌 지식인의 소양도 갖추지 못한 그저 평범한 소시민이다. 이런 소시민에게 혁명군, 정부군, 바티칸에서 보내는 방송의 내용은 그를 파놉티콘의 아우라에서 헤어나지 못하게 하는 감시당하는 자, 억압받고 있는 인물의 전형으로 표현하고 있다. 그럼에도 그를 지도적인 인물로 떠받드는 것은 현실계의 역사적 상황을 빗댄 것이다. 실질적으로는 지도자의 능력이 없는데도 도당을 이루어 추대하는 자들 때문에 지도자의 위치에 있는 사람들을 비꼬고 싶은 것이다.

『서유기』의 독고준은 1층 이유정의 방에서 2층 자신의 방으로 돌아가는 도중, 늘상 디디고 다녔던 계단 끝에서 헌병을 만나고, 환상세계로 진입하며 이상한 여행을 시작한다.

계단이 끝났다. 그가 머리를 들었을 때 그는 어떤 사람들이 자

기가 올라오는 것을 기다리고 있었던 것을 알았다. 그들은 다섯
이었다. 그들 가운데 한 사람이 독고준을 향하여 불렀다. (중략)
복도의 마루와 벽은 돌로 지었는데 그는 이 길을 언젠가 와본 적
이 있었다.(『서유기』, 12-13쪽)

복도에서 우연히 읽게 된 신문에서 자신을 찾는 광고를 보고, '그 여
름날'의 '여인'을 만나기 위해 고향 W(원산-필자 주)시로 향한다. W시
는 원산, 여성의 이니셜이 되는 단어이다. 그러나 독고준은 W시에 도
착하는 도중에 무수한 난관을 겪는다. 이순신, 논개, 조봉암 선생 등이
자신을 붙잡는 것도, 역장과 검차원 2명이 자신을 붙잡는 것도 만류하
고 고향으로 떠나려 하지만 기차는 분명 움직이고 있음에도 불구하고
항상 제자리에 있는 듯하다. 가도 가도 차창 밖으로 보이는 배경은 타
다만 산야로 동일하고, 햇볕을 받은 타다 남은 나무는 번쩍거린다. 게
다가 10냥 정도 됨직한 기차 안에는 승객이라고는 독고준 혼자 뿐이
다. 이 사실을 알고 이상한 생각이 든 그는 각 칸을 조사해 봤는데 각
칸마다 중간 정도, 끝 정도 왔다고 생각하고 창밖으로 내다보면 그 칸
은 항상 마지막 칸이었다.

오디세우스가 20여년 동안 고국으로 가기 위해 고난을 겪는 것처럼
독고준도 고향 원산으로 가기 위해 이처럼 고통을 당하는 것이다. 오디
세우스가 거대한 배를 이용했다면 그는 20세기의 대중교통의 상징인
기차를 이용하는 물리적 시간만큼의 차이를 보여준다. 하지만 서사시
의 영웅에게는 행복한 결말이 기다리고 있으나 독고준에게는 모더니티
의 파괴된 흔적들만 기다리고 있을 뿐이다.

방송이 끝났다. 그리고 더는 아무 소리도 들리지 않았다. 그리

고 아무 일도 일어나지 않았다. 그래서 방금 들은 목소리가 전혀 독고준에게는 환청(幻聽)같이 느껴졌다. 그는 일어서서 스탠드를 내려왔다. 철문을 통해서 운동장을 나섰다. 얼마를 가다가 그는 뒤를 돌아다보았다. 부서진 운동장이 보였다. 어디가 들어가는 문인지 알아볼 수 없게 스탠드는 무너져 내려서 거기는 널따란 폐허였다.(『서유기』, 237-238쪽)

인용문에서처럼 어렵게 고향에 도착한 독고준이지만 그가 눈빛을 두는 고향의 거리가 파괴되는 경험을 한다. 이것은 이데올로기에 오염된 독고준의 눈이 순수하지 못한 때문일까. 부정함이 깃든 눈빛 때문인 듯 독고준의 눈빛을 스친 건물들은 모두 파괴된다. 원형적 고향은 이미 존재하지 않는 허깨비에 불과함을 보여준다. 또한 그토록 만나고자 애썼던 원형적 여인, '그 여름날의 여인'도 만나지 못하여 아니마 또한 존재하지 않음을 보여준다. 독고준은 이렇게 이성의 시대에 외롭게 여행하는 이단자의 모습을 지닐뿐이다. 근대적 지식인의 한계인 것이다. 총체성이 사라진 시대에, 자아의 분열과 통합을 원하는 인물이 고통스럽게 살아야 하는 것을 보여준다.

「구운몽」의 독고민이 현실계와 환상계를 오가는 동안 두려움을 갖는 것에 비해『서유기』의 독고준은 자신이 환상계에 있는 동안 현실계를 일탈한 두려움을 나타내지 않는다. 역장이 드라큘라의 모습으로 변하여도, 고향의 건물들이 파괴되어도 담담하다. 그에게 두려움은 현실계로 영원히 돌아갈 수 없다는 상황보다는 '방공호'의 여인을 만날 수 없을지도 모른다는 절망감에서 오는 두려움이 더 크다. 최인훈은 환상성을 통해 당대의 부조리와 모순을 비판하면서 고향을 상실한 독고민, 독고준을 내세워 이제 무엇을 해야 하는가에 대한 질문을 던지고 있다.

3. 풍요로운 물질과 환상성: 1970년대

1970년대는 산업화의 속도에 탄력이 생기는 시대이다. 지독히도 궁핍한 시대를 통과해 왔던 대중들은 이제 물질의 풍요로움이 무엇인지 맛보게 된다. 당의정 역할도 못하는 그 달콤함 속에서 인간들은 사물화되어 간다. 일찍이 이를 간파하고 예술로 형상화한 환상성이 농후한 작품으로 최인호의 「타인의 방」과 조세희의 『난장이가 쏘아 올린 작은 공』이 있다. 독고민, 독고준이 이데올로기의 중압감 밑에서 자아분열, 파편화 현상을 겪었다면 「타인의 방」의 '그'와 『난장이가 쏘아 올린 작은 공』에서 난쟁이 김불이와 그의 자식들은 산업화에 부과된 부정성 때문에 자아의 상실, 가족의 해체를 겪은 인물이다.

이데올로기의 무거움도, 가난이라는 무거움도 채 벗어던지지 못했지만 벌써 물질의 풍요로움은 인간의 의식을 마비시키고 있다. 「타인의 방」은 한 소시민이 소외감과 물화의 과정을 어떻게 겪고 있는지 보여준다. 주인공 '그'는 출장에서 예정된 날짜보다 일찍 귀가한다. 그러나 마땅히 자신을 반겨주어야 할 아내는 이미 그가 출장간 그날부터 외박한 흔적이 있다. 그는 아파트 열쇠를 지니고 있으면서도 자신의 문을 직접 열기가 싫어 짧지만, 의미심장한 소란을 피운다. 집주인이 오히려 잡상인의 취급을 받는 아파트 복도의 모습은 경제개발로 인해 풍요를 누리기 시작한 소시민들의 단절된 모습이다. 외부적으로는 이웃과의 단절을 통해 공동체적 삶이 붕괴된 모습을 드러내고, 아파트 내부로 향했을 때는 가족 내에서 소외된 모습을 보여준다.

'그'는 아내의 부재를 담담히 받아들이면서 욕실 타일에 붙어 있는 아내가 씹던 껌을 씹는다. 이것은 욕망의 치환이다. 아내의 따뜻한 마음과 몸 대신 아내가 씹다 버린 껌을 소유해야 하는 남편의 위치, 이것은 가부장제의 해체를 논할 수 있는 자리도 될 수 있지만 그보다 아내가 '껌'으로 치환된, '아내의' 사물화된 모습으로 더 강한 의미를 준다. 산업화 시대의 여성은 언제든 예쁘게 포장된 껌처럼 쉽게 소유할 수 있는 간편한 물건으로 상품화 된 것이다. 그리고 단 맛을 고스란히 가지고 있는 껌을 처음으로 향유할 수 있는 위치와 단 맛이 다 빠진 딱딱한 느낌의 껌을 즐겨야 하는 인물로 차등화 된다.

'그'는 아내의 목욕물이 남겨진 욕조에서 아내가 사용하는 확대경으로 유희를 즐기며 아내로부터의 냉대를 애써 망각한다. 그러나 목욕 후 잠시 동안의 휴식을 즐기는 동안 뭔가 심상치 않은 분위기를 감지한다. 방안에 있는 모든 물건들이, 거실에 놓여진 모든 물건들이 움직이는 것이다.

> 그것은 그래도 처음엔 조심스럽게 시작되었다. 하지만 그들의 대상이 무방비인 것을 알자 일제히 한꺼번에 고래고래 소리를 지르면서 날뛰기 시작했다. 크레용들이 허공을 난다. 옷장 속의 옷들이 펄럭이면서 춤을 춘다. 혁대가 물뱀처럼 꿈틀거린다. 용감한 녀석들은 감히 다가와 그의 얼굴을 슬쩍슬쩍 건드려 보기도 한다. 조심해 조심해. 성냥곽 속에서 성냥개비가 중얼거린다. 꽃병에 꽂힌 마른 꽃송이가 다리를 번쩍 번쩍 들어올리면서 춤을 춘다.

인용문처럼 물건들은 생명있는 것처럼 움직인다. 인간의 자리를 대신 차지하겠다는 것인가. 인간이 집을 비운 동안 가구들은 오히려 집주인처럼 활개를 치며 그들만의 영역을 만들어 낸다. 그들만의 세계를 즐긴다. 그곳에 예정보다 너무 일찍 도착한 집주인 '그'는 아내에게도 불청객이고 그들에게도 '불청객'일 뿐이다. 인간의 틈 사이로 부상하는 욕망. 그는 혼란스러워진다. 그리고 또 하나 경악스러운 사실은 자신의 몸이 서서히 가구처럼 변해간다는 사실이다.

> 그때였다. 그는 다리 부분이 서서히 경직해 오는 것을 느꼈다. 그것은 우연히 느낀 것이었다. 처음에 그는 이 방에서 도망가리라 생각했었기 때문에, 될 수 있는 한 소리를 내지 않고 살금살금 움직이리라하고 마음먹고 천천히 몸을 움직이려 했을 때였다. 그러나 그는 다리를 움직일 수가 없었다. 이상한 일이었다. 그래서 그는 손을 내려 다리를 만져 보았는데 다리는 이미 굳어 석고처럼 딱딱하고 감촉이 없었으므로 별수없이 손에 힘을 주어 기어서라도 스위치 있는 쪽으로 가리라고 결심했다. 그는 손을 뻗쳐 무거워진 다리, 그리고 더욱더 굳어져 오는 다리를 끌고 스위치 있는 곳까지 가려고 안간힘을 썼다. 그러나 그는 채 못 미쳐 이미 온몸이 굳어 오는 것을 발견하였다. 그래서 그는 숫제 체념해 버렸다. 참 이상한 일이라고 생각하면서 그는 조용히 다리를 모으고 직립하였다. 그는 마치 부활하는 것처럼 보였다.(「타인의 방」, 233쪽)

인용문에서 최인호의 환상성은 절정을 보여준다. 1960년대 최인훈의 환상성과 분리되는 지점이다. 최인훈이 이념의 무게에 억업받는 인물들에 초점을 맞추었다면 그는 물질에 대한 숭배와 풍요가 단자화된 개체의 물성(物性)을 보여주는 데에 주력하고 있다. '그'는 자신의 몸이 석고상처럼 굳어지는 것을 보고 두려움과 절망감을 느끼다가 끝내 체념하고 만다. 이 작품의 서사 전개 과정에서 초자연적 사건, 즉 환상성은 독자와 주인공에게 점차 자연적인 사건으로 받아들이게 한다. 카프카의 「변신」에서 그레고르 잠자가 한 마리 갑충으로 변한 자신의 모습을 보고 경악과 절망감을 느끼듯이, 최인호는 인간을 동물이나 곤충으로의 변신이 아닌 사물로 변신시킴으로써 그 자체의 의미를 증폭시키고 있다. 한 가정의 가구처럼 무격화되어 있는 인간이다.

산업화가 더 진행되는 동안 조세희는 난쟁이들[1]과 '난장이의 성(性)'을 유지하는 그의 자식들이 거주하는 어둠의 공간에 관심을 보낸다. 『난장이가 쏘아 올린 작은 공』은 12개의 연작으로 되어 있다. 연작 중에서 『난장이가 쏘아 올린 작은 공』은 1, 2, 3장으로 되어 있으면서 각 장마다 화자가 달라진다. 1장에서는 난쟁이의 맏아들 영수, 2장에서는 둘째 아들 영호, 마지막에는 딸 영희의 순서로 시선을 바꾸어 난쟁이 가족과 청계천 철거민들이 낙원을 잃어가는 과정을 보여준다. 그리고 각 장마다 지배적인 분위기는 '환상성'에 의해 유지된다. 리얼리즘이 상투적으로 내세우는 비판정신을 환상성의 은유적 힘으로 대체하고 있다.

① 나는 방죽가로 나가 곧장 하늘을 쳐다보았다. 벽돌 공장의 높은 굴뚝이 눈앞으로 다가왔다. 그 맨 꼭대기에 아버지가 서 있었다. 바로 한걸음 정도 앞에 달이 걸려 있었다. 아버지는 피뢰침을 잡고 발을 앞으로 내밀었다. 그 자세로 아버지는 종이 비행기를 날렸다.(『난장이가 쏘아 올린 작은 공』, 88쪽)

② "그럴 리가 없다. 너희 아버지가 신호를 보내서 비행접시가 왔던 거야." (중략) "네 동생이 어디 있나 찾아 봐. 있을 턱이 없지.

---

1) 조세희의 작품은 『난장이가 쏘아 올린 작은 공』이다. 맞춤법에 의거하여 서명 이외의 본문에서는 '난쟁이'로 표기한다.

나는 목이 말라 잠을 깼었어. 그 시간에 잠을 깰 사람은 나밖에 없다. 그들은 영희를 태우고 순식간에 날아갔어. 머리가 몹시 크고 다리는 아주 가늘었다."(『난장이가 쏘아 올린 작은 공』, 90쪽)

③ 헐린 집 앞에 아버지가 서 있었다. 아버지는 키가 작았다. 어머니가 다친 아버지를 업고 골목을 돌아 들어왔다. 아버지의 몸에서 피가 뚝뚝 흘렀다. 내가 큰 소리로 오빠들을 불렀다. 오빠들이 뛰어 나왔다. 우리들은 마당에 서서 하늘을 쳐다보았다. 까만 쇠공이 머리 위 하늘을 일직선으로 가르며 날아갔다. 아버지가 벽돌 공장 위에 서서 손을 들어보였다.(『난장이가 쏘아 올린 작은 공』, 123쪽)

은유적, 몽환적인 분위기를 통해 1980년대 노동소설이 거둔 직선적이고 투사적인 면보다 더 애상적으로 빈곤층을 그려내고 있다. 구호를 외치는 것보다, 스크럼을 짜고 가두시위를 하는 것보다 한 송이 팬지꽃, 종이비행기, 쇠공의 이미지가 현재의 삶이 위악적이고 전복되어야 함을 폭로한다.

우찬제가 언급한 '난장이의 성(性)'은 상당히 다의적인 명명이다. 우리는 쉽게 난쟁이들을 장애인으로 분류하고 정상인과 비정상인이라는 편리한 도식으로 이분법의 열등한 자리에 난쟁이를 배정하고 있다. 그러므로 '난장이 성(性)'은 가진자/ 못가진 자, 남성/여성, 미메시스/환타지 등의 모든 이분법적 구분을 포함한다. 텍스트의 공간으로 돌아올 때 강 건너 아파트에 살고 있는 사람들과 낙원구 행복동의 철거민으로 대별할 수 있다. '난장이 성(性)' 인물들은 사랑에 대한 믿음을 지니고 있지만 그 대척에 있는 인물들은 사랑이란 것을 믿지 않는다.

난쟁이들은 물질 앞에서 파열된 사람들이다. 그러나 '난장이 성(性)' 인물들이 부러움과 원망의 대상으로 보았던 '아파트 족' 들은 또 그들 내부에서 부패하여 하나의 물건, 석고상으로 변한 상태이다. 그렇다면 진정 행복한 사람들은 어디 있는가. 이 작품은 위반적이고 현실전복적인 환상의 분위기를 지닌다.

4. 새로운 감각의 환상성, 시간으로부터의 탈주

우리의 근대사에서 경제적 측면을 표면적으로 본다면 적어도 IMF 이전까지는 헤겔식 발전사관이 적용될 수 있을 것이다. 내면적으로 노동자들을 억압한 심각한 문제점들을 안고 있지만 통계상 드러난 수치로는 고속 성장을 한 것이 사실이다. 그러나 1980년대의 학생운동과 노동계의 변혁운동을 잊지 않는다면 정치적 측면은 여전히 1960년대의 연장에 머문 낙후된 모습이라 할 수 있다. 이와 같은 경제적·정치적 소용돌이를 제대로 청산하지 못한 상태에서 겪은 IMF의 충격은 어쩌면 예정된 결과였는지도 모른다. 고통스런 공황을 견딘 이후처럼 IMF 이후의 1990년대 후반은 문학 속에서는 앞세대와 뚜렷한 단절을 보이는 이질적이고, 유리된 문화적 공간을 보여주고 있다.

1990년대는 탈이데올로기와 탈현대성으로 정의될 수 있는 시대이다. 모든 중후함은 녹여 버리고 경쾌함과 발랄함을 흘려 보내는 시대. 이미지만을 선사하고 이미지만을 선호하는 시대, 속도로 세상을 평정하려고 하는 시대이다. 이미지가 실체를 잡을 수 없고 소설이 현실을 재현할 수 없는 시대에 소설의 환상성은 현실의 제약에서 벗어난 자유로운 상상력을 발현하는 매력적인 기법이 되기에 충분하다.

　통칭 '신세대 작가'라 일컬어지는 1960년대 출생의 작가들은 그들의 작품을 통해 문학계의 달라진 지형도를 그린 주인공들이다. 선배 작가들이 6·25와 4·19의 이데올로기 속에 치여 살았다면 1980년대에 대학 생활을 체험한 이들에게서는 무거운 이데올로기 후유증은 찾아보기 어렵다. 무엇이 이들을 변화시켰는가?

　대외적으로 번지고 있는 탈이데올로기의 영향을 무시할 수 없을 것이다. 1989년 동유럽의 몰락은 세계사를 갈등 속에 긴장시켰던 이데올로기의 해체를 의미하는 것이며, 영상세계와 정보통신의 급속한 성장은 기존의 삶의 양식을 재구성하는 것들이다. 이러한 변화는 의식의 구조까지 요구하는 정신적 혁명인 것이다. 여기에 내적으로는 글로벌화를 추구하는 삶의 양식에서 탈피하도록, 탈피할 수밖에 없는 새로운 삶의 구조를 요구하고 있다. 그래서 1990년대 후반의 모습은 자유로움, 개인적, 개성적, 독창적이어야 자신을 드러낼 수 있는 문화적 공간이다.

　일부 평자 중에는 김영하·송경아를 비롯한 젊은 세대 작가군들이 상처가 없고, 체험이 문제가 되지 않은 세대라고 우려하는 이도 있다. 이는 유보해 두어야 할 사항이다. 어찌 보면 젊은 세대가 가장 힘든 전쟁을 치르는 세대인지도 모른다. 환부의 원인이 무엇인지 알고 처방하는 것은 전망이 있다. 긴 기다림이더라도 희망으로 기다릴 것이고, 절망의 끝을 보아도 그에 대한 준비를 할 수 있는 시간을 확보할 수 있다. 그러나 환부의 원인이 무엇인지도 모르는 채, 그러면서도 통증은 희미하게 지속되는 아픔을 견뎌야 하는 것은 고통이다. 이들 젊은 세대의 고통은 그런 것이라고 볼 수 있다. 치열하게 매달려야 할 그 어떤 대상을 상실한 세대이다. 때로는 목숨까지 담보로 했던 선배들의 삶에 대한 치열한 추구는 바로 삶의 희열이었다. 그것은 자신의 실존을 생생하게 느낄 수 있게 한다. 그러나 모든 것이 완료된 상태거나, 완료라는 것이

허상임을 알고 체념해야 하는 자들은 인생에서 그런 치열함을 찾기 어려운 법이다. 그 속을, 유리 진공관 같은 그 속을 지나야 하는 인물들은 그래서 불행하다. 1990년대의 젊은 작가들은 바로 이 지점에서 창작을 해야 하는 세대이다. 그러므로 김영하나 송경아는 고전적인 서사의 양식에서 벗어나 새로움을 추구하는지도 모른다.

김영하의 「고압선」과 송경아의 「투명인간」, 그리고 「흡혈귀」와 「엘리베이터」는 환상성의 기법을 통해 1990년대의 문화적 분위기를 보여주는 대표작이다.

「고압선」은 평범한 은행원이 언젠가 들었던 무당의 말이 사실로 나타나는 내용이다. 무당은 그에게 진정한 사랑을 알게 되면 그의 몸이 없어지는, 투명하게 없어지는 불가사의한 일을 겪게 된다고 하였다. 그는 대학시절 너무나 자보고 싶었던 여자가 있었다. 그녀는 친구 B의 애인이었기 때문에 그녀의 육체를 갈망하면서도 지켜보아야 했다. 그리고 사랑이 없는 그의 결혼 생활은 내일이 오늘보다 더 행복할 것이라는 모든 희망을 제거하였다. 그런데 그에게 운명처럼 그날이 다가왔다. 성적 욕망으로 그를 고통스럽게 했던 그 여자가 이혼녀가 되어 나타나고 마침내 소망을 이루게 된 것이다.

여자는 웃으며 블라우스를 열어주었다. 남자는 고개를 파묻고 젖꼭지를 입에 물었다. 여자는 엄마처럼 그를 품어주었다. 그는 너무나 감격해서 눈물을 흘릴 뻔했다. 그리고 말했다. 아, 나는 너를 사랑하는 것 같아. 그러자 갑자기 온 방안의 공기가 싸늘해졌다. 여자의 몸도 차가워졌다. (중략) 내 생애 처음으로 사랑하는 여자가 생겼는데, 어째서 그 이유 때문에 내가 사라져야 하지? 왜 점점 희미해져야 하지? 남자는 멍하니 누워 고민해봤지만 아

무 대답도 얻을 수 없었다.(「고압선」, 229쪽)

인용문에서 그는 자신의 몸이 서서히 없어지는 섬뜩하고도 절망적인 상황을 맞이한다. 삶의 희열을 느끼는 그 순간부터 자신의 존재가 사라져야 한다는 사실은 야속하고도 원통한 일이다. 게다가 그의 아내와 어머니는 그의 신체적 변화를 눈치채지 못하며 그의 고민을 이해할 수도 없다. 그들은 '그'와 눈을 마주치며 대화하는 일도 없이 다만 그의 주머니에서 나오는 아파트 부금, 용돈 등으로 그를 인식할 뿐이다. 그들에게는 그의 몸의 변화나 그에 따른 고통이 보이지 않는다.

그는 사랑의 성취감을 위해 자신의 몸을 희생해야 하는 비싼 대가를 지불한 것이다. 그러나 그는 사랑하는 여인으로부터 배신당한다. 그녀는 그를 만나지 않는 날이면 친구 B를 만나 정사를 벌이는 것이었다. '투명인간'이 되어 얻은 혜택이라고는 그들의 정사 장면을 묵묵히 목격할 수 있는 아이러닉한 상황뿐이다.

이제 이 작품에 드러나는 환상의 의미를 살펴보아야 한다. 투명인간은 있으면서도 없는 존재이다. 있으면서도 없는 존재. 이미지는 있으되 그 실체는 없는 것처럼 '투명인간이 된 그'는 역설적이게도 이미지를 강조하는 시대에 이미지를 갖지 못한 불행한 인물이 된 것이다. 그러면서 실존하는 것이다. 우리는 여기서 이미지에 대한 불신, 불안의 심리를 발견할 수 있다.

그리고 이 남자를 이렇게 불행하게 만든 '사랑'이란 것의 의미는 무엇인가. 그것은 몸에 대한 탐닉일 뿐이었다. 그는 사랑이라 지칭했지만 알고 보면 대학 생활 내내 친구 애인의 몸을 갈망한 것이었고 그 결과는 결국 허상이었다. 몸은 시간 앞에서 속절없이 변한다. 그 몸을 가진 순간, 그의 사랑도 끝을 보인 것이다. 더구나 그 여자는 '그'가 아닌 다른 남자들을 섹스 파트너로 계속 바꾸는 여자였다. 이미지가 스크린을 통해 이동하듯이. 영원한 것은 이제 남아 있지 않다. 투명인간인 '그'는 오히려 그 영원함, 정신적 가치지향을 그리워하는 인물이 될지도 모른다.

한편 송경아의 「투명인간」은 인간관계에서의 의사소통이란 어떤 의미를 지니는지 생각하게 하는 작품이다. 복학생 김의관은 캠퍼스에서 벼락을 맞고도 터럭 하나 다치지 않은 이유로 교내에서 유명해지고, 사회에서도 스타가 되어 광고까지 맡을 정도로 유명해진다. 그리고 졸업 후의 취직까지도 보장된다. 벼락을 맞고도 살아남은 그는 '순수'의 상징으로 미화되어 행운아가 되었지만 그에게 어느 날 불행이 찾아온다. 그의 모든 생각을 말도 하기 전에 알아 맞추는 놀라운 사태가 발생한 것이다.

> "티가 나서 그런 게 아니라, 형이 생각하는 게 가끔 뚜렷이 보일 때가 있어요." "보인다구?" "그렇게 밖에 설명할 수 없는데……." 후배는 입을 다물어 버렸다. 그는 불안하고 초조한 마음을 감출 수가 없었다. 말 그대로 감출 길이 없었다. 그는 그 날 공부를 작파하고 집으로 달려가 어머니를 다그쳤다. 어머니는 눈물을 흘리며 고개를 숙였다.(「투명인간」, 30쪽)

인용문은 더 이상 사회 생활을 하지 못하는 복학생 김의관의 불행의 시작을 보여주는 것이다. 자신 몸을 보는 순간 자신의 머리 속에서 무슨 생각을 하고 있는지 상대방이 모두 알고 있는 상황. 이것은 내 마음을 알아주지 않아 발을 동동 구르며 내 속을 버선목 뒤집 듯 보여줄 수 없어 안타까워하는 상황보다 더 끔찍한 상황이다.

우리는 일반적으로 소통의 욕망을 간직하고 있다. 그러면서도 타인에게 자신의 본질을 감추고자 하는 게 우리의 생리이다. 그런데 김의관처럼 엑스선 촬영하듯 자신의 내면을 타인이 쉽게 판독하는 사태는 최근에 개봉된 영화 '왓 위민 원트'를 생각하면 충분하다. 그러나 이 영화는 로맨틱 코메디의 정석을 지키고 있었지만 소설은 정상적인 의사소통이 파괴된 상황은 삶의 리듬이 파괴되는 비극적인 상황임을 보여준다.

정상적인 의사 소통은 말과 글을 통한 의사전달이나 얼굴표정, 음색, 동작 등의 미묘한 변화를 통해 상대방의 심리를 파악하는 것이라 할 수 있다. 그런데 김익관과 타인의 관계는 이런 일상적이고도 보편적인 인간관계가 일방적인 내면성의 보여짐으로 인해 깨져버린 것이다. 일방적으로 보여지는 것, 남에게만 보이는 것, 그것이 고통이 된다는 것을 이미지를 숭배하는 문화 속에서 여실히 깨닫게 된다. 내 머리 속에 들어 있는 생각을 남이 읽어 내고 있을 때 그것은 이미지를 선취당하는 상징적 모습이 되는 것이다. 그것은 우리를 억압하는 새로운 권력의 모습이다. '솔직하다'는 것과 남이 유리 속을 보듯 내 속을 들여다보아 어쩔 수 없이 솔직해 지는 것은 엄청난 차이를 지닌 것이다.

이 두 편의 환상적 소설은 1990년대 후반 문화의 중심을 이루고 있는 영상과 이미지에 대한 경각심을 보여주는 것은 아닌가 하는 생각이 든다. 가장 자연스러운 것, 자연의 섭리가 작용하는 것이 편안하다. 이들 신세대 작가들은 사고의 첨예한 선두자리에서 피로감을 느끼는지도 모른다. 이들 작품의 환상성 속에는 과거에 대한 희구의 기미가 보인다.

「흡혈귀」와 「엘리베이터」에서는 시간성·영원성에 대한 화두를 제시하고 있다. 「흡혈귀」에는 소설가 김영하가 실명으로 등장한다. 그에게 김희연이란 독자가 보낸 편지 내용을 중심으로 하는 액자형식의 소설이다. 김희연의 편지는 자신의 남편이 흡혈귀라는 증거와 그에 대한 불만을 담고 있다. 그 일부에는 남편이 직접 쓴 시나리오와 그의 산문이 있다.

> "세상의 모든 흡혈귀들은 거세당했다. 세상은 빛으로 가득하다. 어디에도 숨을 곳은 없다. 우리는 흡혈의 자유와 반역의 재능을 헌납당했고 대신 생존의 굴욕만을 넘겨받았다……."(「흡혈귀」, 71쪽)

인용문은 남편의 산문에서 발췌한 것이다. 흡혈귀는 중세시대의 악마성을 상징한다. 그 흡혈귀가 현대에까지 존재하고 있다는 불가사의에 환상성이 작용한다. 그렇게 영원히 산 흡혈귀는 섹스에 대해서도 돈에 대해서도, 식욕에 대해서도 무관심하다. 그에게 가장 필요한 것은 죽음이다. 그러나 그들은 생존의 굴욕 속에서 살아가야 하는 인물이다. 흡혈귀가 흡혈귀임을 불행하게 여기는 것은 영원성에 대한 거부의 표현이다. 영원성에 대한 동경은 영원성 속에 인간의 자존을 느낄 수 있는 가치가 있어야 가능한 것이다.

「엘리베이터」는 이제 흡혈귀가 될 운명에 처해있는 사람들의 애기이다. 세상을 축소해 놓은 엘리베이터 안에는 엘리베이터 걸, 5세 정도의 여자 꼬마와 그녀의 엄마, 후줄근한 모습의 소설가, 진한 화장의 젊은 여성, 한쌍의 연인, 피곤한 중년 회사원, 젊은 회사원, 두 명의 술취한 노인들, 잡종견이 탑승하고 있다. 좁은 공간에 동승한 이들은 저마다 전형적인 타락성을 띠고 있다. 엘리베이터 걸의 상업적인 면, 꼬마의 영악함, 꼬마 엄마의 위장된 도덕성, 중년 회사원의 숫자 놀이, 젊은 남녀의 성에 대한 욕망, 노인들의 식욕 등등, 엘리베이터는 모든 사람들의 욕망 덩어리를 실은 채 추락한다.

> 그들은 하나둘씩 일어나 계단으로 올라가기 시작한다. 크고 작은 시체, 여자 시체와 남자 시체, 흙과 먼지를 뒤집어쓴 시체들의 발자국이 하얀 계단을 짓밟고 올라간다. 모든 것이 다시 시작될 준비가 되면, 시간도 움직일 것이다. 인간들의 시간은 항상 엘리베이터와 함께 움직이기 때문이다. 이제 인간이 할 수 있는 것은 없다. 어디서나 되풀이될 준비가 있는 느긋한 가속도가 주인공이다.(「엘리베이터」, 26쪽)

인용문에서 엘리베이터에 탔던 사람들은 모두 시체가 되어 다시 엘리베이터를 타기 위해 계단을 오른다. 이제 이들은 영원한 반복 속에서 살아갈 것이다. 이 엘리베이터의 추락 원인은 욕망의 밀도가 너무 높았기 때문에 풍선처럼 터져 버린 것이다.

5. 맺음말

현실의 억압이 심해지면 심해질수록 우리는 자유를 꿈꾼다. 문학에서 자유를 추구할 수 있는 가장 편리하고, 세련되고, 고급스런 방법은 환상이다. 현대소설에서 환상성은 서사 양식의 자유로움이면서 현실의 구속력을 벗어날 수있게 한다.

시대적, 문학적 층위 속에서 예술이 달라지듯이, 이 글에서는 변화된 문화적 공간 안에서 문학의 환상성이 어떤 의미를 띠고 있는지에 주목하였다.

1960년대라는 정치적 · 경제적 과도기의 시대에는 최인훈의 「구운몽」과 『서유기』를 통하여 환상성의 의미를 찾아보았다. 최인훈은 이데올로기의 중압감과 서사 양식의 새로운 모색으로 환상성을 선택하였다. 그는 환상성을 통해 당대의 모순과 부조리를 비판할 수 있는 틈새 공간을 마련하였다.

그리고 1970년대의 갑작스런 물질의 풍요속에서 소시민의 소외감과 사물화된 모습, 하층민의 소외된 모습은 최인호의 「타인의 방」과 조세희의 『난장이가 쏘아 올린 작은 공』에서 볼 수 있었다. 이 시대에 대한 비판과 일탈의 의지가 나타난다.

마지막으로 1990년대의 시대는 중후함을 거부하고 이미지를 선호하는 문화적 공간으로서 환상성은 김영하, 송경아의 「고압선」, 「흡혈귀」, 「투명인간」, 「엘리베이터」를 통해 살펴보았다. 이들 작품에서 당대의 문학적 분위기를 엿볼 수도 있었지만 이미지에 대한 경각심, 과거에 대한 향수의 기미도 놓칠 수 없다. 로즈마리 잭슨은 전복성을 환상의 기능이라 보았지만 1990년대로 넘어오면서 작가들에게 전복의 욕망은 희미해졌다.

지금 예술 장르들은 개방적인 분위기 속에서 경계짓기를 지양하고 있다. 이러한 때에 환상과 미메시스를 대립적 관계로만 본다면 문학은 너무 빈한해질 것이다. 우리가 살고 있는 이 현실이 오히려 문학보다 더 환상적일 때가 많다. 현실에서 만나는 충만한 엽기와 불경스런 에로티시즘과 방만한 우연성의 증상은 문학보다 더 충격적인 것이 사실이다.

제2부

생태학적 상상력과 현대소설

1930년대 후반기 소설에 나타난 생태학적 상상력

-이효석의 「산」, 「들」과 정비석의 「성황당」을 중심으로-

1. 머리말: 1930년대 후반기 소설, 생태학적 접근의 가능성

생태학에 대한 관심이 체계적 이론으로 발표되기 시작한 때는 1970
년대 초반이다.[1] 우리는 이보다 한 세대 늦은 속도로 생태계에 대한 관
심과 환경 위기의식이 대중화되었다. 동물학에서 시작된 생태학은 현
재, 통합적 학문의 담론으로 부상하였다. 환경위기로 인한 인간생존의
위기는 구체적인 고민과 대안책을 필요로 하면서 근본적이고 포괄적인
생태학적 인식[2]으로 요청되었기 때문이다. 이와 같은 인식에서 파급된

---

1) "생태학Ökologie"이라는 개념은 1866년에 독일의 동물학자인 에른스트 헤켈Ernst
  Haeckel이 처음 사용했다. '집' 또는 '살기 위한 공간'을 의미하는 그리스어Oiskos
  와 '연구'라는 의미의 Logos를 결합해 만든 이 개념의 원래 뜻에 걸맞게 헤켈은 생태
  학을 자연의 여러 관계를 다루는 학문으로 정의하고 있다. 김용민, 『생태문학』, 책세
  상, 2003, 24쪽.
2) 생태학적 인식은 유기체가 "서로 얽혀" 있다는 인식하에 유기체를 개별적으로 고찰
  하지 않고 "환경과 연관지어" 총체적으로 파악하는 사유태도를 일컫는다. Ludwig
  Trepl, *Geschichteder Ökologie*, Frankfurt/M.,1987, p. 17.(김용민, 앞의 책, 21
  쪽에서 재인용)

생태비평 담론은 심층생태학, 사회생태학, 에코페미니즘의 세 가지 지형도로 압축된다.[3]

이 글은 1930년대 후반기의 문학에서 이효석과 정비석의 소설에 나타난 생태학적 상상력을 비교 해석하는 데 목표를 둔다. 문제는 이 시기의 소설을 생태학적 인식으로 접근하는 것이 가능한가 하는 점이다. 이것은 이 글을 전개할 수 있는 논리성을 부여하는 문제이다.

기존의 연구에서 1930년대 문학은 다채로우면서도 심층적으로 논의되었다. 학위논문에서 이를 알 수 있다.[4] 그 중에서 생태학적 상상력과 관련지을 수 있는 것은 '서정성'에 주목한 연구들이다.[5] 서정성에 대한

---

3) 생태의식이 반영된 생태비평 담론은 크게 세 가지 유형으로 나눌 수 있다. 생태담론의 출발점으로 인정받는 네스의 '근본생태론'은 1960년대의 환경 개량주의를 반대하고 비판하면서 1970년대에 등장한 것이다. 근본생태론은 자연을 감각적인 주관성을 지닌 타자의 한 형태로 간주해, 자연이 우리 인간들의 착취에서 벗어날 수 있도록 윤리적이고 책임있는 새로운 법전을 채택하여야 한다고 제안하고 있다. 근본생태론에 대한 도전과 비판은 머레이 북친의 '사회생태론'에 의해 제기되었다. 사회생태론은 사회적인 것을 자연적인 것으로 해체하려는 것이 아니라 인간성을 자연의 맥락에 포함시키고 자연사적인 관점에서 이를 탐구하며, 자연과 사회 사이의 뿌리 깊은 연속성을 회복시키고자 한다.

생태페미니즘은 가부장제라는 맥락 속에서 사회지배와 억압의 문제를 다루면서 근본생태론적 견지와 사회생태론적인 입론에 대한 변증법적인 지양을 시도하고 있다. 즉 생태페미니스트들은 남성에 의한 여성의 가부장적 지배를 계급적, 군국주의적, 자본주의적, 기업적 형태 속에서 이루어지는 모든 지배와 착취의 원형으로 간주하고 있다. 특히 그들은 자연에 대한 착취가 여성에 대한 착취와 긴밀한 협력관계에 있음을 지적하면서 페미니즘과 생태학의 자연스러운 연관을 시도하고 있다. 문순홍 편저, 『생태학의 담론』, 솔, 1999. 참조함.

4) 서준섭, 『한국 모더니즘 문학 연구』, 일지사, 1988.

이강언, 『한국 현대소설의 전개』, 형설출판사, 1992.

이계열, 『한국현대소설의 자아의식 연구』, 국학자료원, 2001.

김양선, 『1930년대 소설과 근대성의 지형학』, 소명출판, 2003.

5) 정한숙, 『소설문장론』, 고대출판부, 1973, 115쪽.

나병철, 「이효석의 서정소설 연구」, 『전환기의 근대문학』, 두레시대, 1995, 343-

논의는 어느 정도 합의점을 찾은 듯하다. 논자들은 서정소설의 발생 배경을 1930년대의 시대 상황에서 찾고 있다. 시대반영의 폭이 큰 소설은 이 시기에 '객관적 미의식'에서 '주관적 미의식'으로 변화하였다. 즉 1930년대 후반기는 일제의 탄압, 검열이 극심하여 적극적인 행동형의 주인공을 설정하기 어렵게 되자 내성화된 인물이나 서정적 인물을 등장시켰으며, 그들의 내면을 통해 현실과의 갈등을 우회적으로 표현한 것이 서정소설의 발생 이유[6]라는 것이다. 대표적인 작가로 이효석을 들고 있다.

이정숙도 1930년대에 나타난 소설의 일반적 특징을 고찰하면서 '순수서정 세계에의 추구'에 주목하였다. 나름대로의 독특한 문학세계를 형성하고 있는 소설들이 특히 1935년 이후 많이 나타나서 '순수 서정 세계에의 추구'라는 공통점을 보인다고 지적하였다. 이 시기를 낭만주의와 탐미주의가 결합하여 토속문학을 형성한 시기라고 할 정도로, 동반자 작가에서 벗어난 이효석과 이태준, 김유정, 김동리, 정비석, 김영수, 황순원 등에 의해 순수 서정세계의 추구[7]가 이루어졌다고 보았다.

이러한 연구를 종합 정리해 보면, 1930년대 후반의 순수 서정 소설은 현실에서는 불가능한 자아와 세계의 화합을 '자연 친화적' 태도에 의해 그려내고 있다. 인간과 세계의 화합에 대한 열망이 순수서정 세

360쪽 참조.

조정래, 「1930년대 서정 소설론 재고-이효석의 〈화분〉을 중심으로」, 『현대문학의 연구』 20, 현대문학연구학회, 2003, 207-210쪽.

김해옥, 『한국 현대 서정 소설론』, 새미, 1999.

6) 신동욱, 『삶의 투시로서의 문학』, 문학과지성사, 1988, 168-171쪽.

신동욱, 『1930년대 한국 소설 연구』, 한샘출판사, 1994, 11-12쪽.

7) 이정숙, 「순수 서정세계에 대한 소설사적 검토」, 『한국현대소설연구』, 깊은샘, 1999, 474쪽.

계로 구현되어, 인간과 자연의 화해는 주체와 타자 사이의 화합이라는 비유적 전망을 제시한다. 이는 지배와 대립을 넘어서 상호 공존과 공생을 모색하는 생태 문학의 지향점을 보여주는 것이며, 1930년대 후반기 소설을 생태론으로 접근할 수 있는 가능성을 발견할 수 있는 부분이 된다.

1930년대 후반기 소설을 생태학적 시각으로 접근할 경우, 반영론이라든가 리얼리즘/모더니즘의 2분법이라든가 근대성 만능론 등에 중독된 상태에서 벗어나는 계기를 가지게 될[8] 것이다. 식민지 시대 중에서도 전쟁과 직결되는 이 시기는 군국주의로 인해 자연의 파괴, 비인간화가 절정에 이른 때이다. 이와 같은 생태계 질서의 파괴는 현대의 공업화·산업화의 결과 못지 않은 것으로서 자연과 인간을 위협하였다. 따라서 이 시기의 작가들에게 과도하게 나타나는 '자연 귀의', '자연 친화적 태도'는 조화, 공생을 표방하는 점에서 오늘날의 생태비평 담론과 맥을 같이 하는 유사성이 있다고 본다. 식민지 시대의 소설, 그것도 자연과 인간환경의 위기가 표면적으로 나타나지 않는 작품에서 생태의식을 찾아낸 작업은 이미 한승옥의 연구에서 본격화되고 있다. 그는 이광수의 『원효대사』를 기문학적 특질로 다루면서 생태학적 특성을 밝힌 바 있다.[9]

---

8) 조남현, 「1930, 40년대 소설의 생태론적 재해석」, 『한국현대문학연구』 15, 한국현대문학회, 2004. 6, 16쪽.

9) 기상론적 관점에 서면, 자연을 인간과 따로 떨어져 존재하는 별개로 인식하거나 이용의 대상으로만 보는 이기적 관점으로부터 벗어날 수 있다. 자연은 나의 존재 근거의 원천 제공자이면서 동시에 내가 의지 해야할 의지처가 되기 때문이다. 이렇게 되면 인간은 자연을 경외하는 마음으로 대하게 된다.여기서 말하는 경외란 모든 사물을 두려움의 대상으로 본다는 의미가 아니라 나처럼 생명을 지니고 있는 존귀한 존재로 본다는 의미이다. 심층생태학에서 말하는 대로 '생명권 평등주의', '다양성과 공생의 원리', '무계급의 다양성'의 원리로 사물을 대할 수 있게 된다. 이광수의 「원효대사」에

김용민은 생태문학을 연구할 경우, 그 대상 시기를 1970년대 이전도 포함할 수 있다고 보았다. 그럴 경우 "오늘날 생태문학의 중요한 과제 중 하나인 자연과 인간 사이의 새로운 관계를 모색하는 일과 생태사회의 근본 골격을 제시하는 일에 있어서 이전의 생태문학에서 많은 시사점을 얻을 수 있을 것"[10]으로 보았기 때문이다.

확인해본 결과, 1930, 40년대의 소설을 생태학적 관점으로 접근한 것은 그리 많지 않았다. 이러한 관점으로 분석한 논문은 최근에 나타나기 시작했으며 김해옥[11]의 글을 주목할 수 있다. 그러나 정비석에 대한 글은 필자가 조사한 바로는 찾아보기 어려웠다.

본고에서 이효석의 「들」, 「산」, 정비석의 「성황당」을 분석하고자 한 이유는 우선 유기체의 조화를 추구하는 자연친화적 모습이 선명하기 때문이다. 이 작품에는 생태계를 이루는 인간, 식물, 동물, 태양계 등의 우주적 관계가 다양하게 드러난다. 이러한 생태계의 모습이 작가의 생태의식과 분명한 관련이 있다면 이것은 이 작품들을 '현실도피'의 작

나타나는 생태학적 특성은 다중적이다. 미물까지도 긍휼이 여겨 생명을 존중하는 심층생태학적 특성이 표출되는가 하면, 불교도로서, 또한 대사로서 살생을 금해야 하는 입장임에도 불구하고 뱀을 잡아먹고 육식을 하며, 술과 계집을 가까이 하는 파계를 서슴지 않기도 한다. 이것은 그런 행위가 단순한 파계가 아니라 우주적 차원에서의 상생의 원리를 지향하고 있음을 의미한다. 우주를 생명의 순환고리로 인식하는 작가의 생태적 사유가 드러난 결과라 하겠다. 이것은 생명, 생태적 문제를 세 가지 측면, 즉 다양성, 관계성, 순환성으로 범주화했을 때 순환성의 원리에 해당한다. 이러한 세 원리는 앞에서 언급하였듯 기론적 세계관을 가장 잘 드러내는 동양적 자연관이다. 한승옥, 「이광수 『원효대사』의 기문학적 특질 연구─생태학적 특성을 중심으로」, 『국제어문』 28집, 2003. 9, 244-252쪽 참조함.
10) 김용민, 앞의 책, 129쪽.
11) 김해옥, 「생태 인문학의 가능성과 이효석의 〈산〉을 통해 본 생태학적 상상력」, 『한국언어문화』 22집, 한국언어문화학회, 2002. 12.
　김해옥, 「이효석의 서정소설과 생태적 상상력」, 『현대소설연구』 23집, 2004. 9.

품으로 규정하고 있는 기존 연구와 변별성을 띠게 할 것이다. 두 작가의 작품 속에는 식민체제의 상황에서 탈주하려는 욕망과 식민체제를 우회적으로 드러내고자 하는 욕망이 착종되어 있다고 볼 수 있다. 이와 같은 양가적 욕망이 '생태학적 상상력'을 바탕으로 에로티즘, 원시성과 토속성, 탈식민주의로 용해된 것이다. 이 글은 이러한 양상이 구현된 모습과 그 의미를 살펴보고자 한다. 이는 1970년대부터 본격화되기 시작한 생태비평과 1990년대부터 등장하기 시작한 생태소설의 선구적 계보를 확인하는 계기도 될 것이다.

2. 에로티즘과 생태학적 상상력

1) 「산」의 남성적 이미지와 미완의 자연합일

1930년대 후반기는 이효석의 소설에서도 그 성격이 확연하게 달라지는 시기이다.[12] 그의 후반기 작품에서 생태학적 상상력[13]이 돋보이는

---

12) 최병우는 이효석의 「오리온과 임금」(1932)을 분석하면서 이효석의 작품세계의 변화가 갖는 정신사적 의미를 규명하였다. 이 작품을 발표한 이후, 「돈」이나 「산」, 「들」 등의 작품에서 보여주는 자연과 성의 세계로 나아갔는데 이는 「오리온과 임금」에서 보여준 논리 즉 인간이 만든 추상적 이념보다는 원초적이고 구체적인 욕망이 인간에게 더 본질적인 것이라는 작가의 생각을 강화해나간 것이라고 보았다. 최병우, 「이효석 소설의 현대성」, 『현대소설연구』 13호, 2000. 12, 137-153쪽 참조함.

13) 이 글에서 '생태학적 상상력'은 생태학적 인식을 소설로 재구성한 경우를 의미한다. 생태학적 인식은, 인간은 지구라는 거대한 집에 다른 생물들과 함께 세 들어 사는 존재임을 인식하고, 공생의 관계를 위해 노력하는 것을 의미한다. 다시 말해서 생태학적 인식이란 유기체가 "서로 얽혀" 있다는 인식하에 유기체를 개별적으로 고찰하지 않고 "환경과 연관 지어" 총체적으로 파악하는 사유 태도를 일컫는다.(김용민, 앞의 책, 21쪽) "생태학적 상상력은 남성의 권위주의적 속성과는 다른 끊임없는 변화의 영

작품은 1936년에 발표한 「산」과 「들」, 「메밀꽃 필 무렵」을 들 수 있다. 이 글에서는 「메밀꽃 필 무렵」보다 상대적으로 논의가 적은 「산」, 「들」을 주목하고자 한다. 두 작품은 생태학적 상상력에 의해 전개되었지만 상당히 이색적인 면을 지니고 있다. 두 작품을 발표순으로 연속하여 독서하는 것이 재미있는 독법이 된다. 이렇게 연속적으로 읽으면 이효석이 「산」에서 미진하였던 생태학적 인식을 「들」에서는 좀더 구체화시킨 것을 발견할 수 있다. 또한 각각의 작품이 지닌 에로티즘[14]의 모습이 음양의 조화를 이루고 있음도 알게 된다. 「산」에 나타난 자연의 이미지가 남성적이었다면, 「들」은 여성적 이미지가 강한 작품이다. 두 작품의 지배적인 욕망은 에로티즘이며, 두 작품의 연속적인 독서는 생태적 상상력의 합일로서 충일, 생명, 성욕으로 귀결된다.

「산」은 1936년 「삼천리」에 1월부터 3월까지 연재한 단편이다. 이 작품에 대한 논의는 대체로 '자연과의 동화', 또는 '자연합일'로 모아지고 있다. "제 몸이 스스로 별이 됨"을 느꼈다는 마지막 문장을 주인공의 갈등이 해소되는 근거로 제시하기 때문이다. 중실의 내적 불만을 자연 상태에서 '별'과 일치시킴으로써 승화의 모습이라고 본 것이다. 그러나

속성, 포용성, 다양성, 열려진 세계, 부드러움, 상호침투, 감각성, 자연성을 특징으로 하는 유기체적 세계관을 바탕으로 한다. 유기체적 세계관은 어떠한 인간이라도 소외되거나, 사물화시킬 수 없으며, 어떠한 삶의 과정이라도 그 과정 하나하나는 나름대로의 중요성을 가지며, 이러한 인간적인 존엄성에 의해서 우리가 일상적으로 대하고 있는 자연 뿐만 아니라, 우리의 주위를 둘러싸고 있는 모든 사물까지도 소중한 우리의 일부분으로 생각하고 아낀다."라고 한 이덕화의 글(이덕화, 「여성문학과 생명주의」, 『여성문학연구』 제3호, 2000, 182쪽)도 참고할 수 있다.

14) 이 글에서 '에로티즘'은 바따이유의 정의를 바탕으로 한다. 바따이유는 에로티즘을 '내적 체험'의 소산으로 파악하며 이는 '금기와 위반의 시소게임'이라는 구체적인 양상을 통해 드러난다고 보았다.(죠르쥬 바따이유, 조한경 옮김, 『에로티즘』, 민음사, 1995, 제1부 금기와 위반 참조)

과연 이 작품은 '자연합일'을 드러낸 것인지 의문을 들게 하는 점이 있다. 이 글에서는 이와 같은 의문점을 밝혀 보고자 한다.

주인공 중실이 처한 '가을'이란 계절적 배경은 이 작품의 해석을 새롭게 할 수 있는 단초가 된다. 추락과 상실의 상징인 '가을'을 중심에 놓고 볼 때 '자연과의 동화', 또는 '자연합일'로 해석했던 기존의 독법과는 다른 해석이 가능하기 때문이다. 가을[15]은 풍요의 극점에서 조락으로 향하는 추락, 상실의 계절이다. 이는 일단, 중실의 상황과 일치하는 면이 된다. 머슴이었던 중실이가 갑작스런 산 생활을 하는 것은 그동안의 삶이 무효화되고, 상실된다는 의미이다. 7년 동안의 머슴 생활에서 주인의 오해 때문에 새경 한푼 받지 못하고 쫓겨난 중실의 처지는 '수확의 계절'인 가을과는 상반된 상황이다. 중실의 '산'으로의 이주는 자발적인 선택이 아니다. 주인영감의 첩과 내통했다는 누명을 쓰고, 새경도 받지 못한 채 쫓겨난 그가 가야 할 곳은 '산' 밖에 없었기 때문에 선택한 곳이다. 따라서 '산'으로의 귀환은 '자연에 대한 동경'이나 '자연에 대한 순수한 귀의'와는 거리가 먼, 어쩔 수 없는 타의적인 선택이라 하겠다.

가을은 곧 '겨울'을 수반하는 계절이란 점도 간과할 수 없다. 산 속의 겨울이란 주인공에게 다가올 '시련'이 될 것이다. 이 작품에 드러난 가을 산의 정취는 포근하고, 평화롭다. 그리고 중실과 '자연과의 동화'도

---

15) N. 프라이의 신화비평을 이 작품에 수용할 수 있는 가능성이 있다고 본다. 봄-희극, 여름-로망스, 가을-비극, 겨울-아이러니와 풍자로 해석한 신화비평 중에서 작품 「산」은 가을의 미토스에, 「성황당」은 봄의 미토스에 적용할 수 있을 것이다. 이는 작중인물의 갈등이 어떻게 해소되는지를 염두에 두었을 때 생각할 수 있는 내용이다. 본고에서 다루는 작품들은 생태학적 상상력이 지배적이라서 계절에 대한 양상도 구체적으로 드러난다. 작품 표면에 드러나는 계절이 미토스 이론의 근거가 되는 것은 아니지만 「산」에서처럼 일치할 수도 있다.

일부분은 드러난다. 그러나 이것은 표면적일 뿐 그 이면에 이어질 '겨울'이란 계절을 고려하면 중실의 자연동화는 '일시적'이거나 '위장된' 감정이 될 수 있다.

그러나 중실은 산 속의 생활에 만족한다. 이러한 그의 모습이 '자연합일'로 보여지는 것이다. 힘들지 않게 구한 양식(열매와 노루고기)과 이불 역할을 하는 낙엽 등이 중실의 생활을 그리 불편하게 하지 않았다. 하지만 이러한 것이 진정한 자연과의 합일을 의미하는지 따져 보아야 한다. 중실에게 자연(산)이 아무 것(양식과 이부자리)도 해 주지 않았다면, 그래도 중실이가 산 속의 생활을 만족했을지 의문이 들기 때문이다. 이 부분은 중실의 생태학적 인식이 비판받을 소지도 된다. 자연이 인간에게 혜택을 줄 때 자연과의 동화의식을 갖는다면, 여기에는 자연을 지배하려는 인간의 욕망이 잠복되어 있기 때문이다.

따라서 중실이가 느끼는 자연과의 합일은 순간적이거나 위장된 것이라 할 수 있다. 이것은 작가의 생태학적 인식과 작중인물의 생태학적 태도가 일치하지 않은 원인도 작용한다. 서사성이 약한 「산」은 자연 공간의 모습을 구체화하고 있어 작가의 생태학적 인식을 분석하기에 적당한 작품이다. 하지만 작가의 과도한 의욕이 작중인물에게 육화된 모습으로 나타나지는 않았다. 예를 들면 "해가 쪼일 때에 즐겨하고, 바람 불 때 농탕치고, 날 흐릴 때 얼굴을 찡그리는 나무들의 풍속과 비밀을 역력히 번역해 낼 수 있다. 몸은 한 포기의 나무다."(10쪽)라는 문장을 보자. 이 문장은 산에서 자연과 동화된 중실의 모습을 그려놓은 것이다. 머슴인 중실의 내면을 드러내면서도 '번역'이라는 작가의 언어를 사용함으로써 온전한 중실의 내면을 드러내는 데는 미흡한 모습이다. 이는 작가의 생태학적 상상력이 작중인물을 산 속으로 이주는 시켰으나 완전한 '자연인'의 모습으로는 그리지 못하고, 그 당위성만을 강조한 모습이라 하겠다.

이러한 생각을 들게 하는 또 다른 단서를 찾을 수 있다. 바로 중실이의 산 속 생활이 문명과 완전히 단절될 수 없는 상황이 내포되어 있는 점이다. 중실이가 산에서 나무를 해다 팔고 대신 소금, 솥 등을 사오는 시장은 교환가치가 지배하는 문명의 공간이다. 문명의 공간은 자아와 세계가 대립하는 현실적인 삶의 공간이며, 자연의 공간은 자아와 세계가 화합하는 총체적 삶의 공간이다. 중실은 시장에서 세계와 불화를 경험한다. 그는 시장에서 돌아오는 길에 '어수선하고 지지부레'(14쪽)한 공간으로 그곳을 인식함으로써 문명세계(시장, 마을)에 대한 미련, 귀환의 의지를 보이지 않는다. 그가 경험한 문명세계는 힘을 가진 자가 타자를 착취하거나 지배하는 곳, 또는 김영감과 그의 첩, 최서기의 관계처럼 서로를 배반하면서 타락한, 부정성이 가득한 곳이기 때문이다. 이러한 자연공간과 시장공간의 대비는 작가의 생태학적 상상력을 드러내기에 적절한 설정이 된다. 자연공간의 순수함이 인간사회보다 더 우월적으로 그려진 것은 작가의 자연에 대한 경배가 표면화된 것이다. 그러나 중실이가 산 속 생활을 하면서도 '소금'을 얻어야 하는 행위가 지속된다면 문명과의 완벽한 차단은 어려울 것이다. 중실을 통해 산 속 생활의 미덕을 강화시킬 수도 있지만 한편으로는 인간 사회의 끊임없는 유혹이 잠재하기 때문이다.

이 작품에서 에로티즘의 욕망은 금기와 위반이 강하게 대립할 때 더욱 커진다. 중실이가 인간 세상에 있을 때는 이러한 욕망을 드러내지 않다가 산 속 생활을 하면서 표면화시킨다.

> 산 속의 아침나절은 조을고 있는 짐승같이 막막은하나 숨결이
> 은근하다. 휘엿한 산등은 누워 있는 황소의 등어리요, 바람결도

없는데 쉴새 없이 파르르 나부끼는 사시나무 잎새는 산의 숨소리
다. (중략) 수뿍 들어선 나무는 마을의 인총보다도 많고 사람의
성보다도 종자가 흔하다. 고요하게 무럭무럭 걱정없이 잘들 자란
다. 산오리나무, 물오리나무, 가락나무, 참나무, 졸참나무, 박달
나무, 사수래나무, 떡갈나무, 피나무, 물가리나무, 싸리나무, 로
루쇠나무, 골짜기에는 산나무, 아그배나무, 갈매나무, 개옷나무,
엄나무, 산등에 간간이 섞여 어느 때나 푸르고 향기로운 소나무,
잣나무, 전나무, 향나무, 노가지나무, 걱정없이 무럭무럭 잘들 자
라는 산 속은 고요하나 웅성한 아름다운 세상이다.[16]

중실이가 생활하는 '산'은 키 큰 나무들이 울창하다. 가을이라서 잎
이 진, 줄기가 선명히 드러난 나무들의 입상은 수직적 공간의 의미를
띤다. 이것은 남근적 이미지로 볼 수도 있다. 그리고 "휘엿한 산등은
누워있는 황소의 등어리요"(9쪽)에서도 근육적 이미지를 상기시키는
남성적 이미지를 보인다. 이러한 이미지는 중실의 충족되지 않은 성적
욕망의 환유로 볼 수도 있을 것이다.

산 속에서 만족한 생활을 시작한 중실에게 한 가지 불만은 있다. 그
에게 '성'에 대한 욕망이 잠재되어 있었던 것이다. 이러한 내면을 '한
가지 욕심이 솟아올랐다'(15쪽)란 표현 속에서 나타낸다. 그는 욕망의
해소 방법을 마을의 이웃집 처녀인 용녀를 산으로 데려오는 것으로 찾
고자 한다. 이때 에로티즘의 금기와 위반이 나타난다고 볼 수 있다. 그
는 이웃집 용녀가 자신의 말을 듣지 않으면 '가만히 업어 올걸'(15쪽)

---

16) 이효석, 「산」, 『새롭게 완성한 이효석 전집 2』, 창미사, 2003, 9-10쪽. 이후의 인용
　　문은 쪽수만 게재한다.

이라는 '궁리'를 하기 때문이다. 그의 내면에 누적된 성적 욕망은 '용녀'로 향하며, 인간 세계에 속한 그녀를 데려오는 과정에서 '금기'와 '위반'이 작동하는 것이다.

> 별 하나 나 하나, 별 둘 나 둘, 별 셋 나 셋 ……
> 세는 동안에 중실은 제 몸이 스스로 별이 됨을 느꼈다.(16쪽)

자연과 인간의 물아일체를 강조하는 문장은 '몸은 한포기의 나무다'에서 여실히 나타난다. 이외에도 "중실은 제 몸이 스스로 별이 됨을 느꼈다."와 같은 문장에서 인간과 세계의 완벽한 일체감은 자연인으로서 누리는 원초적인 인간의 삶을 보여준다. 이것은 중실이 문명 사회에서 겪은 갈등과 대비되는 모습이다. 작가의 생태학적 상상력에는 인간과 나무, 별 등이 일체가 되면서 중심과 주변의 서열이 해체되고 있다. 생태계의 생명체는 동등한 공동체일 뿐이다. 중심이 해체되고 객체와 동화된 때, 즉 인간이 세계와 소통할 수 있을 때 비로소 인간은 세계와 완벽한 합일을 경험하게 된다. 그러나 「산」은 이러한 순간이 극히 '찰나적'이라는 것을 간과해서는 안 된다.

2) 「들」의 여성적 이미지와 자연합일

「들」도 「산」과 같은 해인 1936년에 발표되었다. 분량면에서 「산」보다 3배나 더 많아진 이 작품은 내용상 「산」에서 드러난 생태학적 상상력의 미진한 부분을 보완한 작품으로 볼 수 있다. 이 작품은 10개의 구분된 장으로 진행된다. 이것은 '들'이란 공간을 중심으로 방사선처럼 전개되는 모습이다. '봄 들'이 소우주라면, 우주의 생명력이 대지를 중심으로 해서 원심적으로 펼쳐진 모양이다. 「산」에서 드러난 수직적 이미지와는 대조적인 모습이라 하겠다.

「들」은 봄과 여름의 계절이 지배적이다. 「산」에서의 '가을'이 결국은 비극을 내장하고 있다면, 이 작품은 계절의 상징이 해피엔딩을 암시하고 있는 셈이다. 또한 「산」에서 주인공의 욕망이 '감금'된 모습이었다면 이 작품에서는 주인공의 욕망이 발산되는 모습으로 나타난다. 이러한 것을 허여한 것은 '봄'이라는 계절의 '마력'이다.

「들」의 발표 시기는 일제의 군국주의가 맹위를 떨쳤던 카프 1, 2차 검거 선풍과 일제의 사상범 탄압이 강화되었던 여파 속에서 그 영향을 받은 때이다. 「산」에서는 이와 같은 현실을 배제시키고 있지만, 「들」은 이점을 작품에 수용하고 있다. 주인공 '나'와 친구 문수는 학생 운동(사상 운동) 때문에 퇴학을 당한 인물들이다. 중실이와 마찬가지로 그들이 '들'로 귀환하는 데에는 타의적 선택이 작용하고 있다. 주인공은 이상을 펼칠 수 없는 현실과 너무나 대조적인 '들'을 체험한다. 봄들은 탄압이 심한 현실과 달리 평등한 생명을 느끼게 하는 곳이다. '나'는 봄을 맞아 생명을 발산하는 '들'을 통해 타자와 공생하는 자연의 생존원리를 성찰하게 된다. 여기서 '들'은 인물의 행동이 펼쳐지는 서사적 공간으로서 주인공이 세계에 대한 인식을 확장해 가는 지향공간이자 에로티즘의 공간이다.

「들」에 나타난 생태학적 상상력은 건강한 생명체가 공존하는 자연공간에서 에로티즘의 욕망이 착종된 형태이다. '나'는 퇴학 이후 '몇 년의 시간'이 흐르는 동안 '들'을 향유하는 태도로 변모한다. 자신이 퇴학당한 이유와 거기에 잇따르는 울분은 희석되며 상대적으로 '성'에 대한 욕망이 표면화된다.

들은 온통 초록 전에 덮여 벌써 한 조각의 흙빛도 찾아볼 수 없
다. 초록의 바다.
　초록은 흙빛보다 찬란하고 눈빛보다 복잡하다. 눈이 보얗게 깔
렸을 때에는 흰빛과 능금나무의 자주빛과 그림자의 옥색빛 밖에
는 없어 단순하기 옷 벗은 여인의 나체와 같은 것이-봄은 옷입고
치장한 여인이다.[17]

　'나'가 바라보는 '들'은 머슴 중실이가 보았던 '산'과는 달리 안정된
모습이다. 이것은 지식인 주인공을 설정함으로써 화자와 주인공이 들
뜨는 거리를 좁혔기 때문이다. '나'에게 비친 들은 이상화의 '빼앗긴 들
에도 봄은 오는가'를 서사로 변형시킨 듯한 인상을 준다. 들은 수직적
이미지의 산과 달리 수평적 공간의 이미지를 지닌다. 수평적 이미지는
자유, 평등, 공생을 유발시키면서 '옷벗은 여인의 나체'에 비유됨으로
써 여성적 이미지를 표출한다. 원래, 대지는 지모신으로서 여성적 이미
지로 그려져 왔다. '옷벗은 여인의 나체'는 잠재된 에로티즘의 본능을
드러낸 것이다. 이러한 것들이 모두 '자연스럽게' 여겨지는 것은 봄이
란 계절의 "매력"(61쪽) 때문이다. 봄이란 계절은 들을 초록빛으로 변
화시키며, 생명을 잉태하고 출산하는 여성의 이미지를 드러낸다.

　개울녘 풀밭에서 한 자웅의 개가 장난치고 있는 것이다. 하늘
을 겁내지 않고 들을 부끄러워하지 않고 사람의 눈을 꺼리는 법
없이 자웅은 터놓고 마음의 자유를 표현할 뿐이다. 부끄러운 것
은 도리어 이쪽이다. (중략) 확실히 시절의 탓이다. 가령 추운 겨

---

17) 이효석, 「들」, 『새롭게 완성한 이효석 전집 2』, 창미사, 2003, 46쪽. 이후 인용문은
　　쪽수만 표기한다.

울 벌판에서 나는 그런 장난을 목격한 일이 없다. 역시 들이 푸를
때 새가 늦은 알을 깔때 자웅도 농탕치는 것이다. 나는 그 광경을
성내어서는 비웃어서는 안되었다.(51쪽)

봄이란 계절과 들이라는 공간의 조화는 교미하는 개의 모습을 '부끄
러운' 모습이 아닌 자연적인 것으로 받아들이게 한다. 이것은 개의 '마
음의 자유'에서 비롯한 행위이다. 개에게 '자유'가 허락된 들은 상대적
으로 인간은 '구속'과 '억압'이 지배하는 현실에 존재함을 은근히 드러
내고 있다. '자유'는 현실에서 억압받는 인물들에게 소중한 감정이기
때문이다. 앞서 본 예문에서 봄 들의 이미지가 식물적이었다면 위의 인
용문에서 봄의 생명력은 새가 알을 까는 모습과 개의 교미장면을 통해
동물적 이미지로 변화한다. 이것은 생태계의 생명체들이 봄 들이란 공
간에서 평등하게 공존하고 있음을 보여주는 것이다. 이제 다음 수순으
로 나타날 인간의 성적 결합도 '자연스러운' 행동임을 예상할 수 있다.

과수원 철망 너머로 엿보이는 철 늦은 딸기—잎새 사이로 불긋
불긋 돋아난 송이굵은 양딸기—지날 때마다 건강한 식욕을 참을
수 없다.(54쪽)
양딸기 맛이 아니요 확실히 들딸기 맛이었다. 멍석딸기 나무딸
기의 신선한 감각에 마음은 흐뭇히 찼다.(56쪽)

'나'는 옥분과 두 번의 우연한 만남을 운명적인 섭리라고 여긴다. 한
번은 봄 들에서 개가 교미하는 장면을 함께 본 날이고, 두 번째는 '나'
가 과수원의 양딸기를 몰래 훔쳐 먹은 날이다. '나'가 '과수원 철망' 너
머의 양딸기를 보고 '건강한 식욕'을 참을 수 없어하는 것은 성에 대한

욕망의 환유적 표현이다. 그런데 여기서 '과수원 철망'이라는 경계선은 금지의 영역임과 동시에 금기의 행위를 강조한다. 금기에 직면했을 때 '위반'에 대한 욕망이 강렬해지는 에로티즘의 속성을 단적으로 보여주고 있다. '나'와 옥분과의 성관계는 '확실히 들딸기 맛'으로 표현되었다. 이는 옥분과의 성관계가 부도덕한 모습이 아닌 '자연'의 한 행위일 뿐임을 보여주는 것이다.

중요한 것은 옥분의 태도이다. 그녀가 보여준 행동은 타락한 요부의 모습도 아니고, 순결을 잃고 갈등을 겪는 보통 여자의 모습도 아니기 때문이다. 더구나 '나'의 친구인 문수도 그녀와 성관계를 맺은 사실이 있고 보면, 그녀의 태도는 '성'을 자연스럽게 받아들이는 모습이다. 옥분은 이 작품 '들'을 상징적으로 나타내는 인물이라 할 수 있다. 이런 태도는 주체적인 의지나 행동력에 기인하기보다는 절대적 상황으로 다가오는 '들'에 대한 경이감, 나아가 신비한 마력에서 온 것이라 할 수 있다. 들에서 느끼는 신비한 마력은 문수가 자신도 옥분과 성관계를 지녔다고 주인공에게 고백했을 때이다. '나'는 문수에게 질투심을 갖기보다 들에 대한 매력을 느끼게 된다. 이들에게 '들'에서 이루어지는 성적 교합은 윤리적 의식으로 죄의식을 갖게 하기보다는 욕망의 '흘러넘침'[18]을 보여주는 자연적 본능이라 하겠다.

이 작품의 생태적 상상력은 충일감으로 나타난다. 식물, 동물, 인간은 모두 동등한 생명체로서 인간이 중심이 되는 서사의 원리를 해체시킨 작가의 심층생태학적 인식의 결과라 하겠다. 우주의 생명있는 것들이 모두 소중해진다. 풀, 새와 개, 인간 또한 동일한 생태계의 구성원이다. 그러한 생명체들이 '봄 들'에서 자연의 생태 질서를 따라 조화를

---

18) 김해옥, 「이효석 서정 소설과 생태적 상상력」, 『현대소설연구』 23, 2004. 9, 257쪽.

이룬다. 달리 표현하면 '봄 들'은 총체성이 존재하는 원형적 삶의 공간이라 할 수 있다. 그러므로 나와 문수가 들에서 평화를 느끼는 것은 그곳이 바로 탈주의 지향점으로서, 충만된 장소이기 때문이다. 따라서 '들'은 도피의 공간이 불러일으키는 인간존재의 열패감, 좌절감을 갖게 하기보다는 새로운 생명력을 주고 있다. 모든 생명체들이 생산적 욕망을 분출하는 공간인 것이다. 이러한 생산적 욕망은 자연과의 커뮤니티이며, 자연의 정기가 인간의 몸 속으로 전달된 현상이다.

봄들의 생명력은 일제의 폭정이 자행되었던 당대 현실이 생명을 소진시키는 모습과는 대조적이다. 이것은 오늘날 생태위기를 '침묵의 봄'이라고 명명한 레이첼 카슨의 발상을 역설적으로 재현한 것이라 볼 수 있다. 환경의 오염으로 인해 봄이 와도 생명을 틔우지 못하는 불행한 사태가 바로 '침묵의 봄'이다. 1930년대 후반기는 봄마저 침묵할 것 같은 억압의 시공간이었다. 그러나 식민지라는 절대적 억압 속에서도 에너지를 발산하는 '봄'에 의해 들은 생명을 싹틔운다. '들'을 통해 생명체의 자유로운 모습을 보여줌으로써 작가 이효석에게 잠재된 반항적 주체가 표현된 것이라 할 수 있다.

이상으로 살펴본 이효석의 작품 「산」과 「들」은 독립된 작품으로 읽을 때보다 두 편을 함께 읽을수록 그 맛이 깊어진다. 마치 음양의 조화를 산과 들이라는 생태적 조건에 비유하여 문학적으로 형상화한 듯하다. 이 작품에서 계절적 배경과 자연적 공간은 플롯을 진행시키는 핵심 인자로 작용한다. 인물의 성격이나 행동은 배경과의 관계에서 큰 영향을 받기 때문이다. 이 작품의 실질적 주인공은 바로 '자연'이라 할 수도 있다.

계절상으로 보아 「산」은 가을이고, 「들」은 봄으로 나타난다. 이는 「산」의 경우 곧 이어질 '겨울'이라는 계절로 인해 욕망, 해방감 등이 동결할 이미지를 가지는 반면, 「들」은 봄에 이어지는 여름이란 계절에 의해 충만함으로 드러난다. 후자에서 생명의 존중, 인간의 존엄성 등이 식물, 동물 등의 생태계와 유기적 관계를 맺음으로써 더욱 구체화된다. 또한 「들」의 원심적 방향은 중심의 해체, 권력의 해체와도 통한다.

이효석의 생태의식은 도피처였던 자연공간인 들과 산에서 예상하지 못했던 발견을 하게 한다. 일종의 '에피파니'의 한 순간이라 할 수 있다. 처음에 자연공간은 현실세계에 머물 수 없는 주인공에게 '은둔'의 장소로서 의미를 지녔으나 그 속에서 동화되는 동안 숭배의 태도로 바뀌기 때문이다.

3. 토속성과 생태학적 상상력

1) 여름과 원시주의

「성황당」은 정비석의 1937년 작품이다. 이효석의 글쓰기와 비슷한 시기로서 식민지 통치 기간 중에서 그 폭력성의 극단화 때문에 '암흑기'로 불린 시기다. 일제의 동화정책과 맞물린 시기의 이 작품이 '성황님'이라는 민간 신앙을 표면화시킨 점은 작품을 새롭게 볼 수 있는 근거가 된다.

「성황당」은 천마령 깊은 산 속에서 숯을 구워 살아가는 현보와 그의 아내 순이의 삶을 보여준다. 현대사회의 인위적, 제도적 공간을 벗어나 자연 속에 녹아들어 있는 토속적이고도 건강한 삶의 모습을 드러내고 있다.

인간 본연의 생명력 넘치는 공간을 제시하며 신세대의 참신함을 대변하고 나타난 「성황당」은 지식인의 자의식으로 찌든 문단에 건강한 원시적 풍속도를 선보임으로써 새로운 미개지를 개척한 시대적 소산물이다.[19] 이처럼 혁신적이라 할 수 있는 「성황당」의 생동감은 이 작품이 여름이라는 계절의 활기찬 모습에 의해 전개되기 때문이다.

「성황당」의 에로티즘의 세계는 '여름'이란 계절의 이미지에서 많은 힘을 얻고 있다. 여름과 숯 굽는 노동은 삶의 아이러니를 창출하기도 한다. 하지만 이 작품에서 노동은 고통과 이어지지 않는다. 나무와 인간이 동화된 울창한 숲, 순이가 나체로 목욕을 해도 자연스러운 연못, 숯 굽는 가마에서 나오는 열 등은 여름의 활기찬 모습을 보여준 것들이다. 성황님이 자신들을 지켜준다고 믿고 있는 순이와 현보에게 천마령의 숯굽는 장소는 신화의 공간이 된다. 그곳에서 벌어지는 여주인공을 위협하는 방해인물들에 의한 갈등이 결국 해피엔딩으로 종결되는 모습은 이 작품을 봄의 미토스[20]로 읽히게 한다. 순이와 현보가 지내는 천마령 산 속의 공간은 바로 그들에게 지상낙원이 되는 곳이며, 긴상에 의해 그들에게 위협이 닥치지만 '성황당'의 신화적 힘에 의해 모든 것이 평화로운 상태로 회귀됨으로써 현실의 폭력에서도 신화의 공간이 존재할 수 있다는 이상을 보여준다.

「성황당」의 원시적인 에로티즘은 생태학적 상상력과 조화를 이룬다. 기존 연구에서 이 작품에 대한 평가는 원시성이 농후한 에로티즘 때문에 통속적 문학으로 그 성격을 제한 받은 점이 있다.[21] 이러한 지적은

---

19) 김병욱, 「정비석의 문학」, 『월간문학』, 1971. 6~7월호, 256쪽.

20) N. 프라이, 앞의 책, 260-270쪽 참조함. 이 작품은 순이가 남편이 유치장에 가 있는 동안 칠성을 따라 가다 되돌아 오고, 유치장에 있던 남편 현보가 석방되는 내용으로 보아 작중인물의 갈등이 해소되는 해피엔드라 할 수 있다. 그러므로 계절적 배경은 '여름'이 지배적이지만 신화이론으로 본다면 '봄의 미토스'에 더 가까울 것이다.

21) 김남천은 '소설 정신을 단련시킬 자신이 없어져서 애욕이나 성의 세계로 방향을' 돌

재고될 필요가 있다. 유병석도 「성황당」에 나타난 에로티즘의 세계는 건강한 아름다움을 느낄 수는 있을지언정 그렇게 퇴폐적이거나 외설적인 것은 아니라고[22] 역설하였다. 그것은 건강한 원시주의primitivism의 예찬이라 할 수 있다.

原始主義란 간단히 말하자면, 원시인이나 미개인이 문명인보다 더 자연스럽고 생명력이 넘치고, 타락하지 아니하여 도덕적으로 우월하다는 사상이다.[23] 어른보다 어린이, 도시인보다 농촌사람이 더 선하고 아름답다고 믿는 것이 원시주의인 것이다. 원시인의 특성으로서 비합리적인 사고, 自然親和, 원색적인 욕심 등을 들 수 있는데 순이야말로 이러한 특성을 고루 갖춘 원시인 그대로의 인물이다. 성황님을 두려워하면서도 의지하며, 분홍색 항라 저고리와 하얀 고무신 때문에 남편을 버리기도 하지만 이내 자신의 태도를 반성한다. 이는 때묻지 않은 어린이다운 성격을 보여주는 것이다. 또한 자연과 성황님의 무언의 질책과 교감하는 모습에서 천마령 공간을 '시간적 또는 공간적으로 어떤 상상적인 황금시대를 추구하는'[24] 모습으로 읽히게 한다.

한나절이 되자 날은 점점 무더워졌다. 사방이 병풍으로 휘두른

린 것으로(김남천, 「신진 소설가의 작품세계」, 『인문평론』, 1940. 2), 조연현은 '성욕을 아무런 윤리적 기초 없이 다만 성욕취미에 의하여 이해한 작가의 태도는 윤리의 가장일 뿐만 아니라 오히려 합리화시키려는 氏의 위선에 절망'을 느낀다고 하였으며(조연현, 「애욕의 문학」, 『백민』, 1948. 10, 158쪽), 백철은 '이 요소(필자-성적인 분위기의 세계)는 이 작품의 문학 속에 한 알의 악마의 종자가 싹트기' 시작한 것으로(백철, 『한국신문학발달사』, 전영사, 1975, 287쪽) 혹평을 하였다.

22) 유병석, 「정비석의 〈성황당〉-건강한 원시주의의 예찬」, 『한국현대소설 작품론』, 문장, 1981, 267쪽.

23) 유병석, 앞의 글, 267쪽.

24) N. 프라이, 앞의 책, 260쪽.

듯 산으로 감싸여 있었고 게다가 나무가 들어차서 바람 한 점 얻
을 수 없었다. 순이는 아궁이 속을 한참 휘저어 불을 되살리고 나
서 얼굴이 활활 달아오르고 전신에 땀이 물 흐르듯 하였다. 벌거
벗은 웃통에서도 젖가슴 사이로 땀방울이 줄줄 흘렀다.[25]

순이에게서 발산되는 에로티즘은 '전신에 땀이 물 흐르듯' 하는 노동
의 모습과 맞물려 있다. 그녀의 전신에 흐르는 땀은 노동의 흔적으로서
여성의 우아미와는 대조가 되는 아름다움이다. 신체는 동물의 아름다
움을 감상하는 데 있어서뿐만 아니라, 인간의 아름다움을 감상하는 데
있어서도 가장 직접적으로 적용되는 기준이다. 이 신체적 조건은 원칙
적으로 젊음을 전제한다.[26] 젊고, 노동으로 고통스러운 모습이 아닌
'건강한' 모습의 순이는 긴상이나 칠성에게 '아름다움의 대상이자 간
절한 소유의 대상'이 되기에 충분한 인물이다.

이 작품에서 '성'은 자연과 합일된 세계에서 암시적으로 다루어졌을
뿐만 아니라 부분적으로 나타나는 육감적 묘사도 사계의 순환에 따른
여름의 원형적 표상과 일치된다. 서사전개상 필연성을 잃지 않고 있는
나체의 목욕 장면 등을 이유로 유희나 애욕이 강한 통속문학으로 보기
에는 어렵다고 본다.

1930년대 후반처럼 사회 자체를 정면으로 대결하여 작품화하거나
사회문제를 작품에 대담하게 처리할 수 없을 때, 작품의 세계는 왜곡된
사회현실을 풍자하거나 현실과 유리된 시공을 설정하여 상징적으로 표
현할 수밖에 없다. 정비석은 당시의 폭력적인 사회현실 속에서 본연의

---

25) 정비석, 「성황당」, 『한국소설문학대계 23』, 동아출판사, 1995, 447쪽. 이하 인용문
　　은 쪽수만 표기한다.
26) 조르쥬 바따이유, 조한경 옮김, 『에로티즘』, 민음사, 1995, 159쪽.

인간성을 회복하는 방법을 원시 자연인에 대한 향수에서 찾으려 했고, 그러한 원시적 분위기를 위해 본능에 가까운 자연인의 성적 풍속도를 제시했던 것이다.

2) 토속성에 숨은 뜻

정비석의 생태학적 상상력은 건강한 원시성, 토속성을 탈식민주의적 태도 속에서 드러내고 있음을 주목해야 한다. 작가는 사회에 대한 비판 의식이나 비분강개의 감정을 은폐하거나 배제하여 토속성에 포장함으로써 오직 예술의 본질인 미에만 충실한 것처럼 보이도록 하였다. 이런 의미에서 순수문학이 꽃을 피운 것은 또 다른 저항의 모습이라 할 수 있다. 이 작품은 순수 서정문학으로서의 미와 함께 탈식민주의의 태도를 우회적으로 표방한 보기드문 작품이라 할 수 있다.

검열이 가장 심한 이 당시 탈식민주의의 태도는 토속성으로 논의된 '성황님'에 대한 경건함으로 나타난다. 이 작품에서 누구보다 중요한 '인물'은 바로 '성황님'이다. 「성황당」의 주인공 순이에게 있어 모든 사건은 성황님께 대한 자신의 공양과 불경에 따르는 결과로 인식된다. 순이는 애니미즘적인 자연친화의 세계에 살고 있는 인물이다. 「성황당」의 세계는 문명 이전의 세계, 최소한 근대화의 물결 저편에 있다고 할 수 있다. 구체적으로 그것은 식민지 현실 너머의 어떤 곳이 된다. 이러한 '자연친화'의 모습이 소설을 이끄는 추동력이지만 그것은 표면적인 것이다. 내면은 '잡혀간 현보'와 '가출한 순이'를 되돌아오게 하는 성황님의 위력이 일본의 근대적 문명의 힘과 신사참배에의 강요를 이겨내는 힘이라는 점에 있다.

① 다시 불을 켜고는 고무신을 어루만져 본다. 그리고 이런 모든 것이 성황님의 은덕이라고 믿는 것이었다. 순이는 시집올 때에 성황당 앞에서 배례하고 배필이 되기로 맹세한 것을 새삼슬이 행복되게 생각하는 것이었다. 순이는 이 세상 모든 재앙과 영광은 성황님께서 주장하는 줄로만 믿는다.(443쪽)

② "그럼, 큰변 아니구요! 성황님께 불공했다간 큰변 나는 줄 모르우?"
하면서 순이는 벌써 돌을 열 개나 넘어 보아다가 현보에게 주면서 던지라고 하였다.
　현보는 돌을 받아서 공손히 던졌다.(444쪽)

③ 순사의 재촉에 마지못하여 현보는 무거운 발길을 옮겨 놓으면서 글썽글썽 눈물 괸 눈으로 순이를 돌아다본다. 순이는 현보와 눈이 마주치자 울음이 복받쳐 올랐다. 그럴줄 알았더면 긴상 말을 들어 주었던 편이 더 좋았을걸 하고 후회하였다. 그러나 그보다도 더 큰 후회는 그저께 그 길로 돌아오면서 성황님께 빌기를 잊어버린 것이었다. 그때 성황님께 한 번만이라도 빌었더면 오늘 같은 일은 일어나지 않았을 것이 아니냐?(454쪽)

순이는 '성황님'을 절대자로 알고 있다. 순이의 의식구조는 인간의 생사나 흥복, 스스로의 정신적 육체적 고통 같은 것을 모두 초자연적인 존재 때문인 것으로 돌려버리고, 어려운 문제에 직면하면 초자연의 의지에 투사해서 해결하려는 샤머니즘의 세계를 드러내고 있다. 「성황당」에 투영된 이러한 토속적이고 원초적인 신앙은 샤머니즘의 본질이

특히 인간의 정신적 고통을 해소시켜주는 문화조직으로서의 역할을 해왔다는 사실과도 부합된다.[27]

「성황당」에 나타난 민속세계는 성황신을 중심으로 그 원초적 신앙을 다룬 것으로 우리 민족 고유의 정서인 토속신앙과 그 맥을 같이 한다.[28] 「성황당」의 초점은 성황신으로서 소설의 중요한 배경인 동시에 인물들의 성격이나 행동에 필연성과 윤리성을 부여하는 통어력을 가지고 있다. 우리 민족이 민속신앙인 '성황님'을 섬기는 모습은 여기서 일본의 강요된 신사참배와 맞설 수 있다.[29] 애쉬크로프트가 제기한 전유와 폐기는 이 작품에서 유효하다고 본다. 폐기는 식민지 본국의 언어의 특권을 거부함으로써 그 언어의 강제로부터 벗어나는 것이다. 이것은 확대하면 언어뿐만 아니라 식민지 종주국의 사상, 문화, 종교가 될 수도 있다. 그러므로 우리가 폐기해야 할 것은 강제성을 띤 '신사참배'가 된

---

27) 김태규, 『한국신화의 원초의식』, 이우출판사, 1980, 325쪽.

28) 서낭은 마을 수호신을 지칭하는 말로 성황(城隍)이라고도 한다. 마을 어귀나 고개마루에 원추형으로 쌓아놓은 돌무더기를 성황당이라고 하는데 그 돌무더기 곁에는 보통 신목으로 신성시되는 나무 또는 장승이 세워져 있기도 하다. 민간에서의 서낭은 종교적 의미가 농후하다.(한국정신문화연구원, 『한국민족문화대백과사전 11』, 웅진출판, 1995, 690쪽)

29) 신사참배(神社參拜)는 일본의 민간종교인 신도(神道: Shintoism) 사원인 신사를 곳곳에 세우고 한국인들로 하여금 강제로 참배하게 한 일이다. 1930년대에 들어 대륙 침략을 재개한 일제는 이를 뒷받침할 사상통일을 이룩하기 위해서 기독교계 사립학교에까지 신사참배를 강요하기도 하였다. 일제는 1945년까지 전국 신사를 79개나 건립하여 단순히 정치적인 통치차원이 아니라, 명치유신기에 창출되었던 국가신도를 식민지역에도 진출시켜 신도를 중심으로 한 지배로의 복종을 강요하였다. 그러한 복종을 유도하기 위해서는 피식민지 사람들의 토착신앙을 일제의 국가신도 쪽으로 교화시키는 작업이 필요하였다. 일부에서는 유교학자들에 대한 제사를 크게 장려하여 신사참배정신으로 유도하자는 의견도 나왔다. 무라야마 지준은 조선의 무속을 조사하는 과정에서 무속신중론을 취하였다. 그는 무속을 조선인의 고유신앙으로 규정하고 그 고유신앙을 일제의 신사정책과 관련시켜 개선해 나갈 필요성을 찾았다. 최석영, 『일제의 동화이데올로기의 창출』, 서경문화사, 1997, 121-129쪽 참조.

다. 전유란 중심부 언어를 새로운 용례로 사용함으로써 식민주의적 특권으로부터의 일탈을 시도하는 것이다.[30] 그러므로 순이가 믿는 '성황님'은 중심부를 해체할 수 있는 식민지의 종교로서 그들이 이해하기에는 쉽지 않은 '고유성'을 지니고 있다. 탈식민성을 드러내는 '전유'의 한 모습이 될 수 있는 것이다.

「성황당」은 '순이'와 '칠성'이로 하여금 '긴상'과의 대결에서 일제의 힘에 대항하는 민족적 역사현실을 보여주고 있다. 이효석의 문학이 서정성을 유지시키려는 노력으로 단일하고 정체된 플롯을 일관시켰다면, 정비석은 「성황당」에서 서정성을 유지하면서도 논리적이며 인과적인 관계를 만들어내고 있다. 이 작품에는 민족이 처한 현실에 대하여 대항적인 면이 나타난다. 「성황당」에서 일본 긴상의 농간으로 남편 현보가 잡혀가자 순이가 대응하는 모습에서 이점이 드러난다.

> "너 이전 또 시집가야갔구나!"
>
> 긴상은 몹시 비꼬는 웃음을 보내며 지껄인다. 순이는 아무 대꾸도 않고 입 속으로,
>
> '이놈, 두고 보아라. 내래 성황님께 빌어서 네 놈을 망덕을 허게 헐 적을……'
>
> 하고 중얼거렸다.(454쪽)

이 대목은 정비석의 문학이 자연에 만정착하지 않고, 일제치하의 현실에 있어서 절대자인 성황님의 힘을 빌어서라도 복수할 것을 강경하게 보여줌으로써 식민치하에 있는 민족의 저항의식을 내포한 것이다.

---

30) 빌 애쉬크로프트 외, 이석호 역, 『포스트 콜로니얼 문학이론』, 민음사, 1996, 65쪽.

일제의 혹독한 억압을 산림간수 '긴상'의 비열한 모습을 통해 보여주며, 한편으로 칠성이와 대결케 함으로써 식민지 시대 우리민족의 수난과 염원을 암시하고 있다. 이는 순수 소설로만 알려진 「성황당」에 역사의식이 내재되어 있음을 보여주는 것이다. 산림간수 김주사와 산 너머 광산에서 일하는 칠성이의 등장은 역설적으로 천마령 산 속을 오염되지 않은 순수세계로 만든다. 이 둘을 추동시키는 것은 기본적으로 순이에 대한 성적 욕망이지만, 김주사의 경우 그가 산림간수라는 사실, 즉 사회적 구조에 편입되어 있는 존재라는 점에서 결정적인 무게를 지닌다. 그가 자신의 욕망을 채우고자 현보를 도벌의 죄목으로 구속하면서 소설은 현실적 상황을 보여주고 있다.

4. 맺음말

이 글에서는 1930년대 후반기의 이효석과 정비석의 소설을 생태학적 상상력으로 재해석하였다. 식민통치가 강화되었던 이 시기는 다양한 소설의 모습이 나타났는데 순수서정 소설도 하나의 양상을 차지한 모습이다. 순수 서정세계를 다룬 이효석과 정비석은 자연과 성을 다루었지만 서로 다른 모습을 지니고 있다.

「산」은 가을의 배경에 의해 전개되면서 남성적 이미지가 강하게 나타난다. 산을 통해 자연과 문명의 이원적 대립을 해체시키고자 하지만 중실에게 잠재되어 있는 '성적' 욕망과 다가올 '겨울'이라는 계절로 보건대 '시련'이 예상된다. 「들」에서는 이러한 점을 보완하여 생태계의 조화와 충만함이 그려지고 있다. 이 작품은 봄에 의해 전개되며, 수평적이고 여성적 이미지를 지니는 '들'에서 봄의 생명력이 인간, 식물, 동물들을 통해 보여주었다. 작가의 생태학적 인식은 「산」, 「들」이 쓰여졌던 시기인 일제 군국주의의 포악을 초월하는 글쓰기라고 할 수 있다. 생태적인 조화를 통해 인간과 세계 사이의 대립을 해결할 방법을 모색하고 있기 때문이다.

정비석의 「성황당」은 원시성과 토속성이 생태적 상상력을 확산시키고 있다. 이 작품은 여름에 의해 전개되면서 '성황님'이 정신적 지주를 이루는 신화적 공간, 낙원의 세계를 주조로 한다. 이 작품에서 토속신앙은 일제의 '신사참배'와 맞설 수 있는 우리의 고유신앙으로서 현실비판이 어려운 상황에서도 문학적인 저항의 길을 모색한 작품이라 할 수 있다. 그의 생태학적 상상력은 건강한 원시성, 토속성을 탈식민주의적 태도 속에서 드러내고 있음을 주목해야 한다. 작가는 사회에 대한 비판의식을 토속성으로 포장하여 오직 예술의 본질인 미에만 충실한 것처럼 보이도록 하였다. 이런 의미에서 순수문학이 꽃을 피운 것은 또 다른 저항의 모습으로서 탈식민주의의 태도를 우회적으로 표방하고 있는 보기드문 작품이라 하겠다.

분석 대상 작품에 나타난 에로티즘은 금기와 위반을 속성으로 하는 인간의 내적 체험이다. 식민체제에서 '금기'는 억압적인 현실의 모습이며 이에 대한 '위반'의 욕망은 식민지 지식인의 태도가 될 것이다. 이러한 성격의 에로티즘은 자연의 공간에서 가장 '자연적'인 모습이었다. 이는 억압이 존재하는 식민현실과 상반된 공간이었기 때문이다.

문명의 불모성과 여성의 자연성

1. 머리말

1980년대 소설의 한 특성은 이데올로기의 강화라고 할 수 있다. 일제식민지 상황과 현대 문학의 형성·발전기라는 역사 속에서 뚜렷한 자취를 남긴 카프의 후예를 다시 만나는 것처럼 이념지향적인 소설이 문학사의 한 영역을 새롭게 형성한 것이다. 예술과 정치, 예술과 시대는 서로 유기적인 관계임을 1980년대 문학은 '노동문학'과 '노동소설'이라는 출현으로 입증하고 있다. 이와 같은 사회적·민족적 문제들을 문학화하는 작가 중에 주목해야 할 한 명은 윤정모이다. 그는 노동현장은 비켜갔지만 신식민지적 모순과 가부장제·성적 계급의 모순 등을 여성의 문제와 접목시켜 그려냄으로써 산업화시대의 여성주체를 부각시키고 있다.

현대 여성 작가의 글쓰기 범위가 가정과 개인의 사적인 영역에서 일상성에 함몰된 채, 여성의 자의식 탐구에 치중되었다면 윤정모의 소설은 이들과 궤를 달리 하고 있다. 그의 소설은 여성 작가들이 일반적으로 떠안고 있는 부정적인 시각의 테두리인 일상성에의 경도, 즉 역사성의 배제를 취한 소설이기보다는 역사와 사회의 모순된 구조 속에서 결핍이나 거세의 존재로 취급당하고 있는 여성의 삶을 폭로하는 작품이라 할 수 있다.

그의 작품을 관통하고 있는 큰 물줄기가 왜곡된 진실을 보여주고, 어긋난 모순을 바로 잡으려는 정의 실현이라고 한다면 여기에서 뻗어난 작은 지류들은 탈식민주의라든가 봉건적인 가부장제의 모순, 자본에 의한 하층민의 피착취 양상을 객관적으로 보여주는 것이다. 그래서 가족 구성 내에서 벌어지고 있는 억압이나 생산현장에서 벌어지고 있는 억압과 모순, 나아가 민족과 민족 사이에서 이루어지고 있는 억압구조를 해체하여 '더불어 사는 사회', 협력과 조화가 이루어지는 사회를 구현하고자 한다. 그러므로 그의 작품은 이 사회가 안고 있는 총체적 모순을 '허물어뜨리는 작업' 과정이라고 할 수 있다.

윤정모가 지속적인 관심을 두고 있는 인물은 하층민 여성이다. 특히 윤락가의 매춘부들을 중심으로 해서 식민지와 6·25를 체험한 여성들로서 모성성의 신화를 해체하는 어머니들, 정의 실현을 실천하는 민가협의 어머니들이다. 하층민 여성들을 전경화함으로써 세계와 대응하는 여성들의 일차적 방식은 '몸'이라는 것, 그러나 그 결과는 참담한 '몸의 훼손'임을 드러내고 있다. 즉 근대적 권력인 제국주의와 자본의 권력, 부계사회 이후 형성된 가부장제의 남성 권력이 가장 집약적으로 공격을 가하는 공간이 되는 여성의 몸은 억압의 정점이 되며, 더구나 제3세계 유색인 여성에게 가해지는 몸의 훼손 정도는 극단적임을 보여주고 있다.

이렇게 하층민 여성들의 삶은 파행적이고 여성들 범주 속에서도 최악의 위치에 감금당함으로써 그들은 '몸'으로 세상을 풀어낼 수밖에 없다. 그러나 이것은 역설적으로 작용하여 그들의 새로운 힘을 만들어

내는 원동력이 된다. 이들은 타자성과 주변성이 농축된 상태에 있기 때문에 중산층 여성들이 갖기 힘든 권력의 해체, 중심의 해체를 추진할 수 있는 전복의 능력을 지니게 된 것이다.

권위적이고 절대적인 남성을 중심으로 견고하게 유지되는 '가부장제'라는 억압구조와 식민주의의 종속국이라는 또다른 억압구조는 긍정적인 여성성의 본질을 간직하기 어렵게 한다. 우리나라 하층민 여성들에게 가해지는 피지배의 모습은 단선적인 것이 아니라 중층적이고 복합적인 구조로 나타나기에 그들의 육체적·정신적 훼손은 重症일 수밖에 없다.

이 지점에서 시작되는 윤정모의 소설은 제3세계 문학의 특징과 연결된다. 그의 작품들에 나타나는 사회적 배경을 분석해 보면, 여성 인물들은 제3세계의 최하층 유색인 여성들이 겪는 민족적·계급적·성적 모순을 동시에 겪고 있다. 프레드릭 제임슨은 제3세계 문학의 특징을 '의식적이고 분명하게 민족 문제에 대한 집단적 진술을 하는' 것이라고 지적하였다. 나아가 이것은 제3세계 문학에 들어있는 집단 의식과 그 집단의 사회 변혁 의지가 서구 문학 내지 문화적 생산물을 분석할 때 필요한 이론적 분석 과정을 거치지 않고도 드러낸다고 보았다.[1] 이점은 윤정모의 작품에도 나타나는 현상으로서, 예술의 개인화보다는 예술을 통해 시대의 진실을 말하는데 주력하고 있기 때문이다. 즉 집단의 부조리한 상황을 폭로하고 이를 개선하고자 하는 의지가 앞서고 있는 셈이다. 이렇게 제3세계 문학이 문학 자체의 합목적성을 추구하기보다 사회적 여건을 드러내는 데 관심을 기울일 경우 때로는 문학성과 다소 거리가 있는 모습을 보일 수 있다. 이것은 송명희[2]도 밝혔듯이 윤정모

---

1) 고부응, 「서구의 제3세계 담론; 제이미슨, 아마드, 스피박」, 175쪽.
2) 송명희, 「문학과 성의 이데올로기」, 새미, 1994.

의 작품에서 그의 문학성을 제한하는 장애요인이 된다. 따라서 그의 문
학세계를 지배하는 노골적인 이념지향적 성격은 다양하게 논의될 수
있는 평가의 폭을 축소시킨다.

그럼에도 불구하고 윤정모의 작품은 예술성을 도외시한 선동적인 문
학으로 치부하여 한 귀퉁이로 내몰기에는 아쉬운, 소설 미학을 지니고
있다. 그것은 시대 의식의 정밀한 분석과 이를 소설로 형상화한 예술적
가치를 들 수 있다. 이는 역사성은 배제한다는 여성 작가의 한계를 극
복하여 폭넓은 시각으로 세계를 해석하고 있음을 보여주는 것이다. 또
한 여성 인물의 정체성 확립의 과정을 사회와 접목시켜 구체화한 점은
페미니즘의 관점에서 재고할 가치를 지니고 있다.

본고는 「굴레」(1977), 「바람벽의 딸들」(1981), 「에미이름은 조센삐였
다」(1982), 『고삐』(1988), 「등나무」(1983), 「어머니」, 「봄비」, 「들」(1992)
등의 작품을 중심으로 여성성의 훼손과 회복을 자연성의 복구로 보며
이것을 역사적 상황과의 관계를 통해 살피고자 한다.

특히 윤정모가 여성의 몸을 '자연의 공간'으로 은유하는 데 주목하였
다. 여성의 자궁과 몸은 대지와 자연의 은유이며 여성의 몸이 훼손당하
는 것은 제국주의와 과학주의, 산업화에 의해 무차별적으로 개발당하
는 자연의 파괴 과정과 연결시킬 수 있다. 몸은 주체성을 주조하고 억
압의 체험을 각인하는 곳일 뿐만 아니라 여성성의 역할들을 선택함으
로써 욕망을 현시하며 감성을 내장하는 곳이어서 주체의 근본적인 물
질성을 나타낸다. 이런 육체는 또한 젠더, 인종, 계급, 세대 등의 다중
적 코드들이 각인되는 장으로서 주체의 물질성을 담보한다.[3]

여기에서 전제되는 것이 모성성의 새로운 접근이다. 기존의 논의에

---

3) 태혜숙, 「성적 주체와 제3세계 여성 문제」, 『여/성이론』, 1999, 99쪽.

서 모성성은 여성의 존재를 가부장제에 편입하는 편법처럼 여겨 논의에서 제외시켰다. 그러나 여성성을 제대로 인식하기 위해서는 모성성을 껴안고 가야만 절반의 인식에서 벗어날 수 있다고 본다.

기존 연구에서 주목해야 할 것은 송명희의 윤정모에 대한 평가이다. 「문학과 성의 이데올로기」에서 '고삐'에 대한 분석은 사회학적 입장에서 이 작품이 지니고 있는 가치와 한계를 지적한 것으로서 정확하고 치밀한 논리적 전개를 보여준다.

필자는 점층적인 방법으로 이 논문을 전개하고자 한다. 자궁에서 몸으로, 몸에서 서사적인 전략인 '몸으로 글쓰기'의 수순으로 관점을 진행시키면서 하층민 여성의 몸은 출산, 성노동화,[4] 노동 등의 복합적 착취와 임무 속에서 마모되어 감을 살필 것이다. 또한 탈식민주의와 에코페미니즘의 상호 관계가 윤정모의 소설에서 어떤 모습으로 드러나는지를 고찰하고자 한다.

이러한 고찰로 기대할 수 있는 성과는 남성중심으로 주도해온 근대 속에서 결핍된 존재였던 여성의 상실된 지위를 되찾는 것이며, 또한 근대성을 회의하는 모더니티의 미래를 청사진화하는 지표에서 여성을 분리시킬 수 없다는 점을 보여주게 될 것이다.

2. 불모성과 자연성의 거리 메우기

여성 작가들의 글쓰기에서 공통적으로 관심을 갖는 분야 중의 하나

---

4) sex work는 위안부, 매춘, 기생 관광 부문 등에서 행해지는 일을 단순히 여성의 섹슈얼리티를 상업적으로 파는 것으로 보기보다 노동과 연결시키는 개념이다.(태혜숙, 「성적 주체와 제3세계 여성문제」, 『여/성이론』, 여이연, 1999, 117쪽)

는 자궁이다. 이것은 자궁이 여성의 정체성을 은유적으로 드러내는 신체공간으로서 문학적 함축성을 띠고 있기 때문이다. 윤정모의 소설에도 자궁에 대한 의미 규명이 진지하게 논의되고 있는데 다른 여성작가와 차이나는 점은 자궁의 훼손 과정뿐만 아니라 훼손된 자궁을 치유하는 재생의 성격에도 초점을 두고 있다는 점이다. 이 장에서는 훼손된 자궁이 상징하는 '불모성'의 여성의 몸을 중점적으로 다룰 것이다. 이는 윤정모의 페미니즘적 작품이 모성성을 중심으로 전개되고 있음을 전제하는 것이다.

모성성 담론은 기존의 페미니즘 논의에서는 부정적인 논쟁거리였다. 그동안 페미니스트들은 가부장제의 억압적 틀을 거부했기 때문에 가부장제의 은밀한 조력자이자 이에 편입하여 사회적 보상을 받으려고 하는 어머니의 삶 자체에 거부반응을 보였다. 그러나 페미니스트의 분리주의적 시각 때문에 평가에서 배제된, 또는 부정적이었던 어머니의 위치를 재평가해야만 가부장제의 신화적인 모성성 이데올로기로부터 벗어날 수 있을 것이다.[5] 그런 점에서 윤정모 작품의 다양한 '어머니들'의 구현은 여러 가지 면에서 시사적이다. 2장에서 다룰 자궁의 유무, 즉 자궁의 건강·불건강은 여성의 몸이 대지와 동일한 의미로서 대지가 지니는 가장 핵심적인 생산성의 의미와 상통하는 것이다.

1) 훼손된 '자궁' : 불모성의 공간

훼손된 자궁을 지닌 여성 인물은 「에미이름은 조센삐였다」의 문하어머니, 안동어머니, 「바람벽의 딸들」의 어머니, 『고삐』의 정인, 해인 자

---

5) 서강문학연구회 편, 「한국문학과 모성성」, 태학사, 1998, 8쪽.

매와 어머니, 「들」의 남촌댁 등이다. 이렇게 윤정모의 소설에서 빈번하게 등장하는 훼손된 자궁을 지니고 있는 여성을 통해 작가가 의도하고 있는 목적은 명백하다. 윤정모는 소설에서 사회적 배경을 작품의 전면에 드러내고 있기 때문에 훼손된 자궁의 결과 불모성의 여성이 될 수밖에 없는 제3세계 여성이 착취당하는 삶의 현장을 생생하게 전달하고 있다.

여기서 여성들이 자궁을 상실당하는 원인은 우리 나라의 경우 제3세계와 차이나는 점이 하나 더 있다. 가부장제·제국주의·자본주의의 폭력 이외에도 우리는 이념에 의한 전쟁과 분단의 체험을 겪은 독특한 역사적 체험 때문에 이데올로기라는 원인도 만만치 않게 작용하고 있는 것이다. 자궁의 상징은 여성성의 본질적인 면을 함유하는 것이므로 이를 훼손시킴은 여성의 존재 자체를 부정하는 것이며 이는 나아가 여성의 긍정적 의미인 생산적 권력을 박탈하는 행위가 된다.

「에미이름은 조센삐였다」는 자궁의 훼손과 재생을 다루고 있는 문제작이다. 우선, 이 작품은 여러 면에서 「굴레」의 후속편 성격을 띠고 있으므로 그것부터 천착한 후에 그 속에 담긴 작가의 의미를 찾는 게 순서일 것이다. 두 작품의 연속성을 보면 다음과 같다.

[표 1]

굴레(1977년도 作)	공통점과 차이점	에미이름은 조센삐였다(1982년도 作)
배광욱: 가짜 일본 유학생. 고등고시 합격 행세를 하여 김씨와 결혼함. 일본 도항증 위조를 하다가 체포당함.	아버지	배광수: 일본 유학생. 학병으로 징집당하여 필리핀 전투에서 부상당함. 순이의 구원으로 귀국함. 순이의 아들을 거부함.
김씨: 배광욱의 지식에 현혹해 결혼하나 버림받음. 노동을 천시하고 허영적임.	어머니	순이: 정신대 여성. 배광수의 생명의 은인. 아들을 낳으나 버림받음.
딸 수하: 출판사 직원. 무능력한 아버지와 허영심 있는 어머니를 미워함.	자녀	아들 문하: 소설가. 자신을 아들로 인정하지 않는 아버지를 미워함. 아버지의 인생을 소설로 형상화함.
안동어머니: 교도관. 불임여성. 남편 배광욱을 부양하나 딸에게 보내고자 함.	서모	안동어머니: 교도관. 불임여성. 남편 배광수를 부양함. 남편이 죽은 이후 그를 동정하고 문하를 아들로 인정함.

　[표 1]을 참고로 할 때, 두 작품 사이에서는 창작 시간의 편차 만큼 작가의 변모한 의식을 찾아 볼 수 있다. 우선 딸 수하를 아들 문하로 교체한 것은 윤정모의 보수적 세계관을 보여주는 하나의 예가 된다. 이것은 역사를 담당하는, 또는 역사의 진실을 경청하거나 서술해야 하는 주체적 행위는 남성만이 위임받을 수 있다는 관습이 작가의 무의식에 남아 있음을 보여주는 것이다. 또한 안동어머니의 태도에서 확대된 모성성과 자궁 가족의 의미를, 아버지 배광욱(수)을 통해서는 식민지 남성

의 고뇌를 수용하는 자세를 후속편에서 새로이 발견할 수 있다.

먼저 이 장의 중심 테마인 훼손된 자궁의 의미를 살펴 보겠다.

「에미이름은 조센삐였다」에서 필리핀의 전쟁터까지 배치되는 정신대의 한국 여성들은 일본 매춘부와 필리핀의 현지 매춘부, 미국인 매춘부 사이에서 약소국이라는 민족 때문에 차별을 받는다. 순이(문하 어머니)를 비롯한 그 당시 필리핀에 주둔했던 정신대 여성이 훼손된 자궁을 갖게 되는 경위는 다음과 같다.

> ① 사흘 만에 이윽고 하혈을 시작한다. 會陰이 터져 내장을 건드렸다던가, 피는 걷잡을 수 없이 쏟아졌고 온 몸은 누렇게 부어 올랐다.(270-271쪽)

> ② 아랫도리에는 주먹만한 꽈리 같은 것이 밀려나와 있었다. 그것은 격한 마찰에 의해 애기집이 뒤집혀 나온 것이었다. 그 시체를 치우면서 왜놈 포주가 말하더구나. '대일본 제국을 위해 명예롭게 최후를 마쳤다'고. 그래, 우리의 임무는 죽는 순간까지 육체를 제공하는 일이었다.(271쪽)

①은 순이가 하루에 상대해야 하는 남성이 수백명에 이름으로써 이를 견디지 못하고 하혈을 하며 병원에 실려가는 내용이다. 그러나 병원에서 치료를 받은 직후 상처가 아물기도 전에 몸에 대한 폭력은 또 시작된다. ②는 한국 여성들 사이에서 정신대의 고통을 견디지 못한 여성들이 성행위 도중에 죽음을 당한 모습이다. '애기집'[6]이라고 표현된 아

---

6) 윤정모는 자궁을 '애기집'이라고 표현하였는데 이는 에코페미니즘적 측면과 연결된다. 생태학을 뜻하는 이콜로지라는 영어의 뿌리를 거슬러 올라가 보면 '오이콜로지아

름다운 우리말은 이제 그 어디에도 애기가 들어설 수 없는 죽음의 공간
이 된다. 수백명을 상대한 정신대 여성들의 자궁은 심한 외상으로 자궁
벽이 까뒤집히고 이것을 견뎌내지 못한 여성은 결국 성행위 도중에 죽
음을 맞이한다. 그러나 성에 굶주린 군인들은 여성의 죽음을 알지도 못
하거니와 알았어도 屍姦까지 마다하지 않을 정도로 탐욕적인 군상들이
다. 이런 상태에서 여성의 자궁은 더이상 엄숙하고 고귀한 생명이 들어
설 수 있는 '생명의 공간'인 애기집이 될 수 없으며 오직 남성의 성욕
을 배설시키는 하수구로서의 역할만을 수행할 뿐이다.

일반적으로 불임의 의미는 그 동기에 따라 여러 가지 해석이 가능한
데 본고의 텍스트에서는 가부장제의 거부, 또는 가부장제의 폭력으로
읽힌다. 이 작품에서는 불임 여성인 안동어머니와 '안동'이라는 공간을
살펴볼 필요가 있다.

「굴레」의 안동어머니는 처음부터 불임여성으로 설정되어 있다. 배광
욱은 일반남성과 달리 '불임'이라는 이유 때문에 그녀와 재혼한다. 배
광욱이 선택한 불임 여성의 의미는 자손에 대한 단절을 스스로 선택한
것으로서 수치스런 역사 계승의 단절, 가부장제 계승의 거부로 읽을 수
있다. 여기서도 이와 같은 인식이 여성이 아닌 남성에게만 나타난다는
데 작가의 한계가 있다. 그러나 「에미이름은 조센삐였다」에 나오는 안
동어머니는 남편 배광수에 의해 불임 여성이 된 인물이다. 그녀는 배광
수가 "술 먹고 배를 걷어차서 애도 못 낳는 여자"가 된, 즉 남편의 폭행
에 의해 불모성의 육체를 지니게 된 것이다. 이것은 가부장제의 폭력에

---

oekologia'라는 그리스어와 만나게 된다. 이 그리스어는 오이코(집)라는 말과 로지아
(연구)라는 말이 한데 합쳐 만들어진 말이다. 그러니까 생태학이란 바로 집을 연구하
는 학문을 말한다.(김욱동, 「문학생태학을 위하여」, 민음사, 1998, 25쪽) 그러므로
'애기집'은 대지와 마찬가지인 셈이다.

의한 여성의 불모성화를 보여주는 것이다. 그녀의 몸을 손상시킨 일차적 원인은 남성 횡포의 가부장제로 돌릴 수 있지만 궁극적인 원인은 제국주의로 볼 수 있다.

불임의 안동어머니에게 모성성은 단지 자녀의 출산, 수유, 양육만을 의미하는 것이 아니라 여성성의 부드러움, 보살핌을 상징하는 것으로 확대되어 무능력한 남편을 부양하는 행위도 포용할 수 있게 한다. 특히 두 작품에 나타나는 남편은 미숙한 인격을 지녔거나 파탄적인 인격을 지닌 인물로서 식민지 체험이라는 특수한 역사적 정황 때문에 의식의 성장이 멈춘 어린아이와도 같은 인물이다. 두 안동어머니는 20여년 동안 출산과 양육의 모성성 대신에 이런 남편을 부양함으로써 확대된 모성성을 보여 준다.

그러나 「굴레」의 안동어머니가 더 이상 남편의 뒷치닥거리를 참을 수 없어하며 남편이 딸 수하에게서 돌아오지 않기를 바라는 모습을 보여줌으로써 여전히 불모성의 이미지를 지니고 있다. 반면, 「에미이름은 조센삐였다」의 안동어머니는 남편의 뒷수발을 지긋지긋해 하면서도 그의 장례식 이후 식민지 종속국의 남성이 겪는 물질적 · 정신적 피해를 거두어 들이는 동정과 연민을 드러내고, 그가 생존했을 때에는 철저히 거부했던 본처 아들 문하를 심리적으로 받아들인다. 이는 안동어머니의 모성성을 보여줌과 동시에 상징적으로 회복된 자궁임을 보여주는 것이다.

또한 여기서 '안동'이라는 공간의 의미에도 유의해야 한다. 안동은 현대에도 유림들의 강한 성향을 보이는 지역으로서, 가부장제의 특수성을 고수하고 있는, 봉건적 가부장제의 옹호 지역이라고 할 수 있는 공간이다. 이러한 공간의 여성들을 불임으로 설정하였다는 것은 가부장제를 거부하는 것으로 해석할 수 있다.

윤정모는 「굴레」와 달라진 「에미이름은 조센삐였다」에서 식민지 종속국 여성의 훼손된 몸뿐만 아니라 종속국의 남성들이 겪는 정신적 피해에 대한 면도 보여주고 있다. 「굴레」의 배광욱이 형의 학생복과 학생모를 훔쳐서 유학생 행세를 한 도항증 위조꾼이었다면 「에미이름은 조센삐였다」의 배광수는 태평양 전쟁에 징집당한 유학생으로서 식민지 치하의 전쟁 체험 때문에 평생동안 무위도식하는 폐인으로 전락한다. 그가 임종을 맞으면서까지 용납하지 않은 아들 문하의 핏줄 거부는 순이가 정신대 여성으로서 일본군을 상대하였다는 피해의식의 결과였던 것이다. 그러므로 아내(문하어머니와 안동어머니)를 성적·물질적으로 괴롭히게 된 이유는 그를 일본의 피해의식에 사로잡혀 살게끔 한 식민지 종속국의 남성이라는 데 있다.

이런 식의 작품 변모는 작가의 시대를 인식하는 관용적인 모습이라고 하겠지만 페미니즘적 요소는 감소시키는 것이라 본다. 피식민지의 제3세계 남성은 자신에게 부하된 피해의식을 또 다른 타인(여성)에게 쏟아내고 자신의 괴로움을 덜어낸다. 이렇게 보면 제3세계의 여성은 약소국이라는 민족적 우열에 따라 성적인 유린은 그것대로 겪어야 하고, 가부장제에서 오는 정신적인 학대도 동시에 겪어야 하는 인물이다. 즉 가부장제의 남성이 제국주의 논리에 피해의식을 가질 때 그러한 증상을 고스란히 되받는 곳은 바로 여성의 몸이 된다. 그리고 마지막 종착지인 여성의 몸에 가학이 미치는 동안 이미 가속도는 붙어 있기 마련이어서 그 피해가 절정에 달한다.

「바람벽의 딸들」에서 어머니 오화인은 식민지 시대에는 일본 순사에게, 미군정 시대에는 미군에게 준매춘행위를 한 과거를 지니고 있다. 사위의 눈에 비친 그녀의 모습은 '희끗희끗한 거웃은 불모지(不毛地)의 퍼석한 박토처럼' 보이는 불모성의 여성이다. 이 어머니 또한 자궁의 훼손을 드러내는 인물이다. 『고삐』의 어머니 박화자 또한 식민지 시대와 미군정 시대에 자궁의 훼손을 경험한 여성이다.

박화자는 유교적 덕목을 고수하는 여성은 아니다. 그녀의 훼손된 자궁은 불가피한 역사적 상황도 영향을 주었지만 그보다는 개인적 성향이 더 크게 작용한다. 그녀는 일본점령기 때는 일본청년과 사랑을 하였으나 친정 어머니의 바램 때문에 우리나라 청년과 결혼한다. 그러나 미군정하에서 공장노동자들이 미국의 공장 인수를 저지하는 저항을 할 때 남편은 주동인물이 되어 도피하는 인물이 된다. 이때 박화자는 남편을 찾는 미군 앞잡이의 첩이 되어 해인을 낳는다. 이 작품 『고삐』는 민족수난에 의해 단란한 한 가족이 무참히 해체당하는 모습을 보여줄 뿐만 아니라 여성의 생계 수단은 매춘[7]밖에 없음을 드러낸다. 그러므로 어머니 박화자가 여관 조바일을 하는 동안의 행실은 하층민 여성의 수난적인 삶이며 이 행위의 원인은 근대사의 질곡에 있음을 잊어서는 안 된다.

여기서 특히 주목할 것은 박화자가 주로 생활했던 공간인 '부산'의 의미를 천착해 보는 일이다. 식민지 시대와 6 · 25 전쟁 동안 임시 수

---

7) 송명희는 『고삐』가 지니고 있는 페미니즘의 한계를 예리하게 다루고 있다. 그에 의하면, 윤정모가 『고삐』에서 보여준 '매춘'에 대한 시각은 매우 개성적이고, 사회소설로서 탁월한 사회학적 상상력을 보여주고 있음을 인정하였다. 그러나 이 작품에서 매춘은 외세에 지배된 민족 모순의 결과로서만 강조되고 있을 뿐, 즉 봉건적인 계급모순의 산물인 것으로만 인식한다고 보았다. 따라서 작가는 남녀차별적인 성의 모순으로부터 매춘문제가 표출되어 나온다는 차원을 간과하고 있으며 이는 외세배격을 주장하는 민중민족운동에 여성이 동참함으로써 매춘의 모순도 사라질 수 있으며, 민중민족의 해방이 이루어지면 여성의 해방은 자동적으로 이루어질 수 있다는 단순논리를 펴고 있음을 지적하였다. 필자 또한 송명희의 의견에 전적으로 동의하는 바이다. 이 글에선 자궁 상실과 회복, 그것들이 이루어지는 공간적 배경을 중시하였기에 매춘에 대한 논의는 약화시켰다.(송명희, 「문학과 성의 이데올로기」, 새미, 1994, 196-206쪽 참조)

도 역할을 했던 부산은 대한민국의 자궁이라 할 수 있다. 군산, 원산, 부산 등의 항구도시는 서구세력을 받아들이는 개항지로서 여성의 자궁이 남성을 받아들이듯이 서구세력을 받아들이며 그에 따른 불행한 잉태를 지속한 장소이다. 그것은 건강함이 아닌 부패의 온상지가 된다.

'온천장'으로 공간화되어 있는 박화자의 삶의 공간은 물의 이미지를 띠고 있으면서도 생명력은 소멸된 공간이다. 온천장은 제국주의의 문화공간이요, 남성중심의 문화공간이다. 온천장이나 호텔 욕조에서 매춘 행위를 해야 하는 하층민 여성들은 결국 남성들이 만들어 놓은 세계 속에서 자궁을 훼손당하는 것이다. 순이가 남성들이 자행하는 전쟁이라는 범죄적 제도 속에서 자궁의 상실을 겪었다면 어두컴컴한 뒷골목의 사창가와 향락적인 온천장, 호텔에서 성적 노리개로 전락한 매춘 여성들은 전쟁의 이면인 평화시의 남성 세계 속에서 희생양이 된 여성인 것이다.

> 온천장. 왜정 때부터 삶의 질을 부패시켜온 유흥지였다던가. 권력과 향락의 찌꺼기가 발효하는가 하면 또 각기 다른 호흡기로 숨을 쉬는 곳. 대학이 있고 기생권번이 있고 범어사며 금정사 고찰이 있고 삼계절 내내 상춘객으로 멀미를 앓는 금강공원이 있고 부유층 주택가가 있고 온천물이 있고 온천을 개발한 일제의 잔재가 향수로 녹아 있는 왜색지대.(45쪽)

온천물 위에 부유하는 몸의 찌꺼기들은 철저한 소비와 향락, 타락을 상징한다. 이런 온천장의 이미지는 정인이가 일본인에게 능욕을 당한 호텔 욕조에서도 드러난다. 온천장, 호텔 욕조의 물은 이미 생명이 소생할 수 있는 공간이 아닌 '뜨거운 물'로 탐욕과 타락의 공간인 것이다.

> 욕탕에는 이미 미지근한 물이 넘치도록 준비되어 있었다. 계획
> 적이구나. 그 깨달음도 머리 밖으로 흐릿하게 맴돌다가 곧 사라
> 졌다. 그니는 물속에 몸을 담그었다. 교포도 물속으로 들어와 그
> 니를 껴안았다. 욕탕에서의 행위는 잠깐 사이에 끝이 났다. (중
> 략) 욕탕 물 위로 사내의 배설물이 지저분하게 떠올랐고 그니가
> 물끄러미 배설물을 내려다보고 있을 때 교포가 서툰 우리말로 그
> 니를 일깨웠다.(133쪽)

이 예문은 정인이 가짜 여대생 행세를 하며 일본 관광 기생 역할을
하는 장면이다. 여기서 교포는 최음제를 정인의 술에 타서 먹인 후 자
신의 성적 욕망을 채운다. 이때 자궁이 오염되는 공간인 '욕탕'은 남성
의 성욕이 비누 거품처럼 부풀어 오른, 그리고 최후에는 성욕의 배설물
만이 부유하는 오염된 물의 이미지인 것이다.

정인이 '여대생'이라고 조작한 신분을 말해야 보다 나은 대우를 받는
1970년대의 매춘부 모습은 산업화 이면의 부조리한 모습이다. 어머니
세대가 식민지의 비극성을 띠고 있다면 정인과 해인 자매가 겪는 자궁
훼손의 시기는 1960·70년대의 산업화의 과정이 작용한다. 정인이 철
암 탄광촌에서 작부 노릇과 스트립걸을 하는 행위는 산업화 과정 속에
서 여성과 자연이 함께 훼손당하는 모습이다. 그리고 법원리를 비롯한
기지촌의 양공주 생활을 하는 것은 거대한 자본을 지닌 강대국과의 주
종적관계인 신식민지의 모습으로 보여주는 것이다. 이렇게 여성과 자
연이 억압받고 착취당하는 데에는 무엇보다도 과학의 발달이 아주 큰
몫을 하였다. 중세기만 하더라도 자연은 '위대한 어머니'로서 존중을
받았다. 옛 그리스인들은 광물과 금속을 대지의 어머니 자궁 안에서 자
라나는 생명체로 보았고, 이러한 것을 채취하는 것은 곧 어머니의 질을

샅샅이 뒤지는 것과 같은[8] 행위로 보았다.

이런 모습을 통해 윤정모가 드러내고자 하는 것은 제국주의는 종식된 것이 아니라 20세기에는 자본에 의해 형성된 신식민지의 논리가 여전히 작용하고 있음을 보여주는 것이다. 그러므로 식민지 종속국에 속한 최하위층의 여성들은 이제 성노동에 의해 몸의 억압을 받는 것이다.

「들」의 남촌댁은 이데올로기에 의해 자궁의 훼손을 당한 여성이며, 그녀가 살고 있는 농촌인 기와실은 산업화에 의해 피폐된 공간이다. 자연과 자궁의 훼손이 남성중심의 이데올로기와 산업화의 추진결과임을 보여주는 것이다.

> 자, 그럼 이거이락두 생켜봐유, 젖이 많아 줄줄 흐르자 당신이 빨아먹었쥬, 밥 먹고 맹근 젖인디 아깝다구. 글구 아, 기운 난다. 그랬쥬? 자아, 어여…… 그는 더 참을 수가 없어서 문을 할딱 열었다. 남촌댁은 놀라 서방한테 물리려던 젖퉁이를 가릴 생각도 않고 입을 딱 벌린 채 그를 치어다봤다.(55쪽)

위의 예문은 악질적인 마름인 구황보의 성적 탐욕 때문에 남촌댁이 자궁 훼손을 겪는 내용이다. 구황보는 남촌댁의 풍만한 육체를 소유하기 위해 그녀의 남편을 빨갱이로 몰아 고문을 가한다. 남촌댁은 심한 고문 때문에 의식을 잃은 남편을 살리기 위해 남편에게 젖을 먹인다. 남편에게 젖을 물리는 이 모습은 여성이 대지임을 보여주는 모습이다. 이런 남촌댁은 평생 동안 구황보의 성적 욕망의 대상으로 지낸다.

이와 같은 상징적 의미를 지니는 자궁의 훼손된 모습을 윤정모가 다

---

8) 김욱동, 「문학생태학을 위하여」, 민음사, 1998, 388쪽.

각도의 관점에서 제시한 의도는 여성은 제국주의와 자본주의, 가부장제, 이데올로기의 모순 속에서 복합적이고 중층적인 피해자임을 보여주는 것이다. 여성에게 있어 자궁은 풍요로운 대지와 맞닿아 있는 것으로서 여성성이 결정되는 것도 자궁의 존재에서 판단되며 이는 또한 프로이드가 여성을 '결핍된 남성'이라고 본 시각을 전복시킬 수 있는 근원적인 힘이 되는 곳이다. 여성에게 생명을 잉태한다는 자궁심을 갖게 하는 자궁을 훼손시키고 상실시킴은 바로 여성의 존재 그 자체를 지워버리는 것이다.

2) 회복된 '자궁'-자연성의 공간

윤정모의 소설에서는 자궁의 훼손만을 살피는 것은 큰 의미가 없다. 이보다는 불모성의 육체를 지닌 여성이 여기에 종속당한 채 살아가는 것이 아니라 이 불모성을 치유하며 건강을 회복하고자 노력하는 모습에 윤정모 소설의 미덕이 담겨 있음을 놓치지 말아야 한다. 즉 처참하게 훼손당한 자궁을 지닌 불모성의 육체에서 자연성으로 회귀하는, 여성들의 건강을 회복하는 과정이 윤정모가 의도하고 있는 소설의 정점이라고 볼 수 있다. 그리고 회복된 자궁을 갖는 과정에는 문명의 힘이 아닌 원시의 힘이 작용하고 있는 대지의 음덕을 보여주는 것이 나온다. 그러나 윤정모 소설의 딜레마가 될 수도 있는 모성성 신화에 다시 갇히는 모습이라든가 가부장제에서 탈출구를 봉쇄해버리는 모습도 보여주고 있어 작가의 양가적인 모습을 발견할 수 있다. 먼저 원시성의 힘부터 살펴 보겠다.

「에미이름은 조센삐였다」의 순이가 불구가 되거나 죽음을 맞은 숱한 정신대 여성들 사이에서 건강한 자궁의 소유자로 회귀할 수 있었던 것은 바로 열대 밀림의 거머리 때문이다. 문명국의 입장에서 바라본 필리 핀의 열대 밀림은 원시와 야만만이 존재하는 공간으로서 그들에게는 상품성과 시장성으로 밖에 환산되지 않겠지만 그러나 그곳은 문명의 폭력에 오염되지 않은 순수함과 자연성을 보존한 장소라는 데 그 의미 를 찾을 수 있다.

패전한 일본군 사이에서 귀향만이 살 길이라고 생각한 한국 여성들 은 귀국의 길찾기를 스스로 시도한다. 이때 밀림 속에 서식하는 거머리 는 순이(문하 어머니)의 자궁벽에 흘러내리는 병균을 빨아들여 불모성 이 된 순이의 육체를 다시 생명이 움틀 수 있는 건강한 대지로 회복시 켜 준다.

> 새벽녘, 내 아랫도리에도 뭔가 붙은 것 같기는 한데 전혀 불쾌 하지는 않고 오히려 나쁜 피가 빠져 나가는 듯이 허전하면서도 시원한 느낌이 들었다. 내 말이 이해가 안 갈 것 같아 다시 말한 다만 나 정도된 위안부라면 그 부분의 느낌은 둔할대로 둔해져서 발뒤꿈치보다 더 무감각해진다. 하여간에 날이 부옇게 밝아올 때 문득 아래를 내려다 보니까 통통 불은 산거머리가 밀착된 몸뻬 위에 붙어 있지 않겠니. 나는 물론 질겁을 하고 칼로 떼내긴 했다 만 그 얼마 후에 신기하게도 부풀어 오른 상처가 가라앉아 있었 다.(292-293쪽)

여기서 한 마리의 거머리는 작품의 필연성을 떨어뜨리는 기능을 한 다기보다는 한 명의 의사와 한 알의 약, 즉 문명의 힘이 없어도 스스로 치유할 수 있는 자연의 힘을 보여주는 상징적인 것으로 보는 것이 타당 하다.

거머리 외에 또 하나 주시해야 할 것은 '하혈'의 재생적 의미이다. 순이는 정신대 여성으로서 갖은 고생 끝에 귀국을 하고 그 전쟁터에서 살려낸 부상병 배광수와 결혼하여 아들 문하를 낳는다. 그러나 정신대라는 과거의 경력 때문에 결국 남편으로부터 버림을 받고 그녀 혼자서 아들을 대학까지 보내야 하는 힘든 생활을 한다. 이런 생활 안에서 순이는 생명에 치명적인 것은 아니지만 심리적으로 견디기 힘든 일이 생길 때마다 하혈을 한다. 즉 하혈을 하면서 몸의 불순물을 제거하는 것이다.

이 작품에서 하혈은 자연의 자정능력[9]처럼 여성의 몸 스스로가 자신의 건강을 지켜내기 위한 조절능력의 의미를 지닌다. 여성의 몸 안에서 일어나는 신체리듬은 매우 신비하다. 대표적인 예로서 월경은 임신의 '有無' 상태를 알려주는 신호임과 동시에 여성의 몸을 정화시켜 주는 역할을 한다. 지금까지 여성의 몸에서 흘러나오는 피에 대해 인류학에서 기술된 것은 부정적인 모습이었다. 우리 나라만 하더라도 산삼을 캐는 행위나 마을의 동제 등이 행해질 때 월경을 하는 여성은 참여를 할 수 없었다. 이것은 남성중심의 사회가 만들어 놓은 문화로서 그들은 피에 대한 두려움, 공포심을 역설적으로 여성의 부정적인 이미지로 치환

---

9) 아이슬러는 1970년대에 영국의 생물학자 제임스 E. 러브록이 린 말귤리스와 함께 주창한 이른바 '가이아 가설'을 새롭게 해석하였다. 이 가설에 따르면 우리가 살고 있는 지구는 삶을 유지하고 양육하기 위하여 고안된 하나의 살아있는 체계이다. 러브록은 '지구상에 살고 있는 물질, 대기, 대양, 그리고 지표는 복잡한 한 체계를 구성하는데, 그 체계는 단 하나의 유기체로 볼 수 있고 우리의 지구를 생명에 알맞는 장소로 유지시켜 주는 능력을 지니고 있다'고 말한다. 그에 따르면 가이아란 물리적·화학적 환경을 스스로 조절함으로써 지구를 건강하게 유지시켜 주는 자기 조정 능력을 지니는 생물권이다. 아이슬러는 본질적으로 가이아 가설이라는 것도 따지고 보면 여신을 숭배하던 선사시대 사회의 신념체계를 과학적으로 새롭게 설명해 놓은 것에 지나지 않는다고 말한다.(김욱동, 「문학생태학을 위하여」, 민음사, 1998, 365쪽)

시켜 놓고 여성들을 공적인 행사에서 아예 배제시켜 버린 행동을 보여
준 것이다.

　이와 같은 피에 대한 공포는 순이의 아들 문하에게서도 나타난다. 그
는 비록 어머니이기는 하지만 여성의 하혈 장면을 보고 공포, 두려움
때문에 어머니를 버려둔 채 집을 나와 동창생 옥님이를 겁탈한다. 피를
쏟아내는 여성에 대한 공포심은(남성은 주기적으로 피를 쏟아내지 못
한다) 여성의 존재에 대한 두려움이며 그러기에 동일한 여성의 학대를
통해 두려움을 해소하는 것이다.

　주기적으로 몸 바깥으로 쏟아내는 여성의 피는 생명을 잉태시키지
못한 '죽은 피'이지만 이것이 몸 안에 고여 있다면 오히려 건강을 위협
하는 것이 된다. 그러므로 월경은 여성의 자궁을 청결한 상태로 비어있
게 하며 건강한 생명을 깃들게 할 수 있는 공간으로 항상 준비하는 것
이다. 월경과 동일한 기능으로 작용하는 어머니의 하혈은 일종의 제식
과도 같은 행위가 된다. 그녀에게 하혈은 몸의 사악한 기운을 쏟아내어
몸을 스스로 정화시킴으로써 새로운 힘이 되는 자생력을 갖게 하는 것
이다. 가이아 가설처럼 여성의 몸은 대지와 같이 스스로 정화하는 것
이다.

　문명의 힘이 아닌 자연, 대지의 힘에 의해 여성의 정체성을 회복하는
또 다른 작품으로는 「봄비」가 있다. 이 작품에서 여성 인물은 장성한
자녀와 남편, 첫사랑 등에서 삶의 의미를 찾고 있다. 그러나 만족하지
못하고 가출한다. 귀가하는 중년의 이 여성에게 삶의 의미를 갖게 한
인물은 농촌 총각으로서 그와의 정사를 통해서이다. 배추를 가득 실은
트럭에서 행하는 성행위의 공간은 비록 대지 그 자체는 아니지만 싱싱
한 배추더미는 충분히 자연, 대지의 은유인 것이다. 인생에서 상실감을
느끼는 도시의 중년 여성에게 그래도 인생은 살만한 것이라는 의욕을

불러일으킨 것은 농촌 청년이 지닌 순수한 자연의 냄새이며 배추포기가 상징하는 자연이었던 것이다. 그 후 윤정모는 「들」이라는 작품에서 대지의 자연성을 이렇게 부각시키고 있다.

> 까치봉은 낮 동안 풀어두었던 앞가슴을 여미면서 몸피 구석구석을 살펴본다. 진종일 자신의 젖무덤을 파헤치며 굴밤을 찾던 다람쥐는 싹을 틔우지 못한 깨금 한 알을 다락에 숨기고 있고, (중략) 나도 자식을 낳으리라. 내 넓은 품에서 맘껏 뛰놀 수 있는 발 달린 자식, 온갖 모습의 어여쁜 자식들을.(5-6쪽)

이상에서 윤정모 소설에 상징적으로 드러나는 훼손된 자궁의 재생 의미를 살펴보았다. 앞장에서 자궁의 훼손 공간이 전쟁터, 온천장 등의 제국주의 문화를 상징하는 공간이라면 상처입은 자궁을 회복하는 공간은 문명화되지 않은 밀림의 공간, 자연 그 자체인 산거머리, 대지의 은유일 수 있는 하혈, 배추더미 등이었다. 제국주의의 실행과 산업화의 추진에 의해 잔혹하게 파괴당하는 자연과 여성의 동일한 이미지는 근대성의 부끄러움이며, 이를 극복하고자 하는 자각은 모더니티의 개가라고 할 수 있다. 자궁의 훼손 그 자체에만 의미를 둔다면 식민지 종속국의 여성인 제3세계 유색인 여성이 민족적, 가부장적, 성적 모순의 중첩된 억압에 의해 자궁을 훼손하거나 상실하는 '보여주기'만의 의미만 띨 것이다. 그러나 작가는 더 나아가 이 모순을 전복시킬 수 있는 힘을 여성에게 부여하고 있다. 즉 불모성의 육체를 생산성을 지닌 자연성의 상태로 회복시킬 수 있는 힘을 문명보다는 원시적인 것에 부여하고 있다. 이와 같은 문명/원시의 이원론적 사고는 남성/여성, 백인/유색인, 자본가/노동자 등의 논리로까지 확대하여 최하층의 유색인 식민지 종속국의 여성이 받는 억압의 굴레에서 벗어날 수 있는 힘 또한 그들에게 있음을 보여준다.

3. '몸'으로 드러나는 모성성의 허구와 진실

2장에서는 여성의 몸 중에서도 여성성의 '허여성'을 드러내는 자궁 일부만을 가지고 살펴보았다. 이제 이 장에서는 자궁을 포함한 여성 육체 전반적인 범위에서 윤정모의 소설이 추구하는 자연성 회귀의 모습을 다루고자 한다. 몸은 자아와 세계를 연결하는 일차적 통로로써 그 결과를 위선이나 과장됨 없이 보여주는 하나의 기호이다. 따라서 세계가 '몸'을 통해 보여주는 기표는 고정 불변된 것이 아니라 상황과 대응 양상에 의해 끊임없이 미끄러짐의 과정 속에서 달라진다.

윤정모의 소설에서도 여성의 몸은 단순한 육체가 아니라 성차, 계급, 민족, 인종 등이 복합적으로 결합되어 그 반향을 보여주는 기표 역할을 한다. 특히 몸의 노동성, 생산성, 성적 욕망 등의 범주에서 볼 때 그녀의 소설에서 몸은 노동의 공간, 일탈적인 욕망의 공간, 자연성으로 회귀하는 공간으로 읽힌다. 먼저 몸이 노동의 공간으로 작용할 때를 보면 여성이 모성성 신화의 이데올로기 속에 갇혀 있는 시기가 된다. 1980년대 노동소설이 기세 등등하게 공장을 배경으로 해서 노동현장의 모순을 그리고 있을 때 윤정모는 자본주의에서 제외된 채 피폐해지는 그리고 산업화, 경제화 과정에서 천덕꾸러기 대접을 받는 농촌 문제에 관심을 기울인다.

그의 작품에서 모성성 신화에 길들여져 살아가는 인물로 「등나무」와 「어머니」에 등장하는 여성, 『고삐』의 정인을 들 수 있다.

① 조합회원도 아니고 보증인도 없어서 농협 빚조차 얻어 쓸 수 없는 그녀는 더덕과 품팔이로 아들농사를 지어왔다. 마을 사람들은 장학생 아들에게 무슨 돈이 그렇게 많이 드느냐고 말하지만 그건 모르는 소리였다. 더덕을 낸 모갯돈에다 수박 모종일부터 모심기, 뽕잎훑기, 담배밭, 고추밭, 채소밭까지 품을 팔아 보태도 아들의 일년 하숙비가 빠듯했다. 그래서 그녀는 산다랑이에서 나오는 아끼바리 여섯 가마를 깡그리 내고 정부미를 바꾸어 먹으면서 한푼이라도 돈을 만들려고 기를 썼다.(「어머니」, 75쪽)

예문 ①에서 홀어머니는 아들 교육비를 위해 농촌에서 할 수 있는 모든 돈벌이를 하러 다닌다. 이는 결국 여성의 몸에서 쏟아낼 수 있는 노동력의 최대치인 것이다. 어머니는 월남전에서 남편을 잃은 후 아들을 대학까지 보냈는데 그 아들은 유신정권에 반대하는 데모를 하다 수감당한다. 어머니의 절망적인 마음과 몸은 내버려진 박토의 대지와 닮아 있다. 그러나 아들을 이해하고, 보상을 바라지 않는 애정은 어머니에게 버려두었던 땅을 다시 찾게 한다.

② 그 넓은 집에 식구는 셋뿐이었다.…… 그래도 농번기에 일꾼들 밥해 대는 것보다 부엌일은 몇 배나 더 힘이 들었다. 우선 한 번도 만들어 본 적이 없는 전복죽이나 잣죽·푸딩 또는 스테이크를 굽는 법, 일식·양식·신선로 따위를 배울 땐 정말이지 진땀이 났다. 그래도 그녀는 부인이 가르쳐 주는 대로 열심히 배워 나갔다. 그 많은 이중창과 둥근창, 은식기까지 닦은 날은 겨드랑이에 가래톳이 섰고 그런 날이면 시숙의 당부처럼 서울 식구가 되기 위해 참고 견뎌야 한다고 스스로 달래곤 했다.(「등나무」, 185쪽)

②에서 젊은 어머니 또한 광주 민주 항쟁에서 남편을 잃은 여성이다. 그녀는 어린 아들의 교육을 위해 서울로 상경한 이후 농촌과는 다른 도시의 식생활 방식 때문에 노동에 짓눌린 모습을 보여준다. '서울 식구'가 되기 위해, 즉 제도권에 있는 사람들 속에 포함되기 위해 갖은 노력을 다 하지만 끝내 결렬된다.

『고삐』의 정인 또한 모성성 신화에 길들여진, 아니면 편입하고자 하는 여성의 모습을 보여준다. 이는 윤정모의 문학성으로 본다면 오히려 상당히 후퇴한 보수적 인물의 모습을 띠는 것이다.

① 우리는 남은 가족의 생계까지 떠맡고 남편이나 자식의 옥바라지를 하고…… 아, 솔이. 내 아들. 내가 낳은 가장 진하고 확실한 내 핏줄. 그래, 설령 남편이 죽는다해도 난 그애를 키워내야 한다. 그저 키우고 학교 보내는 일만으로 아이한테 부족한 것이 없다면 파출부나 장사를 해서도 자신이 있다. 친정엄마처럼 바람을 피우거나 남의 남자를 넘봐서 아이에게 상처주는 일 따위는 절대로 없이 아이만을 위해서 살 자신도 있다.(『고삐』, 86쪽)

② 남편이 단 한 번도 과거를 들먹이지 않고 진실로 아이까지 기다리고 있을 때 그니의 넋은 남편을 향해 큰절을 했고 맹세를 했다. 당신을 위해서라면 목숨까지 바치겠습니다. 그래서 갑자기 안존해진 새댁은 남편이 목욕만하고 돌아와도 손톱깎이를 들고 갔다. 누워요, 발톱 깎아드릴께요. 그만하자, 발톱은 내가 깎을 수도 있잖아? 그리고 이젠 발 씻을 물을 떠주고 하지 말어. 왜요? 주인집 보기가 영 민망해. 그때 정인은 새치름하게 반박했다. 하늘 같은 남편 발물 떠다주는 건 당연한 일이에요.(『고삐』, 88쪽)

예문 ①은 반체제 인물로 수감당한 남편의 빈 자리를 정인이가 메꾸고 아들을 반듯하게 키우기 위해서는 어떤 고난도 감수하겠다는 의지를 보여주는 내용이다. ②는 정인의 과거에 대해서는 일절 언급하지 않은 채 자신을 여성으로, 아내로 사랑해주는 남편에게 감사하는 마음을 갖게 되는 정인의 모습이다. 두 예문으로 봤을 때 양공주, 스트립걸 등으로 전전하며 거칠었던 하층민 여성의 모습을 지녔던 정인이가 변모한 모습으로는 비약이 심한 편이다. 그리고 변모한 그녀의 이상적인 모습은 안존한 현모양처인 셈인데 이런 모습은 지금까지 윤정모가 밀고 왔던 여성상과는 괴리되는 현상이다.

세 작품의 어머니는 모두 남편이 없는 세상에서 아들을 교육시키겠다는 일념으로 자신의 몸을 노동으로 소진하는 여성들이다. 여기에는 수백 년 동안 축적되어 온 가부장제하의 '모성성'이 여성들의 삶을 속박하고 있음을 단적으로 보여주는 것이다.

한국 사회에서 남성은 喪妻를 하였을 때 가계의 후손을 잇는다는 명목으로 당당히 재혼을 하지만 여성의 경우는 재혼을 관습적으로 금기시함으로써 성적 욕망을 억압당한다. 따라서 현모양처는 여성들의 자발적인 삶의 지표이기보다는 남성 중심의 사회가 조성한 하나의 이데올로기임을 세 작품의 이면에서 찾을 수 있다. 여성들은 자신의 욕망을 직접 표현할 수 없는 갇힌 생활을 하였기에 오직 그들의 남편과 아들의 사회적인 지위에 의해서만 억압받고 감금당한 욕망의 보상을 받을 수 있다. 결국 남성은 모성성 신화라는 허구의 이데올로기 속에 여성의 욕망을 잠재운 대신 노동력을 이용한 것이다.

이처럼 모성성의 극단적인 형태를 보여주는 여성의 모습 속에는 교묘한 논리가 숨어 있다. 혼자 남은 여성에게 지워진 가정사의 책임은 남성들이 떠맡긴 책임인 것이다. 남성은 언제나 혁명가이고, 투사이고,

선지자로서 사회의 중심인물로 살아가는 반면, 여성은 언제나 그 빈자리를 노동으로 채워야 한다. 빛나는 수식어도 한 줄 없이. 더구나 세 여성이 남편을 사별하든가 이별하는 원인이 개인사에 있다기보다는 사회적 환경에 의한 것이라는 데 주목해야 한다. 작품에서 여성들이 노동으로 메꾸어야 하는 모성성의 책임은 독재정권을 유지하려는 권력과 월남전을 발발시킨 제국주의의 권력이 초래한 결과라는 것을 윤정모는 보여주고 있다.

두 번째로 윤정모의 소설에서 일탈적인 욕망을 드러내는 몸을 살펴보겠다. 이를 잘 드러내주는 인물은 「굴레」, 「바람벽의 딸들」, 『고삐』에 등장하는 어머니들이다. 이들 여성들은 모성성의 신화를 해체하는 '낯선 어머니', '사악한 어머니'의 모습으로 그려지고 있다. 작가의 자전적인 영향의 탓도 있을 것이다. 그러나 여성의 성애에 대해서도 간과할 수 없는 문제를 작가는 외면하고 있다. 그녀는 여성을 먼저 '어머니'라는 테두리 속에 가두어 놓고 있기 때문에 여성의 복수적인 정체성을 다양하게 그리기가 어려웠다. 성을 자유롭게 표현하는 여성은 모두 파행적인 여성의 모습을 띠고 있고 이들은 딸과의 불화와 갈등 속에서 악인역을 도맡고 있다.

① 그래, 그녀는 하이라고 대답했었다. 일본 여자들을 흉내내면서 말이야. 그 말이 별로 듣기에 싫은 것은 아니었지. 음성도 고왔으니까. 그런데 그날 밤 그녀의 눈은 흡사 해면과도 같았어. 지식인에 접착해서 그 지식인의 배경을 들이켜며 살고 싶은 해면.(37쪽)

② "속옷이나 양장 종류는 백화점에서 사야 모양도 좋은 걸 고

를 수가 있단다." 수하는 어머니늘 쳐다본다. 또 어머니가 밉다. 그녀는 간혹 어머니가 그렇게 미워진다. 현실성이 없는 허영을 내세울 때는.(53쪽)

③ 어머니는 부지런해 보임에도 불구하고 두툼하고 큰 손을 경멸했었다. 그래서 철도원의 그 사람도 끝내는 오지 못하게 하고 말았던가.(78쪽)

위의 인용문은 「굴레」에 등장하는 어머니 김씨에 대한 남편의 평가이다. ①은 남편 배광욱에 비친 어머니 김씨의 처녀적 모습으로서 일본에 대한 동경과 지식인에 대한 선망의식을 보여주는 것이다. 배광욱은 김씨가 본인은 지식이 없지만 남편은 지식인을 얻어 사회적 지위를 확보하고자 하는 욕망을 지닌 인물임을 간파한다. ②는 딸 수하가 결혼을 하는데도 물질적으로 부모의 책임을 다하지 못하는 어머니에게 반감을 보이는 대목이다. 어머니는 분수에 맞지 않은 사치와 허영심을 보여주고 있다. 어머니 김씨의 내면에 있는 지식인에 대한 선망과 사치욕은 ③에서 드러나는 것과 같이 노동을 상징하는 투박한 '손'을 지니고 있는 철도원 남성을 무시하게끔 한다.

④ "아나따오 맛데바 아메가 후루 누레떼 고누가또 기니가 가루……"

장모가 녹음기를 튼 모양이었다. 일본 노래였다. …… 장모가 따라 불렀다. 쟁쟁한 목소리였다.(200쪽) (중략) "조선말로 뭐라더라? 아, 그래 맛뵈기야. 조선 사람들 술안주야 아주 간단하지만 일본 사람들은 진짜 안주가 들어오기 전에 여러 가지 찌끼다시부

터 먹는다네."(202쪽)

⑤ 장모는 이해할 수 없다는 듯 고개를 갸웃했다. 그리고 무슨 말인지 하려다 그만두고 자주빛 손톱으로 뻘건 생간을 집어 소금을 쿡쿡 찍더니 입에 넣고 달게 우물거리는 것이었다.(204쪽)

⑥ 어머니는 색깔이 다 다른 일곱 개의 네일라카와 영양크림, 보디로션, 파우더, 향수, 미용비누 등등 화장품 일체를 들여다놓았다. 그리고 그것을 정리하는 모습은 콧노래라도 부를 듯이 경쾌해 보였다.(211쪽)

인용문은 「바람벽의 딸들」에 등장하는 어머니의 모습으로서 ④는 「굴레」에서의 김씨처럼 일본에 대한 동경이 드러나는 것이다. 이는 식민지의 잔상을 볼 수 있는 것이다. ⑤는 어머니의 탐욕적인 식성으로서 이것은 탐욕적인 성적 욕망과도 연결되며, 50대의 연령임에도 미에 대한 추구를 보여주는 모습은 ⑥에서처럼 딸의 생활비를 강제적으로 갈취하여 사오는 화장품에서 나타난다.

⑦ 할머니는 엄마가 난봉꾼 남자들 대신 새생활을 잡았다는 것이 대견했던지 이번에는 순순히 이삿짐을 꾸려 동래별장 뒤 그 셋방으로 아이들과 함께 옮겨왔다.(45쪽)

⑧ 레이스가 많은 하얀 드레스를 입은 엄마. 짙은 화장까지 도드라져 보인다. 해인이 결혼식날 엄마는 딸의 웨딩드레스를 만지작이며 우리 땐 그야말로 신식집 규수들이나 이런 드레스를 입었

는데, 하고 몹시 부러워하더니만 결국 그 흉내까지 내고 말았는
가.(272쪽)

⑦, ⑧은 『고삐』에 나오는 어머니의 성적 욕망을 보여주는 예들이다. 이들 어머니의 모습은 모성성의 신화 속에 갇혀 있는 여성들이 아니다. 어머니들의 공통점은 일본순사의 현지처가 되었다가 해방이 되자 버림을 받고, 미군정 시대에는 미군에게 몸을 바쳤다가 버림을 받은 여성들로서 현모양처의 굴레에 갇혀 있는 모습이 아니라 자유로이 성에 대한 욕망과 물질에 대한 욕망을 추구하는 여성이다. 그러나 그들은 바꾸어 생각하면 제국주의의의 논리에 희생당한 여성들이다. 이들이 노년에 접어들면서도 일본과 미국으로 떠나기를 바라고 동경과 선망을 지니고 있는 것에서 제3세계 유색인 여성에게 강대국을 추종하도록 만든 정신적인 황폐화를 알 수 있다.

이들 여성의 모습은 욕망의 절제와 노동, 이성 등에 억압된 육체가 감각과 쾌락을 추구하는 '즐거운 몸'으로 전환하는 것으로서 이는 몸이 일종의 해방적 기능이 될 수 있음을 보여주는 예들이다. 그들은 비록 긍정적인 여성의 모습은 아니지만 모성성의 견고한 신화를 최하층의 여성들이 지닌 전복의 힘으로 해체시키는 역할을 하고 있는 셈이다.

이제 윤정모의 소설에서 『고삐』에 나타나는 '民家協' 어머니들의 의미를 살펴볼 차례이다. 작품 안에서 민가협 어머니가 중심인물로 등장하는 것은 아니지만 그 상징성은 크다고 본다. 민가협의 어머니들은 수감되어 있는 자식들을 위해 재판정으로 찾아다니며 필요할 때는 스크럼을 짜거나, 공격성을 드러내는 우산을 휘두른다거나 하여 그들의 자식을 지켜낸다. 이 어머니들 또는 수감당한 남편을 위해 애쓰는 아내들은 혈연이 아닌 여성들의 연대로서 자매애적 양상을 띤다.

정인은 어설피 웃음을 물다가 노인의 비닐가방을 내려다본다. 오늘도 저 가방 속에 접우산을 넣고 오셨을까. 육순이 넘은 진우 어머님. 귀염둥이 막내가 잡혀가자 머리악이 곤두서서 도저히 집에 가만히 있을 수가 없었고 그래서 농성장마다 쫓아다니며 싸운다는 할머니, 이 노인에게 접우산은 하나의 무기였다. 징벌 먹방에 금치된 아들들을 내놓으라고 항의할 때, 전경이나 교도관과 몸싸움을 할 때도 할머니는 우산이 든 가방을 돌돌 말아쥐고 방패 삼아 휘두르거나 굳게 잠긴 교도소 철문을 탕탕 내리쳤다.(110쪽)

정인이 수년 동안 행한 매춘행위는 불모성을 상징하는 것이다. 이런 정인은 역사교사인 남편과 민가협 어머니들의 활동을 직접 눈으로 확인함으로써 여성의 정체성을 찾아간다. 허구적인 모성성 신화 속에서 자식을 통해 자신의 욕망을 풀어내는 어머니들의 모성성과 '민가협' 어머니들이 보여주는 모성성에는 거리가 있다. 민가협 어머니들은 자식에게 그들의 욕망을 덮어씌우고자 하지 않고 오히려 자식들과 함께 어머니도 제도권의 부정성에 저항하는 모습을 나타낸다. 이들은 억압적인 권력관계를 정당화하거나 영구화하려는 모든 형태의 이데올로기나 태도 또는 행위[10]에 저항하는 인물인 것이다. 이들은 막심 고리끼의 '어머니'보다 더 실천적인 여성인 것이다

4. 침묵에서 '말하기'의 주체로 거듭나기

4장은 지금까지의 논의에서 비껴있는 장이 된다. 제3세계 하층민 여

---

10) 김욱동, 「문학생태학을 위하여」, 민음사, 1998, 396쪽.

성의 '몸'은 세계와 조응하는 하나의 통로라고 앞장에서 살폈는데 이를 더 밀고 나가면 여성의 몸은 '여성적 글쓰기' 방식의 통로가 된다. 여성의 '몸에 대한' 글쓰기가 아니라 '몸으로' 쓰는 글인 것이다. 그러나 여성적 글쓰기는 간단한 작업이 아니다. 가부장제하에서 정전과 문학제도는 남성에 의해 형성되어 온 것이기에 여성적 글쓰기는 언어의 사용에 있어서부터 남성언어를 차용해 와야 하는 역설적인 모습을 띠게 된다.

식수[11]는 여성적 글쓰기를 규정하는 것은 불가능하다고 보았다. 그 이유는 여성의 글쓰기는 이론화될 수도 약호의 형태로 한정될 수도 없기 때문이라고 하였다. 그러나 이 말은 여성적 글쓰기가 존재하지 않는다는 것은 아니다. 다만 가부장제하에서 여성의 표현은 정당한 통로가 없었고, 글로 표현하는 자체를 부정적인 것, 금기시하는 영역으로 남성들이 관습화했을 뿐이고, 그것을 여성들은 수용했을 뿐이다. 그렇다고 여성의 내면에 표현의 욕구가 없었던 것은 아니기에 일차적으로 나타나는 것은 '침묵'의 행위가 된다. 침묵은 그 자체가 여성의 내면을 대변하는 하나의 저항 기호라고 할 수 있다.

침묵은 여성의 언술이 남성의 언술 속에 갇혀 있는 시간이다. 언술이 주체를 드러내는 기호일 때, 벙어리가 아님에도 불구하고 불구자의 덮어씌움으로 지내야 하는 것은 명백히 억압의 틀 속에 갇혀 있는 것이다. 여성을 가부장제와 계급주의, 제국주의의 힘으로 억압한 것이고 이때 여성의 언어는 더 이상의 선택항이 없는 침묵일 수밖에 없다.

「에미이름은 조센삐였다」에서 문하 어머니인 순이가 정신대에 가게 된 원인은 오빠의 징병대신이었다. 이는 가부장적인 가족 안에서 딸의 몸은 아들의 대용품 밖에 안되는 것을 보여주는 행위인데 순이는 아버

---

11) 팸모리스, 강희원 역, 「문학과 페미니즘」, 문예출판사, 1997, 200쪽.

지의 이러한 결정에 한마디의 항의조차 해보지 못하고 침묵해야 하는 여성이다. 「굴레」에서 딸 수하는 무위도식을 일삼는, 그러면서도 지식인의 허위와 위선이 강한 아버지 배광수에게 침묵으로 저항한다. 이런 행동이 더 극단적으로 나아갈 때는 여성이더라도 폭력적인 행동을 할 수 있다. 아버지의 언어는 권위적이고 과장적이며 타인의 말을 폭력적으로 중단하는 남성 언어의 전형적인 모습을 띠고 있기에 수하는 독백으로만 아버지에게 저항한다.

그리고 「등나무」에서 어머니는 계급주의의 횡포 앞에서 자신의 언술을 거부당한다. 주인집 어린 아들을 죽이려 했다는 살인미수의 혐의를 쓰게 된 어머니는 형사에게 그때의 상황을 진실대로 고백한다. 그러나 일개 가정부의 진술은 거부당하고 주인집 여자의 말만이 진실인 것처럼 받아들여지는 사회 현실은 최하위층의 삶을 살아가는 여성에게는 진실한 말을 해도 그들의 언술을 경청해줄 대상이 아무도 없음을 보여준다.

이와 같은 남성의 폭력과 권력 앞에서 침묵으로 대응했거나 또는 언술 자체가 거부당한 행위는 여성에게 향해질 때는 비난조의 어투, 독설 등으로 드러난다. 이것은 특히 모녀 간의 관계에서 보여지는 현상인데 딸세대가 어머니 세대의 삶을 용납하지 못하는 불화의 지속, 갈등의 양상을 보여주는 것이다. 「굴레」의 수하와 어머니, 「바람벽의 딸들」의 경숙과 어머니의 불편한 관계는 여성의식이 싹트기 시작한 딸의 입장에서 굴욕적으로 살아가는 어머니 세대의 모습이 부정적이기 때문에 대화가 이루어지지 않는 것이다.

윤정모는 자신의 작업 속에서 여성적 글쓰기의 한계점을 노정하고 있다. 그녀의 작품들은 이념성이 강한 작품이기 때문에 문면에서 그대로 가부장제와 식민주의에 대한 일탈의 욕망을 읽을 수 있다. 그럼에도 불구하고 그녀의 문체와 어투는 중성적이기보다 남성적 글쓰기의 양식을 취하고 있어 남성중심주의로 편입하고 있음을 드러낸다. 작품의 흐름에서 돌출적인 느낌을 주는 장문의 법정 진술서 등은 당시의 상황을 리얼하게 전달한다는 장점도 지니고 있지만 여성적 글쓰기의 한계를 벗어나려는 안이한 방법으로 보인다.

그리고 작중인물의 직업에서도 여성적 글쓰기의 한계를 보여준다. 「바람벽의 딸들」에서 딸 경숙의 직업은 번역가이다. 번역도 글쓰기이기는 하지만 자신의 목소리가 아닌 타인의 목소리를 옮기는 수동적인 작업이다. 이는 여성의 글쓰기가 아직 창조적인 단계에는 이르지 못한 '번역가'의 수준임을 보여주는 것이다. 더구나 경숙은 불문과 출신으로서 어머니 친구들은 딸과 사위가 외국어를 전공하였다고 그것을 대견해 한다. 언어는 언문/한문, 한글/일본어, 한글/영어(유럽어)의 대립에서 나타나는 것처럼 남성이 사용하는 글과 강대국이 사용하는 글은 우월한 위치에 놓이고 여성의 글과 식민지 국가에서 사용하는 글은 열등한 위치에 놓이는 게 현실이다. 그러므로 경숙이가 불문과 출신으로서 번역일을 한다는 것 속에는 강대국의 언어를 구사해야만 여성 중에서도 엘리트 여성이 되는 것이다. 그리고 경숙의 직업이, 나아가 딸들의 직업이 아직 작가로 등장하지 못함은 여성의 글쓰기의 험난함을 보여주는 것이다.

그런 점에서 「에미이름은 조센삐였다」는 대조적이다. 여기에서 아들 문하는 소설가로 등장한다. 「바람벽의 딸들」에서 번역가였던 딸의 신분이 소설가로 격상한 것이고 이 작품의 전편이라고 할 수 있는 「굴레」에서 딸 수하가 출판사 직원이었던 점과 비교해도 '소설가'라는 직업은 하나의 격상된 위치이다. 그런데 왜 수하를 그대로 그려내지 못하고 아들로 대체해야 하는가? 아들일 경우에 정당성을 부여받고, 더 권위있음을 수용하는 것이라면 여기에는 윤정모의 무의식에 자리잡고 있는 가부장제 수용의 의식을 보여주는 것이다. 그러나 이 작품에서는 물론 아들의 글쓰기 작업보다 두 여성, 어머니와 안동어머니의 '말하기'에 초점을 맞추어야 한다.

여성의 말하기는 커다란 잠재력을 지니고 있다. 식수는 여성의 말하기를 이렇게 표현했다.

여성들의 글쓰기에서와 마찬가지로 여성들의 말하기 속에서도 울림을 멈추지 않는 한 요소가 우리들을 감동시킨다. 그것은 일찍이 우리들에게로 스며들어왔고 알아차릴 수 없을 만큼 깊게 감동시켰었다. 그 요소는 바로 노래, 다시 말해 모든 여성들 속에 살아남아 있는 최초의 사랑의 목소리가 부르는 최초의 노래이다. 목소리와의 관계가 더 중요해지는 이유는 무엇인가?…… 여성은 반드시 '어머니'이다…… 여성의 내부에는 적어도 그 좋은 어머니의 젖이 늘 존재한다. 그녀는 흰색 잉크로 글을 쓴다.[12]

안동어머니가 들려주는 자전적인 말하기 속에는 묻혀있던 아버지의 역사가 드러나며 법적인 아들을 자궁가족으로 인정하겠다는 몸짓이 나타난다. 그리고 이 작품에서 무엇보다 중요한 것은 순이, 문하 어머니의 말하기로서 이것은 이 작품의 구조와도 맞물려 있다. 끝까지 숨겨져 있던 아버지와 어머니의 과거가 추리소설의 기법처럼 어머니의 말하기 속에서 모습을 드러낸다. 아들 문하에게 순이는 자신이 정신대 여성이었음과 전쟁터에서 만난 아버지 배광욱이 자신을 버릴 수밖에 없었던 정신적 고뇌를 담담하게 이야기 한다. 지금까지 부재한 상태로 있었던

---

12) 팸모리스, 앞의 책, 201쪽.

어머니의 정체성, 그것이 비극적인 것이었든 아들에게 말하기 곤란한 것이었든 간에 철저히 숨기고, 그것 때문에 왜곡된 어머니 인생이 어머니의 말하기 속에서 길을 찾는 것이다. '미친년의 넋두리'처럼, 무당의 공수처럼 어머니의 말하기는 어머니 인생, 여성의 지워진 정체성을 회복하는 방법이다. 그리고 이것은 가야트리 스피박[13]이 주장한 '하위주체가 말할 수 있는가?'에 대한 가능성을 하위주체인 여성 그 자신에게 있음을 보여주는 것이다.

이 작품에는 「굴레」에서 드러났던 과장적이고 허위적이며 난폭한 대화를 주도하는 아버지 배광욱의 목소리는 아예 나오지 않는다. 작품 서두가 아버지의 사망을 알리는 전보로 시작하기에 이 작품에서는 남성의 목소리가 이미 사장된 셈이다. 대신 아버지의 위언이나 허언을 뚫고 이제 어머니의 말하기가 시작된 것이다. 어머니의 말하기는 자연성을 회복하는 강인한 여성의 모습을 보여주는 것이며 아들에게는 어머니를 이해하고 자신의 생활을 반성하게 만드는 힘이 된다. 결국 어둠 속에 숨어 있거나 갇혀 있었던 여성의 존재가 역사의 전면에 부상하는 것은 그들 스스로의 몸짓 속에 있음을 보여준다. 이와 같은 아들과의 대화는 아들 세대에게 어머니 세대의 여성들을 이해할 수 있는 계기를 만들어주며 여성들에게 그들을 억압하고 유린했던 남성 세계와의 화해를 시도하게끔 이끈다.

탈식민주의적 글쓰기, 그것을 여성작가가 실행하는 데에는 힘겨움이

---

13) '인종'과 '계급'과 '젠더'의 중요성을 회피하는 전지구적 문단의 강력한 힘 앞에서 제3세계 하위층 여성의 의식에 어떻게 다가갈 수 있을 것인가?란 질문에 가야트리 스피박이 내놓은 방식은 말걸기이다. 스피박은 하위층 여성의 의식을 특권화하지 않으면서 그것에 다가가기 위해서는 엘리트주의, 관념론, 대상화 경향을 경계하는 지식인 여성이 말없는 하위층 여성에게 말을 걸어 그들로 하여금 말하게 하고 그것을 담론과 문화영역에 끌어들여야 한다고 주장한다. (태혜숙, 앞의 글)

있다. 그리고 유럽열강들이 구축한 제국주의와 아프리카와의 관계에서 생성된 탈식민주의는 우리에게 그대로 적용하기가 곤란한 점이 있다. 그것의 가장 큰 이유는 우리 나라의 식민지 기간인 35년이 체험 당사자에게는 고통스럽고 치욕적인 끔찍한 시간이었겠지만 객관적인 상황에서 본다면 한 민족의 민족성을 완전히 제거하거나 분리하기에는 짧은 시간이라고는 데에 있다. 그러므로 우리에게 다행인 것은 우리는 종주국 일본을 중심문화로 하는 원형적인 것이라든가 정전이 될 만한 텍스트가 부재한다는 사실이다. 그리고 이것은 윤정모에게 탈식민지적 관점에서 '되받아쓰기'를 시도할 만한 텍스트가 없다는 의미가 된다. 그러나 한국의 여성들에게는 제국주의의 횡포 못지 않게 그들의 삶을 구속했던 것이 가부장제의 남성적 권력이었기에 윤정모는 이점을 놓치지 않았다. 장구한 세월 동안 여성들의 정체성을 망각 속에 가두어 놓은 남성 중심의 생활 양식은 윤정모에게 '되받아쓰기'의 좋은 정전이 되는 것이다.

그래서 윤정모는 탈식민주의의 '되받아쓰기' 전략을 일본이나 미국의 텍스트에서 정한 것이 아니라 우리의 고전인 '춘향전'에서 선택하였다. 물론 되받아쓰기의 전략이 장 라이스가 브론테의 「제인에어」를 되받아 쓴 「넓은 사르가소 바다」나 스티븐 슬레먼이 제안한 탈식민적 글쓰기의 알레고리적 수법 등을 그대로 적용한 글쓰기로써 윤정모에게 나타나고 있는 것은 아니다.

그러나 「바람벽의 딸들」에서 강나루 시인의 작업은 의미있게 보아야 한다. 이 작품에서 강나루 시인은 서사의 전면에 등장하는 인물은 아니고 회상속에 등장한다. 경숙의 남편은 아내와 장모의 불화 속에서 옛애인인 강나루 시인을 떠올리는데 여기에서 작가는 여성적 글쓰기의 실천적인 모습을 보여준다. 강나루는 학위 논문으로 옥중 춘향가를 분석하는 과정에서 분노한다. 이유는 서민의 위치에서 쏟아놓아야 할 옥중 춘향의 넋두리 중에 상당수가 한자이기 때문이다. 그녀의 논지는 서민이 이해하기 힘든 텍스트가 어떻게 서민의 넋두리가 될 수 있냐고 비판하는 것이다.

> 그것이 옥중에서 부른 춘향이의 시름가라는 거야. 도대체 말도 안 돼. 아무리 글공부를 익힌 규수라지만 목에 큰 칼 걸고 넋두리하는 입장에 무슨 문자가 그리도 많아. 더욱이 대학 졸업반인 나도 못 알아먹을 소리를 고난받고 시름을 푸는 민중의 노래라구? (중략) 그녀는 밑줄 친 부분을 들어 양반의 횡포에 의해 옥에 갇힌 춘향이가 그와 같이 문자를 읊는다면 그건 양반 편향은 그만두고라도 천민인 母系, 다시 말해서 서민계급을 완전히 부인하는 것과 같다고 주장했다.(249쪽)

옥중에서 감금당한 춘향이가 자신의 신세를 한탄하는 대목에서 그녀의 넋두리는 서민들의 정서를 드러내는 언어가 아닌 양반계층들이 선호했던 언어를 그대로 사용하고 있다는 점에서 '춘향전'이라는 고전과 '춘향이'라는 문제적 인물에 대해 배신감을 갖는 것이다.

이것은 춘향전이라는 정전이 지니고 있던 문학성에 독자들이 간과하고 있는 점을 부각시킨 것이다. 자신의 사랑을 견고하게 지키기 위해 목숨마저 가벼이 하는 춘향이는 유교 이데올로기에 의해 창조된 인물이며 그녀는 결국 남성 중심의, 양반 중심의 가부장제에 편입하기 위한, 아니면 이미 그 체제에 익숙해 있는 여성인물임을 보여주는 것이다. 이런 점을 놓치지 않은 윤정모의 시각은 탈가부장제의 모습을 찾고 있는 것이다. 정전을 뒤집어 읽으면서 말이다. 결국 탈식민주의이든 탈

가부장제이든 그것에 대한 문학적 실천이 '되받아쓰기'의 전략에 있음을 보여주고 있다. 그리고 강나루의 학위논문 완성의 의미는 여성적 글쓰기의 범주가 사적인 개인담에 치중한 글쓰기가 아닌 남성에 의해 이루어진 정전과 문학제도에 대한 도전이라고 할 수 있다.

윤정모의 글쓰기에서 살펴야 할 것으로 어머니와 딸의 서사가 있다. 앞서 본 작품의 공통된 구조는 어머니의 서사와 딸의 서사가 갈등의 틀을 지니고 있으며 이 갈등을 해소하는 역할을 남성이 맡고 있다는 점이다. 에코페미니스트가 내세우는 것은 남성과 여성 사이의 분리가 아니라 통합이라는 점을 염두에 둘 때 윤정모는 통합의 역할을 남성에게 두고 있다. 이것은 혈연을 중심으로 이루어진 모녀관계나 자매애적 관계가 갈등의 양상을 지니고 있을 때 이를 지양하고 상호의존할 수 있는 유대감으로 상승시키는 것은 여성의 힘이 아니라 남성에게 있다는 뜻이 된다.

「바람벽의 딸들」에서 사위는 아내와 장모 사이에 팽팽하게 맞서고 있는 긴장과 갈등을 해소하기 위해 가정 불화의 원인인 장모를 자신이 살해하기로 결심한다. 물론 이 방법은 긍정적인 방법도 아니고 마지막 장면의 미묘한 분위기로 보아 그 결심을 성공적으로 실행시킬 수 있다는 보장도 없다. 다만 이 작품에서 의미있는 것은 어머니와 딸의 서사가 분리가 아닌 통합으로 가는데 당사자가 아닌 제3자, 남성이 개입한다는 점이다. 이것은 남성에게 전지의 능력을 주는 것으로 읽힐 수 있다.

이 점은 작품 「굴레」에 오면 딸의 서사는 딸 스스로가 완수하겠다는 의지를 보여주는데 여기서는 통합이 아닌 어머니와 아버지 세대에 대한 철저한 분리가 심리적 배경이 되고 있다. 그리고 「에미 이름은 조센삐였다」에 오면 어머니 서사와 아들의 서사는 아들에 의해 통합을 이루게 된다. 안동어머니까지 심리적으로는 자궁 가족의 일원으로 받아

들이는 상호의존적인 통합의 성격을 드러낸다. 『고삐』에서는 통합의
역할을 남편과 아내가 함께 수행하고 있는데 앞서의 작품과 차이가 있
는 점은 이 작품에서는 혈연적인 연대감이 아니라 공동 의식을 지닌 여
성들끼리의 연대감을 드러내는 자매애적 관계를 보여주는 점이다.

5. 맺음말

이제까지 윤정모 소설에서 탈식민주의 경향과 에코페미니즘의 성격
을 띠고 있는 작품을 중심으로 고찰하였다. 논의 과정에서 밝혀진 것을
보면 다음과 같다.

여성성의 원형이라고 할 수 있는 자궁의 훼손과 회복의 과정을 통하
여 이성/감성, 문명/자연, 남성/여성, 백인/유색인 등으로 이원화된 경
직된 사고의 유형을 해체하고자 하는 작가의 의도를 읽을 수 있다. 제3
세계 여성에 해당하는 우리나라의 하층민 여성들은 제국주의와 가부장
제, 계급주의와 자본주의의 폭력적 권력을 중층적으로 수용하는 동안
자궁의 심한 파열로 불모화의 육체를 가지게 되었다. 그러나 밀림의 거
머리와 같은 문명에 오염되지 않은 원시성의 잠재력에 의해, 그리고 가
이아 가설처럼 여성 몸의 내부에서 솟아나는 자정능력에 의해 불모성
의 육체를 치유한다. 여성의 몸이 이렇게 황폐화로 치닫게 되는 과정은
과학주의와 산업화의 공략으로 훼손당하고 있는 자연의 모습과도 일치
한다. 이는 인류의 생존을 위해서는 여성과 자연의 손상된 정체성을 회
복하는 것이 시급한 일임을 보여주는 것이다.

윤정모의 소설에서 여성의 몸은 노동의 공간, 일탈적인 욕망의 공간,
자연성으로 회귀하는 공간으로 읽힌다. 여성의 몸이 노동의 공간으로

재현되는 것은 모성성의 신화속에서 여성들이 노동력으로 환원되는 것이다. 남편이 부재하는 가정을 지키고 아들을 교육시키기 위해 여성의 몸은 성적 억압을 받으면서 노동력으로 대체된다. 그러나 모성성의 신화를 해체하는 전복적인 여성의 모습, 어머니의 모습도 있다. 「바람벽의 딸들」, 『고삐』의 어머니는 자신의 성적 욕망과 미적 추구를 위해 자녀 양육을 유기하는 여성들이다. 이러한 여성들은 일본제국주의와 미군정기의 사회상 속에서 습득한 생활 양식을 갖게 된 것이다. 세 번째는 자연성으로 회귀하는 어머니들로서 민가협 어머니들의 실천적인 모습에서 나타난다. 자연성이란 것은 대지와 같은 생산성만을 의미하는 것이 아니라 사회의 모순 구조를 개선하려고 하는 의지까지도 포함하는 것이다. 그러므로 수감된 자식들 못지 않은 개혁의지를 보여주는 민가협 어머니들은 진리를 향해가는 여성들이다.

마지막으로 '몸'으로 글쓰는 여성적 글쓰기의 측면에서 윤정모의 소설을 볼 때 많은 의의와 한계를 지니고 있다. 하층민 여성들이 억압의 구조에서 침묵으로 일관했던 양식에서 서서히 그들의 말을 풀어내는 단계가 보인다. 문하 어머니와 안동어머니의 말하기는 하층민 여성의 말하기로서 남성중심의 권력에 대한 도전이다. 그리고 강나루 시인이 보여주는 '춘향전'에 대한 고찰은 여성적 글쓰기의 범주를 남성적 글쓰기의 영역으로 확대함과 동시에 정전에 대한 도전이라고 할 수 있다. 그럼에도 불구하고 작가의 글쓰기 태도는 남성적인 글쓰기를 추종하는 모순을 보인다. 장문의 법정진술을 인용한 것, 일부의 여성들이 모성성의 신화로 견고해진 봉건적 가족제도 속으로 회귀하는 모습 등은 작가의 치열한 사회의식 중에서 페미니즘의 요소는 반감시키는 것이다.

문명화된 몸의 기표

-김영하 論-

1. 머리말

1990년대 후반기부터 문학을 비롯한 인문사회학 분야에 새로 대두된 관심중의 하나는 몸에 대한 인식이다. 현대는 몸의 상품화라는 말이 범람하고 있을 정도로 우리들은 '몸' 프로젝트라는 차원에서 자신의 몸을 가꾼다. 이제 몸은 생식과 성적 쾌락을 위한 공간을 넘어서 자본주의적인 영리의 목적으로 전환되고 있다.

우리는 지금까지 인식론과 존재론의 범주에서만 사유하는 철학적 풍토를 지녔기에 '몸'에 대한 대상을 진지하게 고려해볼 인식의 틈이 없었다. 이것은 문학에도 그 영향을 끼친다. 왠지 문학에서 '몸'을 담론화하는 것은 말초적이고 금기시하는 대상을 끄집어 내는 불안한 행동으로 생각했다. 그만큼 몸을 중심 화두로 삼는데 익숙하지 않았다. 뿐만 아니라 '몸'이란 단어마저도 '육체'란 상형문자에 밀리고 데카르트이래 정신보다 항상 열등한 위치에 있는 의미로 규정되었다. 플라톤 철학과 기독교 신학, 그리고 근대적 주체성의 철학은 모두 몸에 대한 영혼의 우위를 주장한다. 몸의 복권은 서양철학이 고대와 중세로부터 근대에 이르기까지 견지해 온 가치의 전도를 의미한다. 이같은 가치전도의 서막을 연 사람은 니체[1]이다.[2] 이렇게 중심이라고 여겨졌던 많은 사항들, 예컨대 이성, 문화, 남성, 정신 등의 본질과 존재를 추구하던 중심 범주들이 해체를 하고 그 반대 급부에 놓여 있던 감성, 자연, 여성, 신체 등이 새로운 관심과 조명을 받고 있다.

이런 분위기에서 문학 속에 드러난 '몸'의 의미를 고찰하는 것은 여러 가지 의의를 지닌다. 육체와 정신으로 이원화되었던 사고의 경직성을 벗어나서 다양한 환경의 변화와 인간의 생활상을 살펴볼 수 있다. 그러므로 몸에 대한 연구는, 문학에서 외면했거나 금기시해 왔던 소재와 주제에 대한 복귀이며 이것은 나아가 한 시대의 문화적 징후를 살필 수 있는 단서가 되고 있다.

이 글에서는 김영하의 작품 중에서 단편을 다루고자 한다. 고유한 작품세계를 확보하고 있는 김영하는 1995년 「거울에 대한 명상」을 발표하면서 창작활동을 시작했다. 활동이후 짧은 시간임에도 불구하고 한 권의 장편과 두 권의 소설집을 발표할 정도로 역량을 보여준 그는 도시적 감각의 독특한 문학세계를 형성한다. 이제 출발선에 놓여 있는 신인 작가의 작품을 가지고 마치 완결된 어투로 논한다는 것은 너무 시급한 일이다. 따라서 이 글에서는 젊은 작가의 치열한 창작의식이 어떤 관심

---

1) 니체의 『짜라트스트라는 이렇게 말했다』에서 "'나는 전적으로 육체이며, 육체 이외의 아무 것도 아니다. 그리고 영혼은 육체에 속하는 어떤 것을 표현하는 말에 지나지 않는다'라고. 육체는 하나의 커다란 이성이며, 하나의 의미를 가진 다양(多樣)이고, 전쟁이며, 평화이고, 짐승의 무리며, 목자다. 나의 형제여, 그대가 '정신'이라고 부르는 그대의 작은 이성도 그대의 육체의 도구이고, 그대의 커다란 이성의 작은 도구이며, 장난감이다."라는 구절이 있다.(황문수 역, 문예출판사, 1993, 52쪽)
2) 최진덕, 「몸의 自然學과 倫理學」, 『몸의 이해』, 어문학사, 1998, 92쪽.

에서 비롯하고 있으며 그것은 동시대를 살아가는 우리들에게 어떤 메시지를 보내는지에 역점을 두고자 한다.

그의 작품의 중심이 되는 두 개의 축은 性과 죽음이며 이것을 움직이고 있는 회전의 원리는 문명의 힘이라고 본다. 엘리아스나 프로이트가 보았던 것처럼 문명은 우리를 억압하고 있는 관습, 도덕, 법규, 제도 등이다. 김영하는 이러한 문명 속에서 억압받고 있거나 왜곡되어 있는 인물들이 탈주하는 과정들을 보여준다. 그의 소설 문체는 간결하고 수식이 적은 매끈한 문장으로 속도감을 준다. 그러나 아이러닉하게도 그 속도감 속에 있는 인물들은 느림의 망 속에서 유영하고 있다. 그렇다고 불협화음을 이루는 것은 아니다. 오히려 상생의 느낌을 준다. 속도감이 문명의 상징이라면 느림은 비문명의 상징이다. 인물들의 동작과 사유가 느린 것은 소설의 속도를 따라 가지 못하는 것으로 보일 수도 있다. 그러나 느림속에는 계획된 전략이 숨어 있는 것이다. 바로 인물들은 느린 사유와 동작을 통해 문명의 세계에서 탈출을 할 수 있는 틈바구니를 발견하고 공략할 수 있는 시간을 버는 것이다.

2. 문명의 그늘에서 치르는 몸의 祭儀式

1) 문명의 굴레를 벗어나는 몸짓

문명화된 몸은 자연적, 사회적 환경으로부터 거의 분리되지 않았던 중세 초기의 '문명화 되지 않은 몸'과 대조된다. 문명화되지 않은 몸은 행동 규범의 제한을 거의 받지 않았다.[3]

그러나 현대의 문명 공간 속에 있는 몸은 각종 제약과 억압을 받게 되었다. 그러므로 몸이 점차 문명화에 익숙해진다는 것은 사회의 지배적 양식에 두려움을 지닌 채 이에 적응하거나 변화한다는 의미를 가진다. 따라서 동양과 서양의 '몸'에 대한 변화가 다르고 동양권에서도 시기에 따라 그 의미가 달라질 수밖에 없다.

동양적 사유에서 몸은 소우주로 일컬어져 왔다. 그러나 김영하의 소설에서는 동양적 사유보다는 서구적 사유가 더 잘 어울린다. 이것은 작가가 체계화를 갖춘 제도권 교육에서 자라온 세대이며 코카콜라와 팝콘과 나이키가 소비되었던 시대에 성장한 세대이기 때문이다.

그러므로 김영하 소설에는 특별히 고향에 대한 향수도 없고 유토피아에 대한 동경도 없다. 나타나는 것은 건조한 도시에서 보헤미안처럼 방랑하는 인물들의 탐미적 시선뿐이다. 그들은 정신에 몰두했던 가치를 몸에 대한 탐미적 시선으로 바꾸었다. 그 시선의 대상이 '몸'인 것은 몸에 대한 양가성이 극단적인 차이를 보이기 때문이다. 몸은 쾌락의 공간임과 동시에 억압의 응집체가 되는 공간이다. 그러므로 문명의 속성이 지니고 있는 지배적 양식을 수용하기도 하고 적극적인 도전의 태세를 보이기도 하는 집약체이다. 즉 억압에 대한 일탈 욕구를 가장 선명하게 제시할 수 있는 곳이다.

그의 소설집 1권, 2권에서 「손」, 「베를 가르다」 등에 클로즈업 되고 있는 구체적인 몸들은 생동하는 페티시즘적인 아름다움을 보여줄 뿐 아니라 문명의 굴레를 벗어나는 과정을 보여주기도 한다. 문학상징사전에 의하면 인간의 손은 여러 의미를 지닌다. 손은 도구의 완성자이다. 손을 사용하여 인간은 그들의 자식들을 먹이고 돌보며 자신의 생계와 숙소를 마련함으로써 자신과 다른 사람들의 몸을 완성해 간다. 손을

---

3) 크리스 쉴링, 임인숙 역, 『몸의 사회학』, 나남출판, 1999, 218쪽.

가지고 환경에 작용하면서 인간은 몸에 대한 특정한 태도를 발전시키고 그들의 세계를 만들어 간다. 간단히 말해 손은 "인간 세계의 변화 가능성의 중요한 국면이다." 손은 인간이 생존하고 세계에 의미를 부여하는데 도움을 줄 뿐만 아니라, 인간에게 자아 정체성과 특정한 사회적 위치를 제공하는 분류상의 대상이다.[4] 이러한 의미의 손은 매우 생산적인 것으로서 긍정적인 손이다. 그러나 그와 대조되는 파괴도 바로 손에서 이루어진다. 손의 이런 면을 작품 「손」에서 다각도의 의미로 변주시키고 있다.

우선 화자인 여주인공은 그녀의 약지 손가락에 끼여 있는 14K 금반지에서 해방된다. '반지'라는 약속의 징표는 이미 그 약속의 시효가 약해져 가고 있음을 상징하는 것으로서 반지가 낡아가듯, 변색된 약속의 올가미 속에 주체를 가두는 것이다. 화자에게 반지를 건네준 인물은 오래 전부터 부재하는 인물인데도 화자는 그가 남긴 징표 속에 갇혀 지내 왔다. 어느 날 자신이 비정상적으로 살쪄있고 이 때문에 반지를 뺄 수 없다는 지각을 한 화자는 약지 손가락 하나를 훼손하는 고통의 대가로 자유를 얻는다.

이런 자의식에 이르기까지에는 두 여성의 '손'의 존재가 크다. 한명은 화자에게 일종의 존경심을 불러 일으킨 연극배우의 '손'이다. 화자에게 연극배우의 '회색 배경에 탁본이라도 뜬 듯한 검은 손자국'의 오른손 복사물은 휘발되지 못할 기억으로 남는다. 자신의 손을 복사하여 걸어두었다는 것은, 즉 손에 대한 외경심은 바로 자신의 삶에 대한 애정의 표현이기 때문이다. 마디와 손금은 지울 수 없는 인생의 행적인 것이다.

---

4) 위의 책, 152쪽.

다른 한명의 손은 화자 선배의 손이다. 화자에게 피아노를 연주시키고 그동안 화자의 몸을 더듬었던 선배는 동성애의 단면을 보여주는 애무하는 손이다.(이 부분은 영화 「피아노」와 너무 흡사하다) 두 여성이 한때 보여 주었던 전위적이고 충격적인 행동은 그들이 결혼이라는 안일한 제도 속으로 진입함으로써 화자에게 일종의 배신감을 들게 한다. 자신의 삶이 새겨진 오른손을 복사하여 깃발처럼 걸어두었던 연극배우는 결혼을 하지 않더라도 당당히 살 수 있는 여성의 전형이길 바랐던 것이다. 마찬가지로 동성애를 통해 인간의 존재성을 부여했던 선배의 손 또한 결혼이라는 문명제도 속으로 진입함으로써 화자에게는 배신감을 부여한다. 이들을 통해 화자는 자신을 구속하였던 문명의 굴레에서 벗어나는 자의식을 갖게 되는 것이다.

「베를 가르다」에서는 발에 대한 페티시즘의 아름다움이 드러난다. 주인공 '나'는 집회장에서 '베 가르기' 춤을 추는 수연의 맨발을 보면서 색정적인 감동을 받는다.

> 그녀의 눈은 풀렸고 몸은 유연하게 흐느적거렸다. 그 장면은, 집회를 기획한 이들에게는 미안하지만, 참으로 색정적이었다. 이상한 얘기지만, 그때 나는 그녀의 발을 보고 있었다. 몸의 다른 모든 부분은 이완되었지만 그녀의 발만은 그렇지 않았다. 뒤꿈치를 먼저 땅에 대고 흘러가듯이 스텝을 밟는 한국 무용 특유의 발동작만큼은 생생하게 긴장되어 있었다. 게다가 그녀는 맨발이었다.[5]

인용문 외에도 수없이 반복되어 나오는 발은 성모 마리아의 맨발이

---

5) 김영하, 「배를 가르다」, 『호출』, 문학동네, 1999, 178쪽.

주는 거룩함처럼 신성한 이미지를 지녔다. 순국열사의 영혼을 위로하는 '베 가르기' 춤사위에서 보여주는 아스팔트 위의 맨발은 문명과 자연성을 대립시키고 있다. 그러나 그런 모습을 지켜보는 '나'는 오히려 관능미를 느끼고, 그 발의 이미지를 지우지 못한다. 그녀의 발을 씻어주고 싶다는 욕망은 결국 그녀와의 섹스로 이어진다.

발 또한 손처럼 양가성을 띠고 있는 신체이다. 문학상징사전에 의하면 융의 경우, 발은 인간이 지상과 직접적인 관계에 있음을 확증하며 디엘은 더 나아가 발이 영혼을 상징한다는 혁명적인 주장을 하고 있다. 그가 이런 주장을 하는 것은 발이 인간의 신체를 하늘로 향해 서게 하는 데에 기여한다는 사실 때문이다. 그는 그 보기로 그리스 전설 속에서 절름발이가 흔히 정신적 결핍, 어떤 본질적 오점을 상징한다는 점을 들고 있다.[6] 그러므로 아스팔트 위에서 무아지경에 빠져 춤을 추는 맨발이나, 무당이 되어 작두날 위에서 맨발로 춤을 추는 수연의 발은 모두 성녀의 이미지를 지닌다. 무녀라는 제사장의 모습으로서 문명세계의 불순함을 전화시키고 있다. 그런데 그런 성녀가 역설적으로 에로틱할 수도 있다. 성모 마리아의 맨발이 거룩함에서 에로틱으로 전이될 수 있다는 것은 무엇을 의미하는가. 몸은 에로스와 아가페를 동시에 드러내는 양가적인 것으로서 그 어떤 고정된 정의로 규정될 수 없음을 보여주는 것이다.

왠지 김영하가 찾아갈 다음 단계는 신화의 세계가 아닐까라는 단정을 하게 된다. 지금까지 세련된 현대미와 도시적 감각을 보여주던 김영하는 이 작품에서 샤머니즘적인 색채를 띠기 때문이다. '베 가르기'라는 주술적인 의식과 무당의 등장은 지금까지 김영하 작품이 보여준 분

---

6) 이승훈 편저, 『문학상징사전』, 고려원, 1995, 193쪽.

위기에서는 의외의 모습인 것이다. 무당이 지니고 있는 천상적인 이미지와 맨발의 춤사위는 서구의 성모마리아가 드러낸 맨발의 모습과 동궤라고 할 수 있다.

문명화된 몸의 존재가 어디 이뿐인가. 「호출」에서 멋진 몸매를 보여준 여성은 영상매체 시대에 어울리는 주인공이다. 그녀는 지하철 역에서 스쳐가는 남자의 시선을 끌 수 있을 만큼 매혹적인 몸 자세를 취한다. 이런 자세는 한순간에 나올 수 있는 자연스러운 동작이 아니다. 그녀는 아무도 보지 않는 방안에서 전신을 비춰주는 거울을 보며 수없이 반복해서 만든 포즈 속에 갇혀 있는 것이다. 물거품 같은 인공적인 몸의 자세가 우리의 진정성을 거세하고 있다.

결국, 자연스럽지 못한 몸은 거대한 문명의 구멍 속에서 종말을 맞는다. 「거울에 대한 명상」에서 작중인물인 나르시스트 남자와 가희는 폐차 트렁크 속에서 트렁크 문이 닫히는 바람에 그 속에 갇히게 된다. 죽음을 기다리는 유예의 시간 동안 그들 사이에 유지되었던 위선의 관계가 폭로된다.

자연으로서의 몸은, 마치 문명에 대한 '혼돈'의 지위가 그렇듯이, 모든 유형의 현실적 몸들의 초역사적인 기반과 우리의 삶을 일치시키는 것이 가능하다고 믿는다. 장자뿐만 아니라 도가의 저작에서 '거울'의 비유가 자주 등장하는 것은 이런 이유 때문이다. 거울은 자신의 앞에 서는 것이면 무엇이든 있는 그대로 받아들이고 사라지면 또 그대로 흔쾌히 보낼 뿐, 그 가운데 어느 하나의 像에 결코 집착하는 일이 없다. 그렇게 함으로써 거울은 어떤 상에도 구속되지 않는다. 이런 점에서 거울은 장자가 생각하는 자유의 가장 완벽한 상징이다. 그러므로 우리 몸의 자연성을 되살리는 길로서 장자가 제시하는 방법들의 대부분이 이른바 '비우기(虛)'의 작업으로 제시되는 것은 하등 이상할 것이 없다.[7]

자신을 구속했던 반지에서 벗어나기 위해 손가락 하나를 헌납했던 여성이나 제도권의 폭력에 희생된 열사들의 영혼을 위로하기 위해 맨발로 춤을 추는 수연은 모두 문명화된 몸으로서 그 문명의 굴레를 벗어나고자 애쓰는 인물들이다. 그들은 몸의 일부인 손과 발을 통해 문명화된 삶, 억압의 굴레에서 해방되는 반역을 시도한다.

2) 반역의 에로티시즘

1980년대의 지상 과제가 정신의 정화였다면 1990년대의 지상 과제는 몸바꾸기이며 김영하에게 이것은 '몸을 바꿔야 해'라는 주문으로 나타난다. 몸을 바꾼다는 것은 그 몸을 담고 있는 더 큰 '몸'인 사회에 대한, 문명 사회에 대한 도전이다. 그 도전을 더 적극적인 방식으로 밀고 나갈 때 하나는 에로스에 대한 지향으로, 다른 하나는 자살에 대한 동경으로 나타난다. 김영하의 몸바꾸기 방법은 에로스의 반역 이미지를 드러낸다. 「고압선」에서는 사랑을 하면 아예 자신의 몸이 사라지는 비극성을 보여주며 「도마뱀」에서는 성공적인 몸바꾸기가 섹스를 통한 것임을 보여준다.

「고압선」에서 은행원인 '그'는 점장이에게 사랑을 하면 몸이 사라질 것이라는 예언을 듣는다. 그는 은행에 대출하러 온 친구의 옛 애인-그는 대학시절 그녀와의 섹스를 몹시 갈망하였다.-을 만나 대학시절 그토록 원하던 섹스를 즐기고 사랑하면서 서서히 그의 몸이 투명해짐을 깨닫는다.

---

7) 박원재, 「몸에 대한 장자의 비판적 기호학」, 『전통과 현대』, 1999년 여름호, 83-84쪽.

> 여자는 웃으며 블라우스를 열어주었다. 남자는 고개를 파묻고
> 젖꼭지를 입에 물었다. 여자는 엄마처럼 그를 품어주었다. 그는
> 너무나 감격해서 눈물을 흘릴 뻔했다. 그리고 말했다. 아, 나는
> 너를 사랑하는 것 같아. 그러자 갑자기 온 방안의 공기가 싸늘해
> 졌다. 여자의 몸도 차가워졌다. (중략) 내 생애 처음으로 사랑하
> 는 여자가 생겼는데, 어째서 그 이유 때문에 내가 사라져야 하지?
> 왜 점점 희미해져야 하지? 남자는 멍하니 누워 고민해봤지만 아
> 무 대답도 얻을 수 없었다.[8]

드디어 그가 '사랑해'라는 말을 하는 순간 몸의 실체가 완전히 보이
지 않게 된다. 이렇게 되도록 가족들은 그의 신체가 사라지는 것에는
아랑곳 하지 않고, 경제적인 불평과 고부간의 갈등만 늘어 놓는다. 카
프카의 「변신」과 흡사하다. 그레고르 잠자가 한 마리 커다란 벌레가 된
사건을 두고, 개인의 비극적인 상황을 동정하기보다는 가정의 경제를
먼저 걱정했던 이기적 모습처럼 '그'의 가족도 동일하다. 아내나 부모
는 몸이 사라지는 그의 고민에 대해서는 일체 무관심한 이기적인 인물
들이다.

은행에서도 마찬가지로 그의 몸이 투명해지는 것을 호기로 삼아 구
조조정의 대상인물로 지목하였다. 더 역설적인 것은 그와 섹스를 가졌
던 대학 동창의 무심함과 그녀의 또 다른 연애행각이다. 이 모든 모순
적인 인물들을 그는 알몸으로, 추위와 배고픔에 떨면서 구경을 한다.
왜, 그토록 원하던 사람과 섹스를 하고 사랑을 얻었는데 가장 행복한
그 순간부터 몸이 사라지는 불행을 겪어야 하는가? 몸과 몸이 서로 밀

---

8) 김영하, 「고압선」, 『엘리베이터에 긴 그 남자는 어떻게 되었나』, 문학과지성사, 1999,
　229쪽.

음으로 결합했어야 하는데 그것이 결여되었기 때문이다. '그'가 간절히 원했던 사랑은 문명이 시작되는 기초단위인 가족을 해체하는 반역의 에로스를 추구했기 때문에 얻게 된 결과이다.

「비상구」에서 우현은 그가 새긴 문신이 아니면서도 애인 배꼽 위에 새겨진 문신을 보고 즐거워한다. 문신은 애인의 전 남자친구가 남긴 것이다. 그러나 성기를 향하고 있는 에로스의 상징인 큐피드의 화살은 있지만 그곳에 정작 있어야 할 하트 문신은 없다. 하트를 그리려는 순간 아버지의 출현 때문에 문신을 완성하지 못한 것이다. 우현이 애인과 벌이는 변태에 가까운 성행위에는 이미 에로스의 신성함이나 사랑의 약속 같은 무거운 의미는 사라진 지 오래다. 몸에 새겨진 문신을 보고 즐거워하는 이들에게 몸은 하나의 오락적인 도구이며 이미지를 드러내는 수단일 뿐이다.

김영하의 작품 중 에로티즘을 통한 반역의 의미를 가장 강하게 드러내는 작품은 「도마뱀」이다. 이 작품은 가부장적 질서에서 벗어나려는 시도가 보인다. 여기서 어설프게 페미니즘의 잣대를 들이대려고 하는 것은 아니다. 영생과 부활을 상정하는 도마뱀을 선물받은 작중 여주인공은 밤마다 꿈을 꾼다. 꿈 속에서 벽에 걸어둔 도마뱀이 슬금슬금 기어내려와 자신의 몸을 핥고 몸 속으로 삽입하는 꿈이다.

> 샤악샤악 도마뱀이 허벅지에 이르렀다. 아빠를 바라보던 나는 문득 도마뱀의 존재를 깨닫는다. 아빠가 보고있다는 사실이 수치스럽다고 느낀다. 아빠는 얼굴이 벌게지며 화를 내고 있다. 그가 나를 때릴 것이라고 생각한다. 두렵다. 도마뱀은 허벅지에서 멈추고 혀를 내밀어 허벅지를 핥기 시작한다. 얼음이 허벅지에서 녹는 기분이다. 차갑고 불쾌하면서도 간지럽고 부드럽다. 나는

온힘을 다해 저항하려고 하지만 도마뱀의 혀는 숨어 있는 감각을 차츰 일깨우기 시작한다. (중략) 도마뱀은 조금 더 위로 올라온다. 이제 그의 혀는 내 성기 부근을 건드리고 있다. 소리를 지르고 싶다. 하지만 엄마와 아빠가 지켜보고 있다. 더러운 계집애. 너는 도마뱀을 키우고 있었구나. 아빠가 책망한다. 나는 부정하고 싶지만 말이 나오지 않는다. 견딜 수 없는 쾌감이 온 몸을 떨리게 만든다.[9]

여기에서 도마뱀은 뱀의 상징성이 그러하듯 남성의 성기를 상징한다. 목사인 아버지와 가출한 어머니의 환상 앞에서 자신의 질속으로 꼬리를 보이며 삽입하는 도마뱀의 형상은 성행위 장면의 부끄러운 모습을 부모에게 발각당하는 순간이다. 목사라는 종교인으로서 위선적인 생활을 하는 아버지와 그런 아버지의 폭행을 견디지 못하고 가출한 어머니를 둔 화자는 부조리한 생활과 제도화된 생활에서 벗어날 수 있는 하나의 반란 행위를 꿈꾼다. 그것은 음성적인 성행위를 부모에게 보여주는 것이다. 부모의 성행위 장면이 자녀에게 미치는 영향이 치명적이듯, 자녀의 성행위를 보는 부모의 충격 또한 대단한 것이다.

어린아이가 성장하면서 사회에서 통용되는 가치와 규범, 행동방식과 사고방식을 습득하여 내면화하는 과정, 즉 개인의 사회심리학적 발달과정을 사회화라고 한다면, 사회나 문화의 사회심리학적 발전과정이 바로 문명화 과정인 것이다. 즉 문명은 인간 행동의 특수한 변화인 것이다.[10] 그러나 김영하의 인물은 문명에 반역하는 행위를 함으로써 자아를 찾고자 한다.

---

9) 김영하, 「도마뱀」, 『호출』, 문학동네, 1999, 15쪽.
10) N. 엘리아스, 박미애 옮김, 『문명화 과정 I』, 한길사, 1996, 35쪽.

3. 몸, 탈주를 꿈꾸는 자의 전위영역

1) 화려한 타나토스

2장에서, 김영하의 소설에 나타나는 몸짓과 에로티즘이 현대사회가 안고 있는 모순적 문명에 대한 반역임을 보았다. 이제 3장에서는 그러한 반역의 행동을 최대한으로 밀고 나갈 경우 탈주를 꿈꾸는 자로서 아예 이 현실에 대한 몸의 부재로 대응하는 것을 볼 수 있다. 그리고 죽음을 선택하지 않을 경우 취하는 다른 방법의 모색은 문명 속으로 진입하는 것이다. 문명 속으로 편입하되 문명과 대립하지 않고, 상호보완하면서, 등가의 관계를 가지면서 살아가는 인간의 모습을 지향하는 것이다.

언어라는 정교한 기호를 사용하지 않더라도 현대 사회는 '몸'으로 소통할 수 있다. '몸'이 하나의 기호가 되어 기표의 역할을 충실히 완수하기 때문이다. 인간이 처해 있는 상황이 달라질 때마다 몸이라는 기표가 그 의미를 충실히 완수하기 때문이다. 따라서 몸이라는 기표가 그 의미를 해석해 주는 것이다. 일단, 김영하는 '몸'으로 끝까지 밀고 가본다. 그래서 맞게 되는 종착지는 죽음이고, 그것을 스스로 실천하는 자살은 전위적이다. 그의 작품에는 도처에서 '죽음'을 발산한다. 몸 자체의 부재 현상인 죽음을 다루는 것은 몸의 기표 중에서는 가장 전위적인 양식이기 때문에 몸을 소재로 할 경우 어쩔 수 없이 나타나는 현상이다. 인간과 인간 사이에 소통이 단절되었을 때 취하는 죽음 중에서도 자살이 갖는 의미는 몸에 대한 가학성과 도착된 이기주의를 보여주는 좋은 예가 된다.

「베를 가르다」에서 발레리나를 꿈꾼 간호사의 자살, 「나는 아름답다」의 남편을 살해한 여인의 자살, 「거울에 대한 명상」에 나오는 '그'

와 가희의 죽음 등으로 김영하는 죽음에 대한 관심을 표출하고 있다. 사실 죽음은 일상적인 생활 속에서 출생과 함께 늘 지속하고 있는 범상한 일이다. 그럼에도 불구하고 죽음이 돌출적인 것으로 다가오는 것은 거기에는 일종의 불안과 초조, 공포심이 작용하기 때문이다. 아무리 과학기술의 만능 속에서 생활하더라도 죽음만은 극복할 수 없는 것이 우리 인간이다. 그렇다면 자살은 불안의 색채를 띠고 있는 죽음에 대한 도전으로 볼수도 있다. 행복을 추구할 권리를 찾고자 애쓰는 것처럼 죽을 수 있는 권리를 행사하겠다는 의미가 담겨 있다. 자살은 한 인간이 몸담고 있는 공간이 비도덕적이고, 비인간적이고, 오염되어 있을 때 먼저 그곳을 벗어나겠다는 오만한 정신이다. 이 사회에 '던져진 존재자'인 인간이 오히려 이 사회를 던져버리겠다는 아방가르드의 실천인 셈이다.

에밀 뒤르켐에 의하면 '자살'은 희생자 자신이 일어나게 될 결과를 알고 행하는 적극적 혹은 소극적 행위에서 비롯되는, 직접적 혹은 간접적 결과로 일어나는 모든 죽음의 사례들이 적용된다.[11] 정신적 균형을 깨뜨리는 격렬한 정서적 표출은 편집증을 나타내기에 충분하다. 그런데 자살은 일반적으로 갑작스런 표출이든 정신적인 발전이든 간에 어떤 비정상적인 열정에 의해서 영향을 받고 있다.[12] 그러면서 뒤르켐은 자살을 이기적 자살, 이타적 자살, 아노미성 자살로 구분하였다. 이 중에서 김영하 작품의 인물이 겪는 자살은 대체로 '이기적 자살'의 양상을 띤다. 편집증적이고, 비정상적인 열정은 타인을 의식하기보다는 자신의 욕망을 충족시키는 것에 몰두하기 때문이다.

보드리야르는 현대인은 자신의 죽음까지도 빼앗긴 상태라고 지적하

---

11) 에밀 뒤르켐, 김충선 옮김, 『자살론』, 청아출판사, 1994, 20쪽.
12) 위의 책, 37쪽.

였다. 부품에 불과한 이들은 자기 마음대로 고장나거나 죽을 권리조차 없다. 각종 보험이나 사회보장 제도, 자동차의 안전 벨트는 사람들을 죽지 못하게, 죽더라도 손해는 안 보게 해주는 제도들이다.[13] 이것은 죽음의 '죽음'을 지적한 대목이다.

역사적으로 우리는 성직자의 권력이 죽음의 독점에 있음을, 그리고 죽은 자들과의 관계의 배타적 통제에 기반하고 있음을 알고 있다.[14] 작품 중 「나는 아름답다」는 이점을 여실히 보여주는 반면 「거울에 대한 명상」은 이점을 전복시키고 있다. 「나는 아름답다」에서 '나'는 사진작가로서 병적일 정도로 죽음에 집착한다. 그래서 산부인과 의사인 아내를 나체로 만들어 죽음 직전의 모습을 연출하도록 하여 사진을 찍는다. 그러나 이것은 허구이기에 결국 공허함만을 느낄 뿐이다. '나'가 사진작가로서 추구하는 최고의 작품은 허구가 아닌 실제의 죽음 장면을 미학적인 차원에서 담아보는 것이다. '나'는 여행중에 만난 낯선 연인을 통해 이를 이룬다.

> 아, 전 나체로 목을 매달거예요. 바다가 보이는 절벽 위에서 나무에 목을 매달고 웃으면서 죽어가고 싶어요. (중략) 끼익, 하는 소리와 함께 더 이상 필름이 돌아가지 않았다. 기다렸다는 듯이 푸른 새도 날개를 접었다. 나는 뷰 파인더에서 눈을 뗐다. 그리고는 고요히 매달린 그녀의 눈을 직시하였다. 내 작품 속의 아내처럼 그녀도 내 눈을 빤히 바라보고 있었다. 피하지 않았다. 더 이상 움직이지 않는 그녀의 시선에 내 시선을 맞추며 아름다운 살인자의 소멸을 축복했다.[15]

---

13) 쟝 보드리야르, 정연복 옮김, 『섹스의 황도』, 솔, 1997, 18쪽.
14) 위의 책, 92쪽.

「나는 아름답다」에서 로댕의 화집을 보고, 자신이 바로 다나이드처럼 남편을 죽이고 무작정 집을 뛰쳐나온 여인이라고 고백하는 고속버스 옆좌석의 여인. 그녀가 '나'와 섹스를 거친 후 가지는 자살은 몸에 대한 제의식의 절정이다. 여자는 희생제물이고 남자는 그 제의를 주관하는 샤먼이 된다. 그녀는 '나'가 가장 완벽한 죽음을 필름에 담고 싶어하는 욕망을 이루어 준다. 피사체에 담긴 나체의 그녀는 탐미적인 인물이다.

쟝 보리야르가 말했듯이 '나'는 죽음을 관장하는 제사장이며 낯선 여인은 스스로 희생제물이 된다. 이 모든 것, 서로가 원했던 것들을 이룬 이들의 결과물인 필름을 '나'는 강물에 던져버리고 이 섬을 빠져 나온다. 이제 제의식을 치르었기에 나는 더 이상 그 흔적을 지닐 이유가 없는 것이다. '나'가 그토록 갈망했던 죽음의 절정은 결국 자신의 죽음이었던 것이다. 그것을 순수함으로, 희열로 표현한 다나이드를 만났기에 나는 더 이상 방황할 필요가 없었던 것이며 문명의 상징인 필름도 소용없게 된 것이다.

이 작품은 도처에서 죽음의 냄새가 풍긴다. 자살하는 여인의 죽음과 그녀가 살해한 남편, 그리고 화자인 '나'의 이혼한 아내는 산부인과 의사로서 낙태 수술을 하고 오는 날이면 병적으로 손을 닦아낸다. 죽음의 냄새를 지우기 위해서이다. 그리고 사진작가인 나는 실행할 수 없는 죽음을 작품으로 담기에 몰두하는 인물이다. 아내를 나체로 하여 죽음 직전의 모습을 실행하게 하지만 그것은 작위적인 것이기에 결코 만족하지 못한다. 죽음이 공기처럼 떠다니고 있으면서도 죽음은 내 것이 될 수 없다. 내 몸의 부재를 알리는 죽음의 경계선을 살아있는 자는 체험

---

15) 김영하, 「나는 아름답다」, 『호출』, 1999, 249쪽.

할 수 없는 것이다. 현대인에게 죽음에 대한 불안과 충동은 가장 매혹적으로 내가 살아있음을 느끼는 실체가 되기도 한다.

그러나 「거울에 대한 명상」은 죽음과 삶의 예리한 경계선에서 죽음을 집전하는 사제장이 여성임을 보여주는 작품이다. 가희는 폐차 트렁크의 문을 고의적으로 닫아 죽음의 시간으로 진행한다. 그녀는 철저한 나르시스트인 '나'가 숭고하게 여기는 이미지의 허구성, 도덕의 허구성을 신랄하게 비판한다.

「베를 가르다」에서는 발레리나의 꿈이 좌절된 간호사의 자살이 나타난다. 그녀의 자살은 인간 존재의 근거를 삶에서 찾지 못했기 때문이다. 그녀는 발레리나를 꿈꾸는 간호사이다. 그녀는 나에게 부상으로 발레를 할 수 없다고 하였지만 자살 이후 드러난 그녀의 신분은 간호사였고, 발레를 했던 사람은 오히려 그녀의 언니였다. 혼자서 오래도록 간직한 발레에 대한 열망과 그 꿈의 좌절이 그녀를 자살로 몰고 갔지만 사건의 종결은 임신 5개월된 그녀의 몸[16) 때문에 실연에 의한 자살로 매듭지어졌다.

자살은 내 몸에 대한 가열한 반역행위임과 동시에 내 몸에 대한 최대의 유미적, 탐미적인 자세이다. 나체로 바닷가 소나무에 목을 매는 여인이나, 폐차 트렁크에서 죽음을 기다리는 가희와 '나'는 그들의 영혼이 떠난 육신에 남아 있을 죽음의 이미지에 대해서도 고민하고 신경을 쓴다. 자살은 또 다른 성적 오르가즘처럼 우리 몸에 전율을 느끼게 하는 행위이다. 나의 주관과 선택이 들어설 공간과 시간이 없었던 자신의

---

16) 가야트리 스피박의 글 중에 자살을 하는 제3세계 여성의 몸이 등장한다. 독립투사의 딸인 그녀는 자신의 자살 원인이 불륜에 의한 것, 즉 처녀로서 임신한 것 때문에 자살했다는 오해를 불식시키기 위해 일부러 자살 시기를 생리 기간으로 선택한다. 이것은 '몸'이라는 것이 때로는 말보다 더 심오한 의미를 남긴다는 것을 보여주는 하나의 예이다.(「세 여성의 텍스트의 제국주의에 대한 비판」, 『외국문학』, 1992년 여름호 참조)

잉태에, 내 자신의 선택으로 삶을 조정할 수 있다는 발상은 엄청난 개인주의적 발상이며, 부르주아적 발상이다.

자살을 취할 수 있는 사람들은 그나마 행복한 사람들이다. 죽음을 동경하되 죽음을 박탈당한 사람은 '영원'이라는 시간의 감옥 속에서 형벌을 견디어야 하는 것이다. 이런 것을 다룬 「흡혈귀」는 신선한 작품이다. 이 작품에는 죽음을 동경하되 죽음을 박탈당한 남자가 나온다. 김영하는 이 작품에서 실명으로 등장한다. 그에게 김희연이라는 여성은 시인이자 평론가인 자신의 남편이 흡혈귀일지도 모른다는 충격적인 내용의 편지를 보낸다. 남편이 쓴 시나리오와 글들, 흡혈귀라고 단정하는 이유들을 보낸 편지이다. 남편의 글 중에 이런 내용이 있다.

> "세상의 모든 흡혈귀는 거세당했다. 세상은 빛으로 가득하다.
> 어디에도 숨을 곳은 없다. 우리는 흡혈의 자유와 반역의 재능을
> 헌납당했고 대신 생존의 굴욕만을 넘겨받았다……"[17]

1897년에 발표한 브람 스토커의 소설 『드라큘라』는 중세의 드라큘라 이미지를 현대적으로 변형시켜 세계적 명성을 얻은 작품이다. 드라큘라는 모더니티에 대항하는, 혹은 모더니티에 적대하는 힘, 곧 모더니티의 타자인 셈이다. 이들과 드라큘라의 대립은 더 나아가 이성과 광기, 문명의 순수함과 야만의 추악함으로까지 전개된다. 이성의 세기인 19세기에 결코 존립할 수 없는 존재, 모더니티의 완성을 위해서는 반드시 배제해야 할 타자로 전제하고 있는 셈이다.[18]

---

17) 김영하, 「흡혈귀」, 『엘리베이터에 낀 그 남자는 어떻게 되었나』, 문학과지성사, 1999, 71쪽.
18) 서영채, 「드라큘라와 계몽의 변주법」, 『소설의 운명』, 문학동네, 1995, 205쪽.

그런데 이 시대에 왜 그런 타자를 김영하는 불러내고 있는가. 인용문의 '빛으로 가득한 세상'은 모더니티의 총아인 이성이라고 볼 수 있다. 그리고 흡혈귀는 혁명, 혁명가를 상징한다. 우리의 실정은 1980년대까지도 피의 혁명일망정 혁명이 필요한 시대였다. 흡혈귀는 우리 현대인의 상징화된 모습이다. 흡혈귀가 꼭 타인의 피를 빠는 드라큘라만으로 한정될 이유는 없다. 흡혈은 피흘림, 개혁, 혁명으로 볼 수도 있다. 그러나 이제 1990년대의 이 땅에 피흘려야 하는 개혁이나 혁명은 존재하지 않는다. 그렇다고 진정한 평화가 도래한 것도 아니다. 반역의 재능을 헌납당한 대신 위장된 평화 속에서 굴욕적인 생존만을 견디어야 하는 시간을 맞이 한 것이다. 참을 수 없는 존재의 가벼움 속에서 목표가 상실된 세대는 틀림없이 흡혈귀인 셈이다.

2) '몸'의 현대적 의미

죽음이, 자살이 모순된 사회나 개인의 문제를 궁극적으로 해결해 주기에는 미약하다. 소설이 이것을 추구한다면 안일한 결말이 될 것이다. 결국 인간은 자기 나름의 행복을 추구하는 자이기에 죽음이 아닌 다른 해결책을 찾을 수밖에 없다. 어쩔 수 없이 사회를 받아들이는 것이 아니라, 내가 주체자로서 정체성을 확인하며 나와 타자를 모두 껴안을 수 있는 자세가 필요한 것이다. 김영하도 이런 노선으로 소설을 진행시키고 있다.

고성능 녹음기 하나를 들고 오지와 벽지를 누벼야 했던 라디오 방송국의 PD와 리포터는 보헤미안이다. 비쥬얼한 것이 상위인 영상매체 시대에 청각적인, 그것도 잃어버린 소리, 오지와 벽지에서 녹취한 자연의 소리를 이 문명시대에 누가 듣겠는가. 결국 그가 찾은 다음 지역은

「어디에도 있고 어디에도 없고」에서 폐허의 제국으로 이어지고, 「당신의 나무」에서는 캄보디아의 앙코르 사원으로 이어진다. 오지와 벽지에서 폐허의 제국, 문명의 기운이 아직은 약한 캄보디아의 사원으로 공간을 이동하는 것은 지금까지 살펴보았던 김영하 소설의 문명에 대한 반역을 입증하는 것이다. 게다가 「당신의 나무」에서 나오는 '나비효과'의 연쇄반응으로 캄보디아까지 여행하게 되는 '그'의 여행 이유와 경유는 문명과 대척을 이루는 자연의 힘이 매우 분명하게 제시된다. 문명의 대척이 자연이라고 하여 그 자연이 꼭 원시시대를 말하는 것은 아니듯, 김영하의 자연도 그렇다. 자연은 권력의 힘으로 순리를 위반한 폭력의 세계가 사라진 공간을 지칭하는 것이다.

「피뢰침」에서 화자인 여성은 통신에서 '아다드'와 접속한 이후 그들이 전격(電擊) 세례를 받은 자들의 동호회라는 것을 안다. 아다드 동호외의 탐뢰 여행의 의미는 시사적이다. 내 몸속에 전류를 통과하는 것, 인간이 자연 속에서 무시무시한 전류를 받아들인다는 것은 문명에 대한 도전이며 그러면서도 그것은 내 몸과 대기와 대지가 하나되어 내가 주인인 되는 절차이기도 하다. 문명을 피해 오지나 벽지와 폐허가 된 유적지를 탐방하는 의미와는 거리가 있다. 내 몸 속에 문명을 잠재우며 그 문명의 발원이기도 한 전류를 일으키는 것이다. 맞섬이다. 몸으로 맞섬이다. 비록 그 결말이 시시한 것으로 끝난다 하더라도 김영하의 의지는 그렇다.

　　아, 바로 그때 나무 뿌리 모양의 섬광이 내 오른쪽으로 타고 내리는 것이 보였다. 그러자 전류가 마치 한쪽 귀에서 다른 귀로 지나가는 것처럼 느껴졌다. 곧 이어 문짝을 도끼로 쪼개는 것같은 천둥 소리가 몸을 흔들어댔다. (중략) 수십만 암페어의 전류가 훑

고 지나간 그의 몸이 정겨웠다. 하늘을 보았다. 언제 그랬냐는 듯
이 구름들이 엷어지고 있었다. 나는 고개를 들어 J의 얼굴을 내려
다보았다. 그의 몸에서 무럭무럭 김이 올라오고 있었다. 그렇게
한참을 보다가 그의 뜨거워진 입술에 입을 맞췄다. 그의 몸 속에
남아 있던 미량의 전류가 내 몸 속으로 흘러들어 혀에 작은 경련
을 일으켰고 그것을 스위치 삼아 내 몸 속의 전원들이 일제히 켜
지고 있었다.[19)]

내 몸을 통해 흘렀던 수십만의 암페어 전류는 자연의 힘을 상징하는
것이다. 그 자연의 힘을 내 몸 속에 살게 하는 것이다. 우리 몸을 통과
한, 마치 여과기를 통과시킨 증류수처럼 문명을 새로이 걸러내는 행위
이다. 그것을 견디어 내는 내 몸만이 살아남을 수 있는 존재자가 된다.
「당신의 나무」에서 2인칭으로 나오는 주인공 '당신'은 정신 병원에
서 임상 심리사이다. '당신'은 환자와는 금지된 사랑을 하였다. 그러나
그녀가 당신과의 만남은 조여진 기타줄처럼 신경을 팽팽하게 한다는
이유로 헤어지자고 했을 때 선선히 받아들이다. 이 모든 일을 나비효과
의 연쇄 작용으로 보며 애인과 헤어진 후 캄보디아로 여행을 떠난다.
'당신'은 캄보디아 앙코르의 사원에서 사원과 거대한 나무의 뿌리가
얽혀 있는 것을 바라본다. 종교라는 상징적인 문명과 나무 뿌리라는 원
초적인 자연의 힘이 서로 얽혀 있는 모습은 그로테스크하다.

승려의 말은 계속 이어진다. 그때까지 나무는 두 가지 일을 했
다네. 하나는 뿌리로 불상과 사원을 부수는 일이오, 또 하나는 그

---

19) 김영하, 「피뢰침」, 『엘리베이터에 낀 그 남자는 어떻게 되었나』, 문학과지성사, 1999,
148쪽.

뿌리로 사원과 불상이 완전히 무너지지 않도록 버텨주는 일이라
네. 그렇게 나무와 부처가 서로 얽혀 9백 년을 견뎠다네. 여기 돌
은 부서지기 쉬운 사암이어서 이 나무들이 아니었다면 벌써 흙이
되어버렸을지도 모르는 일. 사람살이가 다 그렇지 않은가.[20]

앙코르 사원에서 본 나무뿌리와 불상과 사원의 얽힘은 독립된 개체
의 삶이 아니라 서로를 포용하고 있는 삶의 양상이다. 상호교환과 상호
교응의 혼융과 잡종의 양식을 이루고 있는 그러한 형태를 메를로-뽕띠
는 '살'(la chair)이라 불렀다. 몸의 현상학이 존재의 세계에 대한 관심
에로 기울이게 되면서, 몸은 살로 그 모습을 바꾸게 되었다. 몸과 살은
메를로-뽕띠의 철학에서 원칙적으로 같은 의미작용을 갖고 있다고 봐
도 좋다.[21]

인용문은 나의 몸이 타자의 몸 혹은 세계와의 관계 속에서 적극적이
고도 긍정적으로 드러나는 모습이다. 나의 몸, 타인의 몸, 그리고 세계
가 상호에 대하여 갖는 관계성은 이들 각각에 대하여 적극적이고 긍정
적 의미를 드러내 주는 지표이다. 그런데 나의 몸, 타인의 몸, 그리고
세계의 관계성은 일시적이거나 단속적이지 않고 지속적이다. 또한 관
계성은 수 십억 년 동안의 역사를 전제한다. 이는 나의 몸이 다른 사람
의 몸, 다른 생물의 몸, 또 무생물의 몸과 얽힌 몸이라는 것을 의미한
다. 때문에 엄밀한 의미에서 '나의 몸'이라는 말은 적합하지 않다. 나
의 몸은 모두 다른 존재들과 한몸이다.[22]

---

20) 김영하, 「당신의 나무」, 『엘리베이터에 낀 그 남자는 어떻게 되었나』, 문학과지성사,
　　1999, 261쪽.
21) 김영하, 위의 책, 261쪽.
22) 안옥선, 「불교의 몸-속박과 해탈의 장소로서의 몸」, 『전통과 현대』, 1999년 여름호,
　　95쪽.

4. 맺음말

　김영하의 단편에서는 성과 죽음에 대한 관심이 지대함을 보았다. 그리고 성과 죽음은 '몸'이라는 공간적 망 속에서 의미를 형성하고 있다. 기존의 관념에서 몸은 욕망이 집결되어 있는 곳이라 하여 부정적 의미를 띠었는데 최근에는 여기에 후기자본주의의 팽배한 물욕까지 가미되어 몸의 상품화를 속출하고 있는 현실이다. 김영하의 작품에서 다양하게 변주되고 있는 몸은 이러한 사회에 대한 반역으로 작용하는 것이다. 이런 사회 속에서 그래도 살아가야 하는 운명이라면 어떤 방도를 취해야 하는지에 대한 모색을 보여준다.

　현란한 미디어 세계에 대한 반향으로 이루어진 이미지화에 집착하는 몸은 허구성의 응집체임을 보여주고, 위선적인 가족과 인간 관계를 에로스의 반역적인 모습으로 보여준다. 즉 문명화된 인간과 세계에 대한 일탈을 시도하는 것이다. 그러나 그 다음 나아갈 길은 원시세계와 같은 비문명으로 퇴화하는 것이 아니라 문명 속에서 인간성을 보유한 채로 살아갈 수 있는 상호교환의 상생의 길을 모색하고 있다.

　그의 두 편의 소설집을 보면 하나의 신화가 떠오른다. 바로 다이달로스와 이카로스가 미궁을 탈출하기 위해 밀랍 날개를 만들어 하늘을 나는 신화말이다. 그러나 이카로스는 아버지의 말, 즉 아버지의 법을 준수하지 않았기에 추락하고 만다.

　지금 거리와 아파트 단지 안에는 퀵 보드라는 놀이기구를 타고 다니는 소년들이 많다. 퀵 보드의 질주와 밀랍 날개는 동일한 의미를 만들어 내고 있다. 밀랍으로 만든 날개는 몸에 대한 사이버였으며, 게다가 아버지의 말을 어긴 이카로스의 추락은 아버지의 법을 어긴 자의 상징계 진입이 불가능함을 의미하기도 한다. 그렇다면 지금 도심을 질주하는 퀵 보드의 소년들은 어떠한가? 그들은 문명과 몸 사이의 경계선에 있다.

바람을 가르며 질주하는 악동들의 스피드는 롤러브레이드처럼 무절제한 속도를 내는 것도 아니고 밀랍날개를 달고 천상을 향하는 것도 아닌 한발로 끊임없이 땅을 지쳐야만 앞으로 나아갈 수 있음을 의미한다. 마치 끊임없이 채찍질을 당해야만 살아있는 팽이와 같은 운명이다. 여기에서 김영하 소설은 퀵 보드의 운명을 닮고 있다. 그의 소설은 문명과 자연성의 경계선상에서 외로이, 고독하게 대치하고 있는 인물들의 비장미가 있다. 현실을 외면할 수도 없고, 현실과 타협할 수도 없는 그 어정쩡한 경계선상에서 욕망을 분출하고 있다. 그렇다면 그 욕망의 실체는 무엇으로 나타나는가? 바로 성에 대한 추구와 죽음에 대한 동경이다. 그리고 이것은 몸에 대한 변주 속에서 다양하게 나타나고 있다.

제3부

탈식민주의와 현대소설

최인훈의 『서유기』 고찰
-패러디와 탈식민주의를 중심으로-

1. 머리말

최인훈 소설세계의 스펙트럼은 다양하다.[1] 그의 소설세계가 다채로운 만큼 그에 대한 연구도 다각도에서 이루어져 상당한 수준에 이르렀다. 그 중에 하나는 패러디 연구라 하겠다.[2] 그러나 단편 패러디의 성

---

1) 100여편에 달하는 최인훈 연구의 학위논문이 이점을 입증이라도 하듯, 그의 소설에 대한 연구는 다양한 접근법 속에 몇 개의 흐름을 형성한다. ① 관념적 경향에 대한 논의들 ② 소설 기법적 측면의 분석으로 패러디와 환상성을 다룬 논의 ③ 담론분석 ④ 정신분석학적 분석 등이 있다. 그러나 이런 연구 성과 중에 최인훈 작품을 패러디와 탈식민성의 관계에서 고찰한 것은 아직 발견되지 않으며, 탈식민성을 학위논문으로 발표한 것은 김정화의 「최인훈 소설의 탈식민주의적 연구」(서울대 석사학위 논문, 2002)가 유일하다. 이러한 연구사는 김인호의 「최인훈 문학연구 현황」, 『해체와 저항의 서사-최인훈과 그의 문학』, 문학과지성사, 2004.에서 참조한 것이다.

2) 최인훈의 패러디 작품은 장편으로 『서유기』, 『소설가 구보씨의 일일』이 있고, 단편으로는 「금오신화」, 「열하일기」, 「옹고집뎐」, 「춘향뎐」, 「놀부뎐」, 「크리스마스 캐럴 5」(개제는 「날개」) 등이 있다. 희곡으로는 「심청전」을 패러디한 「달아 달아 밝은 달아」가 있다. 학위논문에서 패러디를 다룬 것만 살펴보면 다음과 같다. 강미옥, 「최인훈 소설 연구: 고전 소설의 패러디 양상과 그 의미」, 전북대 석사학위 논문, 1996; 윤

과에 비해 장편인 『서유기』의 연구는 여전히 미진한 채로 있는 편이다. 최인훈 소설의 패러디 연구는 대체로 원작과 패러디 사이의 유사성을 규명하는 데 치중하고 있다. 그 결과 사실 확인의 차원으로부터 더 나아가지 못하는 한계를 보인다. 중요한 것은 이러한 패러디 글쓰기에서 수용하고 있는 원작의 구조가 시공간을 초월하여 어떻게 변용되었는지, 그러한 변용이 궁극적으로 의미하는 것이 무엇인지를 밝혀야 하는 일이다. 이 점은 특히 장편서사를 패러디한 『서유기』에서 짚어 보아야 할 과제라고 본다.

패러디를 연구한 논의의 주된 관심사는 작가의 현실인식과 자아정체성 회복을 위한 수단으로 이러한 글쓰기가 시도되었다는 데 있다. 그러나 『서유기』의 경우는 이뿐만 아니라 패러디적 글쓰기가 그의 탈식민주의적 태도와도 관련이 있다는 점을 주목해야 한다. 이러한 관점으로 이해할 경우 그간 난해성으로 정평이 난 이 작품의 의미를 규명하는 데 기여할 것이라고 생각한다.

패러디는 예술의 독창성과 유일성이라는 통념에 도전한다. 패러디와 다른 복제 형식들은 원본만이 진귀하고 유일하며 가치가 있다는 생각에 의문을 던진다.[3] 이것은 서구 작품을 정전으로 규범화하고, 또 이를

___

미선, 「박태원과 최인훈의 『소설가 구보씨의 일일』 비교 연구」, 연세대 석사학위 논문, 1996; 신영지, 「최인훈 패러디 소설 연구」, 성균관대 석사학위 논문, 1997; 정봉곤, 「최인훈의 패러디 소설 연구」, 부산대 석사학위 논문, 1997; 오승은, 「최인훈 소설의 상호텍스트성 연구: 패러디 양상을 중심으로」, 서강대 석사학위 논문, 1998; 조희권, 「현대소설에 나타난 「춘향전」 패러디 연구」, 한양대 석사학위 논문, 2000; 차봉준, 「최인훈 패러디 소설 연구」, 숭실대 석사학위 논문, 2001. 등이 있다. 열거한 논문들은 대체로 단편 패러디에 관심이 집중되어 있으며, 원작과의 유사성 확인에 치중되어 있음을 발견할 수 있으며 『서유기』의 경우는 오승은의 원작과 유사하다는 점만 일부분 언급하고 있을 뿐이다.

3) 린다 허천, 장성희 옮김, 『포스트모더니즘의 이론과 전략』, 현대미학사, 1998, 156쪽.

당연시했던 문화적 관습에 도전하는 것이기도 하다.[4] 패러디적 글쓰기
와 탈식민주의가 함께 논의될 수 있는 여지도 이 부분에서 발생한다.

　패러디는 과거에 대해 아이러니컬하고 비판적인 관계를 맺고 있으며
과거의 재현물들에 대한 기존의 가정들을 '탈규범화'한다. 또한 해체적
이고 비판적인 만큼 건설적이고 창조적이다. 역설적으로 그것은 재현
의 한계와 힘을 동시에 깨닫게 한다.[5] 린다 허천이 지적한 이와 같은
패러디의 성격은 다소 고전적이라 할 수 있다. 여기에 부가하여 강조
할 것은 패러디에 의한 탈식민주의라 하겠다. 실제로 헬렌 티핀은 장
라이스의 『드넓은 사르가소 바다』가 『제인에어』를 탈식민주의적 관점
에서 패러디한 작품임을 지적하고 있다.[6] 근래에 최인훈 작품에 대한
탈식민주의에 대한 논의가 진행되고 있으나[7] 『서유기』가 함유하고 있
는 패러디의 양상과 탈식민주의의 관계를 규명한 논의는 아직 보이지

---

4) 라틴 아메리카 소설들 역시 패로디가 본질적으로 갖고 있는 정치성과 전통과 규범
　에 대한 도전의식을 끊임없이 강조해왔다. 패로디를 사용한 포스트모던 역사기록 메
　타픽션 속에서 재현의 정치성과 정치성의 재현은 자주 병행된다. 루시디의 『한밤의
　아이들』과 같은 소설에서 패로디는 예술과 역사의 과거를 아이러니컬한 방식으로 다
　시 반문하는 방법이 된다. 이 작품은 권터 그라스의 『양철북』과 스턴의 『트리스트람
　샌디』 두 개의 상호텍스트들을 패로디한다. 린다 허천, 앞의 책, 173쪽.
5) 린다 허천, 앞의 책, 164쪽.
6) "이러한 전략은 아마도 장 라이스의 『드넓은 사르가소 바다』 같은 텍스트를 통하여
　매우 익숙해져 있을 것이다. 탈식민주의 작가가 등장인물 또는 사건들을 선택하고 영
　국의 정전으로 인정된 텍스트의 근본적인 전제들을 선택하여 그것의 가면을 벗겨 탈
　식민주의적 목적에 맞도록 텍스트를 허물어뜨리는 전략이다." 헬렌 티핀, 성경준 옮
　김, 「탈식민주의 문학과 반언술행위」, 『외국문학』, 1992, 39쪽.
7) 조보라미, 「최인훈 소설의 환상성 연구」, 서울대 석사학위 논문, 1999; 김정화, 「최
　인훈 소설의 탈식민주의적 연구」, 서울대 석사학위 논문, 2002; 구재진, 「최인훈 소
　설에 나타난 '기억하기' 와 탈식민성-《서유기》를 중심으로」, 『한국현대문학 연구』 15
　집, 한국현대문학회, 2004. 6. 등의 논의가 탈식민주의의 접근으로 최인훈의 작품을
　보고 있다.

않는다.

탈식민성으로 이 작품을 분석한 구재진[8]의 논의는 주목할 만하다. 그는 『서유기』를 탈식민주의적인 관점에서 '기억하기'라는 방법으로 접근하였다. 그 결과 두 가지 문제성을 지적하며,[9] 『서유기』에서 탈식민주의적인 기획을 읽는다거나 이 작품이 탈식민주의적인 시각으로 구성되었다는 평가를 내리는 것은 지나친 비약이라고 보았다. 필자는 이 부분에서 그와 입장을 달리한다. 이 작품의 탈식민주의는 최인훈이 패러디적 글쓰기를 시도한 것에서 이미 기획 의도를 지니고 있으며, 혼성적 패러디 양상에서 이런 시도를 충분히 나타냈다고 본다.

본고의 목적은 이점을 밝히는 데에 있다. 즉 『서유기』의 패러디 구조의 혼성적 양상을 밝히며 이와 같은 글쓰기의 의도가 탈식민주의에 있음을 확인하는 것이다. 이 작품이 오승은의 『서유기』를 패러디하였다는 점은 제명에서도 명백하게 드러난다. 기존 연구는 원작의 의존도가 너무 커서 원작과 비교하는 데에 많은 비중을 두고 있다. 이 작품이 지니고 있는 혼성적 패러디의 성격을 간과한 셈이다. 『서유기』에는 오승은의 작품 뿐만 아니라 호메로스의 『오딧세이아』, 단테의 『신곡』, 고소설 임제의 「원생몽유록」 등의 구조가 복합적으로로 채택되었다. 최인훈은 이 작품에서 동서고전을 탄력적으로 수용하여 그의 소설관, 작가의식을 보여주는데 주력하고 있다. 따라서 본고에서 밝히고자 하는 패러디적 글쓰기 방식은 형식적 측면을, 탈식민주의는 주제적 측면을 다

---

8) 구재진, 앞의 책, 2004. 참조.

9) 구재진은 탈식민주의적 관점에서 볼 때 『서유기』가 가지는 문제성은 첫째, 한국의 근대에 대한 인식에서 나타나는 '식민지성' 혹은 '주변성'과 관련된 문제이다. 둘째는 한국을 서구와의 관계 속에서, 주인과 노예의 관계 속에서 인식하던 그간의 관점에서 벗어나 '차이'의 관점을 수립하기 위한 한 과정을 보여준다는 점이다. 구재진, 위의 글, 411-412쪽.

루게 될 것이다. 이를 통해 기존 연구에서 분리된 주제와 형식의 의미
가 종합되리라고 기대한다.

2. 혼성적 패러디의 글쓰기 양상

1) 지상세계의 이미지와 주체성 탐색

『서유기』의 난해성은 구조에서 비롯된다고 해도 과언이 아니다. 그만
큼 이 작품의 구조는 복잡하다. 전체 틀은 패러디 원작의 구조에서 차
용하였으나 그 패러디는 다시 외재적·내재적으로 구분할 수 있다. 여
기에 다시 여러 고전들이 부분적으로 패러디되어 삽입텍스트로 배치되
었다. 그러면서도 이야기 전개는 이원적 구조를 끊임없이 생성한다.[10]

---

10) 이 작품은 이원적 구조도 다양하게 나타난다. 작품의 가장 큰 얼개는 사실과 환상으
로 구성된 것이다. 여행구조는 동·서양의 고전을 패러디함으로써 이원적 구조를 취
한다. 서양의 고전 『오딧세이아』에서는 개인의 욕망이 추동력으로 작용하며, 동양의
고전 『서유기』에서는 집단의 욕망이 여행의 추동력이 된다. 여행은 다시 지상세계와
명부세계로 나뉜다. 명부세계의 구조는 서양 고전 『신곡』이 개인의 욕망이 추동력이
되고, 동양 고전은 우리나라 『원생몽유록』에서 집단이데올로기의 욕망이 여행을 추동
시키는 힘이 되는 것을 보여준다. 지상의 여행에서 운송 수단은 배와 기차로 나뉜다.
배는 고대인 오딧세우스의 운송수단이며, 기차는 현대인 독고준의 운송수단이다. 오
딧세우스가 타고 항해했던 배의 이미지는 통합, 총체성의 이미지를 띤다. 개인과 역
사가 함께 가야 하는 두 가지 길은 근대적 운송수단이 기차선로를 통해 그려진다. 기
차의 종착지 W시에 도착하기 위해서는 두 개의 선로가 필요하다. 지상의 여행에서
독고준에게 강렬한 인상을 주는 것은 철로이며, 천상에서 강렬했던 것은 강철의 새이
다. W시까지 '운명'을 만나기 위해 환상 여행을 하는 독고준의 과정은 '원형적 여성'
때문이다. 이 여성이 이원적 이미지에 의해 갈등을 내포하고 있다. 바로 지상과 천상
의 이미지를 띤 여성들이다. 지상의 이미지는 이유정의 관능미이고, 천상의 이미지는
김순임의 숭고미이다.

최인훈의 『서유기』는 그 제명에서 패러디임을 단적으로 노출하고 있다. 그러나 원작과의 관계를 해명하는 것만으로는 이 작품의 패러디를 규명하는 데 미진하다고 본다. 제명에서 나타나는 오승은의 『서유기』뿐만 아니라 호메로스의 『오딧세이아』, 다시 이를 패러디한 단테의 『신곡』, 임제의 「원생몽유록」 등도 간과할 수 없는 원전들이기 때문이다. 이들 세 작품은 『서유기』의 구조와 주제를 드러내는데 핵심적인 역할을 하고 있다. 그리고 세부적으로는 이 작품들 외에도 여러 고전들이 부분적으로 패러디되었다. 따라서 『서유기』는 패러디의 혼성적인 집적체라 할 수 있다.

외현적인 패러디 양상을 먼저 살펴보자. 여기에는 동서양 고전인 『오딧세이아』, 『서유기』의 여행 구조를 확인할 수 있다. 여행 구조는 정체성 탐색에 효율적이다. 그래서 현대소설에서도 빈번하게 활용하는 플롯이다. 오승은의 『서유기』는 당나라 승려 현장이 서역으로 불경의 원전을 찾아 떠났던 '불경취경담'의 역사적 사실을 모티프로 하고 있다. 전형적인 로망스로서 현장 일행이 보여주는 끊임없는 모험과 괴기담은 독자들의 호기심을 끌고 가는 지속적인 힘이 될 뿐만 아니라, 여행구조 자체가 일종의 소망충족을 향한 무의식의 여로이다. 오승은의 작품에서 '불경'을 구하는 과정은 최인훈의 작품에 오면 주인공 독고준과 민족의 '정체성'을 찾는 것으로 변형되고 있다.

그러나 서사전개에서 볼 때, 『서유기』는 오승은의 원작보다 『오딧세이아』와 유사한 점이 더 많이 발견된다. 오승은의 『서유기』가 선조성을 띤 여행구조라면, 오딧세우스가 자신의 모험을 들려주는 서사전개는 과거와 현재의 교차로 인해 선조성보다는 나선형에 가깝다. 최인훈은 이점을 수용하되 변형시키고 있다. 즉 최인훈의 『서유기』에서 여행 구조는 나선형 구조로 변형되어 나타난다. 나선형 여행 구조는 원점회귀를 3차례나 반복하는 동안 이루어지기에 서사 진행과 여행의 속도가 상당히 느려진다. 독고준이 출발지인 석왕사역으로 회귀하는 3번의 반복은 공간 이동이 수평적으로 확장됨으로써 여행의 속도감이 떨어지고 목적지 도착이 지연될 수밖에 없다.

독고준은 석왕사역으로 회귀하는 반복적 여행을 하는 동안 길떠나기의 목적을 망각하기도 하고, 다시 재생하기도 하는 체험을 겪는다. 그런데 이에 대하여 독고준은 당황하거나 권태로워하지 않고 대신 기시감으로 반응한다. 독고준의 이러한 반응은 석왕사역으로의 회귀가 동일하게 반복되지 않고 매번 다르게 반복되기 때문이다. 독고준과 역장, 그리고 검차수들은 그들의 호칭으로서만 동일성을 유지할 뿐, 3차례 모두 새로운 행동과 태도를 보인다. 석왕사역을 떠나도 출발지인 석왕사역으로 다시 되돌아오는 과정에서 벌어지는 일들, 만나는 인물들이 모두 새롭기 때문이다. 따라서 이 반복되는 원점회귀는 동일한 실체의 반복이 아니라 '차이를 수반한 반복'이 된다.[11]

여행의 목적도 독고준과 오딧세우스는 개인적 욕망이 작용한 것으로서 둘은 유사하다. 오승은의 작품에서 현장법사가 불경을 구하러 가게 된 동기는 '충성심'이라 할 수 있다. 이것은 현장법사 개인의 욕망이 아닌 당태종의 욕망을 실현시키고자 하는 신민의 태도에서 나온 것이다. 그러므로 여행의 근본목적은 왕을 위한 '충성심'의 발로라 볼 수 있다. 이에 비해 오딧세우스와 독고준의 여행목적은 개인적 욕망과 닿아 있다. 오딧세우스가 고향 이타카로 돌아가고자 하는 욕망이 아내(사랑)의 만남과 명예의 회복이란 점을 고려한다면 두 작품은 더욱 근접해진다. 여행을 추진하는 근원적 힘이 오딧세우스에게는 사랑과 명예로

---

11) 김정화, 「최인훈 소설의 탈식민주의적 연구」, 서울대 석사학위 논문, 2002, 47쪽.

나타나며, 독고준에게는 아내 대신 구원의 여성인 '방공호의 성체험'으로, 오딧세우스의 명예회복은 독고준에게 '자아비판'의 트라우마를 극복하는 것으로 대체되어 있다.

구조면에서는 호메로스의 『오딧세이아』와 가깝지만 심리적으로는 오승은의 『서유기』에 대한 친밀감을 배제할 수 없다. 최인훈은 오승은의 원작에 대한 애정을 여러 작품에서 이미 제시한 바 있다.

> 손오공 얘기를 봐. 그 책을 읽을 때마다 왜 그렇게 흐뭇한가. 현장법사가 공주이기 때문이다. 동양 사람은 페미니스트가 아니었기 때문에 공주 대신에 덕 높은 중으로 대신한 것뿐이다. 미남 기사 대신에 원숭이 난봉꾼일 뿐. 어쩌면 털털한 맛이 이 편이 낫다. 손오공처럼 유우머스러한 녀석을 어느 문학이 지어냈나. 톰소여? 톰소여는 어림도 없다. 톰소여는 손오공 밑에서 분대장 노릇도 못한다. 고상(!)하게 말하면 신들메도 못 푼다. 『서유기』는 기막힌 책이다. 아무리 낮게 매겨도 바이블의 네 배하고 반은 나간다. 복숭아를 따먹고 천제와의 옥신각신 끝에 벌받는 것은, 에덴 동산의 훔쳐먹기 이야기가 아니고 무엇이며, 서역으로 가는 도중의 모험은, 다시 예호바에게 돌아가기 위한 구약의 의인들의 이야기가 아니고 무엇일가. 부처님의 손가락에 글씨가 써 있던 이야기는, 저 벽앞에 나타난 손이 쓴 글씨가 아니고 무엇이며, 드디어 뜻을 이루고 극락왕생함은, 구주에 의한 보속이 아니고 무엇인가. 괴테의 〈파우스트〉가 와서 발바닥을 좀 핥게 해달라고 한 대도 〈서유기〉는 마다할 게다.(「가면고」, 250쪽)

최인훈은 『서유기』를 통해 동양고전의 저력과 생명력을 보여주고자 한다. 오승은의 『서유기』에 대한 예찬은 서양고전을 극복하고자 하는 지식인의 정신적 도전의 한 표현이다. 여기서 중국고전을 숭앙하는 태도 자체가 '중화사상'에 고착된 또 다른 식민적 태도로 반론을 제기할 수도 있을 것이다. 이점은 작품 안에서 이광수가 "일본이야말로 우리 조선에 대해서는 서양"(169쪽)이었다는 사실을 간과한 것이었다고 고백한 점을 되풀이하는 것처럼 보이게도 한다. 최인훈의 글쓰기에서 이런 모습이 나오게 된 것은 그가 중국과 우리나라를 구별하기보다는 동양과 서양의 변별성을 보여주기에 주력했기 때문이다. 최인훈은 서구문화와 당당히 겨룰 수 있는 동양의 정전으로 『서유기』를 내세운 것이다. 이때 중국은 동아시아 담론의 한 축으로서 우리와 동질적, 동지적 관계에 있는 문화영역이다. 따라서 이광수와 같은 전철을 되풀이하는 것은 아니라고 본다. 그도 이점을 간과하지 않고 있기에 임제의 작품을 채택한 것이다. 중화사상을 추수하는 또 다른 식민지 양상으로 해석될 우려를 불식시키기 위해 우리 고전 「원생몽유록」의 구조를 도입하였다고 볼 수 있다.

　탈식민주의의 '반언술행위canonical counter-discourse'에는 '마술적 리얼리즘', 피카레스크 같은 왁자지껄한 유럽장르, '정전으로 인정된 것에 대한 허물어뜨리기'가 대표적이다. 이중 세 번째가 바로 '정전되받아 쓰기'로서 서양고전에 대한 패러디이다.[12] 최인훈은 서양 고전의 정전을 허물어뜨리거나 되받아쓰는 작업을 동양의 고전과 우리의 고전을 패러디함으로써 극복하고 있다. 동서의 대비를 통해 그간 열등하다고 폄하된 동양문화의 우월성을 표방한 것이다.

　독고준의 환상여행은 식민체제와 근대성을 동시에 경험하게 된 독특

---

12) 헬렌 티핀, 성경준 옮김, 위의 글, 1992, 39쪽.

한 우리의 근대사를 정확히 해석하기 위한 장치가 된다. 독고준에게 W
시의 'W'는 고향 원산의 이니셜이자, 여성(woman)의 이니셜이기도
하다. 그에게 선험적 고향 W시는 '성적 체험'과 '자아비판'의 외상이
겹쳐져 있는 곳이므로 두 가지 외상을 동시에 치유해야만 정체성 회복
이 가능할 것이라는 암시도 지닌다.

　환상여행에서 독고준이 귀향할 때 사용하는 운송수단은 기차이다.
독고준의 여정이 철도라는 근대 교통 수단을 통해 이루어진다는 점은
상징적이다. 철도는 대상을 동일성과 차이성 속에서 비교·선별하는
'근대적 시선'이 구성되기 위한 전제 조건이기 때문[13]에 근현대소설에
서 주요한 공간으로 등장한 바 있다.[14] 『서유기』의 '기차' 모티프는 근
현대소설에 나타난 기차의 기능을 연장하는 선상에서 더 확장되었다고
볼 수 있다. 독고준이 석왕사역에서 승차한 이후 3차례나 회귀하는 과
정 동안 객차는 서사의 주요공간으로 변화한다. 여기에서는 환상성의
도입으로 리얼리티가 약화되어 있다. 객차가 감옥으로 바뀌기도 하고,
기차역에서 자살을 시도 『흙』의 작중인물 '윤정선'의 등장을 통해 이광
수와 헌병의 출현을 자연스럽게 연결시키고 있다. 이때 기차역에서 식
민지 지식인의 고뇌를 들을 수 있는 시공간을 확보하게 된다. 기존의
운송수단과 달리 기차의 기능이 시공간의 경계를 없애고 있듯이, 이 작
품에서 석왕사역과 기차가 중심 공간으로 자리잡으면서 갈 수 없는 지
역인 북한을 갈 수 있도록 하고, 만날 수 없는 고인들을 만나게 한다.

---

13) 이효덕, 박성관 역, 『표상공간의 근대』, 소명출판, 2002, 241-245쪽 참조.

14) 근대적 주체의 면모라든가 식민지, 해방후의 삶의 양상을 보인 작품 중에 '기차' 모
　　티프를 활용한 것으로 대표적인 것에는 염상섭의 「만세전」, 현진건의 「고향」, 최명익
　　의 「심문」, 「장삼이사」, 채만식의 「역로」 등을 들 수 있다. 기차의 속도감과 객차의 공
　　간을 소설기법에 응용함으로써 근대인의 비판적 시각을 부각시킨 작품들이라 할 수
　　있다.

기차여행이 강조되는 이 부분은 지상세계의 이미지를 띠고 있다.

① 왕잠자리들이 떼를 지어서 날아다니는데 금빛의 투명한 날개가 반짝이면서 이동하는 모습은 한결 평화스러워 보인다. 역사 옆에는 크게 지은 온실이 있고, 햇빛이 그렇게 미치는 시각인지, 유리를 끼지 않은 것처럼 속이 말끔히 들여다보이는데 선인장만 수없이 놓여 있다. (중략) 선로에 연해서 해바라기를 심었는데 샛노란 화판이 멀리까지 이글이글 연해 있다.[15]

② 야산에는 드문드문 나무가 서 있는데 한결같이 불에 타서 숯기둥처럼 보인다. 그것들도 햇빛을 되비쳐서 번쩍번쩍 빛나고 있었다.(94쪽)

③ 선로의 두 궤도 사이에 깔린 자갈 사이로 해바라기가 몇 포기 솟아나 있고, 그 노란 화판이 한낮의 햇볕에 앉아 있다. 은은히 들리는 항공기의 엔진 소리. 한가하고 무더운 소리다.(129쪽)

예문 ①, ②, ③은 독고준이 석왕사 역으로 3차례 회귀할 때마다 그 사실을 모르기 때문에 역에 대한 동일한 느낌을 갖는 부분이다. 기차여행이 이루어지는 공간은 예문에서 나오듯이 '빛'이 강렬한 지상세계의 이미지를 띠고 있다. 이것은 오딧세우스가 시련을 겪으면서 항해를 하는 '바다'와 상응하는 것이라고 볼 수 있다.

그의 고향방문 과정에서 관심을 두어야 할 것은 '성체험', '자아비

---

15) 최인훈, 『서유기』, 문학과지성사, 1996, 75쪽. 이후의 인용문에서는 쪽수만 표기한다.

판', '건물붕괴'의 의미이다. 오딧세우스가 이타카로 돌아갈 수 있었던 원동력은 아내 '페넬로페'에 대한 사랑이었다. 현대인 독고준에게 아내는 '방공호의 여인'으로 변형, 대체된다. 그러나 주의해야 할 것은 독고준의 환상여행의 추동력처럼 보인 '방공호의 성체험'과 '여름날의 여인'이 여행을 하는 동안 망각되기도 하고, 정작 고향에 도착해서는 언급되지 않는다는 사실이다. 이것은 독고준의 주체성 회복에는 '여성'이 아닌 다른 것이 중요하게 작동하고 있음을 암시하는 것이다. 그것은 '자아비판'의 체험으로 드러난다. 먼저, 독고준에게 여성은 어떤 의미를 띠고 있는지 간략히 보겠다.

독고준에게 원형이 되는 구원의 여인은 신과 같은 존재, 즉 그의 절대적인 아니마이다. 그의 아니마 형성은 소집일날 '그 여름날'의 방공호 속에서 성체험을 가졌던 여성의 이미지에서 비롯되었다. 그가 『회색인』에서 전도사 김순임에게 사랑을 느꼈던 것도 그녀와 방공호 속의 여성이 닮았다는 이유 때문이다. 그러나 독고준의 여성관은 양가성을 띠고 있기 때문에 그 자신마저도 혼란을 겪는다. 그의 아니마상은 순수미와 성스러움이지만 그의 본능은 관능적인 여성에게 관심을 지니기 때문에 내적 모순을 일으키는 것이다. 독고준에게 여성은 자아 정체성을 찾는 여정에서 일종의 '문' 역할을 하는 정도로 그려진다.

독고준이 聖的인 대상 김순임과 性的인 대상 이유정 사이의 갈등에서 김순임을 거부한 것은 그녀가 기독교인이라는 점이 크게 작용한다. 이것은 김순임과 김학이 닮았다는 인상을 준다. 김학의 '혁명'이 '박래품으로서의 이물감'을 느끼게 하듯, 김순임이 기독교로 구원을 받는 것에 대해서도 독고준은 회의적이다. 이 점은 「광장」에서 이명준이 기독교와 막시즘의 유사성을 기록한 것과도 일맥상통한다.[16] 이명준의 사상은 독고준에게까지 지속되어 기독교나 막시즘은 모두 외래 사상, 종교로서 우리에게는 이물감을 느끼게 하는 문화로 받아들여진다. 최인훈이 다른 작품들에서도 기독교보다는 불교에 의해 인간 구원을 받을 수 있음을 시사한 것은[17] 기독교와 불교의 대립에서 불교쪽으로 기운듯한 모습을 보인다.

자아비판 체험은 독고준의 소년 시절 역사시간에 지도원 선생에게 답변한 내용이 부르조아적 발상이라고 비판을 받은 사건이다. 이는 독고준에게 가해진 이데올로기의 억압과 권력의 모습이다. 지적 욕망이 강한 개인을 이데올로기의 제도권에 감금함으로써 지식의 허구성을 보여준 외상으로 남아 있다.

독고준이 환상세계에서 고향에 도착했을 때 정작 이 여행을 추동시

---

16) 이명준이 그리스도교와 스탈리니즘을 비교한 것은 다음과 같다.
　"1. 에덴시대-원시공산사회 2. 타락-사유제도의 발생 3. 원죄 가운데 있는 인류-계급 사회 속의 인류 4. 구약시대 여러민족의 역사-노예·봉건·자본주의 사회의 역사 5. 예수 그리스도의 나타남-칼 마르크스의 나타남 6. 십자가-낫과 망치 7. 고해성사-자아비판제도 8. 법왕-스탈린 9. 바티칸궁-크레믈린궁 10. 천년왕국-문명공산사회"(「광장」, 149-150쪽) 이명준은 이렇게 대비한 이후 "에덴 동산에서의 잘못에서 법왕제에 이르는 기독교의 걸음걸이는, 그대로 코뮤니즘의 낳음과 자람의 걸음에 신기스럽게 들어맞는 것이었다. 그들은, 쌍둥이 그림이었다. (중략) 초대 교회의 고지식한 정열과 알뜰한 믿음을, 현대교회에서 찾아볼 수 없듯이, 비록 코뮤니즘이 겉으로는 넓은 땅을 거느리기에 이르렀지만, 그 창시자들의 바르게 생각하고 착하게 살려던, 고지식한 마음은 없어진 지 오래다."(「광장」, 150쪽) 이명준의 사상은 독고준에게까지 지속되는 것으로서 이러한 내용을 토대로 할 때 기독교보다는 불교를 더 우위에 두는 것으로 볼 수 있다.
17) 최인훈이 불교에 의해서 현대인이 구원받을 수 있는 가능성을 시사하고 있는 내용은 여러 작품에서 나오고 있다. 「가면고」에서는 다문고 왕자 전생담, 「열하일기」에서는 고고학자인 주인공이 '유머구락부'에서 행한 관음선사의 법연(162-168쪽)과 『회색인』에서는 김학과 황노인의 만남에서 황노인이 불교를 내세우고 있다.(176-178쪽), 「구운몽」에서는 김용길 박사가 읽은 법화(265-267쪽)와 『소설가 구보씨의 일일』 15장에서 구체적으로 나타나고 있다. 반면, 기독교에 대한 부정적인 반응은 「크리스마스 캐럴 1」(15-16쪽), 「만가」(306쪽)에서 나타난다.

컸던 '방공호의 성' 체험은 재현되지 않고 '자아비판'의 외상이 연극처럼 재현되었다. 그만큼 이 사건은 독고준의 정신적 성장에 큰 반향을 일으킨 것이었다. 지도원 선생의 규범적 판단의 보편화는 사회구성체의 모든 곳을 관류하면서 개체를 끊임없이 비교·분리·계층화·동질화하는 데 목표를 둔 것이다.[18] 이것은 서구의 이데올로기가 한 개인의 지적 성장기를 파괴시킨 사건이며, 확대하면 한국민족을 서구의 사상으로 재단함으로써 민족의 본질을 망각시킨 것으로 볼 수 있다. 따라서 독고준이 외상을 극복하는 것은 탈식민주의의 가능성을 보여주는 단초가 된다. 환상여행에서 이 장면을 긴 분량으로 재구성하고, 성인이 된 독고준이 지도원 선생에게 항변을 하는 것도 이데올로기의 허구성, 즉 서구문화의 파괴성을 보여주는 것이다. 독고준은 이 재판에서 '무죄'판결을 받고, 자신의 밀실인 '방'으로 회귀한다. 이것은 독고준의 정체성 회복의 가능성을 암시하는 것이다.

독고준이 드디어 고향 W에 방문했을 때 그가 이동하는 장소마다 건물이 파괴된다. 이러한 현상은 독고준에게 비친 북한 사회의 인상이 부자연스러움과 '이물감', 그리고 어울리지 않는 요소들의 결합이란 점으로 인식되어 있음을 고려하면 어느 정도 해결된다. W시는 독고준에게 고향임에도 불구하고 생경한 장소로 다가온다. 귀향한 독고준에게 비친 고향의 모습은 이제 성인의 안목으로 비판을 가할 수 있는 장소이다. 그곳은 구원의 이념으로 등장한 사회주의조차도 실제적으로는 맹목적 권위로 군림하는 폐쇄적 이데올로기에 지나지 않는다. 그런 이념이 군림하는 장소는 정겨운 고향일 수가 없다. 독고준이 이런 인식을 할 수 있기 때문에 그가 방문한 장소들이 파괴되는 환상을 만들어낸 것

---

18) 윤효녕 외, 『주체개념의 비판』, 서울대학교 출판부, 1999, 172쪽.

이다. 서구의 환상물에서 자주 등장하는 풍경 중의 하나는 속이 텅 빈 세계이다. 그것은 실재적인 것과 만질 수 있는 것으로 둘러싸여 있으나, 그 자체는 비어 있는 부재일 뿐이라는 것을 보여주는 것이다.[19] 독고준이 둘러본 고향도 수입된 이념으로 포장하였으나 속은 텅 빈, 부재의 장소이다.

알베르 멤미는 식민 직후가 근본적으로 자기 기만 상태에 빠져 있다고 주장하였다. 이는 새로운 세계의 건축이 식민주의의 물리적 폐허에서 '마술적'으로 나타날 것을 바라기 때문에[20] 기만 상태에 빠진다고 본 것이다. 독고준이 고향을 방문했을 때 W시의 여러 건물들이 붕괴되는 것은 바로 '마술적으로 나타날 것'을 바라는 식민지인의 자세에서 벗어나기 위함이다.

지금까지 원작의 나선형 구조가 어떤 의미를 띠는지, 서구 고전의 '허물어뜨리기'와 그 의미는 무엇인지 살펴보았다. 최인훈은 오승은과 호메로스의 원작을 패러디하되 나선형으로 변형시킴으로써 식민지와 근대성을 동시에 체험한 지식인의 훼손된 정체성을 찾는 긴 여로를 보여줄 수 있었다. 이 작품에서 패러디의 전복성은 원작 자체에 해당하기보다는 그 원작을 잉태한 문화권이라 하겠다. 이것은 서양과 동양의 이분법적 대립항에서 늘 열등항에 자리매김되었던 동양문화의 우월성을 드러내고자 함이 패러디적 글쓰기로 나타났다고 여겨진다. 이것은 식민체제와 근대성의 경험을 병행한 피지배국 지식인의 운명이라 할 수 있다.

---

19) 로즈메리 잭슨, 서강여성문학연구회, 『환상성-전복의 문학』, 문학동네, 2000, 66쪽.
20) 릴라 간디, 이영욱 옮김, 『포스트식민주의란 무엇인가』, 현실문화연구, 2000, 19쪽.

2) 명부세계의 이미지와 문화형 탐색

최인훈이 이 작품을 '나의 지옥편'이라 부른 것은 단테의 『신곡』을 염두에 둔 것으로 볼 수 있다. 이와 같은 명명은 인간의 내면 세계를 탐색한 여행이기 때문에 가능하다. 여기서의 내면세계는 개인과 민족의 원체험이 식민지 상황에서 훼손되거나 왜곡된 상황이기에 '지옥'이라 부를 수 있을 것이다. 내면세계와 과거로의 시간 여행은 '환상성'에 의해 이루어진다. 망자라고 볼 수 있는 과거의 위인들을 만나서 시대정신이 함유된 그들의 말을 듣는 '문화형'에 대한 탐색이 시작된다.

독고준이 계단을 오르다가 지하세계로 추락하는 환상세계의 진입은 오딧세우스가 명부세계로 진입하는 행위, 단테가 지옥을 여행하는 행위를 변형한 것이다. 마법사 키르케는 오딧세우스에게 앞으로의 운명을 알기 위해서는 하데스에 가야 한다고 일러주었다. 명부세계에서 예언가 테이레시아스에게 자문을 구해야 무사히 고국으로 돌아갈 수 있는 것이다. 오딧세우스는 그곳에서 돌아가신 어머니를 만나고, 예언가 테이레시아스를 만나게 되어 여행에 성공할 수 있었다. 단테도 이 지옥(연옥)의 여행을 거친 후에 천상여행을 할 수 있었듯, 독고준의 환상여행도 명부세계에서 현자에 해당하는 영혼들을 만나야 주체성 회복과 문화형 정립이 가능해지는 것이다.

독고준의 환상체험이 명부세계로 설정되어 있음은 여러 상황에서 추론할 수 있다.

> 이렇게 걸어가는데 갑자기 그의 발바닥이 물렁한 것을 밟으면서 그의 몸은 아래로 떨어졌다.(15쪽)
> 그는 어느새 정거장에 와 있었다. 그것은 지하 철도의 정거장

이었다. (28쪽)

　얼마쯤 가다가 그들은 지하실로 내려가는 어귀에 다다랐다. (37쪽)

　인용문에서 나타나는 '아래로 떨어졌다', '지하철도의 정거장', '지하실로 내려가는 어귀' 등은 모두 하강의 이미지를 표출한다. 하강의 이미지는 다시 '지하'의 이미지를 연상키며 이는 '명부'를 상징하는 것이다. 명부세계라는 또 다른 추론은 역장의 말에서 나타난다. 역장은 "자네는 우리가 기다리던 그 사람이야. 우리는 자네를 기다리고 있었네. 자네를 만나야 우리는 옳은 귀신이 될 수 있단 말일세."(86쪽)라고 하면서 자신을 '옳은 귀신'이라고 표현하였다. 검차수 2명도 '귀신'이며, 독고준이 만나는 사람들이 논개, 이순신, 이광수, 조봉암 등의 망자라는 점도 명부세계의 이미지를 띤다.[21] 이것은 단테가 지옥에서 여러 유명 인사들을 만나는 것과 동일하다.

　단떼는 인생의 중반기, 서른 다섯 살 나던 해에 어두운 숲속을 헤매게 된다. 그 숲을 빠져나와 언덕으로 올라가려고 하나 표범과 사자, 암이리 등에게 방해를 받는다. 절망하고 있을 때 비르질리오를 만나게 되어, 그가 단떼를 안내하여 지옥과 연옥을 보여 줄 것을 약속한다. 숲은 단떼의 죄많은 생활의 우의(寓意)이고,

---

21) 이렇게 보면 앞서 보았던 지상세계의 이미지와 위배되는 것을 발견하게 된다. 지상세계에서도 귀신인 역장과 검차수, 망자들의 등장이 있기 때문이다. '지상세계의 이미지'는 기차여행에 의해 고향 W시에 도착하는 과정을 그린 것이다. 이곳은 '빛'이 강조되며, 꽃이 있고, 천상에서는 독고준의 추억을 떠오르게 하는 '강철의 새'가 날고 있기에 지상의 이미지가 강하다고 보았다. 이 작품의 여행구조는 지상세계와 명부세계가 혼합된 상태로 나타나고 있다.

세 마리의 짐승은 그 죄를 상징한다. 이 제1곡은 『신곡(神曲)』 전
체의 서곡이 되어 있다. 때는 서기 1300년 봄, 부활절인 성 목요
일 밤부터 금요일 아침에 걸쳐서의 일이다.[22]

단테가 지옥을 순례한 하루 동안의 여행은 독고준에게 1층에서 2층
으로 올라가는 순간의 시간으로 전환된다. 독고준이 석왕사 역에 도착
했을 때 한 무더기의 재목을 보고 놀라워하는 부분이 있다. 쌓아놓은
재목은 『신곡』의 서곡에 나오는 '숲'의 변형이라 할 수 있다. 『신곡』에
서 '숲'이 단테의 '죄많은 생활'을 우의적으로 표현한 것이라면, '쌓여
있는 재목'과 야산에 보이는 '불탄 나무기둥'은 한국의 비극적 역사를
비유하는 것이다.

명부세계의 공간은 서양고전에 대한 되받아쓰기뿐 아니라 우리의 고
전을 패러디한 것에서도 나타난다. 바로 몽유록계 소설 차용으로서 몽
유록계 소설의 구조와 비판의식이 수용된 것이다. 대표적인 것은 「원
생몽유록」이다. 이 점은 『신곡』의 극복이라 할 수도 있다. 「원생몽유
록」은 16세기 임제의 작품으로서 몽유록계 소설의 효시가 된다. 이 작
품에서 원자허는 책을 읽다가 꿈을 꾼다. 그 꿈속에서 단종과 사육신을
만나 대화를 나누게 된다. 독고민이 석왕사역으로 회귀하는 3번의 과
정은 역사적 인물을 만나기 위한 시공간을 갖도록 하였다. 그가 만난
인물들은 모두 망자이면서, 당시 자신의 입장을 진술한다. 「원생몽유
록」의 인물들이 꿈 속에서 모순된 정치권력을 비판하는 것과 일맥상통
하는 것이다.

몽유록은 그 성립에서부터 '이념성'을 강하게 띠면서 이를 직접적으

____

22) 단테, 허인 옮김, 『신곡』, 학원출판사, 1990, 11쪽.

로 표출하는 양식으로 출발한 바, 이 점은 몽유록의 가장 중요한 특성을 이루는 것으로 판단된다.[23] 이 작품에서 나타나는 인물간의 대화, 비판의식을 『서유기』는 현대적으로 변용한다. 특히, 민족성을 연구하고 있는 '죄수'와의 만남은 식민지 사관의 문제점과 극복방안을 제시하고 있다.

> 한국의 민족성 문제는 일본 통치하에서 식민주의자들의 자기 합리화와 한국인에게 열등의식을 심어주기 위하여서 논의되고 조종되었습니다. (중략) 본인은 오랜 연구를 통하여 민족성이라는 개념이, 아무것도 풀이하지 못하는 불모의 개념이며 요화이며 신기루에 불과하다는 것을 발견하였습니다. 그러한 방황 끝에 문화형이라는 개념에 도달했을 때 본인은 비로소 현실의 지평선을 발견하였습니다. 모든 것은 생각하는 형식 여하에 달려 있습니다. 본인이 말하는 문화형이란 이 '생각하는 방식'을 뜻하는 것입니다. 만일 어떤 국민이 실패를 하였다면 그것은 그들에게 뛰어난 '생각하는 방식'이 없었기 때문입니다.(110-112쪽)

인용문은 식민지 시대가 강요한 '민족성'의 우열 논의를 '문화형'의 차이에 대한 인식으로 바꿀 것을 사학자가 강변하는 것이다. 사학자(죄수)가 제시한 '문화형', 즉 '생각하는 방식'은 민족의 차이와 다양성을 인정하는 것이다. 또한 한 민족 내에서도 역사적 시기의 특수성을 인정하면서 인물의 행동을 비판하고자 하는 포용성을 보여준다. 이는 이데올로기의 허구성에 매몰된 인간의 경직된 사고를 유연하게 볼 수 있는

---

23) 박희병, 『한국 전기 소설의 미학』, 돌베개, 2000, 89쪽.

길이다.

독고준이 명부세계를 여행하면서 망자들을 만나는 동안 몽유록계 소설에서 차용한 비판정신이 잘 나타난다. 망자들의 진술을 통해 비판적 내용과 참회적 고백을 듣게 되는 것이다. 이와 같은 과거 위인들의 만남은 결국 우리나라가 왜 '주체화'되지 못했는가라는 질문에 대한 답을 찾는 과정이다. 독고준이 마주친 인물들은 과거의 이념을 대변한다. 역사적 인물인 논개, 이순신, 조봉암, 이광수 등은 각각 당대의 이념을 대표하여 말하고 있다. 논개는 이념의 차원으로 승화되지 못한 민족주의적 태도, 결의를 표상한다. 이순신은 기존의 위계질서를 절대시하는 유교적 세계관을 대표하며 이광수는 근대예술인을 대표하여 자생적인 이념과 전망을 갖지 못했을 때 결국 자기정체성에 대한 부정 즉, 친일 행위로 나아갈 수밖에 없음을 보여준다. 이들 가운데 조봉암은 예외적으로 죽어 있다. 사회주의 이념을 작가가 아직은 자유롭게 표현할 수 없는 시대적 상황이기 때문이다.

과거로의 회귀는, 식민지 역사에 대한 고통스럽고 치욕스러운 기억을 식민직후에 기억하지 않으려는 사태에 대한 처방과 연관지어 볼 수 있다. 식민조건에 대한 이론적 '기억하기'는 그러한 거부에 상응하여, 식민화의 폭력을 드러내는 동시에 적대적인 과거를 친숙하게 만들어 보다 쉽게 접근할 수 있게 함으로써 궁극적으로 화해를 시도하는 기획이다.[24] 『서유기』는 억압과 지배가 공고한 식민지 시대를 벗어난 이후에도 유지되고 있는 헤게모니적 시기에 해당하는 신식민주의를 염두에 두고 올바른 태도가 무엇인지를 성찰하는 작품으로 볼 수 있다.

고통스러운 과거의 기억으로부터 벗어나기를 바라는 것이 일반적인

---

24) 릴라 간디, 이영욱 옮김, 앞의 책, 24쪽.

태도인데 최인훈은 가장 수치스러운 환부를 『서유기』에서 건드리고 있다. 이것은 「그레이구락부 전말기」의 현, 「광장」의 이명준 등이 세계를 '체계화'하고자 했던 욕망을 대안적 실천의 모습으로 구체화한 것이다. 또한 역사를 재해석하려는 욕망이며 식민지 지배자와 식민지인 사이에 존재하는 상호 적대의 관계에서 벗어나려는 의지를 보여주는 것이다. 즉 식민지의 '세습적 희생자 의식'[25]에서 벗어나고자 하는 무의식적 욕망이라 할 수 있다.

『서유기』의 패러디는 동서양의 고전을 상호보완하는 성격 속에서도 동양고전을 우위에 두고 있는 모습을 지닌다. 논개, 이순신, 이광수, 사학자들의 '말하기'에는 자신의 행동을 반성하는 내용, 당대 이데올로기의 견고함, 현실의 부조리를 비판하는 것이 내장되어 있다. 이러한 '말하기'의 효과는 단테의 『신곡』으로는 모두 소화하기가 어려운 것들이다.

3) 삽입텍스트의 모자이크化

지금까지의 분석이 『서유기』의 외현적인 거시적 패러디라면, 미시적 패러디는 여러 편의 삽입텍스트와 에세이 등에서 나타난다. 미시적 패러디는 선행텍스트의 일부분만을 수용하고 있는 것을 말한다. 독고준이 석왕사 역 벤치에서 우연히 읽게 된 노트에는 5편의 이야기가 실려 있다. 그 안에는 배와 선원이야기, 호랑이의 시체에 붙어 있는 구더기의 이야기, 수필 '우리를 슬프게 하는 것들', 공주와 원숭이, 저팔계가 등장하는 부분적인 『서유기』, 담소아와 학빈의 이야기 등이다. 이들 작품은 『오딧세이아』, 안톤 체홉의 수필, 마크 트웨인의 『톰소여의 모험』

---

25) 임지현·사카이 나오키, 『오만과 편견』, 휴머니스트, 2003, 13-19쪽 참조.

등이 일부분씩 변형된 것들이다.

　이러한 미시적 패러디의 양상과 앞서 보았던 거시적 패러디는 『서유기』가 모자이크식 글쓰기[26]로 이루어졌음을 보여주는 사례가 된다. 모자이크는 현대소설의 글쓰기 과정을 총체적이고 집약적으로 보여주는 방식이다. 이 작품은 조각조각 모인 작은 그림들이 거대한 그림을 완성시키는 '모자이크'처럼 수많은 선행 텍스트가 포진되어 있다. 무질서한 듯 하지만 그 속에는 그림을 짜맞추듯이 형성되는 이야기들이 질서를 유지하며, 의미를 형성해낸다. 내면 탐구를 위해서는 이렇게 모자이크화된 글쓰기가 적합할지도 모른다. 파편화된 세계의 모습이 조각조각의 이야기들로 전이되면서 현실극복 의지를 커다란 이야기 틀 속에 담고 있기 때문이다.

　이 중에 카프카의 『변신』은 5편의 이야기보다 내용과 분량면에서 차이를 보이는 미시적 패러디가 된다. 환상세계를 여행하는 독고준은 꿈속에서 구렁이로 변신하였다. 꿈속에서 월남민인 그는 숙과 철이라는 동생들을 부양하느라 학업을 중단한 채, 철도원으로 근무한다. 구렁이로 변신한 이후 고향에서의 일이 자세히 떠올라 자아 비판 때문에 소년단 지도원 선생을 두려워하던 일, 소집일날 무리하게 등교를 하던 때의 일을 기억한다. 가정에서 희생적인 장남의 역할을 하는 동안 독고준은 학생시절 보여주었던 총명함을 잃어버리고, 개인의 욕망 또한 상실하면서 살아간다. 그리고 구렁이로 변신한 이후 형제들에게도 버림받게 된다.

---

26) 크리스테바의 '모든 글은 모자이크처럼 인용문이라는 작은 타일들로 구성되어 있으며, 다른 글의 흡수 아니면 변형에 불과하다.'(J. Kristeva, *La revolution du langage poetique*, ed. du Seuil, 1974; 이형식, 『작가와 신화』, 청하1993, 26쪽에서 재인용함)는 지적은 이 작품의 서사구조를 분석하는 데 하나의 방향제시가 된다.

　독고준에게 요구된 희생적인 가장의 역할은 그가 전도된 파르마코스적 인물[27]임을 보여주는 것이다. ‘구렁이 변신담’ 꿈은 현대인의 소외를 환상성으로 다룬 카프카의 『변신』의 패러디임을 알 수 있다. 『변신』에서의 ‘벌레’와 『서유기』에서의 ‘구렁이’는 변신담이라는 점에서는 유사하다. 그러나 정서적 분위기는 상반된다. 구렁이의 등장은 샤머니즘을 배경으로 하여 서구의 변신담을 전유의 상태로 만들었다. 최인훈은 서구의 여러 문학 장르를 다양하게 패러디하면서 결국 드러내고자 한 것은 한국의 문화적 양상이다. 이는 다양성과 차이를 존중하는 작가의 태도를 보여주는 것이다.[28]

　최인훈은 제임스 조이스의 『율리시즈』가 거둔 소설적 성취를 『서유기』를 통해 실험하고 있다. 제임스 조이스가 『율리시즈』에서 현대적 인생의 광범한 우발성과 무정부 상태의 거대한 파노라마를 의식적으로 통제하고 그것에 질서와 형태 및 의미를 부여하는 방법으로 ‘로망스 구성’의 신화적 병치를 채용하였다는 사실[29]이 『서유기』에서도 발견되는 것이다.

---

27) 노드롭 프라이, 임철규 역, 『비평의 해부』, 한길사, 1991, 61쪽.

28) 탈식민주의 작가들 중에서 현재 가장 주목을 끌고 있는 루시디는 그의 대표작인 『자정의 아이들』에서 민족주의와 민족 공동체에 대한 코스모폴리탄적 접근을 구현하고 있다. 루시디의 『자정의 아이들』에는 차이를 존중하는 다양성과 관용의 정신이 소설 형식에서 그대로 나타난다. 역사와 허구, 꿈과 현실, 과거와 현재, 전통과 실험, 동양과 서양, 그리고 방대한 사건과 인물들이 서로 어우러져 교차하는 소설의 백과사전적인 형식에서 엿볼 수 있다. 루시디는 이질적인 요소들을 단일한 질서 속에 얽어매는 것이 아니라 공동체의 다양성에 걸맞게 최대한 포용하려고 한다. 루시디는 MCC(자정의 아이들 협의회)가 대변하는 다양성의 공존이야말로 다원적 세계 공동체의 축소판이라고 할 인도의 본래 특성이며 모든 양극적인 대립과 분규를 극복할 수 있는 대안이라 믿는다. 인도의 순수한 전통을 주장한다면 그것은 잘못이다. 인도의 전통은 언제나 혼합적인 전통이었기 때문이다. 따라서 인도는 배타적 순수 대신에 차이를 존중하는 다양성과 관용의 정신에 입각해야 한다.(박인찬, 1999. 가을호 참조)

최인훈의 『서유기』에서는 '언어'로 조정되고 구성되는 온갖 현상들, 다시 말해 문학, 역사, 정치, 종교, 철학 등이 다루어짐으로써 원전의 사상성이 '최인훈'식으로 재해석되고 있다. 오승은의 『서유기』에서 삼장법사와 손오공 일행의 여행이 불경을 취득하는 과정을 그리고 있다면, 최인훈의 『서유기』는 '언어'의 취득과정을 보여주는 작품이 된다.[30] 이 과정에서 조선 시대와 식민지 시대, 그리고 해방기까지를 아우르는 한국의 문화, 역사적 상황에 대한 비판적 성찰이 함께 이루어짐으로써, 문학의 경계를 넘어 철학, 역사로 나아가고자 하는 최인훈의 의도를 다양하게 제시하고 있는 것이다.

거시적 패러디와 미시적 패러디의 종합은 로망스 구조의 패러디와 명부세계의 여행, 문학의 경계를 넘어선 논문, 에세이들의 패러디 등으로 다양한 글쓰기의 전범을 보여주고 있다.

3. 『서유기』의 패러디와 탈식민주의의 의미

최인훈은 자신의 패러디적 글쓰기를 "미학의 방법론에 도달하기 위한 나침반으로 삼을 수 있었던 것"[31]이라고 고백한 바 있다. 그가 밝힌 패러디를 하게 된 이유는 구조의 미학에 관심을 둔 것으로 볼 수 있다. 이는 이인숙이 『서유기』의 패러디 구조는 작품의 구조적 안정을 꾀할 수 있는 점, 로망스의 호기심과 여행구조가 갖는 형식의 자유로움 때문

---

29) 김욱동, 『포스트모더니즘의 이해』, 문학과지성사, 1990, 185쪽.
30) 손유경, 「최인훈·이청준 소설의 자기반영성 연구」, 서울대 석사학위 논문, 2002, 36쪽.
31) 김인호, 『해체와 저항의 서상-최인훈과 그의 문학』, 문학과지성사, 2004, 288쪽.

이라고[32] 분석한 것과도 일치한다.

그러나 이보더 더 심충적인 패러디적 글쓰기의 이유는 작가의 의식을 지배하고 있는 탈식민주의에서 찾을 수 있다. 이러한 인식 태도는 『서유기』의 전편이라 할 수 있는 『회색인』[33]에 직접적으로 드러난다. 탈식민주의에 대한 인식은 『회색인』에서 독고준이 아프리카인에게 관심을 가지는 부분에서 그 단초를 나타내고 있다.

① 서양 사람들은 시지프스일지 모른다. 그러나 우리는 시지프스가 아니다. 우리는 '시지프스의 엉덩이 밀기꾼'쯤이다. 그래서 우리들의 괴로움은 시지프스의 고결한 고통과 수난의 얼굴을 닮지 않고, 늘 어리둥절하고, 환장할 것 같고, 겸연쩍고, 쑥스럽고, 데데하고, 엉거주춤한 것이다.(『회색인』, 193쪽)

② 어느 날 저녁녘에 독고준은 자기 방에서 달이 지난 미국 잡지 『애틀랜틱』을 읽고 있었다. 아프리카 특집인 그 호를 읽으면서 준은 여러 가지 생각을 했다. (중략) 거기에는 '새 아프리카'가 있

---

32) 이인숙, 「최인훈 〈서유기〉, 그 패러디의 구조와 의미」, 『국제어문』 제6 · 7합집, 1986, 308-309쪽.

33) 『서유기』는 『회색인』의 후속편 성격을 가지고 있다. 『회색인』의 결말에서 주인공 독고준이 이유정의 방으로 들어간 것에서 끝났는데 『서유기』는 이유정의 방에서 '부끄러움'을 간직한 채 나오는 독고준의 모습으로 시작한다. 최인훈은 우리나라 정신의 원형을 찾아보려는 작업을 3부작으로 구상하고 있었다. 즉 『회색인』과 『서유기』는 3부작의 일부분이며 제3부를 어떤 형식으로 써야 할지 고민하다가 쓴 것이 『크리스마스 캐럴』 연작이라고 밝히고 있다.(최인훈, 『최인훈 예술론집 꿈의 거울』, 우신사, 1990, 219쪽과 245쪽) 『회색인』과 『서유기』는 작중인물과 배경이 동일하다. 두 작품의 차이는 독고준의 사유과정을 『회색인』은 사실주의적으로, 『서유기』는 반사실주의적으로 표현하고 있다는 점이다.

었다. (중략) 그리고 슈바이처와 헤밍웨이의 아프리카가 아니고 아프리카인의 아프리카였다. 서구의 문명과 침공을 받고 괴로워하면서, 자기 조종을 하고 있는, 역사 있는 전통 사회의 모습이었다. (중략) 준은 어떤 부끄러움을 느꼈다. (『회색인』, 222쪽)

독고준의 탈식민주의적 태도는 일본 제국주의에 의한 '지배적 시기'에서 비롯된 인식이라기보다는 문화적 정체성을 문제시하는 신식민주의에 대한 인식이다. 즉 서구문화에 종속된 '헤게모니적 시기'에 해당하는 탈식민성의 인식을 보여주는 것이다.[34] 그러나 『회색인』에서 나타나는 피식민지 또는 타자성에 대한 독고준의 인식 전환은 사실 이율배반적인 면을 지니고 있다. 독고준은 자신이 세계를 파악하는 시선이 서구중심적이었다는 사실을 비판하기 위해 '아프리카'에 대한 새로운 경험을 서술하였다. 그런데 이것은 직접 체험에서 나온 것도, 국내 잡지를 읽은 것도 아닌 여전히 미국 문화를 추수하는 범주에서 행해진 인식 전환이기에 양가적이다.

특히 인용문 ①은 서양사고에 침윤된 독고준의 정신적 고뇌를 보여준다. 그가 '시지프스의 엉덩이 밀기꾼' 쯤으로 자신을 자학하는 태도는 어디에서 비롯된 것인가. 이는 「그레이구락부의 전말기」의 현, 「가면고」의 독고민, 「광장」의 이명준 등의 주인공이 '세계의 체계화'를 욕망하는 공통된 모습의 또 다른 모습이라 하겠다. 지금, 자신을 '시지프스의 엉덩이 밀기꾼'으로 보는 독고준은 이런 작중인물의 계보 중 한명

---

34) 탈식민주의가 제기하는 문화적 정체성의 문제는 '지배적 시기'인 제국주의의 시기뿐만 아니라 '헤게모니적 시기'인 신식민지 시기까지를 총괄하여, 서구 제국들이 만들어온 식민담론을 전복하고 새롭게 구성하려는 담론의 구조와 방식을 결정한다. 김춘섭 외, 『문학이론의 경계와 지평』, 한국문화사, 2004, 380쪽.

이라 할 수 있다. 주인공들은 '세계의 체계화'를 욕망하고, 개별적으로 차이는 있으나 좌절감을 느꼈을 때 환멸감에 시달리는 모습을 보여주었다. 아무리 따라잡아도 잡히지 않는 서양은 '저 너머의 그 무엇'으로 존재한다. 그것은 변방의 지식인에게는 근원적, 본질적인 문제에 도달하지 못하는 허무감을 심어주는 것이다.

『회색인』에서 탈식민주의가 표면적으로 드러나는 곳을 발견할 수 있다. 미국유학을 다녀온 서양화가 이유정과의 대화에서 그런 점을 표출하고 있다. 이 작품의 후속편인 『서유기』가 패러디로 나타날 것을 암시하는 부분은 '오오 田園이여 戶房이여'라는 부제가 붙은 12장이다. 이 장에서 독고준은 부친의 고향이 W시가 아니라 원래는 안양의 P마을이란 사실을 전해듣고 조부뻘 되는 조상을 만나기 위해 고향을 방문한다. 이와 같은 고향방문이 있던 날 이유정과의 대화에서 다음과 같이 '서유기' 언급을 한다.

> "얼굴이 탄 걸 보니 피크닉을 간 모양이군, 맞았지?" "서유기를 갔었지요." "서유기?" "저러니 무슨 신통한 그림을 그릴까? 손오공의 서유기(西遊記)지 무슨 서유길까."(『회색인』, 260쪽)

독고준은 고향방문을 이처럼 '서유기'로 비유하였다. 따라서 『서유기』는 『회색인』의 12장이 확대된 장편 '고향방문기'임을 알 수 있고, 『회색인』에서 단초를 보인 탈식민주의가 환상적인 기법으로 표면화된 작품이라고 볼 수 있다. 패러디의 비판적 성격이 식민지 체험에서 비롯한 전근대적 삶의 방식과 사유방식에서 일탈하고자 하는 최인훈의 기본적인 생각과 부합하기 때문에 탈식민주의를 표방한 장편 패러디는 어느 정도 예고된 것이었다.

이러한 탈식민주의의 맹아를 『회색인』에서 틔우고 『서유기』에서 개화시켰음을 볼 수 있다. 물론, 그 차이는 있다. 『회색인』에서 드러난 탈식민주의는 주인공 독고준의 사유세계를 통해서 표출되는 반면, 『서유기』의 탈식민주의는 주인공 독고준의 사유세계보다는 오히려 다른 작중인물, 예컨대 사학자나 이광수, 논개 등을 통해 우회적으로 드러내고 있다. 그리고 집약적으로 '패러디'라는 글쓰기를 통해 드러내고 있다. 앞에서도 밝혔듯이, 원작에 대한 비판이나 전복보다는 '서양문화'를 극복하고자 하는 동양 지식인의 모습에서 패러디가 기획되었다고 볼 수 있겠다.

패러디는 차이를 존중하는 다양성과 관용의 정신을 지니고 있으면서도 비판의식을 수반한다. 그것은 역사성 없음이나 역사로부터의 도피가 아니다. 그것은 또 과거 예술 작품들을 원래의 역사적 문맥으로부터 무리하게 잡아 떼어내어 현재중심적인 볼거리로 재구성해내는 것도 아니다. 패러디는 대상을 일단 정착시킨 다음 아이러니컬하게 만드는 이중적인 과정을 통해 현재의 재현물들이 어떻게 해서 과거의 재현물들로부터 유래되었는지, 그리고 과거와 현재의 연속성과 차이로부터 어떤 이데올로기적 결과가 파생되는지를 보여준다.[35] 최인훈은 『서유기』의 패러디를 통해 식민지 상황에서 벗어나지 못한 상태를 비판하고자 하였다. 식민주의가 개인에게 지대한 영향을 끼칠 때 주체성 약화의 문제로 나타나기 때문이다.

김영민은 인문학의 글쓰기와 탈식민성을 다음과 같이 밝힌 바 있다.

우리 인문학이 고심해야 할 이 시대의 식민성 문제란 과거의

---

35) 린다 허천, 김상구 · 윤여복 옮김, 『패로디 이론』, 문예출판사, 1992, 156쪽.

중국이나 일본, 혹은 현재의 구라파나 미국이라는 나라들과의 종
속적 대외 관계에 국한되지 않는다. 이 논의에서 정작 중요한 것
은 오히려 이미 그 종속성이 우리 자신의 삶과 앎을 서로 소외시
키고, 속으로부터 우리 정신을 피폐하게 만드는 내면의 문제로
체화되어 있다는 사실이다.…… 탈식민성의 화급한 과제가 인식
과 진위의 공시성을 넘어서 역사성을 지향하는 태도와 만나는 것
은 자연스럽다.[36]

이와 같은 김영민의 지적은 최인훈의 글쓰기 의미를 규명하는 데에
도 시사점을 준다. 그가 지적한 '역사성'이 바로 독고준의 환상세계에
서 구현되고 있기 때문이다. 과거를 더듬는 것은 지금의 지형과 그 성
격을 의심해서 자기 변혁의 가능성을 실험해 보는 것이다. 바로 독고준
의 주체성 회복, 형성의 과정이라 할 수 있다.

4. 맺음말

이 글에서는 최인훈의 『서유기』가 지니고 있는 패러디 구조와 탈식
민주의에 대해 살펴보았다. 이 작품에 나타난 패러디의 양상은 혼성적
인 것으로서 다양한 작품을 채택하고 있다. 외현적으로는 호메로스의
『오딧세이아』와 오승은의 『서유기』의 여행구조를 나선형으로 변형시키
고 있으며 내재적으로는 단테의 『신곡』과 임제의 「원생몽유록」을 수용
하였다. 여기에 세부적으로는 여러 편의 고전을 부분적으로 패러디함

---

36) 김영민, 『탈식민성과 우리 인문학의 글쓰기』, 민음사, 2001, 6쪽.

으로써 혼성적인 패러디이자 모자이크식 글쓰기의 양상을 보여주었다.

원작 『오딧세이아』, 『신곡』, 『서유기』의 여행구조는 최인훈의 패러디에서 나선형으로 변형되었다. 석왕사역으로 3번이나 회귀하는 나선형의 여행구조는 고향 W시로의 도착을 지연시키지만 이를 통해 개인의 외상과 민족의 외상을 치유할 수 있는 시공간을 확보한다. 특히 「원생몽유록」의 구조를 패러디한 것에서는 망자들을 등장시켜 시대의 모순을 재현, 비판할 수 있었다.

『서유기』의 패러디적 글쓰기는 독고준의 개인적 외상인 '자아비판' 체험을 재현함으로써 훼손된 주체성을 치유할 수 있는 길을 모색하였다. 그리고 이순신, 논개, 이광수 등을 등장시켜 당시의 이데올로기와 그들의 행동에 대한 말을 직접 들음으로써 파행적인 근대사를 극복하려는 의지를 새로운 '문화형'의 제시로 보여준다. 이는 식민지 역사를 극복하고자 하는 작가의 탈식민주의의 태도를 드러낸 것이다.

> 작가가 당대의 세계관을 받아들이면서 현실을 해독할 경우 이데올로기는 단순히 '기존질서와 지배를 유지하고 영속시키려는 허위의식의 관념체계'에서 텍스트의 외연의미와 내포의미 사이의 균열' 및 '진리라고 믿게끔 만든 것과 현실 사이의 괴리'로 폭을 넓힌다. 개인 또한 해석의 지평을 넓히며 자유로운 독자가 된다. 드물게는 이 자유에 만족하지 않고 적극적 해방의 자세에서 '다시쓰기'를 감행하려는 자가 있는데 그는 이 순간 주체로 선다.[37]

작가가 당대의 세계관을 받아들이면서 현실을 해독하는 것은 작가의

---

37) 이도흠, 『화쟁기호학, 이론과 실제』, 한양대학교 출판부, 1999, 209쪽.

현실인식 능력과 그 실천력을 담보로 한다. 1960년대 재편성되는 신식민지의 상황을 최인훈은 누구보다 민감하게 받아들였다. 신식민지 상황에서 '주체로 선다'는 것은 주체의 회복을 의미한다. 이 과정은 독고준이 소년기에 겪었던 외상을 치유하는 '지배적 시기'의 식민지 체험에서 벗어나는 것이다.

독고준의 환상여행은 개인적인 면과 사회적인 면에서 그 의미를 찾을 수 있다. 그의 환상여행의 동기가 되는 '방공호의 성체험'과 '자아비판의 체험'은 독고준의 주체 형성에 주요 인자가 된다. 이를 위해 과거의 시간으로 회귀하여 개체성을 탐색하였다. 한편 독고준이 명부세계에서 위인들과 소설의 허구적 인물을 만나는 여행은 우리 역사에 대한 새로운 인식을 필요로 하는 것으로서 문화형의 탐색이다.

『서유기』에 나타난 패러디 글쓰기는 최인훈의 탈식민주의적 세계 인식과 관련이 있다. 패러디가 지닌 정전에 대한 전복성은 원작에 대한 비판, 전복을 나타내기보다 열등한 위치에 자리매김된 동양문화를 극복하고자 하는 시도임을 알 수 있다. 동양문화의 우월성을 드러내는 것은 과거의 제국주의 지배에서 자본주의의 지배로 새로운 식민형태를 양산하는 현실을 극복할 수 있는 정신적 토대가 되어줄 수 있기 때문에 중요한 것이다.

『서유기』에 나타난 패러디 양상이 대체로 서구의 작품을 중심으로 전개된 점이 보인다. 작가도 이것을 의식했기에 희곡으로 글쓰기를 전환하였을 때 우리의 설화를 집중적으로 패러디하였을 것이다. 최인훈이 『오딧세이아』, 『신곡』, 『서유기』, 『몽유록』을 한 작품 속에 버무려낼 수 있는 것은 그의 작가적 역량이다. 이 작품이 난해한 것은 사실이지만 원작의 서사구조와 작가의 문학관을 음미하면서 읽는다면 그렇게 난해한 작품만으로 남지는 않을 것이다.

황석영 소설에 나타난 탈식민주의 고찰

1. 머리말

그동안 한국 현대문학은 다양한 이론으로 해석되었다. 그 중에서도 탈식민주의와의 관계는 운명적이라 하겠다.[1] 식민지 경험을 가진 한국의 정치·경제·문화 등의 상황을 탈식민주의 이론으로 비교적 정교하게 풀어낼 수 있기 때문이다. 탈식민주의는 탈구조주의와 포스트모더니즘을 이론적 기반으로 하고 있기에 명쾌한 정의를 내리기가 어려운 편이다.[2]

---

1) 탈식민주의의 이론가들이 라틴아메리카나 인도 등 자국의 식민지 경험을 토대로 이론을 체계화한 점을 보아도 자국의 특수한 역사적 상황과 비평이론 발생은 운명적 관계임이 나타난다. 탈식민주의 이론의 기반을 마련한 에드워드 사이드는 영국이 위임통치하고 있던 팔레스타인의 예루살렘에서 1935년에 태어났고, 프란츠 파농은 서인도 제도의 프랑스령 마르티니크 섬에서 1925년에 태어나 식민지 교육을 받은 후 프랑스에서 정신의학을 공부하였다. 가야트리 스피박은 영국의 식민지였던 인도 출신의 여성학자이며, 릴라 간디 등도 모두 피식민주의 지식인이라는 점에서 그러하다.
2) 그럼에도 불구하고 간략하게 정의해 본다면, 탈식민주의란 식민성/탈식민성의 문제를 제기함으로써 그동안 서구를 보편화하고 비서구를 식민화해온 문화제국주의의 논리들을 비판하는 이론으로 볼 수 있고(린다 허천, 「식민주의와 탈식민주의적 상황」,

탈식민주의 이론의 의의 중 하나는 이항대립적인 틀[3]에서 열등한 위치에 있던 것들이 저항을 보여준다는 점이다. 이항대립적 구도는 후자에 대한 전자의 지배와 착취를 자연스러운 것으로 만들었다. 이러한 모습의 극단적인 예는 서양과 동양의 이분법적 구분에서 잘 나타난다. 억압적인 근대 역사의 일환이라 할 수 있는 식민통치는 서구를 보편적인 전범, 즉 주체로 자리매김하는 반면, 동양은 열등한 타자로 주조한 성격이 강하다. 따라서 탈식민주의에서 나타나는 '저항'의 태도는 피지배자의 자각을 표출한 정체성의 확립이란 점에서 중요해진다.

이제, 우리의 역사적 상황으로 관심을 돌려, 식민지와 탈식민성의 움직임이 어떻게 형성되었는지에 주목해야 한다. 주지하다시피 우리의 식민지 담론은 1920~30년대에 명확하게 드러난다. 근대화의 과정이 일제 식민지 통치의 파행적인 과정과 비례하여 나타났기에 식민지 정책에 대한 저항담론을 형성한 것은 당연한 태도라고 볼 수 있다. 그러나 식민주의 시대가 종결된 20세기 후반에서 21세기 현재에도 여전히 제국주의[4]의 지배는 계속되고 있다. 일본의 식민지에서 해방된 이후

─────────────

『외국문학』, 1995. 여름호, 18-19쪽 참조), 식민주의 시기로부터 현재에 이르기까지 제국주의적 영향으로부터 자유로울 수 없었던 모든 문화를 포괄하는 통칭적 개념으로 사용할 수 있을 것이다.(빌 애쉬크로프트 외, 이석호 역, 『포스트콜로니얼 문학이론』, 민음사, 1996, 12쪽) 달리 표현하면 제국주의, 식민주의가 파생시킨 부정적 영향을 분석함으로써 탈식민화를 도모하는 문화비평이론이라 할 수 있다.

3) 이항대립적 틀은 문명과 야만, 남성과 여성, 백인과 흑인, 서양과 동양, 영성(spirituality)과 수성(animality), 지성과 감정, 주인과 노예 등의 대립적 구도를 가리킨다.

4) 오늘날의 제국주의는 자본주의라는 사회구성체의 특수한 발전단계의 필연적 산물로서 발생하고 있다는 점에서 예전의 제국주의와는 근본적으로 상이한 것이다. 그러나, 미국을 중심으로 한 단일체제로 세계를 재편하고 식민지정책을 통해 구식민지국가들을 세계자본주의 체제에 묶어두고자 한다는 점에서 본질은 변한 것 없이 통치형식과 지배방식만이 변했다고 볼 수 있다. '식민지 없는 식민지주의', 즉 신식민지주의라는 것은 제국주의의 세계적 지위가 약화되어가는 상황에서 또 식민지체제가 붕괴해가는

에, 외형상으로는 독립국을 유지하였으나 미국의 군사·식량·경제 원조가 이루어짐에 따라 재식민화[5]의 길을 걷게 됨으로써 식민지 상황에서 완전히 탈피했다고 보기는 어렵다.

황석영의 소설은 탈식민주의를 드러내고 있는 적절한 예가 될 것이다. 이 글의 목적은 황석영 소설의 탈식민주의적 양상과 그 의미를 분석하는 데에 있다. 그는 이미 1970년대부터 중·단편 소설에서 탈식민적 상황에 대한 인식과 대안으로서의 서사를 지향하고 있음을 보여주었다.[6] 최근에 발표한 작품에서는 탈식민성을 중점적으로 표방하고 있음에도 불구하고 아직 이에 대한 논의가 보이지 않는다. 이 글에서는 그의 출옥 이후의 작품인 『손님』(2001), 『심청』(2003)에 주목하고자 한다. 황석영의 방북, 망명, 복역, 출옥의 인생 여정은 그의 세계 인식 태도를 결정짓는 획기적인 사건이라 할 수 있다. 이와 같은 남다른 인생 여정이 용해된 두 작품에서 타자성을 포용하는 모습을 보여주는데 이는 탈식민성의 본질적인 면을 조명한 것이라 볼 수 있다.

『손님』과 『심청』에서는 탈식민주의에서 논의하고 있는 양상이 다양하게 제시되어 있다. 『손님』에서는 전유, 하위주체의 말하기를, 『심청』

제조건하에서 잘 다듬어낸 정치적·경제적·군사적·이데올로기적 제국주의 제정책의 총체이다. 이 정책은 힘의 논리와 철저한 반공주의적(메카시즘적) 상황하에서 진행되었다. 김의동, 「제국주의와 한국사회」, 『한국사회의 이해』, 한울아카데미, 1990, 110-115쪽.

5) 재식민화는 식민상태가 새로운 방식으로 체제화되거나 강화됨을 의미하며, 부분적 대상들의 코드화와 전지구적 코드화 등의 두 가지 경로로 진행된다. 전자는 언어, 제도, 법, 학문, 문화, 예술, 이데올로기, 그리고 군사적 경로를 통해서 수행하는 식민화의 코드를 의미하며, 후자는 미국의 신제국주의, 신자유주의 등 세계를 전지구적 그물망으로 식민화하는 코드를 의미한다. 고길섶, 「탈식민주의 담론과 세계지도 다시 그리기」, 『문화과학』 17, 1999, 154-157쪽.

6) 고하영, 「황석영 소설의 탈식민주의적 연구」, 서울대 석사학위 논문, 2003.

에서는 제국주의의 권력이 억압받는 하층 여성에게 미치어 타의적인 이주를 감내해야 하고 성매매와 다중의 언어습득까지 받아들여야 하는 삶을 보여준다. 피지배자의 위치에서 말하기, 모성성, 이타성을 드러내는 것은 식민지 종주국이나 문화제국주의가 암암리에 자행하는 폭력적 권력과 억압에 대항하는 모습이라 할 수 있다. 두 작품에 나타난 탈식민성은 개인과 민족의 훼손된 정체성과 그것을 다시 회복하고자 하는 방편을 모색하고 있기에 이 작품에 대한 탈식민주의적 접근은 유효하리라고 본다.

2. '굿'과 하위주체의 말하기

1) 전유로서의 '굿'과 '제사'

황석영의 『손님』은 6·25 당시 있었던 신천양민 학살의 진실을 밝히면서, 하위주체의 정체성 확립과 민족화합의 길을 탐색한 작품이다. 미국 이민자인 류요한 장로와 류요섭 목사의 고향은 신천양민 학살이 있었던 찬샘골이며, 바로 형 류요한은 가해자측의 중심인물이었다. 그들은 이 사건으로 월남한 후, 미국으로 이민을 갔다. 동생 류요섭 목사는 '이산가족 상봉추진회'에 고향을 방문하기로 신청해 놓았다. 그런데 고향으로 떠나기 3일 전에 형 요한의 죽음을 맞는다. 류요섭 목사의 귀향은 사십여 년 전에 일어난 '신천양민 학살'을 조명하는 계기점이 된다.

신천양민 학살은 기독교인과 공산주의자 사이의 충돌로 발생한 사건이다. 처음에는 기독교인을 주축으로 한 우익과 하층민 신분의 좌익은 처음에 두 집단 간의 이념 차이로 살상을 하였지만, 전황이 바뀔 때마다 개인적인 감정이 개입되어 사사로운 원한을 보복하는 집단 광기의 양상으로 변질된다. 북한 당국은 이 사건을 미군이 자행한 민간인 학살로 설명하고 있으나 북측의 설명만으로는 사건의 본질을 제대로 파악하기 어려울 것이다.[7] 황석영은 이 사건의 본질을 두 손님들의 적대적인 갈등과 그에 따른 보복전으로 이해하고 있다. 이 작품에서 '손님'이란 기독교와 마르크스주의를 가리킨다. 그는 '식민지와 분단을 거쳐오는 동안에 우리가 자생적인 근대화를 이루지 못하고 타의에 의하여 지니게 된 모더니티'가 기독교와 마르크스주의이며, 그런 점에서 이 둘은 '하나의 뿌리를 가진 두 개의 가지'로 보고 있다.[8]

이 글에서 주목하는 것은 이 사건의 진상 규명이 아니다. 그것은 사학자들의 연구부분으로서, 사료를 참고하면 정확하게 알 수 있기 때문이다. '허구'를 특성으로 하는 소설에서 이 작품처럼 역사적 사실을 전면화시킬 경우 주의할 것은 그 역사적 사건으로 인해 인간의 삶의 양상이 어떠한 질곡을 겪으며 그것을 어떻게 극복하는지 살펴보는 일이다. 이는 결국, 인간의 참된 삶은 무엇인가에 대한 모습을 천착하는 일이기 때문이다. 사실과 허구가 결합된 이 소설에서 관심을 두어야 할 부분은

---

7) 북한은 6·25 당시 전국적으로 미군에 의한 엄청난 학살이 있었다고 주장하였다. 특히 그들은 황해도 신천군에서는 군민 12만명 중 1/4인 3만 5,383명이 단지 45일만에 무참히 살해되었다고 주장한다. 그러나 당시 사건에 참여한 남한 우익의 기록에 따르면 신천 학살사건의 주체는 반공주의에 불타는 북한지역의 민간 우익들이었다. 즉 신천학살사건은 미군이나 국군의 학살이 아니라 좌우투쟁의 산물이었다는 점이다. 북한은 북한지역의 모든 양민 피해, 즉 좌우투쟁 과정에서 좌파는 물론 심지어 우파의 피해조차 전부 미군과 국군의 학살이라고 주장해왔다. 종종 "한국판 게르니카"로 불려온 신천 학살사건은 피카소가 1951년 그린 "한국에서의 학살"(The Massacre in Korea)의 소재가 되었던 것으로 알려졌다. 박명림, 『한국 1950 전쟁과 평화』, 나남출판, 2003, 623-629쪽 참조.

8) 황석영, 「작가의 말」, 『손님』, 창작과비평사, 2001, 261-262쪽.

이념의 대립으로 인해 생긴 가해자와 피해자 사이의 원한을 어떻게 해소하는지 살펴보는 데 있다. 해방이후의 극심한 혼란기에 지주, 중산층을 기반으로 형성된 이북의 우익 기독교와 하위주체로 형성된 인민위원회라는 두 계층 간의 갈등은 계층간의 신분적 갈등 뿐만 아니라 외래사상, 종교적 이념 등이 복합적으로 내장되었다가 발생된 사건이다. 따라서 이 사건의 가해자와 피해자 사이의 해원은 민족화합의 작은 실마리가 될 수 있을 것이다.

두 계층의 해원과 화해의 과정은 민중연희의 양식인 '지노귀굿'을 만나야 비로소 가능해진다. 황해도의 망자 천도굿인 진지노귀굿 열두 마당은 이 작품의 구성원리로서 주목할 필요가 있다. 굿의 과정에서 망자의 '말하기'를 통해 당시의 상황을 복원하거나, 타자의 위치에 있던 주변인들의 주체성을 회복시키고자 하기 때문이다.

이 작품은 과거와 현실의 교차, 현실과 환상의 교차, 초점화자의 교차가 다양하게 나타난다. 류요섭 목사가 고향을 방문한 이후부터 출몰하는 영혼의 모습은 '환상성'을 불러일으키며, 그렇게 출현한 영혼의 목소리에 의해 서술 시점이 달라지기 때문이다. 소설의 진행은 굿의 절차와 일치하므로 이를 간략히 서술하면 다음과 같다.

[표 1] 『손님』의 개요

장	제 목	내 용	출현한 망자	초점 화자
1장	부정풀이-죽은 뒤에 남는 것	류요한 장로는 신천학살 사건의 주동인물임. 죽음에 임박해서 자신이 죽인 '헛것'을 보기 시작함.	순남이아저씨, 이찌로, 동생요섭이 숨겨준 인민군	류요섭 류요한
2장	신을 받음-오늘은 어제 죽은 자의 내일	류요섭 목사는 형 요한의 장례를 치르고 고향 신천을 방문하기 전에 형이 만나기로 한 박명선을 만남. 그녀의 가족은 형에게 학살당함. 기독교에 원한.	류요한	류요섭 박명선
3장	저승사자-망자와 역할 바꾸기	류요섭은 고국에 돌아와 고려호텔에 투숙함. 안내원에게 만날 가족이 없다고 단호히 말함.	순남이 아저씨	순남이 류요섭
4장	대내림-살아남은 자	류요섭은 동행한 교수가 가족을 만나는 사진을 찍어주며 자신의 가족을 찾아달라고 부탁함. 조카 단열을 만나 신천학살의 현장과 '박물관'을 관람함.	순남이 아저씨 이찌로(박일랑)	류요섭
5장	맑은 혼-화해 전에 따져보기	류요섭 목사는 조카 단열에게 형의 뼛조각을 보여주고, 단열은 오열함. 조카와 하룻밤을 지내는 동안 서먹했던 관계를 해소함.	류요한 순남이 아저씨	류요한 순남이
6장	베 가르기-신에게도 죄가 있다	류요섭은 형수를 만남. 형수에게도 형의 뼛조각을 보여줌. 형수는 단열처럼 울지는 않았지만 한참 만져봄. 형이 고향에 남기고 떠난 것은 죄책감이라고 함.		류요섭
7장	생명돋움-이승에는 누가 살까	류요섭은 형수 집에서 하룻밤 묵음. 형의 영혼이 나타나 찬샘골에 묻어달라고 부탁함. 형수는 기독교인이면서 형의 제사를 차림.	류요한	류요섭 요한아내
8장	시왕-심판마당	류요섭은 소메삼촌을 만나 그의 집에서도 하룻밤 묵음. 이날밤에 신천학살사건의 망자들이 모두 나타나서 당시의 상황을 말함.	류요한 순남이 아저씨 이찌로	소메삼촌 류요섭 이찌로 순남이
9장	길 가르기-이별	망자들의 긴 대화이후 그들의 떠나는 모습이 나옴.	류요한, 순남이 아저씨, 이찌로	
10장	옷 태우기-매장	류요섭 목사가 찬샘골에서 형수가 간직한 형의 낡은 속옷과 뼛조각을 태움.		
11장	넋반-무엇이 될꼬 하니	평양 호텔에서 묵은 류요섭은 새벽에 꿈을 꾸고 일어남. 유리창에 비친 '가장 낯익은' 자신의 모습을 바라봄.		
12장	뒤풀이-너두 먹구 물러가라	망자의 천도를 비는 무가.		

　표에서 드러나듯 소설 구성은 진지노귀굿 열두 마당과 유사하다. 넋굿은 망자가 생전에 지녔던 현세에 맺힌 한을 풀어서, 살아남은 가족들의 주변을 맴돌고 있을지도 모를 망자의 넋을 저세상으로 떠나도록 위로하는 종교적 행사이다. 무당은 억울하게 죽은 망자들의 영혼을 지상으로 불러내어 그들에게 말을 걸고, 그들의 말을 산 자들에게 전해준다. 이 작품도 마찬가지로 천도를 못하고 떠돌고 있는 영혼이 출현하여 당시 사건의 전모를 들려준다. 8장 '시왕'과 9장 '길 가르기'에서는 '말하기'를 통해 편안한 마음을 찾은 망자들이 드디어 이승을 떠나는 장면이 나온다. 이때 영매 무당의 역할을 류요섭 목사와 그의 외삼촌이 맡고 있다. 그들은 망자의 억울한 사연을 들어주고 그들의 넋을 달래주면서 그들의 영혼을 천도시키는 현대적인 샤먼의 모습을 보여준다.

　이 작품의 구성형식을 '굿'의 진행절차와 일치시킨 것은 전유[9]에 해당한다. 전유는 피지배 문화의 경험과 전통을 전달하는 독특한 방식으로서 식민지 종주국의 지배 언어로 번역하기에는 불가능한 경우가 많다. 따라서 피지배 문화를 통찰하지 않고서는 이해하기 어려운 내용이다. 황석영은 우리 고유의 민중연희인 '굿'을 이용하여 제국주의, 식민주의 담론이 붕괴시킨 한 마을의 공동체 의식을 봉합하는데 주력

---

9) 탈식민주의 이론 가운데 애쉬크로프트가 주창한 폐기와 전유는 이 작품을 분석하는 데 유효한 이론적 근거가 된다. 폐기(Abrogation)는 지배문화에 대한 거부, 특히 지배적인 언어가 가진 헤게모니를 거부하는 것을 말하는데, 이것은 정전에 대한 거부와 기존의 정전에 대한 해석을 전복하려는 이론적 토대이다. 또한 전유(Appropriation)는 지배문화의 언어를 바꾸어 재구성함으로써 피지배 문화의 경험과 전통을 전달하는 독특한 방식을 의미한다. 이는 다른 언어로 번역이 불가능한 고유의 민족어로 창작을 한다거나 민족 고유의 독특한 설화나 문화를 설명없이 작품 속에 제시함으로써 피지배 문화를 이해하지 않고는 해석이 불가능한 창작 방법의 이론적 토대 구축을 의미한다. 빌 애쉬크로프트 외, 이석호 옮김, 『포스트콜로니얼 문학이론』, 민음사, 1996, 313－314쪽 참조.

하고 있다.

　가해자인 류요한의 영혼이 떠날 때 "이제야 고향땅에 와서 원 풀고 한 풀고 동무들두 만나고 낯설고 어두운 데 떠돌지 않게 되었다. 간다, 잘들 있으라."(250쪽)고 아우에게 말한다. 류요한은 생전에 회개를 하지는 않았으나 자신의 과거 행동에 죄의식을 지닌 인물이었다. 피해자인 순남이 아저씨와 이찌로의 영혼도 "자자, 이젠 돼서. 그만들 가자우."라는 말을 하면서 떠난다. 그들이 '이젠 돼서'라고 하는 말 속에는 원한으로 맺혔던 것을 해소시켰다는 의미가 들어 있다.

　일반적으로 무속의례는 살아 있는 사람들의 명복과 복락을 빌기 위해 행해진다. 죽은 이를 위한 넋굿의 경우에도 이점은 마찬가지라 할 수 있다. 소메 삼촌이 떠나는 영혼들을 본 이후에 "갈 사람덜언 가구 이제 산 사람덜언 새루 살아야디. 저이 태 묻언 땅을 깨끗허게 정화해야디 안카서?"라고 하는 말 속에는 이제 '산 자'들이 현 시점에서 어떤 일을 해야 하는지를 부각시킨다. 이는 산 자들이 이 세상을 복락으로 만들 의무를 보여주는 것이다. 분단된 우리의 현실에서 산 자들이 후세들에게 물려줄 복락의 세계를 만들기 위해 해야 할 일은 자명해진다.

　또한, 지노귀굿의 절차에는 인간존엄 의식이 연출되고 교육된다. 즉 지노귀굿에서 망자는 그가 아직 이 세상에 대한 원한과 집착을 떨쳐 버리지 못한 망령의 상태에 머물러 있어도 살아남은 사람들에 의해 격하당하거나 놀이의 대상으로 우롱당하지 않는다. 지노귀굿에서 망자는 생전에 있었던 그대로의 인격수준으로 굿판을 찾아와서 굿 절차가 진행되어 감에 따라 더욱 성숙해진 상태로 승화되어 떠난다.[10) 8장 '시왕'에서 피해자인 순남이 아저씨, 이찌로의 '말하기'와 그들의 말하기

---

10) 김수남·김인회, 『황해도 지노귀굿』, 열화당, 1993, 112-114쪽 참조.

를 숙연하게 들어주는 산 자 류요섭 목사, 소메삼촌의 태도에서 이를 볼 수 있다.

『손님』에서 '굿'은 외래 사상으로 인해 훼손된 공동체 의식을 다시 회복하는 역할을 하고 있다. 이는 외래문화와 전통문화의 대립 양상에서 서로 교합하는 혼성성[11]의 모습으로 변화된 것이라 하겠다. 이런 혼성성은 굿 외에 제사 지내기의 모습에서도 재현된다. 제사는 기독교 교리에 위배되는 의식으로서 기독교인들에게는 폐기되어야 할 '우상'의 범주에 들어가는 것이다. 그러나 중간적 인물인 요섭의 형수는 남편의 제사상을 차림으로써 남편의 행위를 용서하는 의미를 내포한다.

남편 요한이 학살을 주도한 후 급하게 월남할 때 그녀는 공교롭게도 아들 단열을 해산하느라 남편과 헤어지게 되었다. 가해자의 가족으로서 남게 된 요섭의 형수는 남편이 남긴 죄책감으로 살아온 인물이다. 그러나 그녀는 사십여 년 만에 귀향한 요섭에게 남편의 죽음을 전해 듣고, 그의 골패를 받아본 후 남편의 제사상을 차린다. 목사의 딸인 그녀가 제사를 차리고 시동생에게 기도를 부탁하는 행위는 '미신적' 풍습으로 매도한 '제사'와 기독교가 결코 대립하는 것이 아닌, 공존하는 모습임을 보여주는 것이다.

『손님』은 서구 사상과 문화를 비판적·주체적으로 수용하지 못할

---

11) 빌 애쉬크로프트는 "식민지 이전의 절대적인 문화적 순수성을 회복하거나 그 상태로 되돌아가려는 시도는 불가능한 일"이라는 말을 하였다.(빌 애쉬크로프트 외, 위의 책, 314쪽) 즉 탈식민화는 필요하지만 식민지 이전의 상태로 되돌아가는 일의 불가능성을 인정하고 문화적 합병을 제안하며, 통문화적 혼성성을 인정해야 한다는 탈식민화의 전략상의 문제를 생각하지 않을 수 없다.(김성곤, 「탈식민주의 시대의 문학」, 『외국문학』 제31호, 열음사, 1992년 여름호, 24쪽) 오늘날 우리가 주의해야 할 것은 폐기해야 할 것으로 지목한 무분별한 외래 문화와 우리 문화와의 혼성성을 고려하는 일이기 때문이다.

때, 즉 타자를 수용하지 못하고 맹목적인 '열심당'일 때 발생할 수 있는 비극적인 결과를 보여주었다. 사실, 기독교나 마르크스 두 사상이 근원적으로 배제나 배타적 성향을 지닌 것은 아니다. 그것을 수용하는 사람의 태도가 문제인 것이다. 수용자가 배제, 배타성을 지닐 때 신천 양민 학살과 같은 비극적인 사건이 발생할 수 있는 것이다.

황석영은 그의 소설 계보에서는 볼 수 없었던 독특한 장면을 이 작품에서 그려내고 있다. 바로 영혼 출몰의 장면이다. 이러한 소설 기법은 정통 리얼리즘을 확보하고 있는 황석영에게 새로운 시도로 보이지만 이는 우연히 만들어진 것은 아니다. 그는 오래전부터 민중연희에 관심을 지니고 있었다.[12] 그리고 환상적 기법은 그가 감옥에서 읽은 라틴 아메리카의 소설들, 특히 '환상성'을 함유하고 있는 소설들의 영향도 있었을 것으로 본다. 라틴아메리카의 환상이 그들의 역사와 문화적 배경을 토대로 독창성을 띠고 형성된 것처럼, 황석영의 『손님』에서는 '굿'에 의해 망자와 살아 있는 자의 '환상적'인 대면을 자연스럽게 재현하고 있다.

---

12) 황석영은 『손님』의 '굿' 형식의 도입을 이미 오래 전부터 구상하고 있었다. 다음의 대담에서 그것이 드러난다. "『손님』은 현실주의적 시각을 놓치지 않으면서 어떻게 하면 새로운 양식과 만날 수 있을 것인가 하는 나의 오랜 숙원을 형상화해보려는 것이지요. 사실 이런 생각들은 1970, 80년대에 『장길산』을 쓰면서 내가 관여하고 함께 참가했던 '현장 마당극운동'을 통해서 정리된 생각들이었습니다. 특히 『장길산』을 쓰는 동안에 여러 자료에서 접하게 되었던 우리의 민중 연희를 고찰하면서 이들 양식의 문제에 골똘하게 되었어요. 일종의 분업화된 전단계와 같은 서구적 의미에서의 '장르 해체'라고나 할까. 굿, 판소리, 탈춤, 인형극은 물론이고 민요, 민담, 대동놀이, 구전 설화 등등 그 양과 질에서 엄청난 것들이었습니다." 이문재·황석영 대담, 『문학동네』, 1999년 봄호, 27쪽.

2) 하위주체의 말하기

　류요섭, 요한 형제는 그들 앞에 출몰하는 영혼들을 처음에는 당혹스럽게 여기며 그들과 겉도는 관계를 형성한다. 그러나 이러한 관계는 류요섭 목사가 그의 고향으로 귀향하면서 이해하는 관계로 변화하기 시작한다. 이것은 하위주체에 해당하는 머슴 순남이 아저씨와 이찌로의 '말하기'가 요섭, 요한 형제에게 자신들의 과거사를 이해시킨 것을 의미한다.

　[표 1]에서 알 수 있듯이 굿의 절차와 일치하는 각 장의 서술 전개에는 망자의 출현이 있다. 4장에서 순남이 아저씨의 '말하기'는 식민지 하위주체의 삶이 매우 비인간적이었음을 드러내는 것이다.

> 　　　장부를 들고 고함치는 것은 일본인 직원이고 곁에는 마름도 보였다. 아직도 털지도 못하고 마당에 쌓였던 나락을 짚단째로 실어내고 장롱과 순남이 어머니가 시집올 때 가져왔던 삼층장도 어깨에 짊어지고 나왔다. 벽에 걸렸던 옷가지며 이불가지 거기다 부엌의 솥도 떼어내오고 물독을 비워서 굴려왔다. (중략) 아버지가 이불을 빼앗아보려고 달려들다가 장정의 발길에 차여 쓰러지고 어머니는 그릇을 담아가는 광주리를 붙잡고 버티었다. (중략) 순남이는 돌멩이를 집어 짐을 내가는 사내의 등에다 던졌다. (중략)
> 　　　너이 아부지두 땅마지기나 장만했넌데 원래가 동척 마름이댔지. 마름이 어떤 소행얼 저질렀너냐 하문 작료럴 올리구 저이 작료까지 물게 하군 듣지 않으문 계약을 해지하구 다른 농사꾼에게 소작권 이작증명얼 해주는 거여.[13]

순남이 아저씨는 처음부터 빈농은 아니었다. 그러나 그가 10살 되는 무렵 동척에 진 빚은 그들을 빈농으로 만들었다. 인용문은 순남이 아저씨의 소년 시절, 축적된 부채를 해결할 수 없게 되자 동척에 의해 세간을 빼앗기는 장면이다. 순남이 아저씨는 인간생존에 필수적인 세간마저 탈취하는 식민지배자와 그 밑에서 비열한 방법으로 치부를 한 마름들의 행태를 류요한에게 들려 주고 있다. 이는 당시 자작농에서 소작농으로, 다시 이농민으로 전락했던 농민들의 모습을 보여주는 것이다. 그러나 이러한 사정을 말하는 순남이 아저씨의 목소리에는 원한이나 울분같은 감정은 개입되지 않은 채 담담하다. 이런 화법이 지배계층의 폭력적인 태도를 더욱 부각시키고 있다.

> 말하자문 조선의 빈농이며 가난한 인민언 일제가 찌그러드린 못생긴 독이여. 그걸 귀하게 하여 시작허넌 것이 계급적 닙장이 아닌가. 너이야 그독얼 깨어버리자는 거구.(128쪽)

순남이 아저씨의 말은 식민지 상황에서 하위주체가 어떤 대우를 받고 있었는지를 비유적으로 표현한 것이다. 조선의 빈농과 가난한 인민은 '못생긴 독(옹기)'인데 그렇게 찌그러진 못생긴 독으로 만든 것은 바로 식민 통치자인 일본이며, 못생겼으나마 그것을 귀하게 대접하는, 즉 인간적인 대우를 한 것은 공산주의였다고 말한다. 반면, 같은 동족이면서도 못생겼다는 이유로 아예 깨어버리려고 한 자는 우익적인 기독교였다. 이 말에서도 개인적 원한을 담고 있지는 않으나 외세와 내부적 계급에 의하여 이중으로 식민화되어 있는 하위주체의 상태를 진솔하게

---

13) 황석영, 『손님』, 창작과비평사, 2001, 77쪽. 이후의 인용문은 쪽수만 게재한다.

알 수 있다.

스피박은 하위주체는 '말할 수 없다'고 주장하였으나 지금 순남이 아저씨의 '말하기'를 보면, 스피박의 결론은 수정되어야 할 것 같다. 물론 순남이 아저씨의 '말하기'는 '굿' 형식을 차용한 망자의 출현이 가능했기 때문에 이루어진 것이지만 이는 소설기법의 확대를 통해 하층민의 '말하기'를 이끌어냈다는 점에서 중요하다고 본다. 이 작품에서 하위주체의 '말하기'와 '말걸기'를 하고 있는 산 자의 태도가 상당히 우호적이기 때문에 하위주체의 '말하기'는 설득력있게 받아들여진다. 이렇게 보면, 주변인은 말할 수 있으며, 따라서 피식민지 민중의 목소리는 회복 가능하다고 본 호미 바바의 이론이 오히려 설득력을 얻고 있다.

밤에 잘 때 보니 이찌로 형님이 이불두 없을뿐더러 그냥 맨몸으루 잔단 말이야. 기래두 방이 덥다 하디만 새벽에는 구들이 산득산득하구 제법 춥거덩. 내가 그에게 물었디.

성은 왜 이불두 안 덥구 자누?

머 덮어본 적이 없시오……

한단 말이야. 기래 하 기가 맥혀선 또 물었디

아잇적부텀 안 덮었단 소리니꺄?

기래요. 산에선 이불두 없시오. 동니 내레와선 첨 봤시다.

나넌 그 말얼 듣고 이찌로가 어려서부터 화전골에 살던 거를 알게 되었디. 그러군 또 물어서.

성은 아이덜이 반말지꺼릴 해두 부아가 안 나우?

다 쥔집 귀헌 세륙덜인데 무슨 증이 나갔시꺄.

나넌 성보다 다섯 살이나 아랫니깨 말얼 노라우요.

그러면 이찌로 형은 대꾸 없이 빙긋이 웃기만 해서. (136쪽)

하위 주체에 있던 순남이 아저씨와 박일랑(이찌로)의 '말하기'는 4장 이후부터 본격적으로 시작된다. 인용문은 동네 머슴인 이찌로가 어떤 인물인지 알려주는 부분이다. 좌파에 선 인물 중 순남이는 스무살 때 형편이 어려워 산에서 살다가 류장로네(류요한 아버지) 머슴으로 들어온 인물이다. 그후 야학의 강선생에게 공산주의를 배우고 조합측과의 싸움으로 요한네를 떠나 은률광산에서 굴착공으로 일하다 해방 후 돌아온다. 한편, 이찌로는 동네 자작농 여럿이서 추렴한 동네 머슴이다. 그는 산판에서 태어나 결혼까지 하고 살았지만, '화전단속'에 걸려 가족이 모두 흩어지게 되어 동네머슴이 되었다. 그가 찬샘골에서 머슴으로 지내는 동안 동네사람들은 나이에 관계없이 그에게 모두 반말을 사용하였다. 그러나 이찌로는 모두에게 높임말을 하였다. 이는 그가 비인간적인 대우를 받고 있음을 보여주는 것이다.

북한 지역에 기독교가 전파될 당시 교인들은 대체로 지주나 중산층이었다. 따라서 류요섭 목사 집의 머슴인 순남이 아저씨나 동네의 천덕꾸러기 머슴인 박일랑은 교회에 가고 싶어도 가지 못하는 주변인이며 문화에서 제외된 하위주체로서 문맹인이었다. 그들이 겪은 인간적 모멸감은 공산주의 사상을 접하면서 눈뜨게 된다.

8장 '시왕'에서 산 자들과 영혼들의 대좌는 가장 길게 나타난다. 신천학살 사건의 가해자와 피해자들은 모두 천도를 하지 못하고 떠돌고 있는 영혼들이기에 천도시킬 방법이 필요하다. 이것을 '하위주체의 말하기'[14]와 그것을 들어주는 것으로 가슴에 맺힌 한을 풀어내고 있다.

---

14) 주변인은 영국의 옥스퍼드 사전에 의하면 'a person of inferior rank or status' 을 뜻하며, 국내에서는 '하층민(고부응), 하위계층(이승렬), 하위주체(태혜숙)' 등으로 번역되기도 한다. 이 개념은 그람시가 『옥중수기』에서 농민과 프롤레타리아를 지칭하기 위해 사용한 것으로서, '종속 계급'의 구성원 또는 '열등한 계층'의 구성원을 의미

열어둔 창문으로 소슬바람이 불어들어오더니 방문이 덜컹대면서 열렸다. 요섭은 어렴풋이 잠에서 깨어났다.

일루 좀 나와보라.

예에…… 누구요?

요섭은 눈을 가늘게 뜨고 어둠속을 올려다보았고 열린 문 사이로 허옇게 떠 있는 희미한 자취가 보이는 듯했다. (중략) 그가 방에서 나왔을 때 거실에는 희부연 헛것들이 울레줄레 서 있는 게 보였다. 그를 불러내고 문 옆에서 기다리고 있던 것은 역시 요한 형의 헛것이었다. 그것이 중얼거렸다.

이게 아마 마지막 자리가 될 게다. 우리가 모두 한자리에 모였다.

    (중략)

살아있는 요섭과 외삼촌은 거실의 위쪽에 앉고 요한 형과 순남이 아저씨의 헛것은 그들의 맞은편 아래쪽에 앉았는데 다른 마을 사람들의 헛것들은 벽가에 서 있던 자리에서 스르르 미끄러져내려 자리를 잡았다. 그들은 남녀만 어렴풋하게 분간될 뿐이고 누가 누군지 확실하게 알아볼 수는 없었다.

꿈에서처럼 앞뒤 순서도 없고 연결도 되지 않는 장면들이 어떤 곳에서는 자세하게 아니면 휙 건너뛰어서 펼쳐졌다.(193-194쪽)

예문은 고향 신천을 방문한 류요섭 목사가 외삼촌 집에서 하루밤 묵

했다. 인도의 주변인 연구집단을 통해 식민화의 대표적인 표상으로 일반화되었고, 인도출신 여성학자 스피박에 의해 '성, 인종, 문화적으로 주변부에 속하는 사람', '밑바닥 사회집단'을 지칭하는 개념으로 확장되었다. 릴라 간디, 이영욱 옮김, 『포스트식민주의란 무엇인가』, 현실문화연구, 2000, 13-14쪽 참조.

는 날에 일어난 일이다. 한밤중에 안성만의 집에 다 같이 모인 하위주체의 영혼들은 수면 중인 요섭과 안성만을 깨워 말을 건네기 시작한다. 냉전체제가 침묵시킨 하위주체들이 진실의 말을 서서히 꺼내놓기 시작한 것이다. 산 자들과 영혼들은 서로 번갈아가며 신천사건의 진상을 구성하는 기억의 실타래를 짜나간다. 결국, 신천사건은 인간의 광기가 만들어낸 것이었다.

산 자들과 영혼들이 차례대로 사건을 구술하는 이 장면에는 작가적 개입이 배제되어 있다. 작가는 뒤로 물러나고 목격자, 주동자, 희생자들이 자신들의 목소리로 사건의 경위를 말하고 있다. 가해자와 피해자의 목소리에는 억압과 통제가 없다는 점이 중요하다. 이는 사건을 객관적으로 진술하도록 한다. 이런 점에서 『손님』의 굿형식은 영혼의 목소리를 빌려 숨은 진실들을 드러나게 하는 미학적 장치로 적절하게 활용되고 있다는 평가를 받을 수 있다.

이 작품에서 묵은 원한을 해소하고 화해의 길로 이끄는 '중간적 인물'은 소메삼촌 안성만의 역할과 요한의 아내한테서 찾을 수 있다. 이들의 존재는 화해를 상징적으로 이끌어준다. '소메삼촌'은 기독교도이자 동시에 당원으로서 협동농장 관리위원장을 지낸 독특한 이력의 소유자이다. 종교를 부인하는 북한사회에서는 특수한 인물이다. 그가 이렇게 모순적인 신분을 유지하는 것은 그의 포용적 태도를 드러내기 위함이다. 류요섭은 목사인 자신에게 약점이 될 수도 있는 '헛것'들이 보이는 고민을 삼촌에게는 꺼낼 수 있었다. 이때 삼촌도 역시 헛것을 보고 있다고 고백한다.

"기런 때엔 기도허는 거이 아니다. 나타나문 보아주구 말하문 들어주는 게야. 인차 세상이 바뀔라구 허넌지 부쩍 나타나구 기

래. 너 왜 기런다구 생각허니?" "저희들 가책 때문인가요?" (중
략) "그 일얼 겪은 사람덜으 때가 무르익었단 소리디. 이제 준비
가 되었단 말이다. 기래서…… 구원할라구 뵈는 게다."(175쪽)

'나타나문 보아주구 말하문 들어주는' 것이 산 자의 태도라는 소메삼
촌의 말은 지노귀굿이라는 '미신'적 행위에 기독교인이면서도 개방적,
포용적인 태도를 보여주는 모습이다. 자신의 신앙과 이념을 편협하게
고집하지 않고, 오히려 대립적인 신앙을 향해서 보여준 그의 포용성은
해원과 화해라는 소설 전체의 주제와도 긴밀히 연결되어 있다. 하위주
체들이 '말하기'를 할 때 소메삼촌처럼 들어줄 수 있는 상대가 있어야
비로소 대화가 이루어지기 때문이다. 이 작품에서 이러한 인물의 역할
을 남한이 아닌 북한주민과 류요섭 목사처럼 이민자에게 부여한 점은
의미심장하다. 이 작품의 표면적인 성격을 '민족주의'로 내세우면서 내
면적으로는 북한 체제를 비호하는 듯한 인상을 주기 때문이다.
　『손님』에서 탈식민성은 하위주체의 말하기에서 나타나고 있다. 그러
나 '말하기'가 하위주체 자신들의 의지에서 비롯되기보다는 '굿'의 형
식, 그 '굿'을 관리하는 작가에 의해 이루어지기 때문에 한계점으로 지
적받을 소지도 지니고 있다.

3. 이주와 여성의 삶

1) 이주의 궤적

황석영이 출옥이후 세 번째 발표한 『심청』은 제명에서 패러디임을

드러낸다. 고전을 다시쓰는 것은 탈식민주의적 글쓰기인 '정전되받아 쓰기'의 변형이라 할 수도 있다. 고전 『심청전』은 이제까지 채만식, 최인훈, 이청준 등에 의해 여러 차례 패러디된 바 있는데[15] 황석영의 『심청』은 이렇게 수차례 행한 '차이와 반복'의 과정을 집대성한 작품이라 할 수 있다.[16] 황석영의 『심청』이 고전 『심청』과 가장 큰 차이는 무시간성의 원작에 시간성을 부여받고, 공간성을 부여받은 점이다. 그 시기는 전근대와 근대의 이행기이며, 심청의 이주공간은 중국, 대만, 싱가포르, 일본 등 동아시아 지역으로 확대되었다. 이것은 제국주의에 종속된 하층여성의 삶을 보여주는 것으로서 탈식민주의의 폭을 넓히고 있다. 심청이라는 여성의 성장과 해탈을 통하여 서구적인 것, 근대적인 것, 자본주의적인 것과 충돌하며 극심한 혼란의 양상으로 전개된 동아시아 근대화 과정을 재현하고 그를 통해 한계에 직면한 모더니티의 어떤 가능성을 탐색하고자 한 소설이기 때문이다.[17]

이 작품에서 나타나고 있는 탈식민주의의 양상은 매우 다양하다. 우리 나라가 피식민지국이 되기 이전, 동아시아가 유럽의 자본주의적 위력에 굴복당하는 모습, 유럽의 제국주의에 종속당하는 유색인 여성의 이주[18](diaspora)와 다언어 사용과 성매매, 여성의 자매애 관계 등은

---

15) 채만식은 고전 『심청전』을 희곡 「심봉사」, 미완의 장편소설 『심봉사』로 패러디 하였고, 최인훈도 고전 『심청전』을 희곡작품 「달아 달아 밝은 달아」(1979)로 패러디 한 바 있다. 이청준은 동화 「심청이는 빽이 든든하다」를 발표하였다.

16) '심청'이는 황석영의 여성인물의 계보에서 단절된 인물은 아니다. 「삼포가는 길」의 백화나 「몰개월의 새」의 여인들이 그 모태가 된다고 볼 수 있다. 이들은 '인생살이가 고달프고 세상이란 게 고해'라는 걸 먼저 깨달은 자의 사랑법으로서 '소유의 사랑이 아니라, 존재의 사랑'(오생근, 「황석영, 혹은 존재의 삶」, 『제3세대 한국문학 15: 황석영』, 삼성출판사, 1988, 952쪽)을 보여준 인물이다.

17) 류보선, 「모성의 시간, 혹은 모더니티의 거울」, 『심청』 해설, 문학동네, 2003, 312쪽.

18) 일반적으로 '이산'이란 서구 중심의 근대화과정에서 심화된 착취와 억압, 인종차별

이 작품의 탈식민주의적 성격을 풍요롭게 하고 있다.

주인공 심청의 삶의 궤적은 고향을 떠난 이주민의 질곡의 삶을 보여주는 것이다. 물론, 심청의 이주는 자신의 결정으로 이루어진 것이 아니다. 그녀는 아버지 심봉사와 뺑덕어멈이 자신들의 고생을 덜기 위해 딸을 중국 선상들에게 팔아넘긴 이유로 70여년의 긴 이주 생활을 하게 된다. 심청은 열다섯 살까지 살아오던 고향 황해도에서 자신의 선택, 의지와는 상관없이 강제적으로 추방당한 인물이다. 식민지 시대 만주와 간도로 이주를 할 수밖에 없었던 빈농의 처지와 별반 다를 것이 없다.

심청이 맨 처음 당도한 곳은 중국 난징의 첸대인 집이다. 그녀는 선상에서부터 '청'이란 이름 대신에 '렌화'라고 명명되었다. 그녀의 임무는 '첸대인'의 시첩으로서 첸대인의 양생술을 돕는 '노인의 보약' 노릇을 하는 것이다. 하지만 첸대인이 죽자 심청은 첸대인의 막내아들 '구앙'을 따라 세상으로 나온다. 이때부터 심청의 이주 지역은 난징에서 진장, 대만, 싱가포르, 일본의 류큐, 나가사키로 확장되며, 그에 맞춰 이름 또한 '렌화' '로터스' '렌카' 등으로 새롭게 명명된다. 그리고 새로운 지역에 도착할 때마다 그 지역의 언어를 익혀야만 했다.

이는 흑인 여성문학의 특성 중 하나인 '다언어로 말하기'[19]가 유색인

주의로 인해 원하지 않은 이동과 이주를 하게 되어 민족의 영토를 벗어나게 된 상태를 지칭하는 용어였다.(태혜숙, 『탈식민주의 페미니즘』, 여이연, 2001, 47-48쪽) 따라서 이산은 흔히 흑인들 및 미국에 거주하는 제3세계 출신 사람들, 그리고 유대인들의 삶과 경험을 잘 형상화해 주는, 일부 집단에만 적용되는 개념으로 이해되어 왔다. 그러나 그 어느 때보다도 문화적 접촉과 교류가 많은 현대사회에서는 이러한 이산의 경험이 전 지구적인 범위로 확대되고 있음이 확인된다. 차미령, 「김승옥 소설의 탈식민주의적 연구」, 서울대 석사학위 논문, 2002, 13쪽.

19) '다언어로 말하기'야말로 서구 중심의 근대화 과정에서 심화된 착취와 억압, 인종차별주의로 인해 원하지 않는 이동과 이주를 하게 되어 민족의 영토를 벗어나 전지구를

하층 여성에게도 해당되는 것임을 보여주는 것이다. 이 개념은 흑인 여성이 겪는 '이주(diaspora)'의 복합적 경험을 재현한 것으로서, 피지배 여성에게는 보편적으로 나타나는 모습이다. 아시아 출신의 유색여성들이 제국의 식민지 영토로 이주하여 새로운 땅과 문화에 적응하는 과정에서도 유사하게 나타나고 있다. 제국의 언어인 영어가 문화의 전범으로 규정되는 것은 이처럼 피지배자의 생존과 연결된 언어습득의 길을 통해서였다.[20]

   ① 대륙과 달리 여기선 중국 옷을 입으면 천한 사람으로 취급 받습니다. 서양 옷으로 갈아입으셔야 합니다.[21]

   ② 날카롭게 이빨을 드러낸 삼지창처럼 생긴 쇠붙이와 칼이 접시 옆에 나란히 놓여 있었다. 청이는 삼지창으로 먼저 돼지고기 한 점을 찍어 먹어본다. 짜고 느끼하다. 계란 부침을 다시 찍으려 했지만 자꾸만 미끄러져서 하는 수 없이 그네는 손으로 집어먹기 시작했다.(하권, 10쪽)

   ③ 청이가 제임스에게 온 지 석 달이 여섯 달이 되고 열 달쯤 되자 말이 통하게 되었다. 제임스가 허푸와 둘이서 장사와 회사에 관한 이야기를 할 때에는 잘 못 알아듣는 말이 많았지만 집 안

유랑하게 된 흑인여성들로 하여금 담론의 다양성 속에서 서로 의사소통을 할 수 있게 하였다. 김성곤, 「탈식민주의 시대의 문학」, 『외국문학』, 열음사, 1992. 여름호, 17쪽.
20) 안혜련, 김춘섭 외, 「탈식민주의 페미니즘, 그 새로운 가능성의 공간을 찾아」, 『문학이론의 경계와 지평』, 한국문화사, 2004, 386-389쪽.
21) 황석영, 『심청』 하권, 문학동네, 2003, 10쪽. 이하 인용문에서는 상권, 하권 표기와 쪽수만 게재한다.

에서는 아마보다도 로터스가 더 말이 잘 통했다. 제임스가 집에 있을 때면 몇 번이고 고쳐 말하면서 그네를 가르쳤기 때문이었다.(하권, 29쪽)

심청은 이주 과정 동안 주변인, 하위주체의 입장에서 서구 모더니티의 악마적 성격을 발견한다. 그리고 그것을 지탱하는 이데올로기들의 허구성을 확인해나간다. 심청의 이주 지역 중에서 서구의 제국주의와 동양의 이항대립적 관계를 소상하게 드러낸 곳은 3년간 체류한 싱가포르이다. 그녀가 이곳에 오게 된 동기는 영국 동인도회사의 싱가포르 지사의 부지사장인 제임스의 첩이 되기 위해서였다. 중국 기생들 중에는 이런 계약으로 목돈을 모아 고국으로 돌아와서 큰 유곽을 차리고 성공한 여성들이 많았다. 심청도 그렇게 성공한 샹부인을 보고 이런 계약을 한 것이다.

예문 ①, ②는 심청이 대만에서 제임스에게 가는 10여일 동안의 선상 생활이다. 유럽의 복장과 문화를 처음 접하는 심청의 모습을 볼 수 있다. 중국 복장과 양장의 대립에서 동양의 복식문화가 열등한 것임을 드러낸다. 그러나 심청의 눈에 비친 서양음식과 식기도구는 서구문명의 공격성을 고스란히 드러내고 있다. 그리고 이에 대한 심청의 태도는 '손으로 집어 먹기' 시작했다는 것에서 드러나듯 그것을 거부하는 의미가 강하다. 예문 ③은 제임스가 보았을 때 심청의 언어 습득 능력이 다른 하위주체보다 뛰어남을 보여주는 것이다.

심청은 싱가포르에서 자신의 처지와 같은 많은 여성들을 발견한다. 그녀들이 겪는 악조건은 내부식민화의 극단적인 예가 되는 것이다. 영국 상인들은 제국주의와 자본주의가 협착하여 얻어낸 식민지 영토에서 물자를 수탈하고 시장영역을 확보하는 동안 현지의 아시아 여성들도 수탈하였던 것이다.

> 제임스는 다시 청이의 손목을 잡고 거실을 지나 오른쪽의 문을
> 밀고 들어가 침실로 갔다. (중략) 제임스가 두리번거리더니 준비
> 해둔 듯한 큼직한 스테인리스 병의 물을 대야에 부었다. 그러고
> 는 불그스레한 액체가 들어있는 작은 병을 기울여 소독약을 물
> 속에 떨구었다. 제임스가 말했다.
> "이걸로 씻구 잔다."(중략)
> 아, 이 사내는 병을 겁내고 있구나. 아직 나를 믿지 못하는 거
> 야. 제임스가 다시 중얼거렸다.
> "메이두, 메이두, 무섭다!"
> 청이는 자기가 다시 지롱의 사창가로 돌아온 느낌이 들었다.
> 그네는 쪼그려 앉아서 가운 자락을 젖히고 아랫도리를 소독수로
> 씻어냈다. 제임스는 벌써 벌거벗고 모기장을 내려뜨린 침대 안으
> 로 기어들어가 있었다. 소독약을 탄 물이 닿자 연약한 질 속이 따
> 갑고 쓰라렸다.(하권, 21-22쪽)

심청과 같은 식민지 여성에 대한 제국주의자들의 태도는 양가적으로
나타난다. 그녀들의 몸을 취하면서도 매독에 대한 두려움을 가지고 있
고, 식민지 영토의 원자재들은 폭력적으로 착취하면서 그 영토의 모기
는 '야만'의 상징으로 여겨 두려워하고 있다. 이러한 제임스의 태도는
식민지에 대해 양가성을 드러내는 것으로서 잠재된 의식은 언행으로
나타난다.

제임스는 청이를 사랑하면서도 그들 영국인의 관습과 동양인이라는
이유 때문에 격리시키고 소외시켰다. 청이가 서양 절이라고 생각하는

'교회'에 가보고 싶어할 때도 냉랭하게 거절했으며, 백인 손님들이 방문했을 때 그녀는 별실에서 숨어지내야 했다. 이러한 제임스의 태도는 동양과 동양인에 대한 이중적 태도를 보여주는 것이다. 그러나 심청은 그녀가 받은 냉대를 고스란히 제임스에게 되돌려준다.

> "이봐 제임스, 너는 장사꾼이야. 우린 계약을 했어. 당신은 내게 급여를 주고 나를 고용한 거야. 바오쭈도 몰라? 계약이 끝나면 당신이 다시 돈을 내고 재계약을 하든가 아니면 다른 여자를 찾는 거야."(하권, 56쪽)

제임스가 그녀에게 정식으로 청혼을 했을 때 심청은 거절한다. 그녀의 행동에는 자신이 비록 피지배자이지만 동시에 계약자의 자격을 지니기 때문에 피지배자도 언제든 계약을 파기할 수 있다는 것을 보여준다. 이것은 서양인이 예상치 못했던 피지배인의 저항적 모습이다. 제임스가 지금까지 보아왔던 첩들은 모두 정식 아내가 되기 위해 비굴했던 여성들이었다. 그러나 심청은 '계약'이라는 말을 들이대며 그녀와 제임스가 동등한 인격체임을 주장한다. 이렇게 당당한 동양인에게 제임스는 허를 찔린 듯한 놀라움을 갖는다.

심청은 자신처럼 현지처인 찰스 댁에게 자기의 속마음을 말하여 그녀를 놀라게 한 적이 있다. 그녀는 "남편감은 내 자신이 고를 거예요. 마치 복이라도 내려주듯이 나를 뽑아주는 걸 참을 수가 없어요."(하권, 54쪽)라는 말을 하였다. 이 말에서 심청이 제국주의자들의 태도에 대해 비판의식과 저항적인 자세를 지니고 있음을 발견할 수 있다. 바바는 탈식민주의를 논할 때 담론/권력 이론에 의존하면서 푸코가 놓친 인종적 차이의 계기를 주목한 바 있다.[22] 그는 담론/권력이 행사되는 과정에서 인종적, 성적 차이의 계기에 의해 '이중화와 분열'이 발생함을 강조하였다. 그가 볼 때 저항이란 그 이중화 과정에 끼어드는 '타자의 행위력'이었다. 심청의 저항 태도도 바로 '타자의 행위력'을 보여주는 예가 된다. 그녀는 유색인이라는 인종적 차이, 첩이라는 성적 차이에 의해 타자의 위치에 있는 보잘 것 없는 인물이었다. 그러나 주인인 제임스에게 동등한 계약자의 자격으로 맞선 유일한 인물이 되는 것이다.

　① 청이는 준비해두었던 은화를 넣은 조그만 비단 주머니 세 개를 탁자 위에 올려놓았다.
　"나중에 드리려구 했지만 언니들이 와서 함께 떠들면 다들 알게 될 테니까. 이거 받으세요. 얼마 안 되지만 제 성의예요.(하권, 57쪽)

　② "나는 이젠 마님이 아니랍니다. 미세스 제임스나 로터스두 아니구요. 그냥 렌화라구 불러요."(하권, 57쪽)

심청은 서양인의 대표자라 할 수 있는 제임스에게 그들이 행한 폭력적 태도를 되돌려주었다. 그러나 제3세계에서 이주한 하인들에게는 동질감을 느끼고 따뜻하게 대해준다. 예문 ①, ②는 자신과 제임스의 계약이 만료된 이후, 하인들을 대하는 심청의 태도이다. 그녀는 미리 준비한 선물을 주면서 그녀를 '마님'이 아닌 그녀의 '이름'으로 불러달라고 요청한다. 그녀의 이름을 되찾는 것은 그녀의 정체성을 되찾는 의미를 지닌다.

---

22) 호미 바바, 나병철 옮김, 『문화의 위치』, 소명, 2003, 15쪽.

『심청』에 나타나는 탈식민성의 고양된 모습은 심청의 자각과 그녀의 실천적 행위에서 비롯한다. 심청은 광기의 모더니티가 만들어놓은 욕망을 그대로 내면화하지 않았다. 그녀는 자본주의를 앞세운 제국주의의 남성을 보면서 자본주의가 배태한 욕망이 사실은 인간의 존엄성을 근본적으로 부정하는 것임을 깨닫고 그것의 허구성을 해체하고 전복시킨다. 이것은 상품처럼 거래되는 심청이가 나약한 비련의 여주인공으로 이주 지역을 전전하는 것이 아니라 전지구적 자본주의 체제 속에서 살아남는 모습이 입증한다.

그녀는 자기 자신을 상품으로 내놓을 경우, '최고'의 상품이어야 살아남는다는 것을 터득한다. 그것은 자신을 상품으로 대하는 자들을 철저하게 이용하며, 강한 자아를 가진 자는 해체당하지 않는다는 사실을 깨달았기 때문이다. 그 결과 미모와 지략을 가진 심청은 이주 지역에서 남다른 재력을 형성할 수 있었다.[23] 이것은 제국주의와 서구의 모더니티의 허구성을 심청이 확인하고 그 점을 공략하였기에 가능한 것이다. 본문에서 이를 살펴보자.

① "나는 힘이 좋아. 힘을 가지고 싶어요. (중략) 힘있는 것을 꾀어서 가지면 되잖아요. (중략) 나는 유혹할 거예요. 그러다가 내 맘대로 그만두면 지들이 어쩔 거야"(상권, 98쪽)

② "이제부터 너를 반쯤 죽여놓을 거야, 나는 절대로 달아오르

---

23) 이점에서 하위주체의 이주를 보여주는 『심청』과 김영하의 『검은꽃』은 비교 대상이 된다. 김영하의 『검은꽃』에도 미모와 재력을 지닌 여성 인물 '이연수'가 등장한다. 그러나 이연수는 '심청'이 지니고 있는 영웅적인 면모보다는 멕시코 이주민 1세들이 겪는 비극적 행로를 보여주고 있다.

지 않을 테다. 그렇지만 겉으로는 얼이 나간 것처럼 꾸며야겠지."
(상권, 219쪽)

③ "청이는 힘있는 자가 아니면 절대로 정인을 삼지 않으리라
벌써부터 작정하고 있었다. 아니 오히려 자기 쪽에서 지룽 사창
가 포주들의 엄격한 관리를 벗어나게 해줄 수 있는 상대를 찾아
야만 한다고 생각했다."(상권, 241쪽)

인용문에서 볼 수 있듯 심청은 모더니티의 대행자들의 권위를 조절
하면 얼마든지 모더니티의 질서 바깥으로 나갈 수 있음을 판단한다. 청
이는 자신의 의지와 상관없이 '몸의 빚'이 씌워진 채 긴 이주의 생활
속에 던져졌지만 그속에서 탈출한다. 그녀가 선택한 삶의 방식이 적중
했기 때문이다. 바로 연극적 자아가 되는 것과 그녀의 몸을 산 권력자
들의 '힘'을 오히려 이용했기 때문이다. 자신에게 주어진 '창녀'의 직
분을 연기력으로 대처함으로써 상대방을 농락하였다. 또한 자신이 선
택당하는 것이 아니라 권력을 가진 자를 스스로 선택함으로써 이러한
생활로부터 벗어날 수 있는 힘을 얻을 수 있었다.

2) 모성성과 자매애 관계

심청은 인간적인 가치가 무엇인가를 모색하며, 아주 오랜 고통 끝에
그것을 찾아낸다. 그것은 바로 모성의 실천이며, 모성애가 확대되어 주
변부 인물들에게까지 관심을 보여주는 이타성이다. 그녀는 난징으로
처음 팔려올 때 배에 함께 있었던 링링을 끝까지 돌봐준다. 그녀가 죽
은 후에는 링링이 낳은 유자오를 맡아 키우면서 강인한 여성이 된다.

심청은 신체적으로는 불모의 여성이지만 모성적 이미지가 강하다. 그녀는 자신에게 젖을 먹여 주었던 수많은 어머니들을 떠올리고, 그들의 충실한 후계자가 되기로 한 것이다.

　그녀는 자기 자신만의 개인적인 구복을 꿈꾸는 것이 아니라 자기 주변의 타자에게 시선을 돌리기 시작하며 자기보다 더 비참한 생활을 하는 여성들의 고통을 포용하는 모습을 보여준다. 청이의 이타성의 실천이 가장 잘 드러나는 곳도 싱가포르이다. 그녀는 싱가포르에서 小寶園(소보원)을 설립하여 운영한다. 소보원은 상하이, 푸저우, 홍콩 등지에서 온 젊은 창녀들이 낳아서 버린 아이들을 거두어 키우는 곳이다.

　　① 창녀들이 아기를 낳으면 어디서나 그렇듯이 갓난애 때에는 사창가에서 창녀들이 돌아가며 키운다. 그러다가 너덧 살쯤 되면 남에게 맡기든가 주어버리는데 거의 절반은 열 살이 되기 전에 죽거나 집을 나와 떠돌게 된다. (중략) 아이들은 버려진 채로 보다 큰 아이들의 부림을 받고 구걸이나 도적질 아니면 유아 노동에 혹사당했다.(하권, 41쪽)

　　② 헨리 댁과 로터스(심청-인용자)는 남편들을 출근시키고 나서 창가와 기루를 더듬고 다니며 아기들을 찾았다. (중략) 대번에 창녀들이 맡긴 아기가 스무 명이 넘게 모였고 두 아줌마만으로는 일손이 모자라서 양인 첩들로 계를 모아 윤번을 정하여 하루씩 돌보기로 했다. (중략) 계에 들기를 원하는 여자들도 삼십여 명이 되었다. 허푸 아저씨는 몇몇 중국인 마이판들과 함께 기부금을 냈고, 서양인 남편들도 내키지 않아 하면서도 동거 여자들에 대한 체면이 있어서 돈들을 내고 외출이 잦은 것에도 양해를 하게

되었다.(하권, 45쪽)

　제임스의 부하 직원인 허푸 아저씨(허징리)는 소보원 일을 도와 주고, 현지처들도 심청의 일을 도와주었다. 심청의 이타성이 또다른 이타성을 불러 일으킨 것이다. 주변인들의 도움과 자신의 재력으로 청이는 인간을 상품화하는 모더니티의 부정성을 정화시키며 예속적 생활에서 벗어난 자유인이 된다. 청이는 모더니티의 모순을 적극적으로 실천하는 백인들과 모더니티의 가장 큰 희생자이면서 동시에 모더니티의 부정성을 끊임없이 재생산하는 매춘부들 사이에서 태어난 혼혈아에 대해서 지대한 관심과 애정을 표현하였다.

　모성애적 에너지가 자식의 범주를 넘어 타자의 영역으로 확대될 때 '자매관계(sisterhood)'[24]로 나타난다. 이러한 관계는 협동의 특성을 보여주기 마련이다. 에코페미니즘의 궁극적인 목표는 투쟁이나 저항이 아닌 평화와 조화에 있기 때문이다. 심청이 자신의 재력으로 고통받는 사람들을 돌봐주는 것은 모성성의 '돌봄'이며 이는 에코페미니즘의 목적에도 부합하는 일이다.[25] 심청이 샹 부인이나 웬지 부인, 혼혈아 기루 등에게 보여준 사랑이나, 가즈토시를 만나 결혼한 이후 왕후가 되어서 보여준 행위는 자매애를 실천한 것이다. 사회에서 소외받는 자들

---

24) 조세핀 도노번, 김익두·이월영 옮김, 『페미니즘 이론』, 문예출판사, 1994, 92쪽.
25) 생태론적 세계관은 이전의 근대적 세계관과 다음과 같이 확실히 구분된다. 근대적 세계관은 인간, 자기 중심, 원자적/부분적, 이원/이분론, 수학 기계적 이성, 분석적, 일선적, 목적론적, 기계적, 인과적, 대상 중심, 객관성, 현실성을 지닌다. 이에 반해 생태적 세계관은 생물/생명/자연, 공동체 관계, 총체적, 일원론, 미학 예술적 이성, 관조적/직관적/전체적, 다선적, 순환론적, 유기적, 연기적, 가치 중심, 의미성, 윤리성의 성격을 지닌다. 전규찬, 「문화와 자연의 不二(불이) 테제」, 『문화/과학』, 2004. 여름호, 48쪽.

에게 지속적인 관심을 보여준 점은 그녀의 모성성이 확대 변주된 행동
이다.

> 심청 할머니가 일흔이 되었을 때, 그네가 간곡히 원하여 아라
> 이는 조선 목수들을 불러다가 문학산 남쪽 골짜기에 암자 한 채
> 를 짓고 연화암(蓮花庵)이란 현판을 달아주었다. 얌전한 조선 할
> 머니 한 분이 자매처럼 돌봐주며 함께 살았다. 나중에 스님을 들
> 인다더니 인근 강화에서 나이 지긋한 만각 스님이 오게 되어 법
> 당을 지키고 있었다. 인근의 조선 마을 사람들은 모두들 심청 할
> 머니를 연화보살이라고 불렀다.(하권, 304쪽)

심청은 남편 가즈토시가 죽은 후 혼자 되어서도 혼혈아들과 소외자
를 향했던 관심을 거두지 않는다. 나중에는 혼혈아 기리 내외를 데리고
조선으로 돌아온다. 예문에서 보듯, 그녀에게 절을 지어준 기리내외의
행동은 심청의 이타성이 다시 그녀 자신에게 되돌아온 모습이며, 한편
으로 서양 종교를 극복하는 데에는 동양의 불교가 배경화되어야 함을
보여주는 것이기도 하다.

심청의 육체는 무력하게 희생당하는 민족, 타자, 피식민적 존재를 재
현한 것이다. 스피박의 표현을 빌자면 하위주체(sulbaltern) 여성이지
만 강인한 자의식으로 하위주체에서 벗어나는 모습을 지닌다. 스피박
이 하위주체의 희생당하고 착취당하는 경험으로부터 오히려 저항성을
갖는 주체를 개념화할 수 있다고 했듯[26] 심청은 억압 속에서 희생의 승
고함을 경험하며 훼손된 정체성을 치유할 수 있는 가능성을 드러낸다.

---

26) 태혜숙, 위의 책, 117쪽.

심청은 자신의 삶에 가해진 억압과 폭력성을 강한 자의식으로 전복시켰으며 모성적 태도로 화해와 생명을 키우는 '살림'의 정신, 불교의 자비의 정신을 실천하여 탈식민주의를 보여준 인물이라 할 수 있다.

4. 맺음말: 황석영 소설의 탈식민주의적 의미

이 글은 황석영 소설 『손님』과 『심청』에 나타난 탈식민주의적 양상과 그 의미를 분석하는 데 목적을 두었다. 황석영의 방북과 망명, 출옥 등의 남다른 이력은 탈식민주의에 대한 의미를 천착하도록 한다. 그는 이미 1970년대에 탈식민주의에 대한 관심을 보여주었다. 「낙타누깔」이나 「탑」, 『무기의 그늘』 등에 나타난 탈식민주의는 『손님』과 『심청』에 연속되고 있다. 그러나 그 깊이와 폭이 더욱 확대되어 우리가 '화두'로 삼아야 할 분단문제와 동아시아 담론을 제시하고 있다.

『손님』은 서구의 모더니티라 할 수 있는 기독교와 사회주의 사상을 이질적인 '손님'으로 비유하였다. 모더니티의 도래를 성숙하게 수용할 수 없었던 시대의 이념적 대립은 동족 사이의 학살까지 초래한 '신천 양민학살'로 나타난다. 이 작품은 이 사건의 가해자와 피해자의 영혼이 천도하지 못하고 떠돌고 있다는 전제하에 그들을 불러내어 진실을 말하도록 하는 '하위주체의 말하기'를 유도한다. 이것은 전통연희인 '지노귀굿'의 형식을 차용함으로써 가능해졌다. 망자와 산 자가 대화를 나누고, 가해자와 피해자 사이에도 쌓였던 원한을 풀고, 화해의 길을 모색한다.

이 작품에서 화해를 주선하는 인물의 역할을 남한이 아닌 북한주민 '소메삼촌'과 류요섭 목사처럼 이민자에게 부여한 점은 의미심장하다.

이 작품의 표면적인 성격을 '민족주의'로 내세우면서 내면적으로는 북한 체제를 비호하는 듯한 인상을 주기 때문이다.

『손님』에서 탈식민성은 하위주체의 말하기에서 나타나고 있다. 그러나 '말하기'가 하위주체 자신들의 의지에서 비롯되기보다는 '굿'의 형식, 그 '굿'을 관리하는 작가에 의해 이루어지기 때문에 한계점으로 지적받을 소지도 지니고 있다.

『심청』은 작가의 초기작부터 축적되었던 탈식민주의적 지표들이 하나로 모아진 탈식민주의 양상과 의미를 풍부하게 보여주는 소설이다. 이 작품의 배경은 우리 나라가 식민지가 되기 전이지만 이것은 동아시아가 제국주의에 붕괴되는 축소판이라 할 수 있다. 하위주체의 여성 심청이가 타의에서 비롯된 이주의 삶 속에서 좌절하지 않고, 지배자에게 대항의 모습을 보여주는 것은 그녀의 자의식, 모성성, 자매애 관계에서 비롯된 것이다. 심청이란 인물을 영웅주의적 모습으로 형상화한 것이 이 작품의 약점일 수 있으나 탈식민성의 태도를 보여준 인물로 주목받을 수 있다.

부 록

작가 약력 및 작품 연보

참고문헌

작가 약력 및 작품 연보

김 영 하

1968년 경북 고령 출생

1986년 연세대 경영학과 입학

1995년 「거울에 대한 명상」으로 『리뷰』 2호를 통해 등단

1996년 「나는 나를 파괴할 권리가 있다」로 문학동네 신인작가상 수상

1999년 「당신의 나무」로 현대문학상 수상

2004년 『검은 꽃』으로 동인문학상 수상

2004년 「보물선」으로 황순원문학상 수상

2004년 『오빠가 돌아왔다』로 이산문학상 수상

소설집

『나는 나를 파괴할 권리가 있다』, 문학동네, 1996.

『호출』, 문학동네, 1997.

『엘리베이터에 낀 그 남자는 어떻게 되었나』, 문학과지성사, 1999.

『아랑은 왜』, 문학과지성사, 2001.

『검은꽃』, 문학동네, 2003.

『오빠가 돌아왔다』, 창작과비평사, 2004.

윤 정 모

1946년 11월 13일 경북 월성 출생

　　　　서라벌예대 문예창작과 졸업

1973년 「무늬져 부는 바람」 출판

1985년 소설집 『가자 우리의 둥지로』 발간

1988년 소설집 『고삐』 발간

소설

「내가 낚은 금고기」, 『한국문학』 109, 1982. 11.

「등나무」, 『현대문학』 348, 1983. 12.

「아들」, 『현대문학』 359, 1984. 11.

「문 없는 방(房)」, 『소설문학』, 1985. 3.

「가자, 우리의 둥지로」, 『현대문학』 363, 1985. 3.

「신발」, 『실천문학』 1, 1985. 3.

「어머니」, 『현대문학』 365, 1985. 5.

「밤길」, 『창작과 비평신작 소설집』, 1985. 7.

「거멀못」, 『동서문학』 144, 1986. 7.

「누에는 왜 고치를 떠나지 않는가」, 『문학사상』 166, 1986. 8.

「그 뚜장이와 아들」, 『소설문학』 131, 1986. 10.

「뒤로가는 시계」, 『외국문학』, 1987. 3.

「사랑」, 『현대문학』 391, 1987. 7.

「님」, 『문학과 역사』 1, 1987.

「고삐」, 『실천문학』, 1988. 9.

「빛」, 『창작과 비평』 61, 1988. 9.

「들」, 『창작과 비평』, 1992.

소설집

『저 바람이 꽃잎을』, 동민문화사, 1972.

『그래도 들녘엔 햇살이』, 범우사, 1973.

『무늬져 부는 바람』, 오륜출판사, 1973.

『生의 旅路에서』, 고려문화사, 1973.

『13월의 頌歌』, 집현각, 1975.

『광화문통 아이』, 서음출판사, 1977.

『關係』, 서음출판사, 1977.

『毒蛇의 婚禮』, 지소림, 1978.

『에미 이름은 조센삐였다』, 인문당, 1982.

『섬』, 한마당, 1983.

『가자, 우리의 둥지로』, 문예출판사, 1985.

『그리고 함성이 들렸다』, 실천문학사, 1986.

『님』, 한겨레, 1987.

『고삐』, 풀빛, 1988.

『에미 이름은 조센삐였다』, 고려원, 1988.

이효석

1907년 강원도 평창 출생

1925년 경성제일고보 졸업

1928년 경성제대 재학 중 「도시와 유령」을 『조선지광』에 발표하면서 문단 데뷔

1930년 경성제대 법문학부 졸업

1933년 구인회 회원으로 활동

1934년 평양숭실전문학교 교수

1942년 뇌막염으로 사망

소설

「여인(旅人)」, 매일신보, 1925. 2.

「나는 말 못했다」, 매일신보, 1925. 9.

「달의 파란 우슴」, 매일신보, 1926. 1.

「노인의 죽엄」, 매일신보, 1926. 2.

「주리면」, 청년, 1927. 3.

「도시와 유령」, 조선지광, 1928. 7.

「기우」, 조선지광, 1929. 6.

「노령근해」, 조선강단, 1930. 1.

「깨뜨려지는 홍등」, 대중공론, 1930. 4.

「추억」, 신소설, 1930. 5.

「상륙」, 대중공론, 1930.

「마작철학」, 조선일보, 1930. 8. 9~20.

「북국사신」, 신소설, 1930. 9.

「초설」, 해방, 1931. 1.

「출범시대」, 동아일보, 1931. 3. 3~4. 1.

「오후의 해조」, 신흥, 1931. 7.

「프렐류드」, 동광, 1931. 12~1932. 2.

「시월에 피는 임금(林檎)꽃」, 삼천리, 1933. 1.

「주리야」, 신여성, 1933. 4.

「돈」, 조선지광, 1933. 10.

「수탉」, 삼천리, 1933. 11.

「마음의 의장」, 매일신보, 1934. 1. 3~1. 8.

「일기」, 삼천리, 1934. 11.

「수난」, 중앙, 1934. 12.

「성수부」, 조선문단, 1935. 7.

「계절」, 중앙, 1935. 7.

「성화」, 조선일보, 1935. 10. 11~31.

「넷상」, 조선일보, 1935. 12. 25.

「산」, 삼천리, 1936. 1~3.

「분녀」, 중아, 1936. 1~2.

「들」, 신동아, 1936. 3.

「천사와 산문시」, 사해공론, 1936. 4.

「인간산문」, 조광, 1936. 7.

「석류」, 여성, 1936. 8.

「고사리」, 사해공론, 1936. 9.

「모밀꽃 필 무렵」, 조광, 1936. 10.

「낙엽기」, 배광, 1937. 1.

「노령근해」(재수록), 사해공론, 1937. 2.

「성찬」, 여성, 1937. 4.

「인정」, 백광, 1937. 5.

「쇄사」, 백광, 1937. 5.

「마음에 남는 풍경」, 조선문학 속간, 1937. 5.

「삽화」, 백광, 1937. 6.

「거리의 목가」, 여성, 1937. 10~1938. 4.

「개살구」, 조광, 1937. 10.

「장미 병들다」, 삼천리문학, 1938. 1.

「겨울 이야기」, 동아일보, 1938. 3.

「막」, 동아일보, 1938. 5. 5~14.

「공상구락부」, 광업조선, 1938. 9.

「소라」, 노업조선, 1938. 9.

「부록」, 사해공론, 1938. 9.

「해바라기」, 조광, 1938. 10.

「가을과 산양」, 야담, 1938.12.

「산정」, 문장, 1939. 2.

「황제」, 문장임시증간, 1939. 7.

「향수」, 여성, 1939. 9.

「일표의 공능」, 인문평론, 1939. 10.

「여수」, 동아일보, 1939. 11. 29~12. 28.

「녹색탑」, 국민신보, 1940. 1. 14.

「창공」, 매일신보, 1940.1. 25~7. 2.

「합이빈」, 문장, 1940. 10.

「라오코윈의 후예」, 문장, 1941. 2.

「산협」, 춘추, 1941. 5.

「일요일」, 삼천리, 1942. 1.

「풀닙」, 춘추, 1942. 1.

「서한」, 조광, 1942. 6.

「황제」, 국민문학, 1942. 8.

소설집

『노령근해』, 동지사, 1931.

『성화』, 삼문사, 1939.

『해바라기』, 학예사, 1939.

『화분』, 인문사, 1939.

『벽공무한』, 박문서관, 1941.

『이효석단편선』, 박문서관, 1941.

『황제』, 박문서관, 1943.

『효석전집』 1-5, 춘조사, 1959.

『월야의 두 여인』, 공동문화사, 1962.

『화분』, 미림출판사, 1970.

『이효석전집』, 삼성사, 1971.

『메밀꽃 필 무렵』, 성공문화사, 1972.

『메밀꽃 필 무렵』, 동근문화사, 1974.

『화분』외, 삼중당, 1975.

『메밀꽃 필 무렵』, 삼중당, 1975.

『메밀꽃 필 무렵』, 범우사, 1976.

『메밀꽃 필 무렵』, 문화출판사, 1977.

『메밀꽃 필 무렵』, 왕문사, 1978.

『메밀꽃 필 무렵』, 배수서적, 1981.

『어느 끝없는 이야기』, 원음출판사, 1982.

『메밀꽃 필 무렵』, 범우사, 1982.

『메밀꽃 필 무렵』, 인문출판사, 1982.

『메밀꽃 필 무렵』, 동서문화사, 1984.

『화분』, 동서문화사, 1984.

『메밀꽃 필 무렵』, 문학세계사, 1984.

『메밀꽃 필 무렵』, 창미사, 1985.

『메밀꽃 필 무렵』, 학원사, 1986.

『메밀꽃 필 무렵』, 민중서각, 1986.

장 용 학

1921년 함북 부령 출생

와세다 대학 상과 2년 중퇴
1949년 『연합신문』에 소설 「희화」로 등단
1955년 서사성의 요건이라고 할 수 있는 행위의 구조를 해체하고 대담하게 관념
　　의 단편들을 대입한 「요한시집」 발표
1962년 소설집 『원형의 전설』 발간
1982년 소설집 『유역』 발간

작품

「희화(戲畵)」, 『연합신문』, 1949. 11. 19.
「지동설(地動說)」, 『문예』 10, 1950. 5.
「미련소묘(未練素描)」, 『문예』 13, 1952. 1.
「찢어진 윤리학(倫理學)의 근본문제(根本問題)」, 『문예』 16, 1953. 6.
「인간(人間)의 종언(終焉)」, 『문화세계』 4, 1953. 11.
「무영탑(無影塔)」, 『현대여성』, 1953. 12.
「기상도」, 『청춘』, 1954. 5.
「사화산(死火山)」, 『신천지』 67, 1954. 9.
「부활미수(復活未遂)」, 『신천지』 67, 1954. 9.
「라마(羅馬)의 달」, 『중앙일보』, 1954.
「그늘지는 사탑(斜塔)」, 『신태양』 29, 1955. 1.
「육수(肉囚)」, 『사상계』 20, 1955. 3.
「요한 시집(詩集)」, 『현대문학』 7, 1955. 7.
「사화산(死火山)」, 『문학예술』 7, 1955. 10.
「비인탄생(非人誕生)」, 『사상계』 39-42, 1955. 10~1957. 1.
「역성서설(易姓序說)」, 『사상계』 56-59, 1958. 3~1958. 6.
「대관령(大關嶺)」, 『자유문학』 22, 1959. 1.
「현대(現代)의 야(野)」, 『사상계』 80, 1960. 3.
「요한시집(詩集)」, 『새벽』 36, 1960. 8.
「유피(遺皮)」, 『사상계』 101(증), 1961. 11.
「원형(圓形)의 전설(傳說)」, 『사상계』 105-113, 1962. 3~11.
「위사(僞史)가 보이는 풍경(風景)」, 『사상계』 128(증), 1963. 11.

「상립신화(喪笠新話)」, 『문학춘추』 1, 1964. 4.
「부화(孵化)」, 『사상계』 143, 1965. 2.
「시장(市長)의 고독(孤獨)」, 『문학춘추』 12, 1965. 3.
「태양(太陽)의 아들」, 『사상계』 150-164, 1965. 8~1966. 12.
「청동기(靑銅紀)」, 『세대』 49-58, 60-65, 1967. 8~1968. 5.
「형상화미수(形象化未遂)」, 『신동아』 36, 1967. 8.
「잔인(殘忍)의 계절(季節)」, 『문학사상』 2, 1972. 11.
「상흔(傷痕)」, 『현대문학』 229, 1974. 1.
「효자점경(孝子點景)」, 『한국문학』 63, 1979. 1.
「부여(夫餘)에 죽다」, 『현대문학』 309, 1980. 9.
「유역(流域)」, 『문예중앙』, 1981. 3.
「하여가행(何如歌行)」, 『현대문학』, 1987. 11.

소설집

『원형(圓形)의 전설(傳說)』, 사상계사, 1962.
『유역(流域)』, 중앙일보사, 1982.

평론

「감상적(感傷的) 발언(發言)」, 『문학예술』 18, 1956. 9.
「한글 전용론(專用論)의 의미(意味)하는 것」, 『자유문학』 55, 1961. 11.
「나는 왜 소설(小說)에 한자(漢字)를 쓰는가」, 『세대』 4, 1963. 9.
「해바라기와 「순수(純粹)」 신판(新版)」, 『문학춘추』 5, 1964. 8.
「낙관론(樂觀論)의 주변(周邊)-평론가(評論家) 유종호(柳宗鎬)의 논초(論抄)」, 『세대』 17, 1964. 10.
「편리한 비평정신」, 『문학춘추』 8, 1964. 11.
「원만주의자(圓滿主義者)의 초상(肖像) 「단세포(單細胞)씨와 깍두기씨의 대화(對話)」」, 『세대』 19, 1965. 2.

희곡

「일부변경선근처(日附變更線近處)」, 『현대문학』 55-57, 1959. 7~9.

「세계사의 하루」, 『한국문학』, 1966. 12.

정비석

1911년 평북 의주 출생
1932년 니혼대학 문과 중퇴
1935년 시 「어린 것을 잃고」를 발표.
1936년 단편 「졸곡제」가 『동아일보』 신춘문예에 입선
1936년 단편 「성황당」이 『조선일보』 신춘문예에 1등 당선
1940년 『매일신보』 기자
       광복 후 잡지 『대조』 주재.
1961년 국제 펜클럽 한국본부 부위원장

소설

「여자」, 매일신보, 1935. 1. 19~
「소나무와 단풍나무」, 조선중앙일보, 1935. 4. 24.
「상처기」, 신가정, 1936. 1.
「궁심」, 조선문단, 1936. 1.
「졸곡제」, 동아일보, 1936. 1. 19~22.
「바다의 소야곡」, 여성, 1936. 11.
「애정」, 사해공론, 1936. 12.
「성황당」, 조선일보, 1937. 1. 14~26.
「해춘부」, 여성, 1937. 5.
「운무」, 여성, 1937. 8.
「거문고」, 조광, 1937. 8.
「나락」, 사해공론, 1937. 10.
「애증도」, 조선일보, 1938. 4. 24~5. 13.
「저기압」, 비판, 1938. 5.
「동경」, 조광, 1938. 6.
「개와 괭이와」, 비판, 1938. 9.

「눈오는 날 밤」, 조광, 1938. 12.

「요마」, 삼천리, 1939. 1.

「이 분위기」, 조광, 1939. 1.

「자매」, 매일신보, 1939. 2. 15.

「강태공」, 조선문학, 1939. 3.

「귀불귀」, 동아일보, 1939. 3. 1~17.

「비밀」, 문장임시증간, 1939. 7.

「금단의 유역」, 조광, 1939. 7~12.

「잡어」, 인문평론, 1939. 12.

「석별가」, 신세기, 1940. 1.

「삼대」, 인문평론, 1940. 2.

「대기」, 매일신보, 1940. 2. 6.

「고고」, 문장, 1940. 3.

「청춘궤도」, 여성, 1940. 5.

「제삼의 우정」, 조광, 1940. 5.

「초록의 변」, 여성, 1940. 7.

「화풍」, 매일신보, 1940. 8. 17~11. 16.

「제신제」, 문장, 1940. 10.

「국화진열」, 문장, 1940. 12.

「한월」, 국민문학, 1942. 2.

「조춘」, 조광, 1942. 5.

「광명」, 춘추, 1942. 7.

「추야장」, 춘추, 1943. 2.

「개척전사」, 조광, 1943. 10.

「만월」, 한성시보, 1945. 10.

「시일」, 생활문화, 1946. 1.

「꽃 순례」, 여학원, 1946. 4.

「모색」, 민성, 1946. 6.

「파도」, 신문학, 1946. 6.

「동녀기」, 백민, 1946. 10.

「귀향」, 경향신문, 1946. 10~11.

「동정녀」, 한성일보, 1946. 11. 14.

「실패한 청춘」, 백민, 1946. 12.

「여인의 행복」, 민주일보, 1946. 12. 1.

「춘희」, 한성일보, 1947. 1.

「운명」, 백민, 1947. 3.

「파계승」, 조선일보, 1947. 3.

「단편집」, 대조, 1947. 5.

「향로」, 대조, 1947. 8.

「연락선」, 백민, 1947. 11.

「눈물」, 대조, 1948. 1.

「수난자」, 백민, 1948. 5.

「아내의 항의문」, 신천지, 1948. 6.

「소녀의 주검」, 예술조선, 1948. 8.

「갈대와 가티」, 서울신문, 1948. 8. 1~7.

「박꽃」, 민성, 1948. 11.

「암야행로」, 조선일보, 1948. 11.

「방조기」, 해동공론, 1948. 12.

「경품권」, 백민, 1949. 3.

「그 여자의 반생」, 신원, 1949. 4.

「연애로정」, 신태양, 1950. 1

「청춘산맥」, 경향신문, 1950. 1.

「사향가」, 백민, 1950. 2.

「훈풍」, 신조, 1951. 7.

「호색가의 고백」, 연합신문, 1952. 5.

「간호장교」, 전선문학, 1952. 12.

「남아출생」, 전선문학, 1953. 4.

「자유부인」, 서울신문, 1954. 1.~8.

「민주어족」, 한국일보, 1954. 11.~1955. 8.

「초로부부」, 신태양, 1955. 1.

「산유화」, 여원, 1955. 10.
「박인수의 경우」, 전망, 1955. 10.
「낭만열차」, 한국일보, 1956. 4~11.
「최노인」, 자유문학, 1956. 12.
「슬픈 목가」, 동아일보, 1957. 3~12.
「애견광」, 자유문학, 1957. 8.
「유혹의 강」, 서울신문, 1958. 2.~10.
「슬픈 추억」, 자유신문, 1958. 5.
「비정의 곡」, 경향신문, 1958. 12~1959. 4.
「연가」, 서울신문, 1959. 8~1960. 4.
「여인 2태」, 자유문학, 1960. 1.

소설집

『성황당』, 금용도서, 1945.
『고원』, 백민문화사, 1946.
『파도』, 대조사, 1946.
『제신제』, 수선사, 1948.
『여인백경』, 정음사, 1949.
『장미의 계절』, 창광사, 1949.
『여성전선』, 한국출판사, 1952.
『청춘산맥』, 문성당, 1952.
『청춘의 윤리』, 평범사, 1953.
『고원』, 정양사, 1953.
『도회의 정열』, 평범사, 1953.
『서북풍』, 보문출판사, 1953.
『애련기』, 보문출판사, 1953.
『무정무한』, 삼성사, 1953.
『번지없는 주막』, 향문사, 1954.
『색지풍경』, 한국출판사, 1954.
『세기의 종』, 세문사, 1954.

『인생여정』, 문오사, 1954.

『자유부인』, 정음사, 1954.

『호롱불』, 동아문화사, 1954.

『홍길동전』, 대양출판사, 1954.

『황진이』, 정음사, 1955.

『민주어족』, 정음사, 1955.

『월야의 창』, 정음사, 1955.

『여성의 적, 나비야 청산가자』, 정음사, 1956.

『연산군』, 정음사, 1956.

『홍길동전』, 학원사, 1956.

『모색』, 범조사, 1957.

『슬픈 목가』, 춘조사, 1957.

『사랑하는 사람들』, 여원사, 1957.

『애정무한』, 선진문화사, 1957.

『낭만열차』, 동진문화사, 1957.

『유혹의 강』, 신흥출판사, 1958.

『인생 제일과』, 춘조사, 1959.

『사랑의 십자가』, 삼중당, 1959.

『화혼』, 삼중당, 1959.

『비정의 곡』, 삼중당, 1960.

『연가』, 삼중당, 1961.

『에덴은 아직도 멀다』, 민중서관, 1962.

『인간실격』, 정음사, 1962.

『산유화』, 창조사, 1964.

『여인백경』, 정음사, 1968.

『사랑하는 사람들』, 인문출판사, 1970.

『욕망해협』, 노벨문화사, 1971.

『욕망해협』, 동림출판사, 1974.

『여성전선』, 선일문화사, 1974.

『명기열전』, 이우출판사, 1977.

『자유부인』, 정통출판사, 1978.

『민비』, 범우사, 1980.

『명기열전』, 신정사, 1981.

『손자병법』, 고려원, 1983.

『산유화』, 영한문화사, 1984.

『초한지』, 고려원, 1984.

『연산군』, 고려원, 1984.

『삼국지』, 고려원, 1985.

『홍길동』, 고려원, 1985.

『자유부인』, 고려원, 1985.

조 세 희

1942년 경기도 가평 출생

　　　경희대 국문학과 졸업

1965년 「돛대없는 장선」으로 『경향신문』 신춘문예에 당선

1976년 난장이 일가도 대변되는 가난한 소외계층의 삶을 파헤친 「난장이가 쏘아
　　　올린 작은 공」 발표

1978년 소설집 『난장이가 쏘아올린 작은 공』 발간

1979년 제13회 동인문학상 수상

1983년 소설집 『시간여행』 발간

작품

「심문(審問)」, 『월간문학』 30, 1971. 4.

「칼날」, 『문학사상』 39, 1975. 12.

「뫼비우스의 띠」, 『세대』 151, 1976. 2.

「뫼비우스의 띠」(재수록), 『문학과지성』 24, 1976. 6.

「우주여행」, 『뿌리깊은나무』 7, 1976. 9.

「난장이가 쏘아올린 작은 공」, 『문학과지성』 26, 1976. 12.

「육교(陸橋) 위에서」, 『세대』 163, 1977. 2.

「우주여행(宇宙旅行)」(재수록), 『문학과지성』 27, 1977. 3.

「궤도회전」, 『한국문학』 44, 1977. 6.

「은강 노동가족 생계비」, 『문학사상』 61, 1977. 10.

「잘못은 신에게도 있다」, 『문예중앙』, 1977. 12.

「난장이 에필로그」, 『문학사상』 66, 1978. 3.

「클라인 씨(氏)의 병(甁)」, 『문학과지성』 31, 1978. 3.

「민들레는 없다」, 『뿌리깊은나무』 28, 1978. 6.

「내 그물로 오는 가시고기」, 『창작과비평』 48, 1978. 6.

「과학자(科學者)」, 『문예중앙』, 1978. 12.

「오늘 쓰러진 네모」, 『뿌리깊은나무』 37, 1979. 3.

「철장화(鐵長靴) 1」, 『문예중앙』, 1979. 3.

「긴 팽이모자」, 『세계의문학』 11, 1979. 3.

「503호 남자의 희망공장」, 『뿌리깊은나무』 38, 1979. 4.

「고맙다 어린왕자」, 『뿌리깊은나무』 39, 1979. 5.

「시간 여행」, 『현대문학』 339, 1983. 3.

「어린 왕자」, 『문예중앙』, 1983. 9.

「1979년 저녁밥」, 『외국문학』 1, 1984. 6.

「하얀 저고리」, 『월간중앙』, 1989.

소설집

『난장이가 쏘아올린 작은 공』, 문학과지성사, 1978.

『시간여행, 문학과지성사』, 1983.

최 인 호

1945년 10월 17일 서울에서 출생

1963년 고2때 단편 「벽구멍으로」가 『한국일보』 신춘문예에 입선함

1967년 단편 「견습환자」가 『조선일보』 신춘문예에 당선

1972년 「타인의 방」 「처세술 개론」으로 현대문학상 수상, 연세대 영문과 졸업
　　　　「별들의 고향」 집필

1974년 「바보들의 행진」 간행

1975년 『샘터』에 「가족」 연재

1977년 「도시의 사냥꾼」「개미의 탑」 간행

1979년 「돌의 초상」「사랑의 조건」「천국의 계단」 간행

1980년 「지구인」「불새」 간행

1982년 「깊고 푸른 밤」으로 제6회 이상문학상 수상, 「적도의 꽃」「위대한 유산」
　　　간행

1985년 「겨울 나그네」 간행

1987년 천주교에 귀의, 세례명 베드로

1988년 「잃어버린 왕국」 전5부작 완간

1989년 「어머니가 가르쳐 준 노래」 간행

1991년 「구멍」 간행

1992년 「가족1 · 신혼일기」「가족2 · 견습부부」「가족3 · 보통가족」「가족4 · 이
　　　웃」 간행

1993년 「길 없는 길」 간행

소설집

『별들의 고향』, 예문관, 1973.

『우리들의 시대』, 학원 출판사, 1973.

『타인의 방』, 예문관, 1973.

『최인호 작품집』 전6권, 예문관, 1974.

『맨발의 세계일주』, 예문관, 1974.

『영가』, 예문관, 1974.

『우리들의 시대』, 예문관, 1974.

『구르는 돌』, 예문관, 1975.

『내마음의 풍차』, 예문관, 1975.

『개미의 탑』, 예문관, 1977.

『도시의 사냥꾼』, 예문관, 1977.

『돌의 초상』, 예문관, 1977.

『작은 사랑의 이야기』, 예문관, 1978.

『청춘은 왕』, 예문관, 1978.
『사랑의 조건』, 예문관, 1978.
『가족』, 예문관, 1978.
『천국의 계단』, 예문관, 1979.
『불새』, 예문관, 1980.
『지구인』, 예문관, 1980.
『안녕하세요, 하느님』, 예문관, 1980.
『위대한 유산』, 문학과지성사, 1981.
『적도의 꽃』, 중앙일보사, 1982.
『가면 무도회』, 민음사, 1982.
『전람회 그림』, 우석 출판사, 1983.
『물 위의 사막』, 갑인 출판사, 1983.
『고래사냥』, 동화출판사, 1983.
『가족』, 샘터, 1984.
『겨울 나그네』, 문예출판사, 1984.
『타인의 방』, 동화출판공사, 1984.
『별들의 고향』, 동화출판공사, 1984.
『지구인』, 중앙 일보사, 1985.
『내 마음의 풍차』, 중앙 일보사, 1985.
『밤의 침묵』, 청호 문화사, 1985.
『불새』, 우석, 1986.
『잃어버린 왕국』, 우석, 1986.
『황진이』, 동화출판공사, 1986.
『이상문학상 수상작가 대표 작품선 2』, 문학사상사, 1986.
『술꾼』, 동아, 1987.
『무서운 복수』, 고려원, 1987.
『가족, 샘터사』, 1987.
『바보들의 행진』, 청호문화사, 1987.
『작은 사랑의 이야기』, 여학생사, 1987.
『우리들의 영웅』, 여학생사, 1987.

『도시의 사냥꾼』, 우석, 1987.
『흔들리는 성』, 동화출판공사, 1989.

희곡
「달리는 바보들」, 『현대문학』 199, 1971. 7.
「향기로운 잠」, 『문학사상』 53, 1977. 2.

수필집
『누가 천재를 죽였나』, 예문관, 1978.
『모르는 사람에게 보내는 편지』, 제삼기획, 1987.
『오노 노우』, 동화출판공사, 1987.

최 인 훈

1936년 함북 회령에서 목재상인인 아버지 최국성과 어머니 김경숙 사이에서 4남
　　　　2녀의 장남으로 출생
1943년 회령북국민학교에 입학. 1947년까지 이곳에서 5학년 1학기까지 학교를
　　　　다님
1945년 해방을 맞은 후 소련군이 진주하면서 세워진 공산정권에 의해 그의 부친
　　　　은 부르주 아지로 분류되어 다른 지역으로의 이주를 결심
1947년 부친을 따라 함남 원산으로 이주. 부친은 원산 제재공장에 취직. 당시 학
　　　　제는 9월에 신학년이 시작되었는데, 최인훈은 학년을 뛰어넘어 원산중학
　　　　교 2학년에 입학
1950년 6 · 25가 발발하고 10월부터 시작된 국군 철수를 따라 12월 원산항에서
　　　　해군함정 LST편으로 전 가족이 월남. 1개월 정도 부산의 피난민 수용소
　　　　를 거쳐 외가 쪽 친척이 있는 목포로 이주
1951년 목포고등학교에 입학하여 1년 동안 다님
1952년 다시 피난 수도인 부산으로 돌아와 서울대 법대에 입학. 아버지가 영월의
　　　　중석 광산에서 제재소 일을 하였기 때문에 가족 모두 강원도에서 살았으
　　　　나 그는 학교 문제로 혼자 부산에서 지냄. 여기서 그는 자신의 최초의 작

　　　품인 「두만강」을 집필

1955년 『새벽』지에 잡지 책임추천의 형식으로 시 「수정」이 추천됨

1956년 마지막 학기를 남기고 대학을 중퇴.

1957년 군에 입대하여 1963년까지 7년간 통역장교로 근무. 이후 1963년까지 중
　　　위로 복무 하면서 문단활동을 시작.

1959년 「Grey구락부 전말기」, 『자유문학』, 10월 발표
　　　「라울전」, 『자유문학』, 12월. 안수길에 의해 추천되어 공식적으로 소설가
　　　의 자격을 얻음

1966년 「웃음소리」로 제 11회 동인문학상 수상.

1973년 미국 아이오와대학의 〈세계 작가 프로그램(I제)〉의 초청으로 9월 미국으
　　　로 가서 4 년간 체류.

1976년 미국에서 5월 귀국.

1977년 「옛날 옛적에 훠어이 훠이」로 한국 연극영화예술상 희곡상 수상.
　　　서울예술전문대학 교수 취임.

1978년 「옛날 옛적에 훠어이 훠이」로 제4회 중앙문화대상 예술부문 장려상 수상

1979년 3월 미국 뉴욕주의 브록포드대학의 연극부에서 이 대학의 조오곤 교수
　　　번역으로 「옛날 옛적에 훠어이 훠이」공연. 원작자 자격으로 초청되어 2월
　　　미국에 감
　　　〈서울시 문화상〉(문학 부문) 수상
　　　「달아 달아 밝은 달아」로 서울극평가그룹상 수상

1994년 장편소설 『화두』(1 · 2권)을 민음사에서 간행
　　　『광장』 프랑스어판(Acres Sud) 출간.
　　　러시아를 두 번째 여행하고 「봄이 오면 산에 들에」 모스크바 공연을 참관
　　　『화두』로 제6회 이산문학상 수상

1996년 최인훈 연극제가 열림
　　　『광장』 100쇄 간행 기념회가 프레스센터에서 열림

2001년 『광장』 40주년 기념 고급 장정본 2,000부 한정판으로 출간. 4월 13일
　　　『광장』 발간 40주년 기념 ‘최인훈 문학 심포지엄’이 세종문화회관에서
　　　개최됨
　　　서울예술대학 문예창작과 교수를 정년 퇴임하고 명예교수로 취임. 5월

19일 서울 예술대학 동랑예술극장에서 정년퇴임 고별강연을 함.
2002년 『화두』를 수정 보완하여 문이재에서 출간.

소설

「GREY구락부 전말기」, 『자유문학』 31, 1959. 10.
「라울전」, 『자유문학』 33, 1959. 12.
「9월의 다알리아」, 『새벽』, 1960. 1.
「우상의 집」, 『자유문학』, 1960. 2.
「가면고」, 『자유문학』, 1960. 7.
「광장」, 『새벽』, 10.
「수(囚)」, 『사상계』, 1961. 7.
「구운몽」, 『자유문학』, 1962. 4.
「열하일기」, 『자유문학』 61 · 62, 1962. 7~8.
「7월의 아이들」, 『사상계』 109, 1962. 7.
「회색의 의자」, 『세대』 1-13, 1963. 6~1964. 6.
「크리스마스 캐럴 1」, 『자유문학』 70, 1963. 6.
「금오신화」, 『사상계』 128, 1963. 11.
「속 · 크리스마스 캐럴」, 『현대문학』 120, 1964. 12.
「크리스마스 캐럴 3」, 『세대』 30, 1966. 1.
「웃음소리」, 『신동아』 17, 1966. 1.
「놀부뎐」, 『한국문학』, 1966. 3.
「크리스마스 캐럴 4」, 『현대문학』 135, 1966. 3.
「서유기」, 『문학』 1, 1966. 5.
「국도의 끝」, 『세대』 34, 1966. 5.
「크리스마스 캐럴 5」, 『한국문학』, 1966. 6.
「정오」, 『현대문학』 142, 1966. 10
「웃음소리」, 『샤상계』 165, 1967. 1
「춘향뎐」, 『창작과비평』 6, 1967. 6.
「총독의 소리」, 『신동아』 36, 1967. 8.
「만가」, 『현대문학』 156, 1967. 12.

「총독의 소리 2」, 『월간중앙』 1, 1968. 4.

「공명」, 『월간중앙』 5, 1968. 8.

「총독의 소리 3」, 『창작과비평』 12, 1968. 12.

「주석의 소리」, 『월간중앙』 15, 1969. 6.

「온달」, 『현대문학』 175, 1969. 7.

「옹고집뎐」, 『월간문학』 10, 1969. 8.

「열반의 배」, 『현대문학』 179, 1969. 11.

「소설가 구보씨의 일일 1」, 『월간중앙』 23, 1970. 2.

「소설가 구보씨의 일일 2」, 『창작과비평』 16, 1970. 3.

「두만강」, 『월간중앙』 28, 1970. 7.

「소설가 구보씨의 일일 2」(재수록), 『문학과지성』 1, 1970. 9.

「낙타섬까지」, 『월간문학』 26, 1970. 12.

「하늘의 다리」, 『주간한국』, 1970.

「소설가 구보씨의 일일 3」, 『월간중앙』 36, 1971. 3.

「소설가 구보씨의 일일」, 『월간문학』 30, 1971. 4.

「갈대의 사계」, 『월간중앙』 41-52, 1971. 8~1972. 7.

「무서움」, 『문학과지성』 5, 1971. 9.

「태풍」, 『중앙일보』, 1973.

「총독의 소리 4」, 『한국문학』 36, 1976. 10.

「전사에서」, 『문학사상』 83, 1979. 10.

「달과 소년병」, 『한국문학』 116, 1983. 6.

소설집

『광장』, 정향사, 1961.

『총독의 소리』, 홍익출판사, 1967

『서유기』, 을유문화사, 1971.

『소설가 구보씨의 일일』, 삼성출판사, 1972.

『광장』, 민음사, 1973.

『최인훈전집』(전12권), 문학과지성사, 1976~1980.

『왕자와 탈』, 문장, 1980.

『하늘의 다리』, 고려원, 1980.
『느릅나무가 있는 풍경』, 민음사, 1981.
『한스와 그레텔』, 문학예술사, 1982.
『웃음소리』, 책세상, 1989.
『달과 소년병』, 세계사, 1989.
『화두』, 민음사, 1994.
『화두』, 문이재, 2002.

황 석 영

1943년 만주 신경 출생
1962년 경복고교 재학 중 「입석부근」으로 『사상계』 신인문학상 수상
1970년 동국대 철학과 졸업. 『조선일보』에 「탑」, 희곡 「환영의 돛」, 동시 당선
1980년 장편소설 『어둠의 자식들』 발간
1984년 장편소설 『장길산』(전10권) 발간
1985년 장편소설 『무기의 그늘』 발간
1989년 만해문학상 수상
1989년 방북하여 귀국하지 못하고 베를린 예술원 초청 작가로 독일에 체류
1993년 귀국, 방북사건으로 7년형 선고
1998년 사면 석방
2001년 「손님」으로 제9회 대산문학상 수상

소설

「입석부근(立石附近)」, 『사상계』 114, 1962. 11.
「몽유간증」, 『월간문학』 20, 1970. 6.
「탑(塔)」, 『조선일보』, 1970.
「가화(假花)」, 『현대문학』 194, 1971. 2.
「객지(客地)」, 『창작과비평』 20, 1971. 3.
「줄자」, 『월간중앙』 40, 1971. 7.
「아우를 위하여」, 『신동아』 89, 1972. 1.

「한씨연대기(韓氏年代記)」, 『창작과비평』 23, 1972. 3.

「적수(敵手)」, 『월간중앙』 49, 1972. 4.

「낙타누깔」, 『월간문학』 42, 1972. 5.

「밀살(密殺)」, 『창조』 13, 1972. 9.

「낙타누깔(재수록)」, 『문학과 지성』 9, 1972. 9.

「기념사진(紀念寫眞)」, 『문학사상』 2, 1972. 11.

「이웃사람」, 『창작과비평』 26, 1972. 12.

「노을의 빛」, 『월간중앙』 60, 1973. 3.

「돼지꿈」, 『세대』 122, 1973. 9.

「삼포 가는 길」, 『신동아』 109, 1973. 9.

「야근(夜勤)」, 『현대문학』 226, 1973. 10.

「섬섬옥수(纖纖玉手)」, 『한국문학』 2, 1973. 12.

「삼포 가는 길」(재수록), 『문학과 지성』 14, 1973. 12.

「장사(壯士)의 꿈」, 『문학사상』 17, 1974. 1.

「향읍(鄕邑)」, 『한국문학』 14, 1974. 12.

「장길산」, 『한국일보』, 1974.

「북망, 멀고도 고적한 곳」, 『문학사상』 29, 1975. 2.

「산국(山菊)」, 『한국문학』 21, 1975. 7.

「영등포 타령」, 『문학사상』 35-39, 1975. 8~1975. 12.

「수추(壽醜)의 혀」, 『세대』 146, 1975. 9.

「몰개월의 새」, 『세계의문학』 1, 1976. 9.

「한등(寒燈)」, 『문학사상』 49, 1976. 10.

「난장(亂場)」, 『한국문학』 49-57, 1977. 11~1978. 7.

「폐허(廢墟), 그리고 맨드라미」, 『창작과비평』 46, 1977. 12.

「장산곶매」, 『문예중앙』, 1979. 12.

「어둠의 자식들」, 『월간중앙』 141, 1980. 3.

「무기(武器)의 그늘」, 『월간조선 34-48, 1983. 1~1984. 3.

「무기(武器)의 그늘」(2부), 『월간조선』, 1987. 9~12.

「열애」, 『창작과비평』 59, 1988. 3.

「오래된 정원」, 『창작과비평사』, 2000.

「손님」, 『창작과비평사』, 2001.

「심청」, 『문학동네』, 2003.

소설집

『객지』, 창작과비평사, 1974.

『북망(北邙), 멀고도 고적한 곳』, 동서문화원, 1975.

『삼포 가는 길』, 삼중당, 1975.

『장길산(張吉山)』(제1부), 현암사, 1976.

『심판의 집』, 열화당, 1977.

『가객(歌客)』, 백제, 1978.

『돼지꿈』, 민음사, 1980.

『어둠의 자식들』, 현암사, 1980.

『장길산』(전10권), 현암사, 1984.

『무기의 그늘』, 형성사, 1985.

『삼포가는 길』, 학원사, 1987.

『열애』, 나남, 1988.

『오래된 정원』, 창작과비평사, 2000.

『손님』, 창작과비평사, 2001.

『심청』, 문학동네, 2003.

참고문헌

1. 논문 및 저서

고갑희, 「에코페미니즘: 페미니즘의 생태학과 생태학의 페미니즘」, 『외국문학』, 1995. 여름호.

고길섶, 「탈식민주의 담론과 세계지도 다시 그리기」, 『문화과학』 17, 1999.

고미숙, 「'덴동어미'와 '이갈리아의 딸'을 넘어서」, 『당대비평』 4, 1998.

고부응, 『초민족시대의 민족정체성』, 문학과지성사, 2002.

고하영, 「황석영 소설의 탈식민주의적 연구」, 서울대 석사학위 논문, 2003.

구명숙, 「생태페미니즘문학의 흐름」, 『한국여성문학의 이해』, 예림기획, 2002.

구재진, 「최인훈 소설에 나타난 '기억하기'와 탈식민성-『서유기를 중심으로』」, 『한국현대문학연구』 15집, 한국현대문학학회, 2004. 6.

권택영 엮음, 『욕망이론』, 문예출판사, 1994.

김경수 외, 「페미니즘과 문학비평」, 고려원, 1994.

김미영, 「최인훈 소설의 환상성 연구」, 한양대학교 박사학위 논문, 2003.

김병욱, 「정비석의 문학」, 『월간문학』, 1971. 6~7월호.

김성곤, 「탈식민주의 시대의 문학」, 『외국문학』 제31호, 열음사. 1992. 여름호.

김성곤, 「여성작가들의 등장과 문학의 여성화」, 『뉴미디어 시대의 문학』, 민음사, 1996.

김성호, 「사실적 문학과 시적 문학: 윤정모 장편 「들」을 읽으며」, 『창작과 비평』 77, 1992.

김수남 · 김인회, 『황해도 지노귀굿』, 열화당, 1993.

김양선, 「젠더의 프리즘으로 형상화한 식민지 현실」, 『실천문학』, 1992. 가을호.

김연숙, 「1930년대 소설에 나타난 여성육체의 재현양상」, 『여성문학연구』 11호, 2004. 6.

김열규, 「페미니즘과 문학」, 문예출판사, 1998.

김영민, 『탈식민성과 우리 인문학의 글쓰기』, 민음사, 2001.

김영혜, 「여성문제의 소설적 형상화-『고삐』『절반의 실패』『수레바퀴 속에서』를

　　　　　중심으로」, 1994.

김영찬, 「1960년대 한국 모더니즘 소설 연구」, 성균관대학교 박사학위 논문, 2001.

김용민, 『생태문학』, 책세상, 2003.

김욱동, 『문학 생태학을 위하여』, 민음사, 1998.

김욱동, 『포스트모더니즘의 이해』, 문학과지성사, 1990.

김인호, 『해체와 저항의 서사-최인훈과 그의 문학』, 문학과지성사, 2004.

김의동, 「제국주의와 한국사회」, 『한국사회의 이해』, 한울아카데미, 1990.

김의락, 「탈식민주의와 현대소설」, 자작아카데미, 1998.

김정관, 『존재의식과 위기의 문학』, 푸른사상, 2002.

김정화, 「최인훈 소설의 탈식민적 연구」, 서울대 석사학위 논문, 2002.

김종철 편역, 『녹색평론선집 1』, 녹색평론사, 1998.

김춘섭 외, 『문학이론의 경계와 지평』, 한국문화사, 2004.

김태규, 「한국신화의 원초의식」, 이우출판사, 1980.

김해옥, 『한국 현대 서정소설론』, 새미, 1999.

______, 「생태 인문학의 기능성과 이효석의 〈산〉을 통해 본 생태학적 상상력」, 『한국언어문화』 제22집, 2002. 12.

______, 「이효석의 서정소설과 생태적 상상력-〈들〉을 중심으로」, 『현대소설 연구』 23, 2004. 9.

김　현, 『분석과 해석』, 문학과지성사, 1993.

김형자 · 김현숙 · 이은정 · 황도경, 『한국여성시학』, 깊은샘, 1997.

나병철, 『한국문학의 근대성과 탈근대성』, 문예출판사, 1996.

______, 「이효석의 서정소설 연구」, 『전환기의 근대문학』, 두레시대, 1995.

______, 『탈식민주의와 근대문학』, 문예출판사, 2004.

문순홍 편저, 『생태학의 담론』, 솔, 1999.

문학사와 비평연구회 편, 『1960년대 문학연구』, 예하, 1993.

박명림, 『한국 1950 전쟁과 평화』, 나남출판, 2003.

박정수, 「현대 소설의 환상적 상상력 연구」, 서강대 박사학위 논문, 2001.

박종성, 「탈식민주의 담론에서 제3의 길찾기」, 『실천문학』, 1999. 가을호.

박희병, 『한국전기 소설의 미학』, 돌베개, 2000.

방민호, 『문명의 감각』, 향연, 2003.

변지연, 「존재의 괴로움, 혹은 자연과 언어사이-생태주의의 몇 가지 쟁점과 생태문학의 기본특성에 관하여」, 『문학사상』, 2004. 8.
서강목, 「탈식민주의 시대에 다시 읽는 은구기」, 『실천문학』, 1999. 가을호.
서강여성문학연구회 편. 1998. 『한국문학과 모성성』. 태학사, 1998.
여성문화이론연구소, 『여/성이론』. 여이연, 1999.
손유경, 「최인훈 · 이청준 소설의 자기반영성 연구」, 서울대 석사학위 논문, 2002.
송명희, 『문학과 성의 이데올로기』, 새미, 1994.
송재우, 「욕망의 환경담론과 열림의 생태담론」, 『문학사상』, 2004. 8.
신동욱, 『삶의 투사로서의 문학』, 문학과지성사, 1988.
______, 『1930년대 한국소설 연구』, 한샘출판사, 1994.
신영지, 「최인훈 패러디 소설 연구」, 성균관대 석사학위 논문, 1997.
안은주, 「생태학적 위기와 제국주의-토머스 핀천의 『브이를 찾아서』를 중심으로」, 『외국문학』, 1992. 여름호.
안혜련 · 김춘섭 외, 「탈식민주의 페미니즘, 그 새로운 가능성의 공간을 찾아」, 『문학이론의 경계와 지평』, 한국문화사, 2004.
오생근, 「황석영, 혹은 존재의 삶」, 『제3세대 한국문학 15: 황석영』, 삼성출판사, 1988.
오승은, 「최인훈 소설의 상호텍스트성 연구: 패러디 양상을 중심으로」, 서강대 석사학위 논문, 1998.
오윤호, 「한국근대소설의 식민지 경험과 서사전략연구-염상섭과 최인훈을 중심으로」, 서강대 박사학위 논문, 2002.
우미영, 「한국 근대 소설에 나타난 광기 연구」, 한양대 박사학위 논문, 2002.
유병석, 「정비석의 〈성황당〉-건강한 원시주의 예찬」, 『한국 현대소설 작품론』, 문장, 1981.
윤대원, 『한국현대사』, 거름, 1990.
윤미선, 「박태원과 최인훈의 『소설가 구보씨의 일일』 비교 연구」, 연세대 석사학위 논문, 1996.
윤효녕 외, 『주체개념의 비판』, 서울대학교 출판부, 1999.
이경순, 「탈식민주의 페미니즘」, 『외국문학』, 1992, 여름호.
이경원, 「문명과 야만의 이분법: 계몽주의의 양면성과 식민지 타자」, 『외국문학』, 1996. 여름호.
이경호, 「90년대 「농촌소설」의 가능성과 한계: 윤정모 장편소설 「들」」, 『현대문학』, 1992. 11.
이덕화, 「여성문학과 생명주의」, 한국여성문학학회, 『여성문학연구』 제3호, 태학사, 2000.
_____, 「공선옥론 1: 자매애적 유대를 통한 사랑의 실현」, 『여성문학』 창간호.
_____, 명지대 인문과학연구소 편, 「공선옥론 2: 반란의 시학, 삶의 거리지키기」, 『문학 속 의 여성』, 월인, 2002.
이도흠, 『화쟁기호학, 이론과 실제』, 한양대학교 출판부, 1999.
이명호·김희숙·김양선, 「여성해방문학론에서 본 80년대의 문학」, 『창작과 비평』, 1990. 봄호.
이문재·황석영 대담, 「새로운 문명적 대안과 문학론을 위하여」, 『문학동네』, 문학동네, 1999. 봄호.
이부영, 『분석심리학』, 일조각, 1993.
이석호, 「아프리카 작가들의 글쓰기가 갖는 의미」, 『실천문학』, 1999. 가을호.
이승훈, 『과정으로서의 나』, 푸른사상, 2003.
이승훈, 『포스트모더니즘 시론』, 세계사, 1991.
_____, 『한국현대시의 이해』, 집문당, 1999.
이인숙, 「최인훈의 「西遊記」, 그 패로디의 구조와 의미」, 『국제어문』 제6·7합집, 1986. 6.
이재선, 『현대 한국소설사』, 민음사, 1992.
이정숙, 『한국 현대소설 연구』, 깊은샘, 1999.
이형식, 『작가와 신화』, 청하, 1993.
임지현·사카이 나오키, 『오만과 편견』, 휴머니스트, 2003.
전규찬, 「문화와 자연의 불이(不二) 테제」, 『문화/과학』, 2004. 여름호.
전혜자, 「이남희 생태담론」, 『김동인과 오스커리즘』, 국학자료원, 2003.
_____, 「한국현대문학과 생태의식」, 『한국현대문학연구』 제15집, 2004. 6.
정끝별, 『패러디 시학』, 문학세계사, 1997.
정봉곤, 「최인훈의 패러디 소설 연구」, 부산대 석사학위 논문, 1997.
정한숙, 『소설문장론』, 고대출판부, 1973.
정효구, 『우주공동체와 문학의 길』, 시와시학사, 1994.
정홍수, 「신산에서 따숨까지」, 『내 생의 알리바이』 해설, 창작과비평사.
조갑상, 『소설로 읽는 부산』, 경성대 출판부, 1998.
조광제, 『몸의 세계, 세계의 몸』, 이학사, 2004.

조남현, 「한국 소설과 환경생태학」, 『비평의 자리』, 문학사상사, 2001.
______, 「1930, 40년대 소설의 생태론적 재해석」, 『한국현대문학연구』 15, 한국
　　　　현대문학회, 2004.
조미숙, 「궁핍한 삶, 이데올로기 그리고 문학-강경애 문학연구」, 『창조문학』,
　　　　1998. 여름호.
______, 「1930, 40년대 소설의 생태론적 재해석」, 『한국현대문학연구』 제15집,
　　　　2004. 6.
조정래, 「1930년대 서정소설론 재고-이효석의 〈화분〉을 중심으로」, 『현대문학의
　　　　연구』 20, 현대문학연구학회, 2003.
조희권, 「현대소설에 나타난 『춘향전』 패러디 연구」, 한양대 석사학위 논문,
　　　　2000.
차봉준, 「최인훈 패러디 소설 연구」, 숭실대 석사학위 논문, 2001.
최병우, 「이효석 소설의 현대성」, 『현대소설연구』 13호, 2000. 12.
최석영, 『일제의 동화이데올로기의 창출』, 서경문화사, 1997.
태혜숙, 『탈식민주의 페미니즘』, 여이연, 2001.
한국정신문화연구원 편, 『한국민족문화대백과사전 25』, 웅진출판, 1995.
한승옥, 「이광수 『원효대사』의 기문학적특질 연구-생태학적 상상력을 중심으로」,
　　　　『국제어문』 28집, 2003. 9.
황국명, 「90년대 소설론, 그 치욕과 영광」, 『삶의 진실과 소설의 방법』, 문학동
　　　　네, 2001.
황종연, 「여성소설과 전설의 우물」, 『비루한 것의 카니발』, 문학동네, 2001.
노드롭 프라이, 임철규 역, 『비평의 해부』, 한길사, 1991.
닐 라자러스, 이교선 옮김, 「민족의식과 (탈)식민적 지식인주의의 구체성」, 『실천
　　　　문학』, 1999. 가을호.
도널스 워스터, 강헌·문순홍 옮김, 『생태학 그 열림과 닫힘의 역사』, 아카넷,
　　　　2002.
로제 카이와, 이상률 옮김, 『놀이와 인간』, 문예출판사, 1994.
로즈메리 잭슨, 『환상성-전복의 문학』, 문학동네, 2001.
로즈메리 잭슨, 서강여성문학회 편, 『환상성-전복의 문학』, 문학동네, 2002.
린다 허천, 김상구·윤여복 옮김, 『패로디 이론』, 문예출판사, 1992.
릴라 간디, 이영욱 옮김, 『포스트식민주의란 무엇인가』, 현실문화연구, 2000.
마단 사럽, 김해수 옮김, 『알기 쉬운 자끄 라깡』, 백의신서, 1996.

마리나 야겔로, 강주헌 옮김, 『언어와 여성』, 여성사, 1994.

머레이 북친, 문순홍 옮김, 『사회 생태론의 철학』, 솔, 1997.

미셸 푸코, 김부용 옮김, 『광기의 역사』, 인간사랑, 1993.

＿＿＿＿＿, 오생근 역, 『감시와 처벌』, 나남출판, 1996.

미케 발, 성충훈·송병선 옮김, 『소설이란 무엇인가－소설 서사학』, 울산대학교
　　　출판부, 1997.

미케 발, 한용환·강덕화 옮김, 『서사란 무엇인가』, 문예출판사, 1999.

빌 애쉬크로프트 외, 이석호 역, 『포스트콜로니얼 문학이론』, 민음사, 1996.

슬라보예 지젝, 김소연·유재희 옮김, 『삐딱하게 보기』, 시각과 언어, 1995.

시모어 채트먼, 김경수 옮김, 『영화와 소설의 서사구조』, 민음사, 1992.

실비아 월비, 유희정 옮김, 『가부장제 이론』, 이화여자대학교 출판부, 1996.

애쉬크로프트 외, 이석호 역, 『포스트콜로니얼 문학이론』, 민음사, 1996.

앤소니 기든스, 배은경·황정미 옮김, 『현대사회의 성·사랑·에로티시즘』, 새물
　　　　　결, 1996.

에드워드 사이드, 「문화와 제국주의」, 『외국문학』, 1995. 봄호.

F. 카프라, 이성범·구윤서 옮김, 『새로운 과학과 문명의 전환』, 범양사.

J. R. 데자르뎅, 김명식 옮김, 『환경윤리의 이론과 전망』, 자작아카데미, 1999.

조르쥬 바따이유, 조한경 옮김, 『에로티즘』, 민음사, 1995.

조세핀 도노번, 김익두·이월영 옮김, 『페미니즘 이론』, 문예출판사, 1994.

조셉 켐벨, 이윤기 옮김, 『세계의 영웅신화』, 대원사, 1991.

카렌 J. 워렌, 이소영 외 편역, 『자연, 여성, 환경』, 한신문화사, 2000.

페터 V. 지마, 서영상·김창주 옮김, 『소설과 이데올로기』, 문예출판사, 1996.

프로이트, 정장진 역, 『창조적 작가와 몽상』, 열린책들, 1996.

＿＿＿＿＿, 김석희 역, 『문명속의 불만』, 열린책들, 1997.

＿＿＿＿＿, 박찬부 옮김, 「쾌락원칙을 넘어서」, 『프로이트 전집』 11, 열린책들,
　　　1998.

토도로프, 이기우 역, 『환상문학 서설』, 한국문화사, 1996.

헬렌 티핀, 성경준 옮김, 「탈식민주의 문학과 반언술행위」, 『외국문학』, 1992. 여
　　　름호.

호미 바바, 나병철 역, 『문화의 위치』, 소명출판, 2003.

한국 현대소설의 분석적 이해

2005년 4월 25일 인쇄
2005년 4월 30일 발행

저 자 김 미 영
펴낸이 박 현 숙
찍은곳 신화인쇄공사

110-320 서울시 종로구 낙원동 58-1 종로오피스텔 606호
TEL. 02-764-3018, 764-3019　　FAX. 02-764-3011
E-mail : kpsm80@hanmail.net

펴낸곳 도서출판 **깊 은 샘**

등록번호/제2-69. 등록년월일/1980년 2월 6일

ISBN 89-7416-148-6

※ 잘못된 책은 교환해 드립니다.

값 12,000원